LES MACCOY

Images de couverture :
© Shutterstock / Majdanski
© Shutterstock / Cako
© Shutterstock / Jeanne Emmel
© Shutterstock / Stephen Bridger
Couverture : Marion Rosière

34-36 rue La Pérouse
75116 Paris
Collection dirigée par Franck Spengler
Ouvrage dirigé par Camille Léonard

Dépôt légal : septembre 2022
ISBN : 9782755697940
Imprimé en Espagne par CPI Blackprint

ALEXIANE THILL

LES MACCOY

5 • LE TRÈFLE ET L'AGNEAU

Hugo Poche

NEW ROMANCE®

PRÉCÉDEMMENT…

L'OGRE ET LE CHARDON

Phèdre Duval arrive à Édimbourg pour respecter les dernières volontés de son père disparu. Accueillie au sein de la famille Bain, elle cherche à se faire la plus discrète possible afin de ne pas attirer l'attention de Henry Campbell, le bourreau de son enfance…

Cependant, elle se retrouve plongée malgré elle dans un univers méconnu, celui des Clans d'Écosse, qui règnent toujours sur le pays à l'insu du reste du monde. Le *laird* Caleb MacCoy sauve Phèdre d'un autre Chef – Swinton – en revendiquant la tutelle de la jeune femme. Cette dernière devient sa Pupille, mais le duel qui en découle entraîne l'exécution de Marlène Swinton.

Phèdre finit par accepter sa condition : elle est davantage à l'abri du duc d'Argyll en restant sous la protection de Caleb, sur l'île d'Inchkeith. Le quotidien qu'elle découvre met toutefois sa patience et ses valeurs à rude épreuve. Elle doit se faire une place dans un univers machiste, tout en luttant contre ses sentiments pour Caleb.

Lorsque son identité véritable est révélée, sa vie est d'autant plus bouleversée. Fille d'Alexander MacLeod, elle est en réalité l'héritière d'un Clan ancestral et destinée à prendre la suite de son père. Caleb n'est qu'un sous-fifre de Henry : il a noué une alliance avec les Campbell pour assurer la survie des siens et tenir éloignés les MacKenzie, ennemis de toujours des MacCoy. Malgré cela, Caleb gagne la confiance de Phèdre, et tous deux admettent leurs sentiments l'un pour l'autre.

Victor Campbell, fils aîné de Henry, brise l'idylle naissante en accusant Caleb d'être responsable de la mort d'Alexander MacLeod. Phèdre, ivre de rage, quitte le *laird* MacCoy et prend les rênes de son Clan, à Dunvegan.

***

L'OURS ET LE TAUREAU

Après bien des déboires et des complots, Caleb réussit à reconquérir la confiance de Phèdre et à l'aider contre les manigances de Campbell, puisqu'il s'avère que les MacCoy ont tenté de sauver Dunvegan ainsi qu'Alexander MacLeod plusieurs années plus tôt.

Alors qu'ils sont décidés à lutter ensemble contre leurs ennemis communs, Phèdre et Caleb sont capturés par les MacKenzie. Afin de secourir l'homme qu'elle aime, lady MacLeod accepte de céder ses terres au duc d'Argyll. Phèdre et Caleb parviennent ensuite à s'enfuir du fief des MacKenzie, Eilean Donan, non sans passer à deux doigts de la mort. Alitée, la jeune femme apprend qu'elle attend un enfant.

***

LA LOUVE ET LE GLAIVE

Elisabeth MacCoy arrive à Inchkeith plusieurs mois plus tard, bien décidée à récupérer la place qui lui revient de droit au sein de son Clan, quitte à affronter son premier amour, Duncan. Elle découvre avec surprise tous les chamboulements opérés en son absence : les MacLeod qui vivent désormais sur l'île de son Clan, la guerre déclarée contre les Campbell et les MacKenzie, et son neveu à naître.

En apprenant la trahison de Logan, fils illégitime d'Angus MacKenzie, Elisabeth est déterminée à le retrouver afin qu'il soit traîné en justice devant Caleb. Durant ses recherches, Elisabeth se rapproche bon gré mal gré de Duncan. Tous deux sont cependant tiraillés entre leur loyauté et les souvenirs qu'ils ruminent toujours.

Ils réussissent à mettre la main sur Logan et Debbie Nelson, sa mère, puis à les ramener sur Inchkeith. Tandis qu'Elisabeth et Duncan renouent avec ce qu'ils ressentent l'un pour l'autre, les MacCoy se rendent compte qu'ils sont tombés dans un piège des MacKenzie visant à les affaiblir en prévision d'un raid sur Inchkeith. Ils parviennent à repousser l'offensive de leurs ennemis lors d'une nuit sanglante, non sans pertes, dont celle d'Ewen – le Bouclier – et du père de Callum, Sean Bain. Duncan manque d'y laisser la vie lui aussi. Cette même nuit, Phèdre donne naissance à Xander MacLeod.

De leur côté, les MacKenzie ont récupéré Logan, mais ils ont perdu Harry, le fils cadet du *laird*. La haine s'intensifie, et Angus peaufine son plan afin de reconquérir la confiance de Henry Campbell. Pour cela, il est prêt à tout, même à se servir de son unique fille, Annabelle…

***

LA BICHE ET LE LIMIER

Annabelle est fiancée à Darren Campbell, le nouveau marquis de Lorne, depuis presque un an lorsque sa Famille enlève Xander MacLeod, espérant ainsi s'attirer les bonnes grâces du duc d'Argyll.

Mais Annabelle, craignant qu'il arrive malheur à l'enfant, le protège en réclamant sa tutelle.

Dyclan est dépêché par Caleb et Phèdre pour récupérer le garçon ou, le cas échéant, capturer l'héritier MacKenzie afin de négocier un échange d'otages. Ne pouvant approcher ces cibles, il n'a d'autre choix que de se rabattre sur Annabelle et de l'entraîner à travers les Highlands afin de l'amener à Inchkeith au plus vite : le temps est compté. Annabelle prend goût à la liberté qu'elle découvre et s'attache rapidement à Dyclan, qui la considère comme un être humain à part entière. Alors qu'ils atteignent enfin l'île du Clan MacCoy, la jeune femme a un aperçu d'une vie bien différente de celle qu'elle a toujours connue.

Malheureusement, l'échange d'otages échoue : les hommes de Lachlan O'Connor se retournent contre lui alors qu'il était censé encadrer les négociations. Annabelle ainsi que Xander sont rapatriés à Eilean Donan. Le Trèfle s'allie aux MacLeod pour mener l'assaut sur le fief des MacKenzie. Ces derniers sont vaincus, Xander de retour auprès de ses parents, et Annabelle échappe aux Campbell. Néanmoins, sa Famille doit répondre de ses actes, et elle aussi. Les Sept – hormis Campbell – et Lachlan O'Connor assurent le jugement : les MacKenzie se voient destitués de leur rang et de la majorité de leurs terres. Seule Annabelle garde son titre ainsi que son château de Dirleton. Logan, en revanche, est confié aux MacCoy ; Elrik a disparu.

Mais Annabelle ne veut plus de cette vie au sein des Clans. Grâce à Dyclan, elle inaugure un programme élaboré par Phèdre, Katelyn Fraser et Lachlan O'Connor voué à la protection de ceux – hommes, femmes ou enfants – qui souhaitent quitter le système clanique. Changeant d'identité, elle s'installe sur l'île Lewis, où elle est chargée de loger temporairement les réfugiés que Dyclan lui amène en tant que passeur. C'est une manière pour lui de se racheter après ce qui est arrivé à Marlène Swinton et qui le hante toujours.

Malheureusement, les actes des MacKenzie ont porté un coup sévère à Lachlan O'Connor. Le Code est fragilisé, les Clans se rebellent de plus en plus, et le Trèfle n'est pas certain de pouvoir redresser la situation rapidement. Tandis qu'il rumine sa colère, une jeune fille frappe à sa porte et lui réclame son aide ; puis une femme tombe dans ses bras, grièvement blessée.

Megan MacCoy.

PROLOGUE

Le froid me cingle les joues. Mon ventre crie famine ; je n'ai pas mangé depuis plusieurs jours. Quand je suis parti de chez moi, j'avais tout juste assez pour me payer le voyage jusqu'en Écosse – la seule destination suffisamment proche pour entrer dans mes maigres moyens. Je n'ai pas pensé un instant au fait que j'allais devoir me nourrir. Il fallait que je m'en aille, c'est tout. Loin du chaos, loin de ma mère.

Rien que de penser à elle, la douleur se réveille en moi… ainsi que la colère.

Les rues d'Édimbourg sont plutôt calmes en cette soirée. Je m'attendais pourtant à une certaine agitation. Les allées sont désertes… Je repère quelques façades éclairées. Elles appartiennent pour la plupart à des restaurants chics qui me mettraient dehors si j'essayais d'y entrer.

Le nez dans mon écharpe en laine, je serre plus fort les pans de mon manteau contre moi, et accélère le pas. J'ignore où je dormirai cette nuit. Je suis seul, perdu, mais c'est toujours mieux que de rester en Irlande et subir la folie qui y règne.

Je ralentis près d'une bâtisse qui ne paie pas de mine. Les portes, d'un rouge délavé, sont dans un sale état. Les fenêtres sont recluses derrière des barreaux de métal, et une forte odeur d'alcool s'échappe des aérations. Je recule de quelques pas et lève la tête afin d'observer l'enseigne qui pend au-dessus de moi. *Un pub*, songé-je, incapable de déchiffrer les lettres alambiquées. Au moins, je ne suis plus vraiment dépaysé. Mes lèvres ébauchent un sourire crispé. Il fera toujours meilleur à l'intérieur… Avec un peu de chance, les cacahuètes seront gratuites, et une gentille fille me paiera un coup à boire ?

Je peux tenter…

Pour soulager mes os gelés, je suis prêt à me raccrocher au plus ténu des espoirs.

Une chaleur étouffante, signe que des radiateurs fonctionnent à plein régime, m'enveloppe sitôt que je pénètre dans l'établissement. En moins d'une seconde, je sens le sommet de mon crâne et ma nuque s'humidifier de sueur. Je tire sur mon écharpe et avance au milieu des tables rondes autour desquelles sont installés plusieurs clients. La plupart des mines sont patibulaires. Les têtes se tournent pour me dévisager à mon entrée. Je retire mon béret et me mets à le triturer avec nervosité. D'un coup, je ne suis plus sûr d'avoir fait le bon choix en entrant ici. La gorge sèche, je continue de marcher en direction du comptoir miteux. Plusieurs hommes y sont installés, me tournant le dos.

Pas de femmes.

Si. Il y en a une seule, derrière le bar, qui virevolte pour servir les clients. Une quinquagénaire aux épais cheveux noirs.

Un coup d'œil aux consommations, et je désespère. *Pas de cacahuètes en libre-service.*

– Qu'est-ce que tu bois, gamin ?

Je tressaille et fixe la barmaid. Elle m'offre un sourire en biais. Son regard sombre est franc, sans malice. Elle ne me demande même pas mon âge… J'ai l'habitude que l'on me croie plus vieux que mes 18 ans – ce qui m'a permis de faire les quatre cents coups dans mon pays –, mais va savoir pourquoi, je suis déstabilisé aujourd'hui.

– De l'eau, articulé-je d'une voix mal assurée, rattrapé par ma gorge rêche et mes cordes vocales en veille depuis la descente du navire qui m'a emmené en Écosse.

La femme arque un sourcil épais.

– Irlandais ? s'enquiert-elle.

J'acquiesce, déjà prêt à encaisser de multiples questions déplacées. Mais à ma grande surprise, elle n'embraie pas, se contentant de me servir ce que je lui ai demandé.

– Combien ? baragouiné-je sans oser poser un doigt sur le verre.

– L'eau est gratuite, mon chéri. Et t'as l'air d'en avoir bien besoin.

Je frissonne et m'empare de la boisson. Ma langue râpe sur mes lèvres craquelées. Les regards autour de moi sont plus pesants. Je me rapproche du comptoir, en quête de la protection de la barmaid. Je me hisse sur un tabouret bancal, manque de perdre l'équilibre, mais me rattrape de justesse. La tête baissée, je m'efforce de savourer mes gorgées d'eau, même si un café chaud m'aurait fait davantage de bien. Mon voisin commande un repas ; mon estomac gronde. Je me recroqueville sur moi-même, maintenant que le froid ne me détourne plus de mes idées noires. Ai-je vraiment fait le bon choix en quittant l'Irlande, abandonnant tout derrière moi, jusqu'à ma mère ?

Ses traits m'apparaissent et suffisent à réveiller ma détermination. Partir était la meilleure décision. Il m'était impossible de rester plus longtemps chez moi, de participer au chaos par mon inaction.

Un soupir m'échappe. J'enfouis mon visage crasseux dans mes mains aux ongles noircis.

Un bain. Je rêve aussi d'un bain.

En fait, je rêve de tout ce que j'ai perdu : le confort, la chaleur d'un foyer. Ma famille.

Un bruit attire mon attention, ainsi qu'une odeur qui me fait saliver. On a déposé une assiette fumante de bacon et d'œufs brouillés sous mon nez. La barmaid glisse des couverts près de ma main, me confirmant que c'est bien pour moi. J'ai envie de pleurer de joie… ou de désespoir.

– Merci… soufflé-je.

– C’est à lui que tu devrais le dire.

Le pouce de la barmaid pointe mon voisin. J’ouvre la bouche en me tournant vers lui, sans savoir si je réussirai à lui exprimer toute ma gratitude. Je découvre un visage ciselé, au regard profond, d’un bleu métallique. Il me sourit, une mèche noire tombant sur son œil gauche.

– Ne me remercie pas, me glisse-t-il. Mange, plutôt.

Sa voix caverneuse me saisit aux tripes. Elle est à la hauteur de sa carrure, qui me fait me sentir minuscule. À côté de lui, un deuxième homme lève sa chope de bière dans ma direction, pour me saluer ou me souhaiter un bon appétit. Il est tout aussi impressionnant que le premier, si ce n’est que ses iris dorés sont plus doux. Je parviens tout juste à opiner en signe de reconnaissance et me jette sur mon assiette. Dans la précipitation, je manque de m’étouffer avec les œufs. Une large paume me tapote le dos pour m’aider à les faire passer. J’avale ce qui reste de mon verre d’eau pour dégager ma trachée encombrée, tandis que mon voisin réprime un rire et m’intime :

– Hé ! doucement ! Tu n’es pas arrivé jusqu’ici pour t’étrangler sur ce bar !

Je tousse encore, me racle la gorge et demande :

– Comment savez-vous que je viens de loin ?

– Tu m’as tout l’air d’une âme errante… Et si tu as atterri dans ce pub, c’est que tu n’avais pas d’autre endroit où aller.

– Pourquoi ? Où sommes-nous ?

– À l'Unicorn. Enfin, ce qu'il en reste.

Sa réponse lui vaut un hoquet outré de la barmaid, mais le petit rire qu'elle laisse échapper ensuite m'indique que les taquineries sont fréquentes entre eux.

– Cece gère cet endroit depuis vingt ans, reprend l'homme en désignant la quinquagénaire.

– Si tu insinues encore que je suis une vieille rombière, je te descends, MacLeod !

L'interpellé s'esclaffe, tout comme son ami. Je reste silencieux, ne sachant où me mettre. Je n'ai pas l'habitude d'autant de familiarité.

L'hilarité s'éteint, et l'attention du dénommé MacLeod se reporte sur moi. Ses traits s'adoucissent alors qu'il me lance :

– T'as l'air d'avoir besoin d'aide, mon gars.

Ma mâchoire se contracte, mais je finis par acquiescer. J'ai choisi le nouveau tournant qu'a pris ma vie ; pourtant, j'ai l'impression de le subir, sans aucun contrôle.

– Où sont tes parents ? me demande MacLeod. Ils sont restés en Irlande ?

– Mon père est mort, et ma mère ne m'a pas suivi, craché-je, incapable de dissimuler mon aigreur.

J'ai un mouvement de recul, par réflexe, comme si l'information que je viens de donner devait avoir l'effet d'une grenade. L'ami de MacLeod quitte son tabouret pour s'installer à ma droite. Une sueur froide dévale mon dos, maintenant que je suis encadré – ou cerné ? – par deux gaillards massifs. Mon nouveau voisin interpelle Cece :

– Une autre assiette pour lui, s'il te plaît… Et une carafe d'eau.

– Pas de problème.

Est-ce de la bienveillance ? Ou mes deux voisins si impressionnants cachent-ils un dessein qui m'échappe ? Je n'ose plus les regarder. Une main se glisse sous mon nez ; elle est calleuse, large. Je lève un œil hésitant. L'homme aux prunelles dorées m'adresse un sourire plein de sollicitude.

– Je suis Alastair MacCoy, me dit-il. Et le grand baraqué à côté de toi, c'est Alexander MacLeod.

La carafe d'eau atterrit près de mon verre vide. Je déglutis, touché plus que je ne pourrais l'admettre de vive voix.

– Et toi ? s'enquiert Alexander. C'est quoi, ton nom, l'Irlandais ?

Tremblant, je serre la première main tendue et réponds :

– Lachlan. Lachlan O'Connor.

CHAPITRE 1

MEGAN

– C’est une plaisanterie ? lâche Ben. Elle a accaparé l’organisation du prochain gala ?

Mon collègue soupire, agacé, en repoussant son café latte encore fumant. Son accent américain s’intensifie lorsqu’il crache un chapelet de jurons à m’en écorcher les oreilles. Mon autre collaboratrice, Cloe, lui flanque un coup d’épaule pour le tempérer. Il s’excuse sans abandonner son air revêche et pointe un index inquisiteur dans ma direction avant de m’intimer :

– Tu devrais arrêter de te laisser marcher sur les pieds, Megan ! C’est toi, la directrice de cette galerie d’art !

Je pose mon pain à la cannelle pour le fixer. Son regard doux, brun, fuit alors le mien.

– Elle ne peut rien faire, et tu le sais, intervient Cloe. Margery est la nièce du propriétaire, je te rappelle.

– Megan bosse sur ce gala depuis des mois !

Je m'en retourne à mon cappuccino, mon cerveau déconnectant à moitié de la discussion. Elle me concerne pourtant, mais je n'ai plus la force de m'agacer du comportement de la nouvelle venue dans l'équipe. Cloe a raison : malgré mon ancienneté et les sacrifices que j'ai acceptés pour me faire une place, je ne peux pas lutter contre Margery, même si elle vient tout juste de sortir de ses études en arts appliqués. Une place au sein de la galerie lui était réservée depuis longtemps. Je dois me rendre à l'évidence : dans quelques mois tout au plus, elle s'emparera de mon poste, comme elle récupère les fruits de mon travail depuis son arrivée.

Je me fiche bien qu'elle obtienne des responsabilités par piston. Ce qui m'inquiète, en revanche, c'est ce que l'avenir me réserve si je suis licenciée. Les trous sur mon CV ne m'aideront pas à retrouver un emploi, surtout dans un milieu aussi bouché que celui de l'art.

Mais j'ai connu bien pire. Ma vie n'est pas en danger. Je trouverai une solution.

Ben hausse le ton. Je pose une main réconfortante sur son avant-bras.

– Ne te prends pas la tête avec ça, lui dis-je, conciliante. Si Margery veut le projet, je le lui donne, ça m'évitera d'enchaîner encore les heures supplémentaires.

Les traits de mon collègue se détendent un peu, mais il me souffle tout de même :

– C'est toi qui as permis à cette galerie d'exceller. Margery ne mérite pas sa place, et ce serait injuste qu'elle te remplace.

– Parfois, il faut juste laisser couler, rétorqué-je. Je n'ai pas envie de me battre contre quelqu'un qui gagnera toujours.

Ben et Cloe me dévisagent avec gravité.

– Tu as déjà trouvé de quoi retomber sur tes pattes, c'est ça ? suppose la seconde.

– Non, mais je me débrouillerai…

– Et avec Catherine ? Comment vas-tu faire ?

Cette fois, je peine à dissimuler mes émotions. J'avale une gorgée de ma boisson, tiède à présent, avant de répondre :

– J'ai eu la bonne idée d'économiser depuis sa naissance en prévision d'un coup dur. Si je devais être licenciée, cet argent me permettra de tenir le temps d'être embauchée ailleurs.

– Monsieur Delacourt t'aime beaucoup trop pour se résigner à se séparer de toi, affirme Cloe.

– Pas autant que sa nièce, argue Ben d'un ton acide.

Malgré l'épée de Damoclès qui plane au-dessus de moi, je réussis à sourire, attendrie par leur inquiétude. J'embrasse Cloe sur la joue et tapote l'épaule de Ben lorsque je me lève.

– Je vous le répète : ne vous prenez pas la tête pour moi. Je m'en tirerai.

Comme toujours.

Je leur adresse un dernier sourire et quitte la salle de repos pour rejoindre mon bureau. Ma journée se termine dans trois heures, mais il me reste encore à écumer mes mails pour répondre à de potentiels vendeurs, pour la plupart des artistes indépendants avec qui j'entretiens de bonnes relations. J'ai à cœur de proposer leurs œuvres au plus grand nombre, la galerie faisant office de passerelle entre ces créateurs qui débutent, mais au talent indéniable, et des amateurs au goût éclectique. Le gala que je prépare depuis plusieurs mois avait pour but de mettre en lumière cinq jeunes sculpteurs, certains à peine entrés dans la vingtaine. Je me faisais une joie de contribuer à lancer leurs carrières… Maintenant, c'est Margery qui prendra en charge ces talents innovants, et je doute qu'elle soit capable de leur faire honneur comme je le souhaitais.

Ce n'est plus de mon ressort, pensé-je en répondant à un message d'un de mes contacts sur Chicago. La photo qu'il m'a envoyée ne m'a pas assez convaincue pour que je me déplace afin d'examiner de plus près le tableau qu'il cherchait à promouvoir.

Tant pis.

Je ferme ma boîte mail pour me concentrer sur les derniers biens arrivés dans notre entrepôt. Ceux-là, je dois rapidement les étudier pour réfléchir à la manière dont ils trouveront leur place dans la galerie, puis planifier des vernissages. J'opère un premier tri, d'un œil objectif, tout en prenant des notes. Mon téléphone fixe sonne de temps en temps, pour des broutilles, des questions sur l'organisation du gala. Je renvoie le plus souvent mes interlocuteurs vers Margery.

Au bout de deux heures, Cloe m'apporte un nouveau cappuccino. Je m'accorde une pause, les yeux fatigués derrière mes lunettes. L'écran de l'ordinateur me pique les rétines ; je le mets en veille, et il me renvoie alors mon reflet. Mes cheveux roux ont besoin d'être raccourcis : ils vont finir par me tomber au niveau des épaules. Je soupire et repousse ma tignasse sur le côté gauche de mon crâne. Un vieux réflexe dont je ne me sépare pas bien que j'aie dit adieu à mes longueurs…

Je profite de ma pause pour consulter mon portable. Mon cœur rate un battement quand je constate que j'ai reçu cinq appels en absence. Je vérifie l'heure : 17 h 13.

– Oh ! non…

Je déverrouille rapidement le téléphone pour confirmer ce que je crains. C'est Catherine qui cherche à me joindre depuis vingt minutes… Je chasse mon fond d'écran qui la représente, tout sourire, à Noël dernier et rappelle, prête à essuyer sa mauvaise humeur. Les tonalités durent quelques secondes, jusqu'à ce que sa voix cristalline retentisse :

– Oui ?

– Tout va bien, Riri ? lui demandé-je.

– Je t'ai déjà dit de ne pas m'appeler comme ça, lâche-t-elle de son éternel ton las.

– Qu'est-ce qui se passe ? Ton père a encore oublié de te récupérer après le foot ?

– Ouais…

Ma poitrine se serre. Alan ne changera jamais…

– Pourquoi ne m'appelles-tu que maintenant ? l'interrogé-je en bondissant de mon fauteuil. Tu as pourtant terminé il y a une heure, non ?

– Je pensais qu'il était juste en retard… M'man, je voulais juste savoir si tu pouvais venir me chercher ou si je grimpe dans le bus, c'est tout.

– Si tu prends la peine de m'appeler, c'est que tu espères que je vienne.

Encore un soupir typique. « Tu me gonfles », cherche à me dire ma fille. Je récupère mes clés de voiture, range à la va-vite mes dossiers et ferme mon bureau derrière moi.

– Je serai là dans une demi-heure, ça ira ?

– Ouais…

– Je t'…

Catherine raccroche alors que je m'arrête devant le bureau de M. Delacourt, le propriétaire de la galerie. Je frappe pour m'annoncer et passe la tête dans l'entrebâillement de la porte.

– Monsieur ?

Mon patron remonte sur son nez ses petites lunettes rondes et me sourit, notre dernier catalogue entre les mains.

– Madame Gelbero ! s'exclame-t-il. J'allais justement vous rendre visite pour faire un point sur vos récentes acquisitions. Elles sont excellentes, mais je ne pense pas que nous devrions les inclure dans la collection à présenter au mois d'octobre.

Je ravale une grimace et tripote mon trousseau de clés avec impatience, mais me garde de la laisser filtrer jusqu'à mon patron. Il y a une semaine, il partageait pourtant mon point de vue… Bien évidemment, s'il a changé d'avis, c'est que Margery a dû intervenir. Je prends sur moi, emprisonnant ma frustration et mon sentiment d'injustice dans une boîte hermétique. Il y a des choses plus importantes dans la vie que les différends professionnels. Mes muscles se détendent, et je déclare avec sérénité :

– Très bien, monsieur. Excusez-moi, mais j'aimerais partir plus tôt aujourd'hui.

– Aucun problème, me répond mon patron. Un souci de garde partagée, je suppose ? Je connais ça.

J'ébauche un sourire, bien que le cœur n'y soit pas. Je n'ai jamais apprécié étaler ma vie privée au travail, mais les circonstances m'y ont contrainte. Il a bien fallu que j'explique pourquoi j'ai soudain demandé à écourter mes journées plusieurs fois par semaine, lorsque mon divorce a été prononcé il y a deux ans. J'étais sur des charbons ardents alors, mais la nouvelle de ma séparation a été accueillie sans remous. Mon ex-mari n'est pas spécialement bien perçu dans le milieu artistique ; notre rupture, que j'ai provoquée, n'a pas ému grand monde autour de moi.

Celle qui a le plus souffert de la situation, c'est Catherine. Même si ce n'est jamais facile de clore un chapitre ou de laisser derrière soi plus de dix ans de vie commune, c'est surtout pour ma fille que je me suis inquiétée.

Je remercie M. Delacourt, discute encore une minute ou deux avec lui histoire de me montrer polie, puis m'éclipse au pas de course. Je traverse le hall de la galerie, avec ses immenses verrières élégantes et ses lustres en cristal qui doivent coûter cinq mois de mon loyer chacun, salue Ben d'un signe de main, ouvre les portes à la volée et me précipite dans la rue. Dehors, le ciel est gris, et la bise glaciale m'arrache un frisson. Je resserre les pans de mon manteau autour de moi, mon sac à main collé à mon ventre, et chemine sur le trottoir en quête de ma voiture. La pluie commence à tomber, ce qui est peu surprenant en ce début d'automne. Mes escarpins claquent sur le bitume humide. Le vent forcit, ébouriffant mes cheveux. Vaillante, je m'empare de mon téléphone et compose le numéro d'Alan. Il ne décroche pas. Je retente ma chance ; cette fois, il daigne prendre l'appel tandis que je déverrouille ma portière.

– Tu sais que tu ne dois pas me déranger en début de soirée ! me lance-t-il d'emblée.

Je ravale un soupir et me glisse sur mon siège.

– Je suis au courant, mais il y a des exceptions, répliqué-je, comme lorsque tu oublies de récupérer notre fille après son entraînement de foot.

– Merde…

– Oui, *merde*, répété-je avec dureté. Tu exagères ! C'est la deuxième fois ce mois-ci. Tu m'as laissé la garde en insistant pour conserver des instants privilégiés avec Catherine, mais tu ne les assumes pas le moment venu. Elle en souffre, tu t'en rends compte ?

– Pas la peine de me faire une leçon de morale, je sais que j'ai foiré. Mais j'étais en plein travail ! L'inspiration n'attend pas.

Je ne peux m'empêcher de rouler des yeux en démarrant le moteur. « L'inspiration » a toujours été la priorité d'Alan. Je passais en second, jusqu'à la naissance de Catherine. Là, j'ai été décalée en troisième position.

Mon ex-mari est un artiste peintre qui se laisse dévorer par ses rêves de gloire. « Si mes œuvres ne sont pas reconnues de mon vivant, alors je travaillerai pour qu'elles le soient après ma mort », m'assenait-il souvent lorsque je me plaignais de ses absences. Pourtant, sa passion, son désir de liberté et d'indépendance, ses rêveries m'avaient attirée à notre rencontre, pendant l'une de mes rares escapades dans les vieux quartiers d'Édimbourg. J'aimais y flâner, quand on m'y autorisait – si peu souvent. J'ignorais qu'engager la conversation avec un artiste de rue bouleverserait ma vie à ce point…

Le glas de notre mariage a sonné quand j'ai décidé de me concentrer sur moi et d'entamer des études tardives qui m'ont permis de décrocher un diplôme que je n'aurais jamais espéré dans ma vie… *d'avant*. Quand je suis devenue directrice de la galerie, Alan s'est persuadé que je plaiderais en sa faveur, que je mettrais ses tableaux en avant… Sauf que je n'avais plus de veines à taillader pour lui. D'autant que la réalité, c'est que ses œuvres ne valent pas un clou. Mon ex-mari s'enorgueillit d'un talent qu'il n'a pas, et je n'ai jamais eu le cœur de le lui avouer en toute honnêteté. J'étais lasse d'être un fantôme pour l'homme qui partageait ma vie et pour qui, je m'en suis rendu compte si tard, je n'éprouvais finalement pas un amour aussi fort que je le croyais. Nous n'avons jamais souhaité avoir d'autres enfants ; ou alors, peut-être est-ce moi qui faisais un blocage…

Je m'adosse à mon siège, réprimant mon aigreur. Il ne me servirait à rien d'entrer à nouveau dans une guerre stérile avec Alan.

– D'accord, lâché-je d'un ton plat. Je vais chercher Catherine, mais fais un effort. La prochaine fois, ne l'oublie pas. Quoi que tu en dises, ta fille est plus importante que ton inspiration… Elle, elle sera toujours là, sauf si tu commets l'erreur de la perdre.

Je raccroche avant que mon ex-mari me réponde, trop consciente de ce qu'il voudrait me rétorquer. Il en est toujours ainsi avec lui : il aligne les reproches, l'amertume, les chamailleries, les disputes sans proposer de réelle solution. J'espérais que nous resterions en bons termes, mais il ne m'a jamais pardonné de l'avoir quitté, moi, la femme qu'il estimait lui être acquise et dévouée. Parce que j'avais tout perdu pour lui, pour notre fille ; je n'avais plus de passé, et sans passé, a-t-on vraiment un avenir ?

Mais j'ai pris mon indépendance, j'ai décidé de vivre. Sans lui.

D'un geste plus rageur que je ne l'aurais souhaité, je m'insère dans la circulation, le ventre noué. Catherine va faire la tête durant plusieurs jours. Elle est trop entière, trop passionnée pour ne pas se laisser envahir par les émotions qu'elle contient en elle. Et comme toujours, c'est moi qui ramasserai son petit cœur brisé.

CHAPITRE 2

MEGAN

Catherine ne met pas longtemps à repérer ma voiture, que je gare en warning près de l'arrêt de bus sous lequel elle s'abrite de la pluie. Elle trottine jusqu'à moi, son sac de sport maintenu au-dessus d'elle pour se protéger des gouttes. Lorsqu'elle ouvre la portière, elle ramène avec elle un puissant parfum d'humidité et de béton mouillé.

– Salut, lui lancé-je.

Elle ne daigne pas user de sa voix pour me répondre ; elle se contente d'un hochement de tête évasif. Si j'en crois les taches de boue sur ses jambes, elle ne s'est pas douchée aux vestiaires. Elle a dû sentir le mauvais temps et estimer qu'il valait mieux qu'elle attende d'être rentrée à la maison. Sa capacité à prévoir l'approche d'un orage, qu'elle possède depuis son plus jeune âge, ne manque jamais de m'épater…

Elle essore ses nattes rousses sans se préoccuper de mouiller l'intérieur de ma voiture. Je ne lui dis rien, la devinant de mauvaise humeur. En tant que mère, cela fait longtemps que j'ai décidé de choisir mes batailles. Certaines valent davantage mon énergie que d'autres.

Catherine souffle sur une mèche folle et écrase ses joues parsemées de taches de rousseur et de gouttelettes. Prudemment, je lui demande :

– Comment c'était ?

– Normal, me répond-elle.

– Tu étais dans les buts aujourd'hui ?

– Non.

– Joann était là, cette fois ? Elle n'est plus malade ?

– Si. Pas là.

Bon… Même si je sais que ma fille a atteint l'âge durant lequel les adolescents commencent à se retrancher, je ne parviens pas à m'y résoudre : cette distance qu'elle instaure entre nous est cruelle. Nous avons toujours été si proches… Je m'écrase contre son mur encore et encore, dans l'espoir d'y percer une brèche.

Sans succès.

Catherine boucle sa ceinture, puis me lance un regard agacé.

– On y va ou pas ?

J'acquiesce et démarre, le cœur lourd. Au bout de quelques minutes à rouler en silence, je dégoupille la grenade :

– Ton père est désolé de ne pas avoir pu te récupérer aujourd'hui. Il se rattrapera.

– Pas grave.

Si, ça l'est. Je le vois à ta bouche pincée et à tes poings serrés. Tu ne vas pas bien, Catherine.

– Comme j'ai quitté le travail plus tôt, ça te dirait qu'on aille se manger une piadina ? proposé-je. Tu dois avoir faim après le foot.

– Je n'ai plus 8 ans.

Oui, ça, je l'avais remarqué. Heureusement que je n'ai pas proposé une glace...

– Et ce soir, une pizza ? m'entêté-je. Je peux commander pour dix-neuf heures, et on se fait une soirée plateau télé, même si on est en semaine. On fait une exception, pour une fois.

– Arrête.

– Un taco, alors ?

– Maman, arrête.

Mes doigts se crispent autour du volant. Je sens le poids du regard de Catherine posé sur moi. Fulminant. Colérique. Blessé.

– Ce n'est pas de la bouffe qui arrangera quoi que ce soit, gronde-t-elle. De toute façon, je t'ai dit que je vais bien. Pas la peine de surjouer la gentille.

Échec et mat.

Je ne réussis pas à la reprendre sur son langage, trop désarçonnée par ses propos.

– Ce n'est pas ce que je voulais, plaidé-je. Je m'inquiète pour toi, c'est tout.

– C'est toi qui exagères les choses. Si tu ne le fais pas, y'a aucun problème, donc pas de solution à trouver.

Je mordille l'intérieur de ma joue et jette un coup d'œil à ma fille. Elle ne m'offre plus que son profil contrarié. Elle a ce petit nez qui n'est pas de moi ni d'Alan. Ce sourcil aussi, dont un coin est un peu plus haut que l'autre. Et cette bouche, à l'arc de Cupidon adorable en forme de cœur… C'est surtout à moi qu'elle ressemble. Elle n'a rien pris de son père, hormis ses tendances rêveuses, et sa difficulté à dormir parfois : c'est une lève-tôt. Pour tout le reste, elle est mon portrait craché.

Je déglutis. Plus exactement, Catherine est le portrait craché de son côté écossais. Quand je la regarde, souvent, ce n'est pas moi que je vois, mais *eux.* La passion qu'elle dégage dans tout ce qu'elle entreprend ne vient pas de moi : je suis trop pondérée, trop sage. Elle est tirée de mon passé.

– Très bien, finis-je par abdiquer. Rentrons nous mettre au chaud, tu prendras une douche en arrivant et tu feras tes devoirs.

– Je ne suis pas à la minute près… proteste Catherine.

– Il me semble que tu as un exposé à rendre pour la semaine prochaine.

– Justement, j'ai encore plein de temps !

Je ravale un sourire maintenant que Cathy démarre au quart de tour pour argumenter. Elle bat des mains, rouspète et me reproche cette fois d'être trop stricte. Ce n'est pas grave. Je m'en accommode… Tant qu'elle s'en prend à moi, elle ne pense plus à ce père qui réussit à oublier sa propre fille sous la pluie.

CHAPITRE 3

MEGAN

Sans surprise, Catherine et moi sommes rentrées à la maison en silence. J'ai renoncé à l'idée de briser la glace, au risque d'empirer la situation… En attendant qu'elle soit prête à me partager ses émotions, je l'abandonne à ses ruminations et m'occupe de préparer le repas. Avec un tel froid, j'opte pour un ragoût de pommes de terre. Ma fille protestera sans doute, mais après tout, elle a refusé mon option pizza.

La marmite sur le feu, je m'éclipse en direction de la salle de bains. Notre appartement n'est pas spacieux ; j'aurais les moyens de louer plus grand, mais je n'en vois pas l'intérêt. Aujourd'hui, je nourris un goût prononcé pour le minimalisme et les foyers petits, chaleureux, où il suffit de hausser un peu la voix pour être entendu dans une autre pièce. Les vastes espaces m'angoissent.

La porte de Catherine est entrouverte ; je risque un bref regard à l'intérieur de sa chambre, histoire de vérifier que tout va bien. Elle est penchée sur son bureau encombré de cahiers, de dessins griffonnés, de manuels et de livres de poche. Ses écouteurs dans les oreilles, elle ne me remarque pas, trop concentrée. Je souris, rassurée qu'elle se focalise sur ses devoirs plutôt que de broyer du noir dans son lit. Après mon divorce, je l'ai retrouvée plusieurs fois recroquevillée sur elle-même, avec un refus absolu de m'adresser la parole. Elle était soulagée que son père et moi ayons rompu, mais elle estime encore maintenant que tout est de ma faute. Je n'ai jamais eu la force de la contredire, ne souhaitant pas la mêler à mes différends avec son père. Elle n'a pas à assumer la relation amoureuse de ses parents, ce n'est qu'une enfant. Je la préserve, autant que je le peux.

Je soupire en me déshabillant dans la salle de bains, petite mais douillette. Je croise mon regard dans le miroir rond au-dessus de la vasque et me fais une nouvelle fois la réflexion qu'il est temps que je me coupe les cheveux. J'ouvre un tiroir et fixe les ciseaux qui y sont rangés. À côté, j'ai entassé les produits de coloration ramenés par Catherine. Un jour, elle s'est prise de la lubie de se teindre les cheveux en blond platine. Elle s'est procuré tout le nécessaire avec son argent de poche avant de m'exposer son projet. Elle ne voulait plus de sa magnifique crinière rousse, alors que je n'ai de cesse depuis sa naissance de lui répéter qu'elle doit l'arborer avec fierté. Déçue, j'ai compris qu'elle me provoquait, cherchait à me mettre encore plus à distance en bousillant ce que nous avions en commun. Ça m'a fait mal, et je n'ai pas su contenir ma colère ce jour-là. Catherine, si volcanique quand elle explose, est entrée en furie. Depuis, les produits sont restés dans ce tiroir. Je lui ai promis de les garder jusqu'à ses 16 ans, palier symbolique à partir duquel elle sera assez mature pour assumer son choix.

Je touche la pointe de mes cheveux. Je refuse depuis des années de les laisser pousser, comme *avant*. Mon premier acte en tant que femme libre a été de les raccourcir…

Je referme le tiroir et glisse sous la douche.

Plus tard, pendant le repas, Catherine ne me prête pas attention pendant qu'elle engloutit le contenu de son assiette. Installée face à elle sur le comptoir de la cuisine, je touche à peine à mon ragoût, triturant l'une de mes mèches humides. Finalement, j'avale une gorgée d'eau avant d'oser rompre le silence.

– Tu sais, mon travail risque de s'alléger prochainement… Je me disais que ce serait sympa de partir un peu toutes les deux.

– Partir ?

– Oui, un week-end, par exemple. Je pensais à la Cornouaille.

– Pourquoi ?

– Pour nous aérer, changer de décor. Nous n'avons pas pu passer beaucoup de temps ensemble récemment. Ce serait l'occasion de nous rattraper…

Catherine me contemple avec un air oscillant entre l'enthousiasme et l'agacement. Une association que je ne croyais pas possible. Puis son regard se durcit, et elle plonge sa fourchette dans la chair d'une pomme de terre d'un geste rageur.

– Ce n'est pas la peine, affirme-t-elle.

– Ça me ferait plaisir.

– Peut-être, mais moi, je n'ai pas envie d'aller en Cornouaille.

J'encaisse, le sourire figé.

– Tu préférerais un autre endroit ? tenté-je.

– Non, je ne veux pas partir, c'est tout. En plus, papa m'a envoyé un texto, il m'a promis qu'on voyagerait sur la côte sud dans les prochaines semaines.

J'inspire pour endiguer la moutarde qui me monte au nez.

– Je n'étais pas au courant.

– Maintenant, tu l'es, réplique Catherine.

– Vous auriez dû m'en parler, tu ne crois pas ?

– C'est fait, et de toute façon, c'est papa. Il peut bien m'emmener où il veut, non ?

Je bois encore un peu d'eau. Margery peut bien me prendre mon poste, ça ne fait rien : je m'en accommode. Mais qu'Alan commette erreur sur erreur en me laissant ramasser les pots cassés pour réussir ensuite à tout arranger en jetant une promesse en l'air, ça me met en rage.

J'observe Catherine. Elle s'est adoucie, un petit sourire soulevant un coin de ses lèvres. Je devine qu'elle se projette déjà. J'imagine bien que, pour elle, la perspective est alléchante : plusieurs jours complets avec son père qu'elle voit si peu, à peindre et dessiner en sa compagnie. Il la délaisse souvent, et pourtant, elle continue de l'idéaliser. C'est sans doute égoïste de ma part de m'en agacer… Je devrais au contraire me montrer ravie qu'elle l'aime à ce point, malgré toutes les fois où il la déçoit.

Je relativise. Peut-être que cette fois, Alan a vraiment l'intention de tenir parole.

– Riri…

– Arrête de m'appeler comme ça, fulmine ma fille.

– Catherine, tiens-moi juste au courant de vos projets, d'accord ? Je suis ta mère, c'est normal que je souhaite veiller sur toi.

– Oui, eh bien, peut-être que je préférerais que tu cesses de me traiter comme une gamine.

– Tu n'es encore qu'une enfant.

– J'ai 14 ans !

– Ce qui ne fait pas de toi une adulte.

Ma fille grogne et frappe du poing sur la table. Je ne sursaute pas, ayant anticipé sa saute d'humeur. C'est un vieux réflexe que je conserve : étudier les tocs, m'attarder sur les détails du langage corporel. Pour être toujours prête.

Catherine se rend compte de l'erreur qu'elle vient de commettre. Je n'ai jamais toléré qu'elle se comporte ainsi. Ses doigts se déplient, sa bouche se tord. Elle est à deux doigts de se mettre à pleurer. C'est ce que je redoutais : le moment où elle éclate pour une broutille. J'aimerais profiter de la brèche qu'elle a ouverte dans sa carapace pour la pousser dans ses retranchements, dans l'espoir égoïste que cela lui ferait enfin cracher tout son fiel. À la place, je contiens mon impatience et lui ordonne :

– Va dans ta chambre pour y réfléchir.

– Tu me ressors le coup du temps calme, sérieux ? proteste-t-elle.

– Apparemment, tu n'es pas encore apte à t'en passer. Va dans ta chambre, tu reviendras quand tu auras géré tes émotions. Je te garde ton assiette.

Catherine me foudroie d'un œil noir, jette sa fourchette, puis se lève d'un bond en clamant :

– Pas la peine ! Je ne compte pas ressortir de sitôt !

Sa chaise manque de culbuter quand elle quitte la pièce. Sa porte claque, comme je m'y attendais. Je patiente quelques secondes, histoire de m'assurer qu'elle ne s'acharne pas sur son bureau, puis relâche la tension dans mes muscles. Une main sur le front, je me rejoue la scène en boucle et me reproche ma dureté. J'aurais peut-être dû réagir autrement, trouver une alternative. Le fait est que je ne sais plus comment parler à ma propre fille… Et dans ces cas-là, j'adopte l'attitude à laquelle on m'a formatée. Je deviens mon père.

Je débarrasse la table, répétant des gestes mécaniques. Rapporter, jeter, rincer, glisser dans le lave-vaisselle. Durant ce temps, je rumine. Je repense à ma petite Catherine, à son sourire juvénile, cette façon qu'elle avait de quêter mes bras à toute heure du jour, de me réclamer… Ça m'épuisait d'être ainsi sollicitée sans répit. Maintenant, ça me manque. Je donnerais n'importe quoi pour revenir à ces jours plus heureux avec mon enfant, si doux, malgré les difficultés que je traversais dans mon mariage.

Qu'ai-je loupé ? Qu'ai-je fait de mal ?

J'ai l'impression que ce dont Catherine me rend coupable, c'est surtout de ne plus aimer son père.

Je fais un dernier tour de l'appartement pour m'assurer que tout est en ordre, puis m'arrête devant la porte close de Catherine. Je n'entends pas un bruit provenant de sa chambre, bien que de la lumière filtre encore sous le battant. Un halo chaud et ténu, signe qu'elle a allumé la petite veilleuse sur sa table de chevet. Je lève le bras pour frapper et lui demander de ne pas se coucher trop tard, mais je me ravise avant de rejoindre mon canapé.

Je lance Netflix le cœur lourd. *Demain est un autre jour*, me dis-je en sélectionnant ma série en cours. Cependant, malgré mon intérêt pour l'histoire, je ne réussis pas à m'impliquer. Je récupère mon pull en laine épaisse, troué mais si réconfortant, rabats mes jambes contre moi et pose la tête sur un coussin. Mes paupières lourdes, je ne me sens pas m'endormir.

L'horloge de mon téléphone indique 4 h 32 quand j'ouvre les yeux, le cœur erratique et le souffle court. Les doigts crispés dans la maille de mon pull, je tente d'analyser ce qui m'a réveillée. Derrière moi, j'entends un cliquetis. Celui du verrou de la porte d'entrée de l'appartement, avec lequel on joue. Je me redresse lentement, en silence. Il est déjà arrivé qu'un voisin aviné se trompe d'étage, mais il était assez bruyant pour que je comprenne vite de quoi il retourne. Non, cette fois, ce n'est pas ça… Je me lève et rejoins la cuisine sur la pointe des pieds, laissant la lumière du salon allumée. Je récupère un couteau à viande sur l'égouttoir de l'évier avant de passer dans le couloir. Les cliquetis résonnent encore, et je distingue l'ombre de pieds au niveau de la barre de seuil.

Pas de doute : on tente de fracturer ma porte.

Je fais pivoter mon couteau pour positionner la lame près de mon poignet et fléchis les jambes.

CHAPITRE 4

MEGAN

La porte de la chambre de Catherine est derrière moi. Quoi qu'il advienne, la personne qui tente d'entrer dans l'appartement ne doit pas réussir à franchir ma ligne. La colère bouillonne en moi, se mêlant à une adrénaline trop familière à mon goût.

Le verrou tourne. La porte s'ouvre doucement. Une première épaule passe. Il me suffit d'un regard pour jauger la taille de l'intrus. Il fait au moins vingt centimètres de plus que moi, et les muscles de son bras sont saillants. Quand son buste surgit, je repère la cagoule sur son visage. Mon sang ne fait qu'un tour.

Cagoule signifie préméditation.

Je bondis et utilise le battant pour coincer le second bras qui n'est toujours pas entré. J'en meurtris l'articulation et frappe du manche de mon couteau le nez de l'inconnu. Son râle m'indique que j'ai visé juste. Je le repousse à l'extérieur de l'appartement, mais une force inattendue me propulse en arrière. Je réussis à me rattraper avant de culbuter. Deux hommes passent devant le premier et se jettent sur moi. J'évite un coup en me glissant sous le coude du plus massif, lui flanque mon poing dans l'abdomen. Il a le réflexe de contracter pour encaisser. Une main me saisit par les cheveux ; je me retourne, dents serrées, et enroule mon bras autour de celui qui me maintient. Une torsion, et je malmène l'articulation jusqu'à ce qu'on me relâche tout en envoyant un coup de pied au troisième homme, qui s'est remis de ma première offensive. Le corps percuté se fracasse contre le mur. Mon ventre se noue ; le vacarme peut alerter le voisinage qui me portera secours, mais d'un autre côté…

– Maman ? Qu'est-ce qui se passe ?

Mes yeux s'arrondissent, mon cœur bat plus vite. Ivre de rage, je feule et décoche un coup de tête à mon agresseur le plus proche. Je prends appui sur celui qui me saisit à la gorge, dans mon dos, afin de me projeter en arrière, et j'enserre le cou de l'étourdi entre mes cuisses. Suspendue au-dessus du sol, je me démène pour aspirer autant d'air que je le peux jusqu'à assommer ma proie.

– Ne sors pas de ta chambre ! hurlé-je à ma fille. Verrouille-la !

Le plus grand des trois hommes tente une percée pour ouvrir la porte de Catherine. Un cri de rage m'échappe quand j'arrive à m'extraire des deux autres pour lui sauter dessus. Même si je n'ai jamais cessé de suivre des cours d'arts martiaux depuis que je vis en Angleterre, ce sont des réflexes plus anciens qui me reviennent dans le feu de l'action. Je m'entortille autour du corps et l'envoie au sol. J'amortis mal la chute ; mes souvenirs s'embrouillent. J'entends le ressac de la mer, les galets qui roulent sous l'écume…

Inspiration.

Je me redresse et bloque mon adversaire avec mon genou. Je n'ai pas le temps de le percuter de mon poing : ses comparses tentent de fracturer la porte de ma fille…

Je n'ai pas le choix…

Je retourne mon couteau, lame en avant, et saute sur la main qui vient de s'enrouler autour de la poignée. Je tranche, focalisée sur ces doigts qui forcent, tournent avec frénésie. Leur propriétaire glapit et m'envoie une gifle en plein visage. La brûlure remonte de ma mâchoire jusqu'à ma tempe, qui se met à pulser. Je cille très vite, à de multiples reprises, pour garder les idées claires. Du coin de l'œil, je distingue une silhouette qui tire une lame de sa ceinture. Je réagis en plongeant mon couteau dans son estomac. Les sons gutturaux que laisse échapper la gorge de ma victime me rendent nauséeuse. Je ravale mon haut-le-cœur juste au moment où l'on me plaque contre le mur du couloir. Pendant que l'un des deux hommes restants me maintient, l'autre donne de grands coups d'épaule contre la porte de Catherine. Je perçois les pleurs de ma fille de l'autre côté, ses suppliques aussi. Des geignements qui me déchirent les oreilles autant que les entrailles. Je pousse un cri et m'acharne sur la nuque de mon adversaire, utilisant mon coude pour le frapper de toutes mes forces, gesticulant pour m'extirper de son étau. Le chambranle menace de céder ; des larmes me montent aux yeux. Alors, j'enroule comme je peux mes bras autour du cou de l'homme qui me tient et bande mes muscles. Il émet un râle et me soulève comme une brindille. Je prends appui contre le mur à l'opposé, raffermis ma clé, m'entortille à l'image d'un boa et le ramène à terre où, d'une pression, je lui brise le cou. Au même instant, un craquement me fait frémir. Quand je relève la tête, mon sang ne fait qu'un tour. La porte est fracturée.

– Maman ! Maman !

Catherine est hystérique ; le troisième homme s'en prend à elle. Je me libère du corps inerte et sprinte. Mon cœur bat si vite qu'il me meurtrit la poitrine.

Pas ma fille !

Je pénètre dans la chambre à la lumière tamisée et repère aussitôt l'individu qui domine mon enfant, un canif dressé au-dessus d'elle. Je fonce et le bouscule assez fort pour l'écarter de Catherine. Il se retourne vers moi ; sa lame égratigne mon bras. J'intercepte son offensive suivante. Ma fille m'appelle, me supplie de faire attention. Je m'efforce de rester concentrée. D'une poussée, l'homme m'envoie cogner contre le bureau. Les affaires de Cathy s'échouent les unes après les autres. Je m'empare d'une trousse pour la jeter au visage cagoulé. Mon adversaire évite le plus gros de l'impact en plaçant son avant-bras devant son nez. Je récupère un crayon, passe mon index sur la mine pour en vérifier la pointe et bondis en avant. L'homme est plus doué que ses deux comparses. Il arrive à anticiper mes premiers mouvements ; je ne me laisse pas impressionner et prévois à mon tour ses contre-attaques. J'ai connu plus vif, et bien plus redoutable. Nous échangeons des coups, trop longtemps à mon goût. Je n'ai plus 20 ans ni l'habitude ; je m'essouffle rapidement.

Le poing qui se plante soudain dans mon estomac me coupe la respiration. Je contracte mon ventre pour amortir l'impact du second uppercut. Ce n'est pas suffisant : je termine pliée en deux. Je discerne le genou qui file droit vers mon menton et tourne la tête pour encaisser avec la partie la plus dure de ma mâchoire, mais l'étourdissement me gagne. Je m'effondre sur le côté, le crâne dans une enclume.

– Maman !

L'homme m'enjambe. J'ordonne à tous mes muscles de réagir, sans grand succès. Mon cerveau cogne. Catherine jette ses oreillers à notre agresseur, bat des jambes pour le tenir loin d'elle. J'entends un rire. Celui de l'intrus. Une haine viscérale m'inonde. Il ose rire parce qu'il terrorise mon enfant !

Lève-toi, allez !

Je bascule sur mes coudes. Ma tête me tiraille, une pointe douloureuse cisaille l'arrière de mon œil gauche.

Debout ! Debout !

Catherine hurle. L'homme ceint son cou de son immonde poigne.

Debout !

Je tangue sur mes pieds. Mais c'est assez pour m'insérer entre le lit et l'intrus. Assez pour empêcher la lame de plonger en avant et de blesser ma fille. Une douleur cuisante me lacère la hanche, mais je ravale ma plainte. Je lance ma jambe, frappe de plein fouet le genou de l'homme, là où l'articulation est la plus sensible. Mon adversaire ploie, par réflexe, sans pouvoir se contrôler. Le tranchant de ma main claque contre sa trachée. Il aspire l'air, les yeux exorbités. Je me glisse derrière lui et l'étrangle d'une clé de bras. Il lutte de toutes ses forces, mais je plante mes pieds dans le sol, puis me cambre pour l'empêcher de me faire rouler en avant.

– Ne regarde pas, ordonné-je à Catherine sans reconnaître ma propre voix.

Elle m'obéit, plaçant son visage derrière sa couette, les joues humides de larmes. Je resserre ma prise, ignore les coups que l'homme me donne dans le bas-ventre et dans les côtes. Peu à peu, son corps s'affaiblit, ses râles guerriers se transforment en plaintes désespérées. Quand il cesse de gesticuler, je le relâche. Il s'effondre au pied du lit, face contre terre. Je me penche pour vérifier son pouls. Il ne bat plus. Alors, ma pression redescend d'un coup. Je me rattrape au bureau pour ne pas tomber.

– Ma… Maman, tu…

Je redresse la tête et découvre le visage blafard de Catherine. Son nez et ses yeux rougis, elle tremble de la tête aux pieds. Pourtant, je me retiens de la serrer dans mes bras. Ce n'est pas le moment. L'urgence se rappelle à moi : j'ai été victime d'une intrusion, d'une tentative de meurtre, et il y a trois cadavres dans mon appartement. Ce ne sont pas de simples cambrioleurs. Est-ce que je contacte la police ? Que dira-t-elle quand elle constatera que j'ai tué trois hommes ? Ils ne croiront jamais à la légitime défense, même si la porte est fracturée, même si le témoignage de ma fille et mes contusions corroboreront ma version. Tout se bouscule dans ma tête.

– Tu saignes, m'indique Catherine.

– Quoi ?

Ma fille pointe d'un doigt fébrile ma hanche qui commence à me lancer.

– Là… Tu saignes beaucoup.

Je baisse le regard pour découvrir mon débardeur imbibé de sang. La plaie est très sérieuse. Je prends le premier oreiller que je trouve par terre et en retire la taie pour la plaquer contre la blessure. L'homme a réussi à me planter son canif… Un hoquet m'échappe quand j'appuie pour endiguer l'hémorragie. Catherine écarquille les yeux, à deux doigts de l'hystérie.

– Mais qu'est-ce qui s'est passé ? couine-t-elle. Maman, qu'as-tu fait ? C'est qui, ces types ? Ils sont morts ? On va à l'hôpital ? On appelle la police ? Maman !

Je l'ignore, trop accaparée par la fouille à laquelle je procède pour comprendre ce que ces intrus nous voulaient. Retirer la cagoule à celui qui se trouve à mes pieds ne m'avance en rien : le visage qui m'apparaît ne m'est pas familier. Catherine larmoie toujours ; je dégote un portefeuille, avec une carte bleue, des tickets de caisse, un pass dans un hôtel, la photo d'une femme… Pas de pièce d'identité. Je grogne et continue ma recherche. Je palpe les vêtements de l'homme jusqu'aux chevilles… et là, je sens une excroissance au niveau de la chaussette montante. Je la descends d'un geste vif et récupère le tissu qui y était dissimulé. Je n'ai pas besoin de le déplier pour reconnaître son motif. Un frisson me parcourt tandis que mes doigts écrasent ma trouvaille.

C'est un tartan bleu et vert, strié de lignes noires.

Le *Black Watch*, qui appartient au Clan Campbell.

CHAPITRE 5

MEGAN

Je lâche le tartan, remontée à bloc, envahie par un terrible sentiment d'urgence.

Que nous veulent les Campbell ? Pourquoi aujourd'hui ?

Je me lève et étreins ma fille de toutes mes forces. Son visage se cale au creux de mon cou ; les larmes me montent aux yeux maintenant que mon adrénaline s'évapore un peu. Je ne peux pas laisser Catherine dans cette pièce, avec ce cadavre. En la tenant toujours contre moi, je la guide à travers l'appartement pour l'installer dans ma chambre. Elle pleure encore, articulant des questions entre ses sanglots :

– Maman, pourquoi ces hommes s'en sont pris à nous ? Qu'est-ce qui va nous arriver ? Et comment tu… tu as pu les battre ?

– Je n'ai pas le temps de t'expliquer maintenant.

Ma réponse est presque cruelle, mais je n'ai qu'une idée en tête : partir d'ici, et vite. Qui sait de combien de temps nous disposons avant que d'autres hommes ne soient lancés à nos trousses ? La police finira bien par arriver, mais je ne peux pas tout leur raconter. Même si mon passé est loin derrière moi, il m'est impossible de le révéler. Et de toute façon, les autorités londoniennes ne pourraient pas nous protéger… Si ?

*Comment les Campbell ont-ils su nous retrouver ? J'ai veillé à rester discrète, effacer mes traces ! Sans compter qu'*il *a brouillé les pistes.*

Je récupère une valise sous mon lit, déjà pleine. Pendant toutes ces années, je me suis toujours tenue prête à détaler, au cas où. Toutefois, je me suis détendue avec le temps, et je me reproche cette nuit de ne pas avoir mis à jour les affaires pliées à l'intérieur du bagage. Je maintiens la taie d'oreiller contre ma blessure tandis que je rassemble à la va-vite des sous-vêtements, mon téléphone, mes papiers et mes clés de voiture. Face à mon portable, je marque une hésitation. Ce ne serait pas raisonnable de l'emporter, mais je n'ai aucun autre moyen de communication. Tant pis. Je peste, écrase l'objet sous mon talon et le jette par la fenêtre, sous le regard ébahi de ma fille.

– Mais qu'est-ce que tu fais ? Dis-moi ce qui se passe ! hurle-t-elle, le visage rouge et le nez coulant.

Je m'immobilise finalement. J'inspire pour garder les idées claires malgré ma plaie qui pulse de douleur et réponds, atone :

– On fait nos valises, on grimpe dans la voiture et on s'en va.

– Mais… pour aller où ? Et la police ?

– On ne peut pas l'appeler ou attendre qu'elle arrive.

– Pourquoi ?

– C'est compliqué, Catherine. Ce qui m'importe, c'est te mettre en sécurité. Reste ici, je vais rassembler tes affaires.

Elle se recroqueville sur mon lit, en état de choc ; je me promets de la réconforter, de l'embrasser autant de fois qu'il le faudra dès que nous serons loin de Londres. Je cherche une valise vide dans mon placard, ravale une plainte en la tirant à moi et retourne dans la chambre de ma fille. Je jette à peine un regard au corps qui y est étendu. Le *Black Watch* abandonné au sol semble me narguer. Je m'efforce de ne pas ruminer, obligeant mon esprit à rester focalisé sur l'instant présent.

Parer au plus urgent, aviser ensuite.

Je récupère tous les vêtements que je peux et les lance dans la valise sans prendre la peine de les plier. Je fais ensuite un tour rapide de l'appartement afin de m'assurer de n'avoir rien oublié, avant de rejoindre le salon pour une dernière vérification. Puis, de retour dans ma chambre, je couvre ma fille de mon gilet le plus épais.

– Il faut partir maintenant, soufflé-je, le front moite.

– Pourquoi tu ne m'expliques rien ?

– Nous n'avons pas le temps… et je ne comprends pas tout moi-même.

Catherine se lève, le regard hagard et le teint livide. Elle récupère sa valise tandis que je m'empare de la mienne, et nous nous précipitons vers la porte d'entrée. Ma fille veille à ignorer les cadavres étendus, ses doigts enroulés dans l'ourlet de mon vêtement.

Je marque un temps d'arrêt avant de quitter l'appartement, consciente du danger qui peut encore nous guetter. Je tends l'oreille, craignant d'entendre du bruit dans le couloir, puis je passe la tête dans l'entrebâillement de la porte avec prudence. Rassurée de ne discerner aucune silhouette suspecte, j'encourage Catherine à me suivre.

Je me déplace aussi vite que je le peux avec ma valise et la plaie dont je peine à réguler l'hémorragie. Par sécurité, je préfère emprunter l'escalier plutôt que l'ascenseur. Lorsque nous débouchons au rez-de-chaussée de l'immeuble, je suis en sueur, et ma gorge est sèche. Avant de quitter le bâtiment, j'effectue un bref repérage de la rue devant nous. Elle est paisible, plongée dans une obscurité à peine entrecoupée par les halos des lampadaires. Ma voiture n'est qu'à quelques mètres, telle que je l'ai laissée en rentrant tout à l'heure. J'inspire afin de calmer mes nerfs, saisis la main de Catherine et nous guide jusqu'au véhicule. Ma fille tremble, claque des dents, renifle, ravale des sanglots étranglés. Je jette nos valises sur la banquette arrière, sans cesser de regarder par-dessus mon épaule, et nous montons ensuite. Catherine boucle sa ceinture quand je suis encore en train de m'asseoir, en prenant garde à mon flanc déchiré. Une fois installée, je verrouille les portes et lâche un râle involontaire. Arc-boutée en avant, le front posé sur le volant, je régule mon souffle pour lutter contre la souffrance.

– On devrait aller à l'hôpital, me dit Catherine, des trémolos dans la voix.

– Non, non, trop risqué.

– Tu n'arrêtes pas de saigner, ta blessure a l'air grave !

– Ne t'en fais pas, c'est plus impressionnant que ça ne l'est en réalité, affirmé-je pour la rassurer en démarrant le moteur.

Je cligne des paupières pour chasser la fatigue qui m'envahit soudain. Je roule vite, ne cessant de jeter des regards dans les rétroviseurs, inquiète de découvrir une voiture suivant la nôtre. Mais il n'y a rien, au point que j'en viens à douter des déductions qui m'ont poussée à fuir si vite. Pourtant, je n'ai pas rêvé : ces types savaient se battre, ils avaient prémédité leur intrusion, et l'un d'eux conservait le *Black Watch* dissimulé dans sa chaussette. Qu'ils ne soient que trois prouvent qu'ils cherchaient à rester discrets ; ils avaient sans doute pour mission de m'assassiner sans causer de remous…

Mon ventre se noue. Rien dans ma vie actuelle ne justifie une telle attaque, ni qu'on s'en prenne à ma famille. J'appuie sur la pédale d'accélérateur ; le moteur de ma voiture vrombit. Si le danger vient de mon passé, je ne pourrai pas m'en préserver seule bien longtemps. Je ne vois qu'une solution : revenir là où tout a commencé.

En Écosse.

CHAPITRE 6

MEGAN

– Maman ? Maman, réveille-toi. Ça fait presque trois heures que tu dors. Maman ?

La petite main de Catherine palpe mon cou, ma joue, puis mon front. Je papillonne des paupières, luttant pour émerger. Je me sens faible ; j'ai perdu trop de sang. J'ai longtemps combattu l'envie de m'arrêter pour faire une sieste, recouvrer des forces : j'avais peur de ne pas pouvoir repartir… C'est l'estomac gargouillant de ma fille qui m'a décidée. Lorsque nous avons passé la frontière séparant l'Angleterre de l'Écosse, j'ai estimé que nous étions assez loin de Londres désormais pour nous permettre un arrêt de plus de quelques minutes. Je me suis garée sur une aire d'autoroute et j'ai envoyé Catherine acheter des sandwichs – avec ma blessure, je ne me suis pas risquée à attirer l'attention en sortant de la voiture. Nous les avons mangés en silence, et ensuite, j'ai dû m'assoupir…

Ma fille me dévisage, se mordant la lèvre. Son air anxieux ne l'a pas quittée depuis notre départ de Londres, sauf pendant l'heure où, épuisée, elle est tombée endormie. Un sommeil agité, mais nécessaire pour se remettre un minimum du choc. Je n'ai pas cessé de la surveiller, inquiète à l'idée que tout ce qui est arrivé cette nuit soit trop difficile à supporter pour elle. Maintenant, c'est elle qui angoisse pour moi…

– Je vais bien, coassé-je, la langue ankylosée. Ne t'inquiète pas.

Je serre les dents en me redressant. J'ai la tête qui tourne, et je dois attendre que mon vertige passe avant de mettre le contact. Je commence à douter d'être capable d'atteindre Édimbourg, mais je me raccroche à ma détermination pour tenir la douleur à distance. « Tout est une question de mental », me souffle une voix d'autrefois. J'en avais bien besoin pour subir le froid de la mer glaciale, des galets glissants sous mes pieds nus…

Nous avons déjà roulé pendant plus de sept heures pour rejoindre la frontière. Des bouchons nous ont ralenties lorsque nous sommes passées près de Birmingham, en début de matinée ; et d'autres encore entre Liverpool et Manchester. Il nous reste encore près de quatre heures de trajet avant d'atteindre Édimbourg, en comptant avec les ralentissements de la sortie des bureaux. Quatre heures à tenir avant d'obtenir de potentielles réponses et de soigner ma blessure. J'ai connu pire, mais c'est la première fois que je dois endurer une telle souffrance si longtemps.

Alors que je quitte l'aire d'autoroute, Catherine se frotte les yeux, puis se rencogne dans son siège avant de trouver la force, pour la première fois depuis notre départ, de me reposer des questions :

– Pourquoi va-t-on en Écosse ? Tu disais que nous n'irions jamais.

– Nous allons avoir besoin d'aide, et il n'y a qu'une seule personne en qui j'ai assez confiance pour lui en demander. Elle sera sans doute capable de nous expliquer ce qui se trame.

– Se trame ? répète Catherine, perdue. Ce n'étaient pas des voleurs, alors ? Ou des assassins ? Tu sais, comme dans ces documentaires à la *True Crime*...

– Non, je ne pense pas. J'ai… Enfin, je…

Les mots me manquent. Comment éclairer ma fille, quand je ne suis pas prête à lui ouvrir la moindre porte sur mon passé ? Tout remonte à si loin, et je n'appartiens plus à ce monde au sein duquel je suis née… Je suis Megan Gelbero désormais, une mère anglaise divorcée, à deux doigts d'être licenciée.

– Ces hommes qui s'en sont pris à nous ont sûrement un lien avec… des gens que je connais, réponds-je à Catherine. Des Écossais.

– Tu veux dire, ta famille ? Celle dont tu refuses toujours de parler ?

J'acquiesce, très mal à l'aise.

– On se rend chez *granny* Mary, alors ? m'interroge Cathy, pleine d'espoir.

Je grimace. Mary est la seule avec qui j'ai gardé un semblant de contact depuis que j'ai quitté l'Écosse – même s'il s'est fait plus ténu ces trois dernières années. Catherine ne l'a jamais rencontrée, bien qu'elle en ait souvent émis le souhait. Mais c'était impossible. Trop dangereux… Interdit. Nos rapides coups de téléphone, si peu fréquents, étaient déjà une prise de risques que je ne concédais qu'à grand-peine : je n'avais pas le cœur à priver la gouvernante d'Inchkeith de nouvelles qui lui faisaient tant plaisir. Parce que je lui passais Catherine, et qu'il s'agissait pour ma fille du seul aperçu dont elle disposait sur ma famille, celle-ci s'est attachée à Mary comme à une grand-mère de substitution, même si elle sait que nous ne partageons pas le même sang.

– Je suis désolée, ma chérie, mais non, on ne va pas voir *granny*, dis-je. Elle ne pourra pas nous aider, et je ne veux pas lui attirer d'ennuis. On va se tourner vers un monsieur que je connais, et qui est là pour régler ce genre de problèmes.

– Qui ?

J'humecte mes lèvres quand une voiture me dépasse en trombe. Je surveille l'attitude du véhicule, s'il ralentit, s'il cherche à me couper la route… Mais il continue sur sa lancée. Je me détends et réponds à ma fille, le regard vissé au rétroviseur :

– Il s'appelle Lachlan O'Connor. C'est un Irlandais.

– Tu ne m'as jamais parlé de lui.

– Il y a beaucoup de choses que tu ignores.

– Parce que tu refuses de me raconter.

Ma fille sait que je suis née en Écosse ; rien de plus. Pour justifier pourquoi nous ne nous y sommes jamais rendues toutes les deux, pourquoi je reste silencieuse au sujet de mon enfance et de mon adolescence, je lui ai dit que j'avais coupé les ponts avec ma famille. C'est tout.

Je frotte un œil qui me pique et réplique :

– Si j'ai gardé mon passé pour moi, c'est pour te protéger, Catherine. Je n'envisageais pas de t'élever dans l'univers d'où je viens… Ce qui est arrivé cette nuit n'est qu'un aperçu de la violence et de la cruauté que j'ai connues. Crois bien que si j'avais une autre option, je ne t'emmènerais pas à Édimbourg.

– Je ne comprends pas grand-chose, mais admettons… M'man, il va faire quoi, ce O'Connor, au juste ? Tu as besoin d'aller à l'hôpital…

Pour être honnête, je ne sais pas encore ce que je peux demander à Lachlan. Son rôle a peut-être changé depuis toutes ces années, mais j'ai besoin d'un objectif pour ne pas flancher.

– Il nous protégera le temps que nous comprenions la situation, assuré-je. Je compte sur son soutien pour nous permettre de quitter la Grande-Bretagne.

– Attends, quoi ?

Je serre les dents, déjà prête à encaisser les protestations de ma fille.

– Où est-ce que tu veux qu'on aille ? panique-t-elle. Dans un autre pays ? Pourquoi ?

– Ce sera temporaire. Dès que tout se tassera, et que je serai convaincue que nous ne sommes plus en danger, nous reviendrons chez nous, d'accord ?

– Mais… et notre vie ici ? J'ai mes amies, mon équipe de foot… M'man, il y a mon prochain match bientôt ! Et papa ! On devait partir en voyage !

Je suis tiraillée entre le soulagement qu'elle ait de telles considérations, signe que le choc ne l'a pas déconnectée de toute réalité, et l'agacement qu'elle ne prenne pas conscience de la menace qui plane au-dessus de nous. Alors, je rétorque d'une voix dure :

– Ces hommes ont cherché à nous tuer, Catherine. Tu comprends ? On veut notre *mort*. Ton équipe de foot peut attendre.

Elle se fige, le teint livide et le regard écarquillé. Aucune culpabilité ne m'envahit. Elle viendra sans doute plus tard. Je n'ai simplement pas le temps ni l'énergie de débattre avec ma fille maintenant. Elle peut me le reprocher autant qu'elle le souhaite, ma priorité est de veiller sur elle.

CHAPITRE 7

MEGAN

Les rues d'Édimbourg se profilent autour de moi, s'assombrissant de plus en plus alors que la nuit tombe sur la ville. Un goût amer envahit ma bouche à mesure que je m'enfonce dans la capitale. Catherine s'est de nouveau assoupie ; elle ronfle légèrement. Je m'efforce de garder mes sens en éveil mais je me sens défaillir. J'ai calé plusieurs fois en redémarrant après un feu rouge. Je coordonne mal mes gestes. Malgré tout, je reste aux aguets, à l'affût du moindre individu susceptible de bondir sur ma voiture.

Je ralentis quand j'accède à la rue plus étroite que je cherchais. Un soupir de soulagement m'échappe lorsque je reconnais certaines des enseignes qui y pendent et ses immeubles en vieilles pierres. Je craignais que ma mémoire me trahisse…

Je pars en quête d'une place et me gare. Ensuite, je reste appuyée contre le volant, silencieuse, en proie à une angoisse sourde qui se mêle à la douleur qui me torture. J'ai peur d'ouvrir ma portière pour mettre un pied sur le trottoir. Peur de revoir un visage familier, peur d'adresser la parole à un fantôme qui appartient à mon passé. Peur d'avoir fait le mauvais choix en venant jusqu'ici.

J'observe ma fille, encore blottie dans son sommeil, et cela m'aide à dissiper mes doutes. Venir ici était la meilleure décision. Quoi qu'il m'en coûte, je dois la protéger… J'inspire et quitte la voiture. Je veille à ne pas claquer trop fort la portière et étudie les alentours. Tout est comme dans mes souvenirs. Le pub est à quelques mètres. Le néon qui indique son nom, l'Unicorn, scintille dans l'obscurité de la nuit. Un regard vers l'entrée du bâtiment m'indique que les clients y sont nombreux : ils vont et viennent à intervalles réguliers. Une boule nerveuse se niche dans ma gorge quand certains me dévisagent. Je me détourne et glisse mon écharpe sur ma tête afin de dissimuler mon visage. Après avoir fait le tour de la voiture en claudiquant, le souffle court, je réveille doucement Catherine. Elle sursaute, bat des mains pour me repousser avant de se rendre compte que ce n'est que moi.

– Où on est ? demande-t-elle d'une voix enrouée.

– On est arrivés à Édimbourg.

– Chez ce Lachlan ?

J'acquiesce pour ne pas entrer dans les détails. Ma fille s'emmitoufle dans son gilet puis sort. Elle examine à son tour les environs, grelottant, avant de revenir à moi, l'air inquiet.

– Tu es sûre que ça va ? s'enquiert-elle.

Je me rattrape à la voiture ; mes jambes flanchent. J'ai terriblement soif. Alors que je tente d'ouvrir la portière arrière pour récupérer nos valises, je m'effondre. Mon épaule cogne contre la carrosserie, le froid du bitume traverse mon jogging. Les mains de Catherine m'agrippent aussitôt.

– Maman ! Attends…

Elle tire pour m'aider à me relever. J'essaie d'articuler, sans qu'un son s'échappe de mes lèvres. Ma vision devient de plus en plus floue.

Pas maintenant…

Je ne peux pas m'évanouir alors que ma fille est seule, au beau milieu d'une rue où les tartans prolifèrent… Je me secoue, ce qui n'a pour effet que de m'assommer de plus belle en plus de me scier le crâne. L'aide de Catherine est cependant la bienvenue quand je pousse sur mes jambes. Je déporte une partie de mon poids sur elle, pas trop cependant : je ne veux pas lui faire mal. J'abandonne l'idée de récupérer les valises ; le temps presse.

Encore un effort, Megan.

Je souffle et nous guide jusqu'à l'arrière-cour du pub, dissimulée derrière des poubelles. Je veille à garder le visage de ma fille contre mon épaule tout en maintenant le tissu de mon écharpe autour du mien. Sans surprise, je découvre plusieurs hommes et femmes occupés à fumer et discuter près de la sortie de secours. Leurs regards curieux nous suivent alors que nous traversons la petite enceinte. J'accélère autant que je le peux, histoire d'éviter toute altercation. Ces gens seraient susceptibles de nous bloquer le chemin s'ils estiment que nous n'avons rien à faire là… et ils auraient raison.

Quand Catherine fait mine de se diriger vers les deux portes barrées par l'attroupement, je dévie sa route pour l'inciter à contourner le bâtiment. Elle m'interroge du regard, sans obtenir la moindre réponse de ma part. Je suis trop concentrée à poser un pied devant l'autre, à coordonner mes membres pour ne pas chuter à nouveau. Nous dénichons enfin un escalier en colimaçon, le seul accès qui m'intéresse. Je lève la tête et vérifie les fenêtres du troisième étage. L'une d'elles est allumée. Je déglutis.

– Il est là-haut ? me demande Cathy.

J'opine et réussis à articuler :

– Si nous croisons qui que ce soit, laisse-moi parler.

– Mais…

– Laisse-moi parler, Catherine.

Ses lèvres étirent une ligne contrariée. Toutefois, elle n'objecte rien de plus.

Les cinq premières marches sont une torture. Je m'accroche à la rambarde glacée ; l'escalier tangue sous moi. Ma fille me soutient comme elle peut. Son inquiétude la rend d'autant plus maladroite. Le premier palier atteint, je m'effondre une fois de plus.

– Maman, je peux aller chercher de l'aide…

– Non !

– Si ce Lachlan est juste en haut, je n'en ai que pour quelques minutes…

– Je ne te laisse pas seule !

Je me remets debout, déterminée. Nous terminons de grimper l'escalier, poussons une porte qui résiste un peu et pénétrons dans un couloir à la lumière tamisée. Je vérifie aussitôt où sont les sentinelles, sans en trouver aucune. Je m'étais attendue à tomber sur au moins cinq hommes armés, prêts à nous canarder. Je repère cependant la porte qui m'intéresse. Bien que l'envie de me jeter sur elle m'envahisse, je n'arrive plus à avancer. Ma vue se brouille, s'emplit de taches noires. Je ne sens plus mes extrémités ; une partie de mon ventre est anesthésiée. Je m'échoue contre le mur, la respiration sifflante. Les mots lancés par Catherine sont dépourvus de voyelles, à moins que ce ne soit moi qui ne saisisse plus rien. Ma fille tente de supporter le plus gros de mon poids, sans succès. Alors je la vois se jeter sur la porte providentielle et tambouriner comme un diable. Une longue minute passe, peut-être deux. Je me traîne comme je peux jusqu'à Cathy ; mon cerveau est à deux doigts de se déconnecter.

– S'il vous plaît ! supplie ma fille.

La porte s'ouvre enfin. Un puissant parfum d'eau de Cologne envahit aussitôt mes narines ; j'ai presque l'impression d'en sentir le goût sur ma langue. Un mélange de citron vert, léger, et de noix de muscade épicée. Malgré moi, mon cœur se réchauffe.

– Lachlan ? Lachlan O'Connor ?

Il m'a suffi de humer le parfum pour confirmer l'identité de celui qui vient de nous ouvrir, bien que je ne le voie pas, ainsi avachie contre le mur.

– Nous avons besoin d'aide ! s'écrie Catherine. Il faut nous aider, je vous en prie !

Quand la voix de l'Irlandais retentit, un frisson me parcourt de la tête aux pieds :

– Quel Clan ?

Son timbre n'a pas changé. Toujours aussi profond. Néanmoins, je remarque qu'il s'est montré bref, aux antipodes des discours que je le savais affectionner. Je redoute de croiser son regard, de le découvrir tant d'années après, autant que j'en meurs d'envie. Je ne suis pas la seule à avoir vieilli… Mais contrairement à moi, je suis convaincue que Lachlan n'a pas changé le moins du monde.

– Quoi ? baragouine ma fille.

– Quel Clan ? répète l'Irlandais avec impatience.

Quelque chose ne va pas…

Je me redresse en serrant les dents, me traîne encore un peu. Un mauvais pressentiment me gagne, et j'ai soudain le furieux besoin de ramener ma fille près de moi, à l'abri de mes bras.

– Je… Je ne comprends pas… On n'a vraiment pas le temps, elle est blessée, et…

– Je ne vois pas de quoi vous parlez, crache Lachlan, exaspéré.

Mon sang – ou ce qu'il en reste – ne fait qu'un tour. Je regrette déjà ma décision de venir ici. Je me doutais qu'après toutes ces années, je devais m'attendre à une conjoncture différente… mais je crains que le seul asile que j'espérais trouver à Édimbourg me soit finalement refusé. Je vois la porte se refermer ; Catherine glisse son pied dans l'entrebâillement pour la bloquer. La situation risque de mal tourner si je ne réagis pas, mais le moindre souffle exige de moi un effort considérable.

– Non ! Je vous en supplie !

Les pleurs de ma fille me broient le cœur. J'ouvre la bouche, extirpe ma voix de là où elle se terre et laisse échapper un nom que je pensais ne plus jamais prononcer :

– MacCoy…

Les larmes me montent aux yeux, amères. Chaque mouvement de ma langue est douloureux alors que je forme ces deux syllabes qui reviennent de si loin. Pourtant, aujourd'hui, je pressens qu'elles constituent notre sauf-conduit…

Je m'agrippe à l'épaule de Catherine pour me glisser dans la lumière de l'appartement. Dès que je redresse la tête pour affronter Lachlan O'Connor, les souvenirs explosent en moi. Mon cœur se serre, bat plus vite. Mon souffle s'accélère.

Il se tient toujours aussi droit, élégant en dépit de sa chemise froissée, au col déboutonné. Ses manches retroussées laissent apparaître ses bras sur lesquels aucune cicatrice ne s'étale. Juste un grain de beauté, au niveau du poignet. Ses yeux verts s'écarquillent lentement à mesure qu'il étudie mon visage – le sien porte les stigmates du temps, et des tensions. Sa bouche s'entrouvre de stupeur. Ses cheveux cuivrés sont désormais striés de filaments argentés que je ne lui connaissais pas autrefois – un impitoyable cadeau de la quarantaine. Troublée, je murmure encore :

– Clan… MacCoy.

Une lueur scintille dans l'œil de Lachlan. Une simple étincelle qui suffit à me rassurer, et à me confirmer que Catherine sera en sécurité auprès de lui. Il m'a reconnue. Il sait.

Je lâche prise, comme si mon corps venait de comprendre qu'il n'avait plus à puiser dans ses réserves. J'entends ma fille m'appeler, en panique, puis mon nom chuchoté.

J'ai juste besoin de dormir un peu. Tout ira bien.

J'ignore si je suis parvenue à le dire à voix haute pour Catherine. Je l'espère, parce que je n'ai plus la force de me répéter. Je m'effondre encore, mais cette fois, je m'écrase contre une poitrine chaude tandis que deux bras s'enroulent autour de moi pour me rattraper.

CHAPITRE 8

LACHLAN

Cette nuit, je me tenais prêt à intervenir pour affronter tous les problèmes liés aux Clans : me rendre sur place pour punir ceux qui osent se battre dans les rues de la capitale, en pleine zone neutre, essuyer une tentative d'assassinat des MacKenzie qui me reprochent leur chute, déjouer l'un des complots des Campbell… mais pas à rattraper de justesse un véritable fantôme, pourtant si tangible entre mes bras. Je reste figé, malgré le poids contre moi. Je n'arrive pas à y croire.

Megan MacCoy vient de s'écrouler sur mon palier.

L'adolescente qui a tambouriné contre ma porte éclate en sanglots et secoue Megan. L'urgence me rappelle à l'ordre. Le sang qui imbibe ma chemise aussi, tout comme l'odeur ferreuse qui manque de m'écœurer. Je soulève Megan et me précipite vers ma chambre, la fille sur mes talons. Je n'ai pas le temps de penser ni de réfléchir. Je dépose l'aînée des MacCoy sur le lit et soulève délicatement son débardeur et son pull. Un coup d'œil me suffit à identifier une blessure au couteau, très sérieuse.

– De quand date l'attaque ? demandé-je, la bouche sèche.

– Je ne sais… Je ne sais pas…

– Réfléchis.

L'adolescente me dévisage, les yeux rougis.

– Ce matin, tôt. Ils sont entrés chez nous pendant que je dormais. Mon Dieu, je dormais…

Je me penche au-dessus de Megan pour palper ses joues. Son visage est livide, ses lèvres gercées, et elle ne répond pas à mes pressions. Son souffle est ténu.

– Pourquoi ne vous êtes-vous pas rendues à un hôpital ? interrogé-je la fille d'un ton agressif.

– Elle ne voulait pas. Elle préférait venir ici au plus vite… Elle disait qu'on était en danger.

Je ferme brièvement les yeux ; j'apprécie peu ce que je crois comprendre de cet aveu.

– Reste avec ta mère, ordonné-je à la petite. Je reviens.

– Quoi ? Mais où est-ce que vous allez ? Et maman ? Hé ! Non, vous ne pouvez pas partir comme ça !

L'adolescente me retient par le bras quand je m'apprête à sortir de la chambre. Je m'immobilise tout en fixant ses doigts agrippés à ma chemise et m'efforce de garder mon calme, malgré l'urgence de la situation et mon agacement. Je cherche dans ma mémoire le prénom de cette gamine, qui s'est murmuré peu après la disparition de Megan, en 2005. Même si la fille aînée d'Alastair MacCoy a été reniée, répudiée et effacée du système des Clans, sa brève apparition après le drame d'Inchkeith n'est pas passée inaperçue… Surtout avec un bébé contre son sein.

– Catherine, c'est ça ?

La fille m'étudie, déconcertée, puis acquiesce.

– Je ne suis pas médecin, reprends-je. Je ne peux rien faire moi-même pour ta mère. En revanche, je peux me débrouiller pour faire venir quelqu'un ayant les compétences nécessaires pour prendre soin d'elle. Mais pour ça, il faut que tu me lâches, et que tu gardes ton sang-froid.

Catherine me dévisage encore puis retire sa main, avant de retourner au chevet de Megan. Rassuré, je me précipite dans mon salon et cherche mon téléphone portable. Je le retrouve sur le bar, près de mon verre de scotch vide, et appelle Serah. Comme je m'y attendais, elle répond au bout de deux sonneries, d'un ton sec :

– Un problème, boss ?

– J'ai besoin d'un médecin, annoncé-je.

– Qu'est-ce qui vous arrive ? Les MacKenzie ? Je remonte.

– Non, non, je vais bien. J'ai récupéré une blessée. Je l'ai allongée, mais je doute qu'elle tienne bien longtemps sans intervention médicale.

– D'accord.

Je me frotte les paupières, ne croyant toujours pas à ce qui est en train de se passer.

Megan est alitée, chez moi, à deux doigts de la mort...

Je suis excédé d'avoir à gérer un tel problème tout en me reprochant de le penser. J'inspire silencieusement afin de ne pas trahir mon émotion et enchaîne en demandant à Serah :

– Hel était au pub en début de soirée, non ?

– Elle s'y trouve toujours.

– Peux-tu lui demander de venir à l'étage ?

– D'accord. Je peux aussi contacter l'un des médecins de Campbell, si vous le souhaitez. L'un d'eux habite juste à côté d'ici.

– Non. Rien qui vienne des Campbell ou de leurs alliés.

Un bref silence suit ma réplique. Je sais que Serah est en train de connecter les pièces du puzzle… D'ordinaire, je me ficherais bien du Clan auquel appartient un blessé que je prends en charge, puisque je suis censé incarner la neutralité. Mais le contexte actuel ne me permet pas une telle insouciance. Cela dit, demander de l'aide à un proche des MacCoy est risqué aussi… Hel garde cependant une certaine distance avec toutes ces histoires. C'est une chose que j'apprécie chez elle : sa déontologie, et son impartialité qui, naturellement, me rappelle la mienne. Peu importe qui est concerné, cette femme met un point d'honneur à le soigner. « Une vie est une vie », l'ai-je déjà entendu affirmer.

– L’état de la blessée est inquiétant. Fais au plus vite, terminé-je.

Je raccroche, sans me soucier de contrarier Serah. Elle et moi n’avons jamais le temps pour les politesses… Je me remets ensuite en mouvement pour retourner auprès de Megan et Catherine, mais marque un arrêt sur le palier de la porte de ma chambre. La vision de celle que l’on surnommait l’Agneau, étendue sur mon lit, pâle comme la mort, me frappe au cœur. Je pensais ne jamais la revoir…

Je fais demi-tour pour entrer dans la salle de bains, au fond du couloir, et y récupère autant de serviettes propres que je le peux. Ensuite seulement, je reviens au chevet de Megan. Catherine m’observe avec méfiance mais n’objecte rien quand je jette par terre le tissu souillé qu’elle maintenait contre la blessure de sa mère. J’éponge le sang, nettoie la plaie avec douceur, puis appuie dessus pour limiter l’hémorragie. Après cela, j’attends dans un silence sinistre. L’adolescente ne dit rien non plus. Je suis estomaqué par sa ressemblance avec sa mère, mais aussi avec Elisabeth et Caleb. Il est évident que cette fille est une enfant MacCoy, avec ses cheveux cuivrés si caractéristiques. En revanche, son teint opalin et ses yeux clairs viennent d’ailleurs. Peut-être de son père, cet artiste peintre qui a fait tant de gorges chaudes au sein des Clans, ou bien des MacKenzie, dont elle descend également… Ce ne serait pas si étonnant. Des trois membres de la fratrie MacCoy, Megan est celle qui se rapprochait le plus de Moira.

Elle a hérité d'une grande partie de ses gènes, et de sa beauté…

Je détourne la tête, les doigts crispés sur la serviette qui continue de s'imbiber de sang. Je me refuse à bouger, en dépit des crampes, au point que j'ignore combien de temps s'est écoulé quand j'entends enfin la porte d'entrée s'ouvrir. Je reconnais le pas déterminé de Serah qui n'hésite pas à traverser l'appartement, ainsi qu'un second, plus léger, qui la suit. Je ravale mon soupir de soulagement lorsque mon bras droit me rejoint dans la chambre, sans une trace d'émotion sur son visage fermé, accompagnée par le médecin des MacCoy. Hel jauge aussitôt la situation d'un œil expert. Ses traits sont tirés, son nez un peu rouge. Je bondis du lit avant qu'elle ne s'en approche avec sa glacière, dont elle ne se sépare jamais. Je la pousse en dehors de la chambre tandis que Serah reste à l'intérieur avec Catherine. Elle proteste :

– Hé, oh ! mollo, l'Irlandais ! Tu me fais appeler en urgence et tu me dégages ensuite… Il faut savoir ce que tu veux !

Je ne lui laisse pas le temps d'embrayer avant de lui lancer :

– Où sont les MacCoy qui vous accompagnaient au pub ?

– Serah a refusé qu'ils montent.

– Très bien. Hel, vous ne devez *jamais* parler à qui que ce soit de ce que vous verrez ce soir.

– Pardon ?

– *Jamais*, répété-je d'un ton impérieux. Un secret médical absolu doit entourer votre intervention.

Hel arbore un air arrogant et croise les bras. Je ne la connais pas bien ; c'est à peine si j'ai eu l'occasion d'échanger avec elle jusqu'à présent. En revanche, je sais ce qui l'anime – j'ai fait mes recherches, et je suis sans doute l'un des seuls à savoir ce qu'il en est de son vécu avant de rejoindre les MacCoy. C'est entre autres ce qui me pousse à lui confier Megan.

– Sinon ? me provoque-t-elle.

Un pas de plus me suffit pour la frôler et mieux plonger mon regard dans le sien.

– Vous n'imaginez même pas de quoi je suis capable, grondé-je.

Je la sens frémir. Sa bouche s'étire en une moue vexée.

– Pète un coup, O'Connor. Si c'est si important que ça, je ne cafterai pas, mais évite-moi ton œil assassin et tes menaces dignes des films d'horreur.

Je ne réponds pas et me contente de libérer le passage. Hel m'examine avec curiosité. Lorsqu'elle s'apprête à rouvrir la porte de la chambre, je ne peux m'empêcher de lui intimer :

– Sauvez cette femme.

Elle se tourne pour me dévisager, un sourcil arqué.

– Comme si je comptais la laisser mourir !

CHAPITRE 9

LACHLAN

Installé dans l'un des fauteuils de mon salon, je reste plongé dans le silence et la pénombre. Tout se bouscule dans mon crâne, à commencer par les hypothèses qui peuvent justifier la réapparition de Megan à Édimbourg. Qu'elle revienne en Écosse et me contacte, alors qu'un tel acte est passible de mort pour elle, prouve l'urgence de sa situation… Sa blessure lui a été causée par un Clan, j'en suis de plus en plus persuadé à mesure que j'y réfléchis.

Catherine attend avec moi tandis que Serah et Hel restent avec Megan. J'ai interrogé l'adolescente plus avant, et elle a bafouillé de vagues explications qui ont confirmé en partie mes soupçons. Mais c'est à peine si elle daigne me répondre ou me regarder. Elle se méfie, à en juger par ses yeux vigilants et cette façon qu'elle a de se tasser dans le petit divan, loin de moi.

Je la laisse dans son coin, déjà bien assez occupé par mes propres ruminations. Je n'ai même pas le courage de me servir un autre verre ; je me suis écroulé dans mon fauteuil après avoir tout juste pris le temps de me laver les mains pour en nettoyer le sang. Je ne me suis pas changé non plus.

Un triste sourire étire mes lèvres. Je n'avais vraiment pas besoin de ça en ce moment.

Depuis le procès des MacKenzie qui a scellé leur chute, le chaos s'installe à nouveau en Écosse, jusqu'à Édimbourg. Angus ayant plusieurs fois bafoué le Code que j'ai peiné à instaurer et à légitimer, pour si peu de conséquences, d'autres Clans en sont venus à penser qu'ils peuvent eux aussi le braver impunément. Sans compter que les MacKenzie ont la rancune tenace et ne loupent pas la moindre occasion pour tenter de me ficher une balle dans le dos. Je sue pour maintenir l'ordre et l'équilibre, avec le sentiment que tout ce que j'avais construit ces dernières années s'est effondré au premier coup de vent.

Et voilà qu'un fantôme s'écroule sur le pas de ma porte, pour m'attirer encore plus d'ennuis.

Megan sait parfaitement qu'elle ne peut pas revenir sur ces terres, plus maintenant. Le fait qu'elle se réfugie à l'Unicorn et non auprès des MacCoy me le confirme. Qu'a-t-il bien pu lui passer par la tête pour qu'elle roule pendant des heures, gravement blessée, afin de me trouver, *moi* ? Elle ignore sans aucun doute que mon autorité est contestée en ce moment…

J'ai envie de me recroqueviller dans mon fauteuil, comme Catherine, mais tant que des gens seront à proximité, je ne pourrai pas me relâcher. Je dois me tenir droit, fort et inflexible, à l'image du Code… Je pose à nouveau les yeux sur l'adolescente, qui n'a pas bougé. Son visage est gonflé à force d'avoir pleuré, ses lèvres tremblent encore, mais elle renifle moins. Ma voix est rocailleuse lorsque je lui demande :

– Veux-tu boire quelque chose ? Un chocolat chaud ?

Je me rends compte trop tard que je n'ai pas ça en stock dans mes placards. Catherine me dévisage comme si j'étais un lapin sorti d'un chapeau avant de lâcher doucement :

– De l'eau, s'il vous plaît.

Je me lève pour lui en servir un verre.

Depuis combien de temps Hel est-elle au chevet de Megan ? Une bonne heure, au moins…

Lorsque je reviens dans le salon, Catherine s'empare de l'eau que je lui tends avec précaution. Elle me remercie du bout des lèvres avant de boire quelques gorgées qui ne désaltéreraient même pas une souris. J'hésite une seconde puis m'assois en face d'elle, sur le coin de ma table basse. Je repousse la mèche qui ne cesse de tomber devant mon œil et déclare :

– Catherine, tu n'as pas réussi à tout me dire tout à l'heure, mais il va falloir me raconter ce qui s'est passé. J'en ai besoin pour déterminer quoi faire ensuite.

– Ma mère assure que vous êtes la seule personne à pouvoir nous aider.

– D'accord, mais il faut reprendre depuis le début.

Les lèvres de l'adolescente se pincent, son regard se plisse. Ses phalanges blanchissent autour du verre à peine entamé. Finalement, elle se lance et commence par me décrire sa journée, dont son entraînement de foot. Patient, je ne la coupe pas, retraçant mentalement tout son parcours. Sans en avoir conscience, elle me révèle une partie du quotidien de Megan. Ce quotidien qu'elle s'est forgé seule, après avoir tout laissé de son ancienne vie derrière elle.

– Mais mon père m'a encore oubliée, alors ma mère a quitté le travail plus tôt pour me récupérer, pépie Catherine. J'ai fait mes devoirs, nous sommes passées à table, et on s'est disputées. Je suis partie dans ma chambre et je n'en suis plus sortie jusqu'à ce que j'entende beaucoup de bruit dans le couloir. Ça m'a réveillée en sursaut.

J'ai envie d'intervenir pour comprendre comment son père a pu l'oublier, et la raison du conflit qui l'a opposée à Megan. Je m'en abstiens cependant, conscient que je serais poussé là par une curiosité malsaine. Je note toutefois que l'Agneau semble s'être séparée de son artiste peintre. Un comble, après tout ce qu'elle a dû affronter pour vivre avec lui…

Comprenant que la partie à suivre est plus compliquée pour Catherine, je l'encourage :

– Quelqu'un est entré chez vous ?

Elle acquiesce, puis embraye :

– Maman m'a ordonné de fermer ma porte à clé. J'entendais des coups, des cris, des grognements. J'avais peur que les hommes qui étaient là fassent du mal à… à ma mère… et à moi aussi. Ils ont quand même réussi à entrer dans ma chambre. Maman est intervenue à temps avant que l'un d'eux…

À défaut de pouvoir le formuler, Catherine mime un poignard qu'on lui planterait en plein cœur. Elle se racle la gorge, écrase une larme fantôme au coin de son œil et continue :

– Je crois que… Enfin, il ne bougeait plus du tout. On a rassemblé toutes nos affaires, et maman m'a dit qu'on devait vous retrouver au plus vite pour que vous puissiez nous aider.

– Ces hommes qui s'en sont pris à vous, étaient-ils nombreux ?

– Deux, ou trois. Oui, ils étaient trois.

– Sais-tu si ta mère avait une idée de la raison pour laquelle ils vous ont attaquées ? Qui étaient-ils ?

Catherine réfléchit, les yeux rivés sur l'eau qui tremblote dans le verre que je lui ai donné.

– Elle a juste affirmé qu'ils voulaient notre mort, et que ça aurait un rapport avec son passé, me répond-elle. Elle a fouillé celui qui s'en est pris à moi dans ma chambre. Elle a trouvé sur lui un morceau de tissu vieillot, et c'est là qu'elle a commencé à faire nos valises.

Je me redresse, interpellé par ce détail.

– Quel morceau de tissu ?

– Un simple mouchoir, comme en ont les vieux.

– Mais encore ?

– Je ne sais pas, moi… C'était un mouchoir avec un motif écossais.

Je tressaille, inspire, et demande :

– Un tartan ?

– Oui, c'est ça.

– Quelles couleurs ?

– Il y avait du vert, je crois, ou peut-être du bleu. Je n'ai pas bien vu.

Mes muscles se tendent. C'est bien ce que je redoutais : les Clans sont impliqués dans l'attaque qui a visé Megan. Ce n'est donc pas un choix hâtif de sa part que de venir jusqu'ici. Se pourrait-il que les Campbell s'en soient pris à elle ? Mais pourquoi ? Megan n'existe plus aux yeux des Familles. Il n'est même pas certain que les MacCoy auraient eu vent de sa mort s'il lui était arrivé quoi que ce soit. La manœuvre ressemblerait davantage aux MacKenzie ; ils sont si désespérés depuis le procès qu'ils sont capables de tout pour assouvir leur soif de vengeance.

Toujours les mêmes qui posent problème…

Depuis l'arrivée de Phèdre MacLeod en Écosse, l'équilibre des Clans se trouve bouleversé. Le chaos s'invite à nouveau dans le pays, et ça m'épuise. Parfois, je me demande si j'ai bien fait de l'accueillir en lui garantissant une place au sein de l'Unicorn. Mais quels autres choix s'offraient à moi ? J'avais une dette envers Alexander, je l'ai payée en protégeant sa fille dans l'ombre autant que les limites que j'impose me le permettaient.

Un triste sourire germe sur mes lèvres alors que je pose mon regard sur la porte fermée de ma chambre. Il faut croire que c'est désormais ma dette envers Alastair qui exige d'être réglée.

Chacun son tour…

– Monsieur O'Connor ?

J'en reviens à Catherine, toujours ramassée dans son coin de canapé. Elle m'observe, les yeux humides.

– Ma mère s'en sortira, pas vrai ? s'enquiert-elle.

– Elle est avec le meilleur médecin que je connaisse, affirmé-je. J'ai entièrement confiance en ses compétences et sa discrétion.

– Savez-vous pourquoi on s'en est pris à nous ?

– J'aimerais avoir une réponse à te donner, mais tout ce que je sais, c'est que ces hommes visaient votre Famille.

– Nous n'avons rien fait de mal…

– Vous, non. Je parlais de votre Famille dans un sens plus… large.

L'adolescente m'analyse avec incompréhension ou scepticisme. Je suppose qu'elle ne connaît pas grand-chose du passé de sa mère…

Soudain, ses joues pâlissent. Elle se redresse, les ongles plantés dans l'accoudoir du divan, et s'écrie :

– Et mon père ?

Je fronce les sourcils, mais elle ne me laisse pas le temps de l'interroger davantage. Elle renchérit :

– S'ils s'en prennent à notre famille, mon père n'est pas en sécurité ! Maman est partie dans l'urgence, mais on n'a pas pensé… on n'a pas pensé à…

Son visage se tord à nouveau, en proie aux sanglots. Je reste de marbre, bien que je me reproche de ne pas avoir envisagé une telle éventualité moi non plus. Si les ennemis de Megan visaient bien ses proches vulnérables, alors il est probable qu'Alan soit déjà mort à l'heure qu'il est… Je m'abstiens cependant de formuler un tel soupçon avant d'en référer à Megan. Je ne veux pas inquiéter sa fille pour rien… Par ailleurs, ce qui doit advenir de cet homme n'est pas mon problème. J'ai trop à faire dans le monde écossais pour me soucier d'un peintre anglais…

– Même si ton père était en danger, tu ne pourrais rien faire pour l'instant, dis-je à Catherine.

– Venez avec moi, je vous guiderai pour le trouver, et on pourra le sauver. C'est pour ça que ma mère vous cherchait, non ? Pour que vous nous aidiez.

– Je suis déjà en train de vous protéger, en dépit des risques que j'encours, tranché-je durement. Je ne vais pas partir d'Édimbourg pour l'Angleterre sans savoir ce qui m'y attend. Pour l'instant, toi et moi devons patienter, le temps que ta mère se remette de sa blessure.

– Vous allez rester là, sans rien faire ?

– C'est plus prudent.

– Mais mon père est sans défense !

– Nous verrons plus tard. Sois patiente.

– Je…

– Sois patiente, répété-je d'un ton plus impérieux.

La bouche de Catherine se scelle, mais son regard si semblable à celui de sa mère me lance des éclairs. Je ne me laisse pas intimider et me réinstalle tranquillement dans mon fauteuil. Le silence tombe à nouveau entre nous, ce qui me permet de retourner à mes réflexions, pour la plupart pessimistes. Que suis-je censé prioriser entre la sécurité et la paix au sein de la capitale, et la vie d'une femme qui n'existe plus dans mon monde ?

À bien y réfléchir, le choix est limpide…

Alors pourquoi resté-je assis là, à guetter la porte de ma chambre, une angoisse sourde tapie au fond de mes entrailles ?

La poignée s'abaisse enfin, et Hel apparaît, suivie par Serah. J'exhale lentement, attentif à la moindre de leurs expressions. Le médecin des MacCoy me contemple avec gravité avant de remarquer

Catherine. Ses traits s'adoucissent aussitôt, et un léger sourire incurve ses lèvres pincées.

– Lachlan, un mot en privé ? me demande-t-elle.

– Oui. Serah, reste avec la petite, s'il te plaît.

– Bien, monsieur.

Je suis Hel jusque dans ma chambre. La porte se referme derrière nous. Sur le lit, Megan est toujours allongée, inconsciente. Au moins, sa blessure doit avoir été recousue ; son hémorragie me semble s'être arrêtée.

Hel croise les bras et se rapproche de moi pour me glisser, à voix basse :

– Je veux bien garder votre petit secret, et je me fiche bien de l'identité de cette femme… En revanche, il va falloir m'expliquer ce qui lui est arrivé. Elle a de multiples contusions, une sale plaie à l'arme blanche qui lui a fait perdre beaucoup de sang… Il se pourrait qu'une assistance médicale plus élaborée soit indispensable pour la maintenir en vie. Je ne me balade pas avec des poches d'hémoglobine sur moi !

– Vivra-t-elle ?

– Tu m'as écoutée ou tu joues au plus con ?

La verve de cette femme plaît peut-être à certains, mais moi, elle m'agace. Il faudrait qu'Hel apprenne ce qu'est le respect envers autrui, ou qu'elle révise son savoir-vivre. Je mets néanmoins mon énervement de côté pour indiquer :

– J'ignore ce qui s'est passé exactement. Sa fille m'a raconté qu'elles ont été attaquées au beau milieu de la nuit par des hommes armés, rien de plus.

Si je commence à émettre des hypothèses sur l'identité des assassins, je risquerais de guider Hel sur la piste de l'identité de la blessée sans le vouloir. Elle est arrivée trop récemment dans le Clan MacCoy pour connaître leur entière histoire familiale, mais je ne souhaite pas mettre Megan dans une position plus délicate qu'elle ne l'est déjà, tout comme je veille à la mienne. Je suis censé représenter la neutralité ; que je vienne au secours d'une femme répudiée par le système ne serait pas apprécié de tous…

Hel soupire et réplique :

– O.K., c'est l'heure des secrets, je commence à y être habituée dans cet univers de fous… Il n'empêche que j'ai besoin d'aider ma patiente, O'Connor.

– *Votre* patiente ?

– Tu me l'as confiée, alors je prends soin d'elle, à présent. Je ferai tout ce que je peux pour lui permettre de s'en sortir, si vous me donnez les bons outils pour ce faire. Il faut surveiller son état ; j'ai fait comme j'ai pu pour ses contusions et sa blessure la plus grave. Si elle est vaillante, elle s'en remettra. Dans le cas contraire, il faudra se résoudre à l'amener dans ma clinique ou dans un hôpital.

– J'aviserai pour l'hôpital, me résigné-je à contrecœur.

Hel plisse les yeux mais ne rebondit pas sur mon refus implicite d'impliquer Inchkeith.

– Très bien, abdique-t-elle à son tour. Je ne peux pas rester moi-même au chevet de cette femme, j'ai d'autres obligations, mais tiens-moi au courant de l'évolution de sa situation. J'essaierai de revenir dans les jours qui viennent. S'il y a la moindre aggravation, ne lambine pas et emmène-la aux urgences, d'accord ? Tu sauras te débrouiller pour justifier ce qui lui est arrivé sans impliquer les Clans. Pour le reste, j'assurerai son suivi, peu importe où elle se trouve.

J'acquiesce pour la forme, bien que je sois certain que j'écumerai toutes les options avant de conduire Megan dans un hôpital, quel qu'il soit. Il y a beaucoup trop en jeu…

Je manque de sursauter lorsqu'on frappe à la porte, mais c'est juste Serah, qui me prévient :

– Monsieur, les MacCoy s'impatientent et menacent de monter pour récupérer leur médecin.

Hel ricane, amusée.

– Ils n'ont aucune patience, ces zozios. Je parie que c'est la couleuvre qui tape du pied.

Elle inspecte une dernière fois Megan du regard puis se tourne vers moi et ajoute :

– J'éponge le sang que j'ai sur moi et je file, sinon les garçons vont péter une crise. Tu as mon numéro.

Je hoche la tête tandis qu'elle s'empresse de se rendre dans la salle de bains. Je sors à mon tour dans le couloir, et il me suffit d'un simple coup d'œil à Serah pour qu'elle comprenne ma question.

– Trois hommes, m'indique-t-elle. Ceux qui étaient avec Hel en début de soirée. Brahn, Matthew et Joffrey.

Je me détends un peu, rassuré d'entendre ces noms. Ces trois-là font partie des plus jeunes guerriers du Clan… Ils seront moins susceptibles de se poser les mauvaises questions. Ils risquent en revanche de raconter ce qui s'est passé ce soir à Caleb, ou Phèdre. L'un et l'autre n'ont pas remis les pieds à l'Unicorn depuis bien longtemps.

Ils ne font plus confiance au Code… Donc à moi.

Même si je coopère avec lady MacLeod sur certains points, l'enlèvement de son enfant, dont je suis indirectement responsable, a créé entre nous un gouffre que je regrette profondément. Je mentirais si j'affirmais n'éprouver aucune culpabilité pour ce qui s'est passé. Mon autorité, le Code, *mes* règles auraient dû la protéger.

Et j'ai failli.

– Monsieur ? m'appelle Serah.

Je me rends compte que je ne lui ai pas donné de nouvelles directives. Elle en a besoin : ce sont les ordres, et un cadre strict, qui lui permettent d'avancer. Depuis que je la connais, il en a toujours été ainsi.

– Raccompagne Hel et assure-toi qu'elle ne nous trahisse pas, lui commandé-je.

– Dois-je revenir ensuite ?

Je secoue la tête.

– Non. Occupe-toi plutôt des Familles qui se sont affrontées dans les rues de la capitale. L'un des hommes que tu as attrapés finira bien par cracher le morceau concernant ses acolytes. Quant au Clan qui a réussi à s'enfuir, mène tes recherches à son propos. Ces actes ne doivent pas rester impunis.

– À vos ordres.

Il est temps de faire des exemples pour calmer les plus virulents… Même si cela signifie faire couler davantage de sang. Je ne perdrai pas tout ce que j'ai construit sans réagir.

Serah est déjà partie, aussi silencieuse qu'une ombre. Catherine apparaît à son tour dans le couloir, guettant ma réaction. Je l'invite à rejoindre sa mère, ce qu'elle s'empresse de faire.

– Tout ira bien, pas vrai ? me demande-t-elle en serrant les doigts de Megan entre les siens.

Je ne réponds pas, préférant ne pas lui mentir. On ne peut pas dire qu'Hel était des plus optimistes… Je m'approche du lit pour observer la blessée. Son teint est toujours aussi pâle. Ses longs cils bruns épousent la courbe de ses pommettes. Je dégage une mèche cuivrée de son front, effleure sa peau glacée du bout de l'index.

– Tu devrais dormir un peu, dis-je à Catherine.

Mais cette dernière ne m'accorde plus aucune attention, la joue déjà calée contre le bras de sa mère. Je m'éclipse. Il est temps que je me douche, et que je jette ma chemise souillée. Que j'éloigne l'odeur ferreuse du sang, et que je chasse de mon esprit l'image de Megan s'effondrant contre moi. Au moins quelques minutes. Juste un instant, pour réordonner le flot de mes pensées, réfléchir.

Respirer.

CHAPITRE 10

MEGAN

Ma conscience s'éveille, d'abord lentement. La réalité s'infiltre peu à peu derrière mes paupières closes. Je constate qu'une douleur me lance, assez pour percer le brouillard de mon esprit. Mes doigts s'agitent ; je sens le contact d'un drap chaud sous leur pulpe. Il réside autour de moi un parfum, assez fort. Citron vert et muscade… J'essaie de remuer, mais mon corps refuse d'obtempérer. Je réussis finalement à entrouvrir les yeux. Ma langue est ankylosée, ma bouche pâteuse.

J'ai soif.

Sur ma droite, le matelas semble affaissé. Ma main effleure un tissu plus rugueux ainsi qu'un bouton froid. La forme se dessine, et je reconnais enfin Lachlan O'Connor.

Assis sur le rebord du lit dans lequel je repose, son téléphone portable posé sur sa cuisse, il lit avec attention une sorte de dossier dont quelques pages se sont échouées près de mon oreiller. Je n'arrive pas à tourner la tête pour en découvrir le contenu, et ça ne m'intéresse pas.

Soif.

Mes neurones se reconnectent les uns aux autres ; mon esprit s'éclaircit. Lachlan ne remarque pas que je suis éveillée. Sa boucle rebelle tombe toujours devant son œil, ses dents mordillent sa lèvre inférieure. Il a l'air contrarié. L'espace d'un instant, je me sens redevenir une toute jeune femme, fascinée par le Trèfle, son charisme, la place qu'il a creusée à la force de ses mains dans un univers qui ne voulait pas de lui.

D'un coup, les souvenirs de l'attaque que Catherine et moi avons subie me submergent comme un raz-de-marée. Je pousse un cri quand je m'aperçois que ma fille n'est pas près de moi. Les images explosent sous mon crâne. La nuit, l'appartement, les trois hommes, le couteau, la route… La panique m'envahit.

Lachlan se retourne, une expression entre stupeur et exaspération sur le visage. En dépit de la douleur qui me cloue au lit, je parviens à me redresser pour m'agripper à lui.

– Ma fille ! crié-je. Où est-elle ?

Lachlan saisit mes bras pour me calmer et m'obliger à me recoucher. Son portable tombe par terre dans la lutte, les feuilles de son dossier volent.

– Elle dort ! tonne-t-il.

Je me fige, les ongles incrustés dans le tissu délicat de sa chemise. Je le relâche, mon souffle s'apaise. Une vague de souffrance me parcourt et m'arrache une plainte. Je m'allonge à nouveau, la mâchoire contractée. Lachlan ramasse ses papiers ainsi que son téléphone, qu'il pose sur la table de chevet, puis m'indique :

– J'ai installé Catherine dans une autre chambre. Elle avait besoin de repos. Vous êtes inconsciente depuis deux jours…

J'écarquille les yeux.

Deux jours ?

Deux jours pendant lesquels j'ai abandonné Catherine. Elle était seule, perdue dans un endroit inconnu, avec un homme dont je sais si peu aujourd'hui. Je n'ose imaginer l'état d'angoisse dans lequel elle se trouve à présent…

Lachlan m'observe un moment, avant de soulever mon débardeur. Le tissu est rigide, comme si des plaques de boue s'étaient figées dans sa maille. Un bref coup d'œil me suffit pour comprendre qu'il s'agit en fait de mon propre sang, coagulé.

Les doigts d'O'Connor effleurent ma peau. Par réflexe, je contracte mon estomac. Je n'ose pas croiser son regard quand il se penche pour étudier ma plaie.

– Vous avez fait sauter un point, j'ai l'impression… soupire-t-il.

Je fronce les sourcils. Il m'éclaire de lui-même :

– J'ai fait appel à un médecin clanique pour vous ausculter et panser vos blessures.

Si j'avais un miroir en face de moi, je suis persuadée que je me verrais perdre toutes mes couleurs.

– Mais… commencé-je.

– Cette femme a ma confiance, m'interrompt Lachlan. Elle a pris soin de vous et continue à vous surveiller quand elle le peut. Elle me contacte trois fois par jour et vous rend visite tous les soirs.

Le Trèfle jette un regard à sa montre rutilante avant d'ajouter :

– Elle est assez ponctuelle. Vous la rencontrerez en milieu de soirée, si vous êtes toujours éveillée. Ce n'est pas plus mal, vu le désastre de vos points.

Il tourne un peu autour du pot, mais j'ai l'impression d'être réprimandée telle une enfant. Je décide de laisser ma contrariété de côté pour me concentrer sur l'essentiel :

– Et ma fille ? Comment va-t-elle ?

– Elle n'est pas blessée, mais elle a vécu un traumatisme certain. Elle dort beaucoup. Le reste du temps, elle le passe à votre chevet.

– Ne me vouvoyez pas.

Lachlan arque un sourcil en terminant de retrousser ses manches. Je précise dans un murmure :

– Ça me met mal à l'aise…

– Comme tu voudras.

Il se détourne de moi pour se diriger vers une console, à l'autre bout de la pièce. Il s'empare de la carafe d'eau posée dessus pour remplir un verre, qu'il me tend ensuite. J'en salive, sans pouvoir me redresser pour boire correctement. Lachlan marque une hésitation avant de glisser un bras autour de mes épaules pour m'aider. Mon nez se retrouve au niveau de sa mâchoire ; son parfum se fait plus prégnant. Il est rasé de près ; son after-shave se mêle aux fragrances si particulières qu'il dégage.

Je m'empare de l'eau et commence à boire.

– Doucement, me régule-t-il.

Je manque de protester quand il récupère le verre pour l'éloigner de mes lèvres. Je me résous cependant à ce qu'il me donne le rythme. Une fois désaltérée, je lui fais signe que c'est suffisant. Il me soutient lorsque je me cale de nouveau dans les oreillers, avant de poser le verre sur la table de chevet et de ramener la carafe à portée. Puis il se réinstalle près de moi, les mains jointes sur un genou et le regard sévère.

– J'aimerais voir ma fille le plus vite possible, dis-je, encore mal à l'aise.

– Tu la verras, ne t'inquiète pas, m'assure Lachlan. Mais avant, il faudrait que tu me dises pourquoi tu es venue jusqu'ici.

Je baisse les yeux, une migraine me vrillant le crâne.

– Pour demander de l'aide, tu l'as compris, répliqué-je en passant à mon tour au tutoiement. Des hommes du Clan Campbell s'en sont pris à ma famille. Nous leur avons échappé de justesse.

– Le récit de Catherine allait dans ce sens, mais ça ne m'explique toujours pas pourquoi tu as pris le risque de retourner en Écosse et frappé à ma porte.

– Dès l'instant où les Campbell m'ont retrouvée, j'ai considéré que j'étais de nouveau impliquée dans le système, que je le veuille ou non. Le duc d'Argyll est violent, têtu, et il ne renoncera pas à son idée s'il nous vise, ma fille et moi. Je refuse de remettre un pied dans le monde des Clans, surtout avec la sécurité de Catherine en jeu. Nous devons nous éloigner rapidement.

Je m'interromps dans ma diatribe, le temps d'encaisser une pointe douloureuse au niveau de mon flanc. Elle remonte jusqu'à mes côtes, avant de redescendre et s'atténuer.

– J'espérais que tu pourrais nous permettre de quitter le pays en toute discrétion, sous couvert de la neutralité, reprends-je.

Le visage de Lachlan se décompose une seconde avant qu'il ne reconstitue son masque.

– Et qu'est-ce qui te fait dire que je serais d'accord pour te porter assistance ? lâche-t-il d'une voix blanche. Tu évoques la neutralité, mais tu me demandes d'aller à son encontre.

– Non, puisque je ne suis plus d'aucun Clan, argué-je sans me démonter. Tu ne ferais qu'aider une femme parmi d'autres.

– Ce n'est pas si simple, et tu le sais. Tu as été bannie. Tout retour de ta part en Écosse est une offense que les Clans ne toléreront pas s'ils l'apprennent : ils seraient prêts à te condamner à mort. À leurs yeux, tu n'es plus qu'un fantôme, et ils veilleront à ce que tu le restes.

– Je ne comptais pas te demander d'agir tambour battant, Lachlan, plaidé-je. Juste de nous donner un coup de main pour quitter le pays sans que quiconque le remarque. Et puis, que risques-tu ? Les Clans sont derrière toi pour le maintien du Code.

– *Étaient*, me corrige-t-il d'une voix lasse.

Mes muscles se tendent à cette précision. Je réussis à me redresser sur un coude, dans l'attente qu'il développe ce que je redoute avoir compris. Il s'exécute, les mains dans les poches et le regard rivé à la carafe d'eau :

– Si les Campbell ont retrouvé ta trace, ce n'est qu'une preuve de plus du chaos qui éclate sur nos terres. Les règles sont chamboulées. Beaucoup de choses se sont passées depuis ta répudiation. Des choses qui ne te concernent plus mais qui rendent ma position délicate. Je suis sur un fil tendu. T'aider peut me faire perdre un équilibre indispensable pour maintenir un semblant d'ordre.

Ce que je retiens, c'est qu'il paraît rejeter ma demande, et donc nous condamner, ma fille et moi. Je ne peux m'empêcher de le lui reprocher :

– Tu comptes nous laisser tomber ? Pourquoi m'avoir accueillie chez toi et gardée en vie, si c'était pour me jeter dehors ensuite ?

Il me lance un regard mauvais et rétorque :

– Je t'ai soignée parce que je ne suis pas un monstre, mais ma priorité est ailleurs. Je ne pourrai rien faire de plus que t'héberger le temps que tu te rétablisses. La loi des Clans m'interdit de faire davantage.

La moutarde me monte au nez, mais je la cantonne au fond de ma poitrine pour ne pas exploser.

– Tu cherches juste des excuses pour ne pas te mouiller, persiflé-je.

– Tu es injuste.

– Vraiment ? Tu as toujours été comme ça, ce n'est pas l'âge qui te changera. J'avais beau être jeune quand nous nous sommes rencontrés, il n'en reste pas moins qu'il m'a suffi de quelques minutes pour te cerner. Tu as de bonnes intentions, mais dès qu'il est question de sortir de ta zone de confort, tu recules de quinze pas.

– Crois-tu que j'aurais passé près de trente ans à me battre pour le Code si j'étais tel que tu le prétends ? Tu es vexée et apeurée au point d'en devenir blessante.

– Je te donne l'occasion de payer ta dette envers moi. Sans le soutien de mon père, tu aurais été exécuté par les Clans et tu n'aurais jamais rien construit.

Lachlan se fige, puis nos regards se croisent, s'enchaînent, se jaugent. Je n'ai pas oublié les heures de négociations qu'Alastair a menées pour sauver la vie d'O'Connor, et c'est en connaissance de cause que j'ai joué cette dernière carte, certaine qu'il ne pourrait plus rien m'opposer. L'instauration du Code ne fut pas un long fleuve tranquille : si certains Clans ont adhéré à l'idée dès qu'elle a été proposée, d'autres s'y sont opposés avec virulence. Cette minorité a mis à rude épreuve les nerfs de mon père, fervent soutien du projet émergent. Peu le savent, mais à cette époque, sa loyauté s'est retrouvée ébranlée. Le Code ou le Clan… Je suis intervenue, adolescente, pour qu'il n'abandonne pas le Trèfle. J'étais jeune, mais je n'avais pas de mal à comprendre le potentiel d'un tel projet : préserver le système de ses propres dérives, enrayer les conflits, voire permettre à notre monde d'évoluer avec son temps. J'y voyais une issue pour moi, la promesse d'une plus grande liberté future. Et au-delà de mes intérêts égoïstes, je ne pouvais pas accepter qu'un homme comme Lachlan – le seul qui tentait de faire bouger les choses – soit condamné pour ses idées. Je l'admirais pour le courage dont il faisait preuve et que je n'avais pas.

C'est grâce à mon insistance que mon père l'a protégé. Nous nous sommes adressés, tous les deux, à l'assemblée des *lairds* et *ladies* réunis pour délibérer – dont Angus MacKenzie, notre ennemi mortel. Je me rappelle mon dos moite de sueur, ma gorge douloureusement nouée, le tremblement de mes mains. C'était la première fois que je discourais officiellement en tant qu'héritière MacCoy. À l'époque, je pensais que mon père y voyait un moyen d'impliquer davantage notre Clan dans le soutien public du Code. Aujourd'hui, je crois plutôt qu'il m'a donné une chance de me battre pour un idéal, de faire un premier pas dans l'arène politique malgré mon jeune âge. J'étais terrifiée, mais je me suis efforcée de n'en rien montrer. Mon regard croisait parfois celui de Lachlan, qui m'écoutait avec attention, posté dans un coin de la pièce en attendant qu'on décide de son sort. Nous étions si jeunes, et j'ai eu la hardiesse d'estimer que l'avenir dépendait de nous ce jour-là. Ses yeux verts qui cherchaient les miens m'ont encouragée à donner le meilleur de moi-même face à des hommes et des femmes qui avaient le double voire le triple de mon âge.

Mon père et moi avons plaidé des heures durant la cause de Lachlan, du Code, et nous avons convaincu les Clans de donner un second souffle à la neutralité. Ce tremplin a assis la position du Trèfle au sein du système. Nous n'étions pas les seuls à le défendre, mais sans nous, il est probable qu'il n'aurait pas terminé la journée. Et il en était tout à fait conscient quand, à la sortie du conciliabule, il m'a chuchoté un « merci » dans le creux de l'oreille tandis que je découvrais mon père soulagé et… ému.

Si je n'étais pas intervenue ce jour-là, tout aurait été différent. C'est la vie que le Trèfle me doit. Pourtant, ses lèvres s'étirent en un sourire froid.

– J'ai déjà payé ma dette, affirme-t-il.

Je tressaille et siffle :

– Je le saurais si c'était le cas.

– Apparemment, non. J'ai effacé mon ardoise lorsque j'ai protégé Elisabeth.

– Ellie ? m'étouffé-je. Quoi ? Pourquoi ?

Aux dernières nouvelles que j'ai eues par Mary, ma petite sœur faisait le tour du monde après son internat. Elle était censée être tenue à l'écart du système, et je m'en réjouissais. Je tente de refouler mon angoisse pour elle alors que je revois sa frimousse parsemée de taches de rousseur, ses sourires si juvéniles, cette passion dans son regard de miel qui me rappelle tant celle que je décèle chez Catherine… Pourquoi est-elle revenue en Écosse ? Et comment se fait-il que Lachlan ait dû intervenir pour la protéger ?

– Elisabeth MacCoy a transgressé le Code sur mon territoire, m'informe le Trèfle sans l'once d'une émotion. Par égard pour la dette que j'avais envers les tiens, envers *toi*, je l'ai épargnée.

– Qu'a-t-elle fait ? soufflé-je, les poings serrés.

– Elle s'est impliquée dans une rixe, à la sortie de l'Unicorn. Je ne peux pas te donner davantage de détails, par souci de confidentialité. Quoi qu'il en soit, ma dette, je l'ai payée en sauvant Elisabeth. Elle est désormais purgée.

Je ferme brièvement les yeux pour digérer ce que j'apprends puis gronde :

– Tu ne peux pas décider par toi-même quand tu me rends un service suffisant, c'est à moi d'en juger.

– La vie de celle qui était ta sœur ne compte donc pas assez, selon toi ?

Je pince les lèvres, tiraillée bien malgré moi entre la colère et la gratitude.

Toujours aussi malin, ce Lachlan. Toujours aussi vicieux.

Son sourire en coin trahit sa satisfaction. Il se dirige vers la porte de la chambre, certain d'avoir eu le dernier mot dans notre débat. Je suis trop épuisée pour le poursuivre, mais la fureur me ronge, la frustration, ainsi que la déception. Avant qu'il ne sorte, je lui lance :

– Je te demande juste de l'aide pour nous garder à l'écart des Clans et nous conduire hors du pays, Lachlan. Rien de plus. Est-ce vraiment au-delà de ce que tu peux consentir ?

Ma voix s'éteint, mes paupières se font plus lourdes. Le Trèfle m'observe sans sourciller ; j'ignore s'il me répond, les sons s'étouffent. Je le distingue déposer un cachet près de la carafe d'eau, murmurer « douleur ». Je me rendors malgré l'angoisse du lendemain qui m'a prise en étau, l'image de ma fille hantant mon esprit.

CHAPITRE 11

LACHLAN

Les basses retentissent à m'en assourdir. Après toutes ces années, j'ai l'habitude. Elles ne me donnent plus de migraines, tout comme mes jambes ne ressentent plus de douleur malgré les heures que je passe à fureter à travers l'Unicorn. Le DJ fait un excellent travail ce soir ; ses morceaux remuent la piste. Et plus il y a de danseurs, plus il y a de boissons pour étancher la soif…

Je fais un tour au bar pour m'assurer que tout se passe bien. En jetant un regard à travers la foule, je repère cinq nouveaux clients. Je les identifie comme des Douglas. Trois hommes, deux femmes. J'enregistre leurs visages dans un coin de ma tête ; ce ne sont pas des habitués, j'ai à les surveiller. Mon téléphone dissimulé derrière le comptoir, j'envoie un message à Serah pour la prévenir. Quelques secondes plus tard, l'un des vigiles se déplace dans l'ombre pour suivre le petit groupe jusqu'à l'entrée de l'aile VVIP. Je refuse qu'il y ait des vagues, cette nuit. La sécurité a été renforcée au sein de l'Unicorn ainsi qu'aux alentours. Serah s'est chargée de déployer des hommes dans les rues les plus proches. Je soupire : les rixes des Familles m'obligent à densifier les rondes, mais je crains que les zones étendues que j'avais réussi à faire passer en terrain neutre soient en train de m'échapper.

J'envoie un nouveau message à Serah pour l'informer que je descends au pub ; je remarque alors avoir reçu un SMS de Dyclan, du Clan MacCoy. Un sourire satisfait fleurit sur mes lèvres quand il me confirme qu'Isabelle et sa sœur Harriet, du Clan Kincaid, deux des femmes qui ont fait appel à moi pour disparaître d'Écosse, ont décollé pour San Francisco. La prochaine manœuvre sera plus délicate. La mère et ses deux enfants dont il est question sont étroitement surveillés, son compagnon – abusif – étant le cousin par alliance d'un *laird*. Mon passeur aura plus de travail, cette fois-ci… Autant lui laisser un peu de répit auprès de sa petite amie d'ici là.

Je repense alors à Megan et à son regard désespéré lorsqu'elle me demandait de lui faire quitter le pays. Ses lèvres tremblaient alors qu'elle s'efforçait de conserver une vaine façade d'assurance… J'aimerais qu'il y ait une solution simple à son problème. Mais malheureusement, c'est loin d'être le cas.

Un danseur me bouscule et ne s'excuse pas. Je m'en accommode, me contentant de lisser ma veste de costume. Un vigile m'adresse un signe de tête lorsque j'atteins l'escalier menant au pub. Ma plus grande fierté, là où tout a commencé. Là où j'ai donné un sens à ma vie. Les tartans défilent sur les murs du sous-sol. Je m'arrête un instant devant celui des MacLeod, serti d'une broche en argent représentant un chardon. Je l'ai placée là peu de temps après que Phèdre a pris les rênes de Dunvegan ; une façon pour moi de légitimer sa position. À ma manière.

Le souvenir d'Alexander me revient. Il m'a tant inspiré, lui qui était si droit, si empli de principes et de valeurs… Il idéalisait un monde sans conflits, sans plus de sang versé, où chacun serait libre de choisir. Je lui en ai voulu lorsqu'il a tout abandonné derrière lui pour Rose ; j'ai eu l'impression de perdre l'un des seuls alliés avec lesquels je pouvais espérer forger un meilleur avenir. L'un des seuls hommes *justes*.

Je n'aurais jamais cru que le retour en Écosse de sa fille, Phèdre, suffirait pour que le chaos éclate et que tout ce que j'ai construit s'effrite entre mes doigts…

Je suis si fatigué de tout ça…

J'intègre le pub, où règne une musique celtique. Les rires fusent de tous les côtés, les Clans se mêlent, échangent, comme si le chaos ne s'éveillait pas en dehors de ces murs. Il flotte dans l'air imbibé d'alcool une paix et une sérénité feintes. Si autrefois j'éprouvais un bonheur total à l'écoute de ce brouhaha, aujourd'hui, il m'irrite. Tous ces individus qui ont soif de pouvoir au prix de tueries me débectent.

En quoi peut-on tirer du plaisir à écraser plus faible que soi ? En quoi est-ce honorable ?

Pour un peu, j'envierais Megan qui, par la force du destin, s'est extirpée de cet univers, quand j'ai choisi de m'y lier à tout jamais. Je n'ai rien pu faire pour ma famille, mais ici… Ici, j'ai cru que je pouvais changer le monde. J'ai presque réussi. Cependant, je suis épuisé, à présent. Épuisé à l'idée d'avoir à tout recommencer à cause de la cruauté des uns et de la soif de vengeance des autres.

Je me sers un verre de whisky et en profite pour étudier à nouveau les visages qui m'entourent, afin de repérer les Clans présents ainsi que les potentielles tensions entre eux. Puis, poussé par une impulsion absurde, je lève les yeux au plafond, comme si je pouvais discerner Megan et Catherine à travers. Je pourrais les aider à quitter le pays, mais je n'ai confiance qu'en Dyclan pour assurer le transfert. Sauf qu'il la reconnaîtra : ils ont grandi ensemble. Bien sûr, le Limier a pris ses distances avec le système clanique, mais je doute qu'il puisse se taire si je lui confie la sœur aînée de son Chef. Et je ne peux pas me permettre qu'il parle.

Quand Caleb a renié Megan, il a été acté qu'elle était désormais une paria, une ennemie des Clans. L'exil la condamnait à ne plus jamais remettre les pieds en Écosse, sous peine de mort. Beaucoup estiment qu'elle s'en est bien tirée. Pour une fille de *laird* et héritière, enfanter avec un Anglais roturier avant le mariage constituait une faute grave, suffisant à justifier une exécution en règle.

Pitoyable... Barbare.

Je n'ai d'autre choix que de me plier aux lois des Clans. Interférer avec elles me desservirait assez pour que je perde tout à mon tour. Revenir redonne consistance à Megan, réveille le souvenir de ses crimes, et cette fois, ils ne seront pas pardonnés. La décision de Caleb de rejeter sa propre sœur, sur un coup de sang, a placé une cible sur sa tête.

Imbécile d'Ours.

Ça n'arrange rien à mes affaires que Megan m'ait demandé asile en cette période délicate. L'héberger, c'est déjà un risque que je ne suis pas certain de pouvoir assumer. Serah me traverse l'esprit pour conduire la mère et sa fille ailleurs, mais j'ai besoin d'elle ici, à Édimbourg.

Mes phalanges écrasent mon verre. Je n'arrive pas à considérer Megan comme une femme banale qu'il me suffirait de jeter dans une voiture. L'idée qu'elle se débrouille seule, blessée, avec un homme choisi au hasard parmi les miens, affole mon cœur. Pourtant, je ne peux pas me permettre d'être distrait.

Je ravale un sursaut lorsque Matthew et Joffrey du Clan MacLeod posent brusquement leurs chopes vides sur le comptoir près de moi. Le barman les ressert aussitôt tandis qu'ils échangent des plaisanteries qui m'échappent. Après la chute des

MacKenzie, ces deux-là ont doublé la fréquence de leurs visites à l'Unicorn.

Ah ! la jeunesse...

J'aperçois les cheveux bleus de Hel sur une des banquettes ; elle est en pleine conversation avec Brahn. Ou plutôt, en pleine chamaillerie. Je n'ai jamais vu le Serpent aussi souvent dans mon pub ; il suit la jeune femme comme son ombre.

Matthew me remarque et m'adresse un sourire radieux. Son nez qui commence à rougir m'indique son niveau d'ébriété. Le barman et moi échangeons un coup d'œil de connivence. Joffrey, moins ivre, m'interpelle :

– Toujours sur le pont, l'Irlandais !

– Toujours, confirmé-je d'une voix blanche.

– Avez-vous répondu à l'invitation du *laird* MacCoy ? s'enquiert-il.

Je soupire ; j'ai oublié de donner ma réponse. Si les choses s'emballent de mon côté, elles se sont apaisées de celui d'Inchkeith. Après un an et demi de fiançailles, Duncan et Elisabeth se marieront dans quelques jours sur l'île de leur Clan. L'idée des festivités paraît les ravir plus que nécessaire. Parmi les autres Familles, les avis sont mitigés. La sœur d'un Chef qui épouse un homme de main… Cela crée un certain tohu-bohu mais apporte aussi une petite lueur d'espoir dans un monde où elles sont devenues bien trop rares.

Au moins, il est Écossais...

– Pas encore, réponds-je finalement.

Je ne me suis pas décidé. Me rendre à ce mariage serait à double tranchant : cela me permettrait de mettre de côté mes différends avec les MacCoy, mais cela pourrait aussi être vu comme un soutien qui déplairait aux Campbell et à leurs partisans. Le plus sûr pour moi serait de ne pas accepter l'invitation, malgré mon envie d'assister aux épousailles qui prouvent que le système évolue.

Alastair aurait été enchanté... Moira aussi.

Leur fille s'unit à l'homme qu'elle a choisi, comme eux aussi se sont joués des conséquences et des rumeurs. Un triste sourire étire mes lèvres ; les plus grands conflits de ces cinquante dernières années ont été provoqués par deux couples maudits – Alexander et Rose, Alastair et Moira. Tout ça au nom de l'amour, en dépit des convenances et des lois.

Et aujourd'hui, leurs enfants reproduisent le même schéma.

Je me détourne des chamailleries de Joffrey et Matthew, puis croise le regard de Hel. Elle lève un pouce, signe qu'elle compte bientôt rendre visite à Megan. J'envoie un nouveau message à Serah pour la prévenir, ainsi qu'aux sentinelles que j'ai postées près de la porte de mon appartement. Ensuite, je m'éclipse en quête d'un semblant de calme. Je referai un tour de mon établissement dans une heure, avant de prendre mon service derrière le comptoir. Une habitude que j'ai gardée, très pratique pour laisser traîner une oreille – Cece, l'ancienne propriétaire des lieux, m'a donné les bons filons.

Elle ignorait ce que je ferais de son petit pub...

J'espère qu'elle serait fière.

Moi, je ne suis plus sûr de ce que je ressens.

Une fois dans mon bureau, j'en ferme la porte avec soulagement. Les murs insonorisés éloignent les basses et la cacophonie extérieure. Je m'effondre dans mon fauteuil, la tête bourdonnante. Trop de choses à penser, anticiper, calculer.

Depuis combien de temps n'ai-je pas dormi ?

Le dernier somme que j'ai piqué était ici même, pour trois heures, ou peut-être deux. Je bâille, et me demande si Megan se remet. Je peste alors, dépité de songer à elle quand j'ai d'autres priorités. Je me focalise sur l'énorme carte de la capitale punaisée au tableau en liège qui me fait face. Les quartiers sont quadrillés par de nombreux fils rouges. Certains sont coupés, là où les rixes ont éclaté il y a plusieurs jours. Les Armstrong ont été sévèrement sanctionnés, en partie par leur *laird*, mais ce n'est pas suffisant.

« Tu as encore une sale tronche, gamin. Je te sers quoi ? De l'eau ? »

Je souris, bien que le souvenir de la voix rêche de Cece ne soit plus ce qu'elle était. Maintes fois, je me suis imaginé ce qu'elle dirait en découvrant son « bébé » tel qu'il est devenu. L'idée du Code n'a pas germé seule dans ma caboche ; elle est issue des rêveries d'un trio surprenant, accoudé au comptoir d'un bar miteux, de suppositions jetées sur le tas, de plans sur la comète… Jusqu'à ce que tout se concrétise, parce que je ne me résolvais pas à ce que tout cela ne reste que vaines paroles.

– *Les Clans deviennent de plus en plus idiots, et irresponsables. Campbell en profite…*

– *Ce n'est pas une nouveauté, Alex. Il est plus ou moins le seul à ramasser les pots cassés pour maintenir le système planqué. Forcément, ça lui attire des partisans.*

– *Il est trop dangereux.*

– *Ce n'est pas comme si on pouvait proposer autre chose. Enfin, toi, si, tu pourrais. Tu es* le *MacLeod, non ?*

– *Mon nom ne suffit pas. Seul contre tous, qu'est-ce que tu veux que je fasse ?*

– *Mais tu n'es pas seul. Nous ne le sommes pas.*

– *Il faudrait un système dans le système, en fait.*

– *Qu'est-ce que tu racontes, l'Irlandais ?*

– *Il a bu trop d'eau, il divague.*

– *Je veux dire… Et si tout ne dépendait plus uniquement des Clans ? Peut-être que ce dont ils ont besoin, c'est qu'on leur tienne la bride, tout en leur assurant un filet de sécurité. Vous voyez ?*

– *Comme un code à respecter, sinon, ils paieront le prix ?*

– *Le Code de l'Highlander ?*

– *Non, juste un Code. Neutre.*

Je fixe mon bureau du regard. Se doutaient-ils, tous les deux, que je finirais par perdre espoir ? Que je ne réussirais plus à trouver un sens à ce pour quoi je me plie en quatre depuis tant d'années ? Ces près de trente ans à œuvrer pour ce Code dont nous rêvions m'ont usé jusqu'à la corde. Je ne savoure plus les victoires comme autrefois, l'ivresse de faire plier les *lairds* pour les tenir tranquilles. À l'inverse, je ressens constamment la honte, le dégoût, la colère, comme lors de la première exécution que j'ai ordonnée. Rien ne m'avait préparé à la giclée de sang qui imbibe toujours mes mains. Avec naïveté, j'imaginais que je me sentirais fier que les Clans fassent appel à mon autorité nouvelle pour rendre *leur* justice. Mais ce jour-là, j'ai compris que le rêve partagé entre Alexander, Alastair et moi irait avec son lot de souillures et de sacrifices. Il me faudrait devenir comme *eux*, ces barbares, pour m'intégrer avant de prétendre les sauver d'eux-mêmes.

Je suis si fatigué...

La porte de mon bureau s'ouvre. Serah n'hésite pas à entrer malgré le regard mauvais que je lui lance. Sa veste en similicuir dégage une odeur d'humidité.

– Problèmes, lâche-t-elle.

Sans surprise...

Je carre les épaules et l'encourage à développer.

– Deux Douglas et trois Anderson en sont venus aux mains à quelques rues de l'Unicorn. L'un de nos vigiles en a arrêté deux, mais les autres sont en cavale.

Je fronce les sourcils.

– Quoi d'autre ? grincé-je, conscient que ce n'est pas terminé.

– Les Clans Forbes et Gordon. Ils se seraient croisés dans un bar, en voulant justement s'éviter à l'Unicorn. La police a été appelée.

Je ferme les yeux, remonté à bloc.

Ce n'est pas le moment d'attirer l'attention du reste du monde...

– Que fais-tu ici, alors ? grondé-je. Tu devrais être sur place.

– Trop de civils, me répond Serah. Je ne peux pas intervenir.

Je me balance dans mon fauteuil, la nuque nouée, puis je me lève d'un seul mouvement et récupère manteau et écharpe sous l'œil inquisiteur de la Lionne.

– Vous ne pouvez pas y aller vous-même, me réprimande-t-elle.

– Il le faut.

– Vous êtes une cible.

– Je sais, ça n'a pas changé depuis que j'ai fondé le Code. Je n'ai pas le choix. Je m'adresserai à Katelyn Fraser pour anticiper l'enquête potentielle. Je lui demanderai de faire jouer ses relations. Je me charge aussi de contacter deux avocats pour assurer la défense de ces imbéciles : ils ne doivent pas laisser échapper la moindre information s'ils sont avinés.

Tandis que je dresse la liste de tout ce que j'ai à faire, un mal de tête me cisaille le crâne. Serah m'emboîte le pas, écoutant avec attention mes directives pendant que nous sortons de l'Unicorn. Je m'arrête alors sur le trottoir, entre deux groupes de fumeurs, et me tourne vers mon bras droit.

– Dernière chose : assure-toi que Hel s'occupe de mon invitée, s'il te plaît.

Serah cille, son sourcil tressaute, mais elle acquiesce d'un air grave. Ma voiture est déjà là ; je grimpe aussitôt à l'intérieur.

La nuit va être longue…

CHAPITRE 12

MEGAN

J'ai toujours détesté les phases de somnolence où je ne cesse de me réveiller pour mieux sombrer à nouveau ; stagner dans cet entre-deux où j'espère me reposer, mais qui m'épuise davantage en réalité.

Alors que j'ouvre les yeux pour la énième fois en un temps inconnu, je décide de ne pas les refermer. Je n'ai pas de nouvelles de Catherine. Je ne l'ai pas vue depuis que je me suis effondrée dans les bras de Lachlan ; cela m'inquiète. Penser au Trèfle ravive un noyau de colère dans mon ventre, mais l'image de ma fille balaie tout le reste.

J'essaie de me redresser, non sans émettre un chuintement de douleur. Je repousse un pan du drap qui me couvre et constate que l'on m'a changée. Je porte une chemise ample, d'une coupe masculine, et une sorte de caleçon. Ils appartiennent sans aucun doute à O'Connor. Je scanne la chambre du regard, en quête de mes affaires que je ne trouve nulle part.

Elles étaient bonnes à jeter, de toute façon...

Je repère mon portefeuille, posé sur la console du fond. Je tente encore une fois de me relever ; j'y parviens, bien que l'effort me fasse monter une larme au coin de l'œil. Après avoir raclé ma gorge enrouée, j'appelle :

– Catherine ?

Je répète son prénom trois fois, avant que ma porte s'ouvre. Ma fille entre dans la chambre, les yeux écarquillés, une expression indécise sur ses traits tirés. Quand nos regards se croisent, le soulagement m'ébranle. Catherine s'empresse de me rejoindre et se jette dans mes bras tendus. Je serre la mâchoire pour encaisser son poids, ma douleur se ravivant à la contraction de mes abdominaux.

– J'étais morte de peur, maman !

– Je suis désolée, soufflé-je. Est-ce que tu vas bien ?

– C'est plutôt à moi de te poser la question ! Le médecin est reparti il y a vingt minutes, et même si elle a confirmé que tu te rétablissais, elle continue à te surveiller étroitement…

– Tu n'as pas à t'angoisser. Ça va mieux, je le sens moi aussi. C'est vous qui avez changé mes vêtements ?

– Oui, Hel s'est servie dans les affaires de ce Lachlan. Tu ne pouvais pas rester dans… Enfin…

Les mots meurent sur les lèvres de ma fille. Touchée par son émotion, je la rapproche davantage.

Elle s'installe contre moi, sur le lit, sa tête au creux de mon cou.

– Pardon pour tout ça, chuchoté-je.

Ses bras me ceinturent avec force.

– J'ai cru que j'allais te perdre, murmure-t-elle, les épaules tremblantes. J'ai tourné en rond en attendant que tu te réveilles…

– Tu sais que j'ai la peau dure, pourtant.

Ma plaisanterie fait à moitié mouche. Catherine ne rit pas, mais au moins, elle se calme. Le silence tombe entre nous, apaisant, tandis que nous sommes blotties l'une contre l'autre.

Comme autrefois.

Mon cœur se réchauffe. Pour un peu, je pourrais presque me remémorer l'odeur de bébé qu'avait Cathy. Il n'y a que ses câlins qui réussissent à me placer dans une telle bulle, créée dès que je l'ai mise au monde. Je manque de me rendormir, dans notre cocon, quand elle se redresse pour me demander avec gravité :

– Tu veux bien m'expliquer, maintenant ?

Mon estomac se noue. Il serait si facile de me cacher derrière une fausse excuse pour détourner la discussion… Ce serait cependant injuste pour ma fille. Je me résigne, et choisis mes mots avec soin pour déclarer :

– Comme je te l'ai dit, je crois que des gens malhonnêtes s'en prennent à nous parce que je viens d'une famille… un peu spéciale.

– Spéciale comment ?

– Eh bien, tu sais qu'en Écosse, il existe des Clans.

– Oui.

– Mon père – ton grand-père, donc – était le chef de l'un d'entre eux. Un *laird*.

Le regard de Catherine s'illumine, et elle s'écrie :

– Mais tu es une sorte de *lady*, alors ?

Je secoue vivement la tête, ce qui ne fait qu'accroître ma migraine.

– Avant, oui. Plus maintenant, précisé-je. Disons que je viens d'une famille qui a une certaine importance ici… Et à cause de sa position particulière, elle a son lot d'ennemis. Comment t'expliquer avec des mots simples ? Mes parents ont longtemps été en conflit avec d'autres Clans, pour de multiples raisons, et… la violence n'a pas de limites dans cet univers-là. Mais c'est censé ne plus me concerner depuis que j'ai tout abandonné.

– C'est pour ça que tu n'en parles jamais ? Parce que tu as coupé les ponts ?

– Si on veut. J'ai tout quitté pour… toi. Pour moi. Pour tout un tas de raisons. J'ai été effacée du monde des Clans. Apparemment, les règles ont changé, et je suppose que mon… ancienne famille a des ennuis qui retombent sur nous.

– Alors, pourquoi ne va-t-on pas la voir ? *Granny* Mary nous accueillerait.

– C'est compliqué. Nous ne… *Je* ne serais pas la bienvenue.

Ma correction n'échappe pas à ma fille. Ses yeux se font plus acérés, et inquisiteurs. Je ne souhaitais pas la blesser et j'ai fait preuve de maladresse.

– *Granny* n'a pas le pouvoir ou l'autorité pour nous permettre de revenir, ajouté-je. C'est interdit. Tu sais, les Clans sont impitoyables, et très à cheval au sujet de leurs traditions. Il n'y a pas de retour en arrière possible pour moi. Demander de l'aide à *Granny* pourrait nous causer encore plus d'ennuis que nous en avons déjà.

– Mais pourquoi ? Quelle famille peut être assez nulle pour refuser d'intervenir ? Et qu'est-ce qu'ils trafiquent pour qu'on tente de nous tuer, au juste ?

– Je ne sais pas vraiment, admets-je en toute honnêteté. J'ai quitté ce monde-là depuis longtemps, je ne suis plus au courant de ce qui l'anime désormais. Mais s'il y a bien une chose qui n'y a jamais varié, c'est que les conflits y sont monnaie courante.

Catherine se repositionne sur le matelas pour me faire face, bras croisés.

– Tu dis que les règles ont changé… Du coup, peut-être que l'on peut aller chez toi, maintenant, assène-t-elle.

Je me raidis. Je devine qu'elle est curieuse et désire découvrir ce côté de sa généalogie. Elle n'a jamais été proche de son grand-père paternel, un rustre qui désapprouvait le métier d'Alan, notre mariage et la naissance prématurée de Catherine. Je ne souhaite pas qu'elle se fasse d'illusions en rêvant d'une famille qui ne l'acceptera jamais.

– Ce n'est pas envisageable, dis-je doucement.

– Tu n'as même pas tenté de leur parler.

– Je n'essaie pas parce que je sais déjà quelle sera leur réponse.

– Pourtant, tu as dit à Lachlan que tu étais… du Clan MacCoy.

Je tressaille, avant de répliquer :

– C'était le seul moyen pour qu'il nous accorde de l'attention.

– Il n'empêche que tu t'es présentée comme ça. Megan MacCoy.

J'inspire, entortillée dans une spirale de douleur physique, mais aussi plus profonde. Amère. Cruelle.

– Non. Je suis Megan Gelbero, affirmé-je. Nous ne sommes pas des MacCoy, toi et moi.

– Eh bien, si, rétorque ma fille avec fermeté. Même si je change de nom un jour, je serai toujours votre enfant, à papa et toi. C'est la génétique ! Et le sang…

– Dans le monde où je suis née, une signature peut tout modifier, ce qui a été le cas pour moi. J'ai quitté mon Clan, de mon plein gré. À présent, je dois en assumer les conséquences. Voilà pourquoi nous nous sommes rendues chez Lachlan O'Connor et non pas chez *eux*.

– C'était complètement con !

– Ton langage.

– Mais c'est vrai ! Quand même, il faut avouer que c'est tiré par les cheveux, tout ça ! Il te suffit de passer un coup de téléphone, un seul, à *Granny*.

– Impossible, tranché-je. Je ne mettrai pas la vie de Mary en danger.

– Et la nôtre, si ?

– Bien sûr que non, mais oublie les MacCoy. Je ne leur demanderai rien, est-ce clair ?

Catherine se braque. Ses bras se sont décroisés ; ses poings se serrent.

– Tu ne t'es pas dit qu'ils pourraient nous éviter d'avoir à quitter le pays, contrairement à ce que tu espères de ce type, là, Lachlan ? proteste-t-elle. Qu'ils pourraient régler notre problème si c'est à eux qu'il est dû, voire se renseigner au sujet de papa ?

– De ton père ?

– Tu es si centrée sur toi-même et tu le détestes tellement que tu n'as même pas pensé à lui !

– Qu'est-ce que tu ra…

– S'ils s'en prennent à notre famille, papa est en danger, lui aussi ! Et ce Lachlan ne veut pas bouger…

– Alan n'est pas…

– Pas quoi ?

– Il est Anglais…

– Et alors ? enrage Catherine, le visage rougi.

J'ai songé à Alan, bien sûr. J'ai imaginé que les Campbell auraient pu remonter la piste jusqu'à lui pour lui soutirer des informations ou l'assassiner. Cependant, je refuse de céder à la panique. Mon ex-mari n'appartient pas au monde des Clans ; l'un dans l'autre, qu'on s'en prenne à lui est peu probable.

Et puis, j'avais bien assez à faire pour garantir la sécurité de ma fille, qui reste ma priorité. Alors, c'est vrai, je culpabilise de ne pas avoir consacré plus d'efforts à la rassurer ou vérifier que son père va bien… Mais je ne regrette pas mes choix. Je n'en avais pas d'autres…

Je saisis la main de Catherine et l'étreins.

– Dès que c'est possible, nous contacterons ton père, je te le promets, lui assuré-je.

– Mais…

– Nous demanderons à Lachlan de l'appeler.

Catherine bouillonne encore mais acquiesce tout de même. Elle descend du lit, ce qui creuse aussitôt un grand vide en moi. La distance se réinstalle entre nous ; elle rebâtit le mur qui nous sépare, contrariée, blessée. Et perdue, tout comme je le suis.

– Je te laisse te reposer… marmonne-t-elle.

– Cathy…

– C'est bon, pas la peine d'en dire plus. J'ai compris. Tu décides, point.

Le reproche à peine dissimulé me fend le cœur. Ma fille quitte la chambre en fermant la porte derrière elle, et je me retrouve seule dans la pénombre. Plusieurs secondes s'écoulent, durant lesquelles je tends l'oreille pour guetter ses pas qui s'éloignent dans l'appartement. Le silence revient ensuite, lourd et oppressant. Les mots de Catherine résonnent tout autour de moi, comme si elle était encore là.

« Tu dis que les règles ont changé… Du coup, peut-être que l'on peut aller chez toi maintenant. »

L'idée m'a déjà effleuré l'esprit, mais une terreur sourde m'inonde dès que je m'imagine renouer avec le passé ou faire face à mon frère… au *laird*.

Mes doigts se crispent entre mes draps.

Quoi que j'en dise, c'est eux, ma famille.

Caleb, qui doit se trouver dans les ennuis jusqu'au cou pour qu'ils retombent sur moi. Ma petite Ellie, qui s'est mise en danger au point de transgresser le Code. Mais que leur arrive-t-il ?

Des souvenirs remontent, de ceux que je me suis si longtemps efforcée d'enterrer. Les fous rires, les pitreries, les cavalcades dans les couloirs du château dans le dos de notre mère, les chagrins et les réconforts… Les amitiés nouées, souvent en commun. Les nombreuses heures de lecture sous un plaid avec Duncan, les chansons de Dyclan, les gâteaux de Mary, les histoires de Roy, les plaisanteries d'Ewen… L'amour et la tendresse de ma mère, la rigueur et les espérances de papa. Tout me revient et menace de briser mes digues.

Je dois me rappeler que tout ça appartient à une autre vie ; une vie à laquelle je ne peux plus accéder. Comme un livre fermé, comme si rien n'avait existé.

Je suis seule à présent. Seule pour protéger Catherine, et Alan.

Parce que je ne suis plus une MacCoy.

CHAPITRE 13

LACHLAN

Je ne peux pas dire que tout s'est bien terminé ce soir, mais nous avons évité le pire. J'ai géré les conséquences des rixes comme je l'ai pu ; le secret du monde clanique n'explosera pas ce soir, ni la fragile neutralité dans la capitale. Je grimpe l'escalier en colimaçon qui mène à mon étage, au-dessus de l'Unicorn. À cette heure-ci, juste avant l'aube, l'activité du night-club se calme. Je suis épuisé, mais je compte garder mon téléphone à côté de moi pour répondre au moindre appel. Les Forbes et les Gordon qui se sont battus ont été arrêtés et sont maintenant en garde à vue. Les avocats que j'ai sommés sont avec eux et veillent à ce qu'ils décuvent sans rien révéler. Quant à Katelyn Fraser, elle s'est occupée de couvrir toutes les traces susceptibles de lier la bagarre aux Clans. Un travail bien fait, rapide, sans compter que Serah s'est chargée de récupérer les Anderson et les Douglas. Il y aura encore beaucoup à gérer dans les prochains jours, mais c'est assez pour cette nuit.

Je pousse la porte de mon appartement, me déchausse et prends soin de disposer mes souliers dans l'alignement parfait de mes autres paires. Puis je retire mon manteau, mon écharpe et ma veste, que je suspends dans la penderie du couloir. Enfin, dans le silence, je me rends dans la salle de bains et me penche au-dessus de la vasque. Mes boutons sautent un à un tandis que je me dévêts de ma chemise souillée par les gerbes de salive que l'on m'a crachées. Je mouille un gant de toilette pour l'écraser sur mes joues, que je crois encore humides. Le pire, c'est que je ne suis pas surpris de l'accueil que m'ont réservé les Gordon et les Forbes. Il y a deux ans, il me suffisait d'apparaître pour que l'on baisse les yeux et que l'on me donne du « monsieur ». Maintenant, on me crache dessus et on m'injurie pour ce que je représente.

Mon poing se serre.

On ne me respecte plus : on me méprise.

Pour une erreur commise. Parce que les MacKenzie ont brisé le Code et enlevé Xander MacLeod sur mon territoire. Je me sens souillé, humilié. Furieux. À tel point que je me glisse finalement sous la douche pour purger ce que j'ai emmagasiné. La chaleur de l'eau ne me réconforte pas ; j'ai beau frotter ma peau, la sensation de saleté reste là. Alors je sors de la cabine, noue une serviette autour de moi et m'appuie un instant contre le mur. Un vertige me saisit. J'inspire, ferme les yeux le temps que le monde retrouve sa stabilité, puis quitte la pièce embrumée.

Lorsqu'une silhouette se détache de la pénombre du couloir, je sursaute et cherche aussitôt une arme à portée, avant de me souvenir que j'accueille deux femmes sous mon toit.

– Catherine ? Tu ne dors pas ?

Un petit rire me répond, puis Megan s'avance plus près, une main posée en douceur sur sa blessure.

– Tu me flattes, se moque-t-elle, le teint pâle et le regard éteint.

– Mais que fais-tu debout ? m'agacé-je.

Je m'empare de son bras pour la reconduire à sa chambre, excédé qu'elle ose se lever alors qu'elle n'est pas remise. Pourtant, elle m'oppose une résistance.

– Tout va bien, m'assure-t-elle. Je suis une grande fille, je peux me gérer.

– À te voir ici, au beau milieu de la nuit, j'en doute.

– J'attendais ton retour, admet-elle sans s'émouvoir.

Je fronce les sourcils quand je la surprends à me détailler. Ses yeux dérivent sur ma mâchoire, ma clavicule, mes pectoraux. Dès que nos regards se croisent, elle passe une main nerveuse dans ses cheveux.

– Je sais qu'il est tard, reprend-elle, mais nous n'avions pas fini notre discussion.

Je réprime un soupir. Ma nuit n'est décidément pas près de se terminer… À contrecœur, je me dirige vers la cuisine et propose d'une voix atone :

– Un café ?

– Si tu as du lait, oui.

Je mets un petit moment à comprendre que Megan désire un cappuccino : il n'est pas dans mes habitudes de dénaturer ainsi de bons grains, mais je m'exécute. Pendant ce temps, mon invitée allume l'allogène près du canapé et s'installe en m'attendant. Je note qu'elle étend son corps de manière à ne pas appuyer sur sa blessure.

– Veux-tu un verre d'eau en plus ? lui demandé-je, inquiet de voir ses lèvres gercées et sa peau incolore.

– Non, me répond-elle. Juste un cappuccino.

Mais comment fait-on ça ? Et est-elle autorisée à boire n'importe quoi, étant donné son état ?

Je cherche mon téléphone du regard, hésitant à contacter Hel pour le lui demander. J'y renonce cependant. Vu l'heure, j'aurais le droit à une walkyrie en furie. Tant pis : Megan prétend être assez grande pour se gérer, je vais l'écouter. Je me retrouve néanmoins idiot devant ma machine à café, ignorant comment l'utiliser pour créer de la mousse de lait.

Je me prends vraiment la tête pour ça à l'approche de six heures du matin ?

Je peste. Megan me rejoint pour se contenter de verser du lait dans sa tasse, sans le mousser, et y glisser deux sucres en silence. Puis elle me jette un regard conciliant et retourne s'asseoir. Je commence à avoir froid de mon côté, mais je n'ose pas m'éclipser pour me rhabiller, vu l'air grave de Megan. Je devine déjà que notre discussion sera déplaisante.

– Que voulais-tu me dire ? lancé-je, dans l'espoir d'en finir au plus vite.

– Je souhaitais revenir sur notre conversation, m'indique-t-elle. L'heure n'est pas propice, mais j'ai besoin de savoir au plus tôt si tu comptes nous aider ou non. Je refuse de rester longtemps dans les parages, avec Catherine.

– Même si je te donne ma réponse sur-le-champ, tu ne pourras pas aller bien loin pour le moment.

Megan me toise avec mauvaise humeur, même si elle reforge son masque tranquille la seconde suivante. Vivre loin des Clans a fissuré l'impassibilité dont elle ne se départissait jamais. Plus jeune, elle était une statue, sereine en toutes circonstances. Parce qu'elle n'était pas élevée pour ressentir mais régner. J'admirais sa constance qui me rappelait celle que j'avais dû m'obliger à construire.

– Tu évites de prendre position, lâche Megan.

– Je t'ai déjà donné mon point de vue. Je ne peux pas risquer d'attirer l'attention sur moi en ce moment.

Elle m'observe, d'un air sérieux, puis lève une main dans ma direction. Je me raidis quand son pouce effleure ma lèvre tuméfiée. Je tentais de l'oublier ;

elle me rappelle qu'un Gordon m'a flanqué une droite avant d'être maîtrisé par un policier.

– J'ignore ce qui se trame dans le monde des Clans, et ça ne me regarde plus… mais je comprends l'essentiel, souffle-t-elle.

Son pouce épouse délicatement la blessure, sans appuyer ; il la contourne, s'éloigne. Une caresse légère qui me fait frémir. Megan reprend :

– Je suis désolée de te mettre dans l'embarras. C'était égoïste de ma part de venir ici, mais je n'ai pensé qu'à la sécurité de ma fille. Pour elle, je suis prête à tout. Peu importent les conséquences.

Elle est d'une telle détermination qu'elle réussit à m'arracher un sourire. Je ne suis pas étonné qu'elle soit aussi protectrice ; elle l'a toujours été, surtout avec son frère et sa sœur. Elle incarne tout ce que ma mère n'a jamais été.

Ou n'était plus.

Je déglutis et bois une gorgée de mon café brûlant. Megan n'a pas touché au sien.

– Écoute… soufflé-je. Ce n'est pas que je ne veux pas te venir en aide. J'en ai envie, mais le devoir me rappelle à lui. J'avais bien pensé à une solution ; j'ai dû la laisser de côté, malheureusement.

– Quelle solution ?

– Je collabore avec quelques membres des Sept et d'autres Clans pour aider des femmes et des enfants en difficulté à quitter le pays, sous couvert de l'anonymat…

Megan se redresse à mes explications, l'œil pétillant et la bouche entrouverte. Je lève une main pour tempérer son ardeur en poursuivant :

– Je voulais vous inclure dans ce programme, Catherine et toi… Mais notre seul passeur expérimenté connaît ton visage. Je crains qu'il ne puisse tenir sa langue s'il découvre qui vous êtes.

– Pourquoi n'en serait-il pas capable ? S'il peut se taire à propos de tous ces gens que vous expatriez, il devrait pouvoir fermer les yeux pour moi aussi.

Je secoue la tête.

– Megan… C'est un membre du Clan MacCoy.

Elle écarquille les yeux et reste silencieuse un instant, avant de repartir à la charge :

– Et recruter un autre passeur ?

– C'est fait, mais il est en formation. Il a encore beaucoup à apprendre avant qu'une mission puisse lui être confiée.

– Parmi toutes tes relations, il y a bien quelqu'un qui pourrait se charger de nous. Lachlan, si je dois te supplier, je le ferai.

Je carre les épaules, interloqué que Megan songe à en arriver là. Et quelque peu énervé qu'elle soit prête à s'y réduire.

– Me supplier ne changerait rien, et je te prierai de ne pas le faire, grogné-je. Pas devant moi.

Megan hausse ses sourcils, plus foncés que sa chevelure. Dans un soupir las, j'embraie :

– Je suis trop épuisé pour réfléchir. Pour l'instant, restez ici, ta fille et toi. Vous êtes sous ma protection le temps que nous trouvions une solution. Ce sera l'affaire de quelques jours, je pense. Je te demande juste de ne pas te faire remarquer, comme tu t'en doutes déjà.

Je me frotte les yeux ; ils me piquent, comme assaillis de petites aiguilles. Megan n'est pas ravie, mais je n'ai rien d'autre à lui proposer pour le moment. Elle a pris un grand risque en venant jusqu'ici, à visage découvert ; ce sera la même chose quand elle voudra repartir. J'ai besoin de mettre en place quelques arrangements avant de les évacuer ailleurs, Catherine et elle. Chez moi.

– D'accord, se résigne-t-elle.

– Si tu veux bien m'excuser, je vais préparer le canapé pour pouvoir me reposer, lui renvoyé-je.

– Je peux réveiller Catherine pour que nous dormions toutes les deux dans une chambre et libérer l'autre.

– Non, ça ira. J'aimerais simplement glaner quelques heures de sommeil avant que mes obligations me rattrapent…

Le message passe, vu le regard empli de sollicitude que Megan me lance. Je me penche pour la soutenir alors qu'elle se lève. Elle recule d'abord, mais accepte finalement mes bras qui l'entourent. Son souffle caresse ma joue tandis que je la redresse, ses doigts effleurent ma peau nue. Je frissonne, envahi par une chaleur qui me déplaît.

Nous restons plantés l'un contre l'autre, sans oser vraiment nous regarder. Megan est la première à s'écarter, une main dans ses cheveux, la seconde sur sa blessure.

– Je vous… te laisse, murmure-t-elle.

Elle se dirige vers ma chambre mais s'arrête devant la porte pour me poser une question subite :

– Aurais-tu… un téléphone ?

– Oui.

– Peux-tu me le prêter ? Il faudrait que j'appelle mon ex-mari. Catherine s'inquiète pour lui.

– Elle me l'a dit. Donne-moi son numéro, je me chargerai de le contacter.

– Je préfère m'en occuper moi-même.

– Et si c'était l'un de vos ennemis qui décrochait ?

Megan pince les lèvres mais abdique.

– Bonne nuit, Lachlan.

J'arrive à ébaucher un sourire.

– Bonne nuit, réponds-je à voix basse lorsque la porte s'est refermée.

CHAPITRE 14

MEGAN

« Quelques jours », avait affirmé Lachlan. Cela en fait bien quatre que Catherine et moi tournons en rond dans l'appartement, à nous gaver d'émissions télé idiotes. « Qui n'a pas Netflix, de nos jours ? » s'est outrée ma fille, en proie à une tension permanente. J'ai enfin pu rencontrer Hel, une jeune femme très étonnante – et pas seulement à cause de ses cheveux bleus. D'abord réticente à ce qu'elle me manipule comme si nous nous connaissions de longue date, j'ai fini par me détendre, rassurée qu'elle ne me pose aucune question personnelle, se contentant de vérifier l'état de ma blessure. Elle repart aussi vite qu'elle apparaît, et nos échanges concernent strictement ma santé, ce qui me va très bien.

Je commence à m'inquiéter de l'absence prolongée de Lachlan, qui s'étire depuis la matinée qui a suivi notre conversation. Nous a-t-il abandonnées ? Nous fuit-il parce que nous l'importunons ? Catherine ne semble pas s'en émouvoir. Les rares fois où nous discutons toutes les deux, elle se braque ou en revient à son père. Elle ne comprend pas que j'affiche un tel détachement vis-à-vis de lui. Et je ne peux pas le lui en vouloir pour ça. On m'a enseigné, depuis mon plus jeune âge, à choisir le moindre mal, à laisser de côté mes émotions pour protéger le plus grand nombre. Et ce même s'il m'arrive de me réveiller en sursaut la nuit parce que je fais des cauchemars dans lesquels on assassine Alan.

Nous avons beau avoir divorcé et ne pas être en très bons termes, mon ex-mari ne m'aurait pas abandonnée s'il se trouvait dans une situation similaire à celle que je traverse. Comme il ne m'a pas abandonnée autrefois, alors qu'il ne comprenait ni mes réactions ni mon silence sur le monde d'où je viens. Alan a toujours été quelqu'un d'entier, curieux de tout, surtout des gens qui croisent son chemin. Plus jeune, cette sensibilité m'a touchée : il avait tenté de comprendre l'être humain que j'étais, inconscient du rôle que j'avais à jouer dans un univers différent du sien. Il était un bol d'air frais, l'inconnu qui me fascinait et que j'enviais à la fois. Se heurter à mon stoïcisme, à tous ces secrets que je ne lui ai jamais avoués, se révélait un véritable défi pour lui. J'incarnais une énigme ; lui était un fantasme enfin accessible pour moi. L'ailleurs, le nouveau, l'autre monde. Nous étions en réalité deux aimants aux polarités opposées qui ont fini par s'attirer. Nos différences ne comptaient pas, elles nous unissaient… Au début, du moins. Elles ont fini par nous séparer.

Je me prépare mon troisième cappuccino de la journée. Je suis maintenant assez vaillante pour me déplacer à travers l'appartement sans m'essouffler ou avoir la tête qui tourne. La fatigue, en revanche, imprègne mes muscles. Soudain, le cliquetis de la porte de Catherine attire mon attention. Ma fille s'avance dans le salon sans lever les yeux vers moi, le regard déterminé et, surtout, vêtue d'un gilet épais et de ses chaussures.

– Qu'est-ce que tu fais ? lui demandé-je, en alerte.

Elle ne s'arrête pas pour me répondre, fonçant droit vers la porte d'entrée.

– Puisque tu ne veux pas agir, alors c'est moi qui le ferai ! s'écrie-t-elle.

– Pardon ?

Je lâche la brique de lait que je tenais pour rejoindre ma fille et lui poser une main sur l'épaule. Catherine se dégage d'une bourrade mais m'affronte, le regard mauvais.

– Tu ne sors pas d'ici, lui ordonné-je, c'est trop dangereux. Qu'est-ce qui t'a fait croire que je te laisserais partir seule en vadrouille ?

– Je ne comptais pas sur ton autorisation, figure-toi !

– Ce qui se passe dans cette ville peut nous coûter la vie si nous faisons le moindre faux pas.

– Mais rien ne bouge ! Larver, à quoi ça mène ?

– Lachlan réfléchit toujours.

– Tu parles ! Ce type se fiche bien de nous. Il s'est barré, non ?

– Catherine, nous devons nous montrer patientes. Nous n'avons pas d'autre choix.

Le visage de ma fille se tord d'une fureur que je lui ai rarement connue.

– Tu te fiches bien que papa soit mort ! me hurle-t-elle. Tu ne l'as jamais aimé, l'occasion est trop belle de te débarrasser de lui ! Je te déteste !

J'encaisse sa rage de plein fouet, si heurtée que je suis incapable de broncher, même quand Catherine retourne dans sa chambre. Sa porte claque au point que les murs en tremblent. Mon cœur bat douloureusement dans ma poitrine.

Ça passera. Ça passe toujours.

Les jambes en coton, j'en reviens à mon cappuccino, une manière pour moi de me raccrocher à des gestes mécaniques, simples, qui ne requièrent aucune réflexion. Le vide avale mon esprit, maigre réconfort pour endiguer la souffrance dans ma poitrine. Je m'assois sur le canapé, le mug brûlant entre les mains, les yeux dans le vague.

« Tu ne l'as jamais aimé. »

C'est faux : j'ai aimé Alan, autrefois. D'une certaine manière. D'abord avec la naïveté d'une jeune fille qui se gavait d'espoir, puis avec l'habitude de notre relation qui m'avait tant coûté. Mais j'aime Catherine plus que tout au monde. Je vis chaque jour avec la hantise qu'il lui arrive malheur, à cause d'un manque de vigilance de ma part, ou en raison de celle que j'étais.

Mes doigts se resserrent autour de ma tasse. Ma mère a-t-elle traversé une phase comme celle-ci ? En raison de son propre passé, a-t-elle vécu chaque jour dans la crainte qu'il arrive quoi que ce soit à ses enfants par sa faute ? Est-elle devenue si pâle, si effacée, parce qu'elle ne supportait plus de se sentir responsable des tueries d'Inchkeith ?

Elle me manque…

Je croyais avec ferveur qu'elle serait toujours là, loin de moi mais encore de ce monde, jusqu'à ce que Mary m'annonce son décès, ainsi que celui de mon père. Massacrés par les MacKenzie. Je ferme brièvement les paupières pour ne plus y penser, chasser les souvenirs de l'enterrement et des terribles regrets qui m'accompagnent encore aujourd'hui lorsque je pense à ce jour. Un dernier coup d'œil vers la chambre de Catherine, et je me pelotonne sur le divan, la télé allumée comme léger fond sonore pour étouffer les plaintes que je contiens.

Il est presque seize heures quand Serah entre dans l'appartement. Je me redresse, surprise qu'elle nous rende visite aussi tôt dans la journée. Elle exhale un parfum épicé mêlé à celui, plus fruité, d'un shampooing. Son regard est ourlé d'épais traits noirs d'eye-liner, qui contrastent avec ses cheveux blond platine. Elle paraît reposée et prête à prendre son service à l'Unicorn.

– Bonjour ? tenté-je, sans savoir si j'aurai le droit à une réponse.

– Bonjour, me renvoie-t-elle. M. O'Connor m'envoie vous récupérer.

– Nous récupérer ? Pour ?

– Vous déplacer ailleurs. Je vais vous escorter jusqu'à son manoir.

Je me renfrogne à cette annonce.

– Ce n'est pas vraiment ce que j'avais espéré, soufflé-je.

– Vous souhaitez une extraction en dehors du pays, réplique Serah. Le patron prend ses dispositions à ce sujet, mais pour votre protection, il est préférable que vous ne restiez pas à proximité de l'Unicorn. Le manoir est bien plus sûr. Il est bardé de caméras de surveillance et de sentinelles qui font leur ronde à toute heure de la journée, sept jours sur sept.

– D'accord… abdiqué-je sans conviction. Combien de temps devrons-nous rester là-bas ?

– Quelques jours de plus.

– Mais encore ?

– Je l'ignore.

– Et pour mon ex-mari ?

– Je n'ai reçu aucun ordre à ce sujet.

Ma nuque se raidit face à cette femme qui affiche autant d'émotions qu'un robot en papier mâché. Ma détermination s'accroît. Je m'assurerai que Catherine ne risque rien là-bas, en espérant que ce manoir soit un véritable fort, et je me rendrai à Londres, peu importent les dangers pour moi. Je m'arrangerai pour louer une voiture ou en emprunter une, et j'irai vérifier qu'Alan n'a rien.

Serah patiente, les mains jointes devant elle.

– C'est entendu, nous allons rassembler nos affaires, dis-je. Quand partons-nous ?

– Dès que vous serez prêtes. Je me charge de sécuriser votre déplacement, avec l'escorte que j'ai réunie.

Une escorte, rien que ça...

Peut-être que Lachlan ne se moque pas de nous, finalement.

J'acquiesce et appelle Catherine, tout en me dirigeant vers la chambre que l'on m'a assignée. J'y récupère la valise que je n'ai pas vraiment pris la peine de déballer depuis que Serah s'est occupée de la remonter à ma demande. La Lionne attend dans le salon, en silence. Je hèle à nouveau ma fille, mais toujours pas de réponse. Je m'immobilise, l'oreille tendue. Mon instinct se réveille. Je m'empresse de me diriger vers la chambre de Catherine, frappe plusieurs fois à sa porte avant de l'ouvrir à la volée. Comme je le soupçonnais, la pièce est vide. Ma colère grimpe, ainsi que ma peur.

– Serah, appelé-je d'un timbre que je ne reconnais pas.

La Lionne me rejoint. Son regard s'obscurcit, signe qu'elle a compris la situation, elle aussi. Je m'avance jusqu'à la fenêtre, dont l'un des battants est entrouvert. À l'extérieur, un escalier en colimaçon me nargue de tout son métal trempé par la pluie. La voix de Serah me parvient comme dans un brouillard :

– Elle avait bien une valise ? Je n'en vois pas dans la chambre.

Une lame de glace me cisaille l'échine.

– Ma fille s'est enfuie, articulé-je.

Serah se poste soudain à ma gauche, pour observer à son tour les environs.

– Elle est partie pour Londres… murmuré-je. Elle veut rejoindre son père.

– Elle ne doit pas être bien loin.

– Je vais la chercher.

La Lionne saisit mon bras, d'une telle poigne qu'elle en est douloureuse.

– Hors de question que vous sortiez sans l'aval de M. O'Connor, me sermonne-t-elle. Laissez-moi gérer ça.

Je me dégage avec brutalité, la rage au ventre.

– Essayez de m'empêcher de retrouver ma fille et je vous apprendrai ce qu'il en coûte de se mettre sur la route d'une mère.

Serah et moi nous affrontons du regard. Ses doigts me relâchent pour chercher le téléphone glissé dans sa poche.

– Je dois avertir le patron, chuchote-t-elle.

– Faites. Moi, je ne perds pas plus de temps.

Je quitte la chambre en trombe, récupère à la volée la première veste que je trouve et sors de l'appartement telle une furie. Les hommes postés dans le couloir ne tentent pas de m'arrêter ; je suppose que Serah les a déjà prévenus de mes intentions. J'ouvre les trois portes de l'étage et découvre derrière elles des pièces vides, principalement des buanderies ou des espaces de stockage. Pas une trace de ma fille.

J'ai l'impression que la mort s'est installée dans mon corps : elle dévore tout sur son passage, m'emplit d'un gouffre glacial. Je descends jusqu'à la rue le cœur gelé, une main sur ma blessure.

CHAPITRE 15

LACHLAN

Je rabats les pans de ma veste de costume et m'observe dans le miroir en pied qui me fait face. J'ai choisi une belle pièce bleu marine en toile de laine sur une chemise élégante en soie mate. Je glisse un mouchoir jaune citron plié avec soin dans la poche avant et termine d'accessoiriser ma tenue en me penchant sur mes différentes montres. Je m'arrête sur une Breitling, la Navitimer, qui s'accordera à mes vêtements. Je vérifie une dernière fois l'ensemble, ajuste ma coiffure pour dégager mon front et quitte le dressing, plutôt satisfait. Si veiller sur mon apparence me tient très à cœur, je ne m'attarde jamais devant mon reflet. Je ne supporte pas ce que je vois. Non pas l'homme que je suis devenu, mais le gosse sans le sou qui se traînait dans les rues d'Édimbourg. J'aimerais l'oublier, mais son souvenir ne veut pas quitter mes pensées.

Alastair était le plus soucieux des apparences en public, contrairement à Alexander qui s'en fichait bien. Pour le *laird* MacCoy, il y avait un temps pour la décontraction, un autre pour le paraître. Ce dernier étant indispensable pour s'imposer face à ceux qui nous sous-estiment et guettent la moindre brèche pour s'y engouffrer. En somme, une armure et une parade à la fois.

– *C'est inconfortable, protocolaire, mais si tu veux survivre dans ce monde, bats-toi avec les mêmes armes que tes adversaires. Ils doivent voir en premier ce que tu veux leur montrer, et non qui tu es au fond de toi.*

À l'époque, je buvais ses conseils malgré mon pantalon troué. Le salaire que me versait Cece ne suffisait pas toujours à me racheter des vêtements neufs – je payais mon loyer, les trajets, les courses… Alastair m'a offert mon tout premier costume : noir, comme la nuit. Austère. J'ai pris l'habitude de glisser un mouchoir coloré dans la poche avant pour y apporter un peu de couleur. Cela l'a amusé. Je n'ai jamais perdu cette manie.

Ce costume, je le portais le jour où j'ai appris qu'Alexander partait pour la France.

Je referme la porte de mon aile privée pour traverser mon manoir. Il est à mon image : luxueux, élégant. Artificiel. C'est dans cette partie publique que je reçois mes visiteurs, souvent d'importance. Là où je vis *vraiment* n'appartient qu'à moi. C'est mon jardin secret. Une bulle où je redeviens

Lachlan, et non plus le Trèfle. Serah est l'une des seules privilégiées que je consens à y admettre.

Je m'arrête dans le grand hall ouvert sur un double escalier en marbre, dérive sur l'imposant lustre en cristal suspendu au plafond, le tapis molletonné et les divers bibelots de prix disposés un peu partout pour la décoration. Elle est ostentatoire, comme je le désire. Ici, je fais étalage de ma fortune, et donc de ma puissance.

– Votre voiture est prête, monsieur.

Je me tourne vers mon garde du corps, qui patiente devant la porte d'entrée. Il ouvre le battant pour me libérer la voie, impassible derrière ses lunettes aux verres fumés. L'une de mes employées, chargée du ménage, s'occupe de me tendre mon manteau et mon écharpe. Je la remercie et sors dans la bise glaciale. Je descends les quelques marches du perron d'un pas lent, l'image de Megan et Catherine effleurant mon esprit. Je me suis décidé à les transférer dans mon manoir parce qu'il était trop risqué qu'elles restent plus longtemps au-dessus de l'Unicorn, mais les héberger, même ici, ne peut être qu'une solution temporaire. Pour la suite, je ne me suis pas encore décidé… D'autres questions, pressantes, requièrent mon attention. J'ai tout de même pris le temps de tenter de contacter Alan, à plusieurs reprises, comme je m'y étais engagé. Chaque fois, je suis tombé sur son répondeur. Ce n'est pas de bon augure… Mais je ne me vois pas me précipiter à Londres pour m'enquérir de sa situation comme

Megan l'espérerait peut-être. Et puis, qu'il vive ou non, qu'en ai-je à faire, au fond ?

Je me reconcentre sur mon programme immédiat. Aujourd'hui, je dois me rendre à Dirleton afin d'y rencontrer Phèdre MacLeod et discuter avec elle du réseau que nous avons mis en place. J'en profiterai pour tâter le terrain concernant Joffrey, le deuxième passeur que Dyclan est en train de former.

La portière de ma voiture s'ouvre, mais je ne monte pas tout de suite à l'intérieur : un homme est en pleine conversation avec l'une des sentinelles qui garde le portail de ma demeure. J'attends quelques instants, la main dans ma poche autour de mon téléphone. Ce visiteur semble déterminé à me rencontrer, et j'ai peur de deviner de qui il s'agit. Je fais signe à mes brigadiers de patienter puis je traverse la cour. Il n'est pas question que qui que ce soit entre chez moi sans que je sois certain de ses motivations. Plus je me rapproche, plus je peux détailler l'individu : il est plutôt grand, et filiforme. Ses cheveux, bruns et négligés, encadrent son visage émacié aux pommettes saillantes. Je ravale un soupir. C'est bien l'homme que je craignais… Je m'arrête devant le portail sans demander son ouverture et affronte l'homme dans son trench-coat. Il paraît tout droit sorti d'un mauvais feuilleton de détective. Il soulève légèrement son béret gris chiné en un geste poli, et me salue :

– Bonjour, monsieur O'Connor.

Sa voix est rêche. C'est à peine s'il a cillé à mon arrivée. Je me fends d'un sourire faussement affable et réponds :

– Monsieur Seaton… Je ne m'attendais pas à ce que vous veniez me chercher jusqu'ici.

– Vous me connaissez, relève-t-il sans afficher la moindre surprise. Nous n'avons pourtant pas encore eu l'occasion d'échanger.

– Je suis un homme très occupé, qui a peu de temps à accorder aux journalistes.

Son regard d'un bleu acéré ne quitte pas le mien.

– Je pourrais croire que vous m'esquivez, dit-il.

Je reste impassible, bien qu'il ait fait mouche. Je l'évite comme la peste, oui. J'ai eu mon lot de policiers vertueux et de journalistes dans la même gamme ; John Seaton, plume pour le compte du quotidien *Scotsman*, ne fait que se rajouter à la longue liste. Les activités des Clans font beaucoup de remue-ménage. Si les Sept et moi-même ne sommes pas assez rapides pour étouffer les différentes bévues commises, des petits curieux finissent par fourrer leur nez là où ils ne le devraient pas. Ce Seaton est l'un des plus coriaces : il ne me lâche pas depuis plusieurs semaines, malgré mon absence de réponse. Son insistance m'a poussé à me renseigner un minimum sur son compte. En fin de trentaine, il est travailleur, déterminé, toujours à la recherche du meilleur scoop à se mettre sous la dent. Un profil qui m'incite à la méfiance. Le voilà à présent chez moi, planté devant le portail, comme s'il espérait me bloquer la route si je tente une nouvelle fois de me défiler.

– Que puis-je pour vous, monsieur Seaton ? me résigné-je à lui demander.

– Pardonnez mes manières : vous êtes un homme difficile d'accès. Je compte rédiger un article sur la croissance de la délinquance au cœur de la capitale.

– Et en quoi serais-je une lumière sur la question ?

– Édimbourg est connu pour ses nombreux bars et night-clubs. Votre établissement est l'un des plus réputés ; et la majorité des incidents ce dernier mois s'est produite dans les quartiers proches de l'Unicorn.

Le ton de Seaton est sec. Chaque phrase a l'air de lui peser. Ses traits ne trahissent aucune émotion. Il n'empêche que ses propos appellent à la vigilance.

– Incidents malheureux, mais dont je ne puis être tenu pour responsable, répliqué-je.

– Vous avez pourtant été vu il y a quatre jours sur les lieux d'une rixe qui a failli coûter la vie de plusieurs hommes impliqués.

Seaton sort son téléphone, furète dessus et lit :

– L'une de vos employés, Mlle Serah Anderson, aurait également la fâcheuse tendance à apparaître près de ces combats de rue récurrents. J'aurais aimé lui poser quelques questions. Je suis curieux de savoir comment un sous-officier du corps des *Royal Marines*[1] termine barmaid dans un night-club.

---

1. Les *Royal Marines* sont un corps d'infanterie de la marine britannique, spécialisé dans les opérations militaires amphibies.

Le coin de ma lèvre tressaute.

Comment est-il au courant ?

– Une reconversion professionnelle ne fait pas d'une femme une criminelle, rétorqué-je platement.

Le souvenir de ma rencontre avec Serah s'immisce en moi : une femme aux abois, dévastée, n'étant plus animée que par la colère née de l'injustice. Celle de la vie, qui lui a ravi ce qu'elle avait de plus précieux. Il y avait un appel de détresse dans son regard : elle attendait que je lui offre une miette d'espoir, n'importe quel but auquel se raccrocher. Elle ignorait dans quoi elle mettait les pieds, les responsabilités que je finirais par lui confier. Mais je crois qu'elles lui ont apporté ce qu'elle recherchait.

– Ce n'est pas ce que j'ai insinué, me répond Seaton. Le parcours de Mlle Anderson est atypique. Il attise mon intérêt, voilà tout.

Il lève les yeux sur le manoir qui se dresse derrière moi et ajoute :

– Votre demeure aussi me rend curieux. J'aimerais comprendre comment le propriétaire d'un night-club réussit à entretenir un tel train de vie.

Je contrôle mes gestes et mon souffle. Mes mains glissent dans mes poches pour feindre la décontraction.

– Vous l'avez dit vous-même : mon établissement fait partie des plus réputés de la capitale, argué-je. Ma clientèle est généreuse.

– Vous êtes parti de rien, c'est une très belle ascension.

Mon sang se glace. Il me suffit d'affronter les yeux froids du journaliste pour avoir l'impression de faire face à une vipère prête à mordre. Son regard est acéré, certes, mais j'y décèle un certain vide.

Comme s'il badinait, Seaton renchérit :

– Oui, c'est un magnifique parcours pour un homme qui a fui son pays d'origine sans un sou.

Ma mâchoire se contracte. Jusqu'où cet énergumène est-il remonté dans mon passé ? Un signal d'alerte éclate dans mon crâne. J'inspire et souris.

– La clé est le travail, monsieur Seaton, et un bon sens des affaires. Mais je doute fort que ma vie privée ou celle de mon employée, Mlle Anderson, soient pertinentes pour la rédaction de votre billet sur la délinquance. Aussi, je vous saurais gré de faire preuve de délicatesse en la matière. L'une des qualités de mon club est d'assurer la sécurité de ses clients, ce qui justifie la présence de Mlle Anderson ou la mienne lors des malheureux incidents qui éclatent parfois à proximité du bar. Nous échouons de temps à autre à contenir les débordements liés aux excès de consommation – dont nous ne pouvons être tenus pour responsables –, et nous le regrettons. Si c'est là ce que vous désirez nous reprocher, je ne peux rien y faire.

– Pourtant, les hommes impliqués dans la rixe de cette semaine n'étaient pas venus à l'Unicorn ce soir-là.

– Mais ce sont des habitués, rétorqué-je aussi sec. Raison pour laquelle j'ai décidé d'intervenir. La fidélité est une valeur importante à mes yeux.

Je jette un œil à ma montre. John Seaton suit mes mouvements avec attention, sans broncher.

– Maintenant, vous m'excuserez, mais je dois m'éclipser, déclaré-je.

– J'ai encore quelques questions.

– Je pense vous avoir déjà dit l'essentiel pour votre article. Bonne fin de journée, M. Seaton.

– À vous aussi, M. O'Connor. Au plaisir.

Le journaliste passe la main à travers la grille du portail. Je la fixe un instant, avant de m'en saisir. Sa paume est aussi gelée que son regard. J'exerce sur elle une pression calculée, visant à asseoir mon assurance. Un contact froid m'intrigue ; je baisse les yeux pour découvrir à l'annulaire de Seaton une alliance simple, en or patiné. Je classe l'information par réflexe dans un recoin de ma mémoire puis je me libère sans un mot et rejoins la voiture qui m'attend toujours. Je grimpe à l'intérieur, veillant à garder une attitude impassible. Seaton s'est écarté du portail pour laisser libre accès au sentier en castine. Le chauffeur démarre ; je désigne le journaliste au garde du corps sur le siège passager en ordonnant :

– Veillez à ce qu'il ne nous suive pas.

– Bien, monsieur.

Je soupire et m'adosse à la banquette.

Comme si je n'étais pas déjà assailli par les problèmes, voilà un fouineur plus déterminé que les autres.

J'espère qu'il ne m'obligera pas à jouer de pression afin qu'il cesse de m'importuner. En attendant, je croise les doigts pour qu'il se lasse de lui-même.

Quand un souci est réglé, un autre surgit. Ça n'en finit jamais… Jamais.

– Au château de Dirleton, lâché-je à l'attention de mon chauffeur.

CHAPITRE 16

LACHLAN

Le château de Dirleton, fief temporaire des MacLeod et d'une partie des MacCoy, se situe à une quarantaine de minutes d'Édimbourg, au sein d'un village champêtre qui épouse un affleurement rocheux sur lequel repose l'édifice. Son histoire remonte au XIIIe siècle. Les Anglais l'ont assiégé à de nombreuses reprises, et l'ont conquis deux fois. Par la suite, des complotistes en ayant contre Marie Ire d'Écosse et le roi Jacques VI y ont été débusqués. Il a été laissé à l'abandon, jusqu'à ce que les MacKenzie s'en emparent pour le confier à la fille de leur *laird*, Annabelle. Et maintenant, le voici entre les mains de Phèdre MacLeod et Caleb MacCoy. Son emplacement est stratégique, proche de la capitale et d'Inchkeith, mais aussi de la route côtière qui relie Édimbourg à l'Angleterre via le port de North Berwick.

J'observe les rues du village qui défilent derrière la vitre de ma voiture sans y prêter attention. Ma rencontre avec John Seaton me laisse un goût amer, et de nouvelles préoccupations à ruminer. Je suis persuadé qu'il ne compte pas lâcher l'affaire, même si c'est ce que j'espère. Megan et Catherine occupent aussi mes pensées. Je tiens à en finir rapidement avec lady MacLeod afin d'être présent au manoir lorsqu'elles y arriveront.

Le ciel s'assombrit ; la nuit ne tardera plus.

Elles sont peut-être déjà sur place…

C'est lorsque le moteur se coupe que j'en reviens à l'instant présent. Mon chauffeur patiente derrière son volant, tandis que mon garde du corps s'occupe de surveiller les alentours avant que je ne descende de voiture. En territoire MacLeod, je ne suis pas trop inquiet. Mes relations avec Phèdre ne sont plus au beau fixe depuis l'enlèvement de Xander, mais elles restent cordiales. Nous savons tous les deux faire la part des choses.

Les cris et les rires en provenance du village sont si forts qu'ils parviennent jusqu'aux abords du château. Malgré le froid et le soleil déclinant, il règne ici une douceur et une joie de vivre rares. Je pose un pied sur le pont en métal noir qui permet l'accès à l'entrée principale de la forteresse. Ses deux tours dominantes intimident les visiteurs, quand les deux plus petites se font plus discrètes, autour d'une cour intérieure. Les douves ne sont plus aussi redoutables qu'autrefois : vidées de leur eau, elles sont envahies par les mauvaises herbes. Les portes sont déjà ouvertes à mon arrivée ; non pas que l'on m'attendait particulièrement, mais sans doute pour faciliter les allées et venues. Il n'y a pas de réelle agitation en ces lieux, plutôt une activité constante qui nourrit l'impression que la vie imprègne la pierre. Mes chaussures claquent sur les dalles recouvertes en partie par des tapis. Les murs restent cependant assez froids ; la décoration n'est pas la priorité des nouveaux occupants de ce château.

Je patiente dans le hall d'entrée, aux dimensions assez restreintes, et observe l'intérieur d'un œil distrait pour m'occuper. Une ouverture, accolée aux escaliers, mène à un espace de repos, qui était autrefois une salle des gardes. Une autre, sur ma gauche, conduit à de nouvelles pièces dont je ne connais pas l'usage. Je doute qu'on leur ait trouvé une utilité à toutes pour le moment. Je sais en revanche qu'un petit couloir donne sur la cour intérieure, aménagée en jardin. J'ai eu l'occasion d'y boire le thé. Dirleton n'est ni Dunvegan ni Inchkeith, mais je me plais à croire que les MacLeod sont capables de faire de n'importe quel château un foyer chaleureux.

Leur décision de s'installer ici n'est pas anodine : Phèdre souhaitait récupérer un semblant d'indépendance vis-à-vis des MacCoy, mais aussi s'assurer que si nouveaux raids ennemis il doit y avoir, ils seront entravés par la proximité des villes alentour. Inchkeith étant une île, éloignée de la côte, elle évite à ses assaillants d'avoir à craindre d'attirer l'attention sur les combats. Une offensive contre Dirleton mettrait plus facilement en péril le secret des Clans ; et s'il y a bien un point sur lequel les Familles s'entendent, c'est la nécessité de garder leur système caché. Même si les MacKenzie n'ont plus les moyens de mener des offensives depuis leur procès, Phèdre apprécie la sécurité accrue que lui offre Dirleton. Elle se méfie beaucoup de Campbell, bien que ce dernier n'ait pas tenté de manœuvres à son encontre depuis quelques mois. Les bêtes les plus silencieuses sont parfois les plus dangereuses…

Mon portable vibre dans ma poche. Réflexe habituel, je l'en sors tout de suite et lis le nom de Serah sur l'écran. Je vérifie d'un coup d'œil que personne n'approche pour m'accueillir et décroche.

– Un problème ? lancé-je d'emblée.

– Catherine a fugué.

Je me fige, le temps d'intégrer l'information.

– Comment ça, elle a « fugué » ? reprends-je ensuite.

– Elle s'est échappée par l'escalier de secours qui passe sous la fenêtre de sa chambre, m'indique Serah. Enfin, c'est ce que l'on suppose. Ses affaires ont disparu. Sa mère est partie à sa recherche.

– Pardon ? Elle ne devait pas sortir de l'appartement !

– Elle ne m'a pas laissé le choix, monsieur.

J'inspire, fais le tri dans mon crâne pour réprimer le flot d'émotions qui m'assaille.

– Où est-elle, à présent ? demandé-je.

– Je ne la lâche pas d'une semelle. Cinq hommes cherchent Catherine aux alentours de l'Unicorn, six autres s'occupent de vérifier tous les abribus.

– Les abribus ?

– Megan est convaincue que sa fille cherche à rejoindre Londres.

Stupide ! Mais qu'est-ce qui a pu passer par la tête de Catherine ? Elle se met en danger, et oblige sa mère à faire de même. Je souffle en tirant sur ma veste d'un geste nerveux.

– Assure-toi de ne pas perdre mon invitée des yeux, ordonné-je à Serah.

– Bien, monsieur.

– Je devrais être à l'Unicorn dans une quarantaine de minutes.

Je m'apprête déjà à regagner ma voiture quand mon bras droit m'arrête :

– Vous n'aviez pas rendez-vous avec lady MacLeod ?

Je m'immobilise à la lisière des portes.

– Vous deviez discuter de l'avenir du programme de protection, monsieur, poursuit Serah. Pensez-vous que ce soit raisonnable d'annuler la rencontre ?

Ma mâchoire se contracte. C'est vrai : si j'y réfléchis, il serait mal avisé de ma part de bouleverser mes plans. Pourquoi me rendrais-je sur-le-champ à Édimbourg ? Je n'y serais pas utile ; au contraire, je ne ferais qu'inquiéter davantage Serah, qui devrait veiller sur moi en plus de Megan. Mais l'idée de ne pas m'impliquer dans les recherches me noue l'estomac.

– Je…

– Lachlan ? Vous êtes en avance !

Je frémis et me retourne. Phèdre MacLeod m'observe depuis le bas de l'escalier. Sa chevelure noire nattée repose sur son épaule. Elle a pris la peine de s'habiller avec élégance ; ses escarpins à talons claquent sur la pierre, et sa jupe crayon épouse à merveille sa silhouette. Derrière elle, j'entends une brève cavalcade. Caleb la rejoint à la hâte, un sac en bandoulière sur l'épaule, dans un pull et un simple jean. Son regard doré se pose d'abord sur sa compagne qui bloque le passage, puis sur moi. Il ne me sourit pas mais m'adresse un signe de tête poli.

– Je te rappelle, glissé-je à Serah avant de raccrocher.

Caleb embrasse Phèdre sur la joue avant de traverser le hall. Nous nous serrons la main. Mes doigts exercent une pression plus importante que d'ordinaire, l'écho des informations que m'a données Serah résonnant dans mon esprit.

La sœur aînée du laird *MacCoy est revenue en Écosse, avec sa nièce, elle est en danger… et je ne peux rien lui dire.*

Si Caleb a changé au cours de ces dernières années, je ne peux pas prévoir à la perfection sa réaction s'il apprenait que Megan est réapparue à Édimbourg. Il serait susceptible de tous nous mettre en danger, sa sœur y compris.

– Je ne peux pas rester, m'indique-t-il, sans une once de regret dans son ton.

– Je comprends, dis-je, peu ému moi non plus.

Caleb adresse un dernier regard à Phèdre, qui lui sourit tendrement, puis il s'éclipse aussi vite qu'il a surgi. Lady MacLeod me rejoint en m'annonçant :

– Il doit partir quelques jours sur Inchkeith. Certaines affaires réclament son attention. Elisabeth a besoin d'assistance, étant donné qu'elle est en pleins préparatifs de mariage.

Je hoche la tête, bien que je n'aie rien demandé. Leur organisation ne me regarde pas. Les MacCoy comme les MacLeod font la navette entre leurs deux fiefs. Les MacKenzie hors course, Campbell silencieux, ils profitent de l'accalmie – ce qui explique pourquoi ils ont décidé d'enfin célébrer le mariage d'Elisabeth et Duncan.

– Personne ne vous a accueilli à votre arrivée ? s'enquiert Phèdre.

– Non, mais je n'étais pas attendu aussi tôt, rappelé-je, par politesse.

Lady MacLeod fronce les sourcils.

– Je suis navrée. J'étais avec Xander. Si j'avais su, je serais descendue immédiatement.

Ma gorge se noue lorsqu'elle évoque son fils. Six mois se sont écoulés depuis qu'il a retrouvé sa famille. Six mois que je vis avec la culpabilité de son enlèvement.

À quoi sert donc tout ce que j'ai construit, si je ne peux même pas protéger un enfant ?

Je toussote distraitement, chasse le petit garçon de ma pensée et réponds :

– Aucun souci. Et si nous en venions à l'essentiel ? Plus vite nous réglerons les détails, plus vite vous retrouverez votre fils.

Lady MacLeod m'étudie un instant, avec une certaine gravité, mais ne tergiverse pas. Elle m'invite à prendre l'escalier. Je lui emboîte le pas, fébrile. Je ne peux m'empêcher de garder une main sur mon téléphone, prêt à répondre si je reçois un appel de Serah.

Les étages sont un peu plus animés que le rez-de-chaussée. Je comprends que la vie se déroule surtout dans les tours, plus vastes, et dans la cour intérieure, si j'en crois les silhouettes que je distingue à travers la fenêtre. Je ralentis quand je reconnais Xander en train de crapahuter sous la surveillance aiguisée de Rose Duval.

Rose…

Le grand amour d'Alexander. L'apercevoir me tord les tripes. Comment aurais-je pu savoir qu'elle serait le destin du grand MacLeod à l'époque où j'ai rencontré ce titan ? Lui si droit, si loyal, si attaché à son Clan… Je n'aurais jamais parié qu'il quitterait tout par amour.

– Tout va bien, Lachlan ?

Phèdre s'est arrêtée sur le palier. Son regard bleu acier ne fait qu'enfoncer le couteau dans la plaie. Dès que cette femme a englouti mon whisky hors de prix il y a trois ans, je l'ai reconnue, avant même qu'elle ne se présente. Je savais qu'elle atterrirait un jour ou l'autre dans mon établissement ; tout était prévu. Je le devais à Alexander, en compensation de tout ce qu'il a fait pour moi. Elle lui ressemble : la même chevelure, les mêmes yeux, la même prestance, le même caractère… Mais elle a hérité la douceur des traits de sa mère.

Dès que je pose le regard sur Phèdre, je fais un saut dans le temps. Je redeviens le garnement en guenilles, frigorifié et affamé, qui a fui l'Irlande. Et ça me fait mal.

Je me façonne un sourire de façade.

– Tout va bien, rassuré-je lady MacLeod. Je vous suis.

Elle reprend son ascension, une légère plissure aux lèvres. Quel chemin elle a parcouru depuis le temps où elle récurait les toilettes de l'Unicorn… Je n'aurais jamais parié qu'elle assurerait aussi tôt la relève de son père, deviendrait la compagne de celui que l'on surnommait l'Ogre et mettrait au monde un petit garçon. Mais surtout, qu'elle se transformerait en l'espoir silencieux d'une Écosse tourmentée par la tyrannie d'un faux roi.

– Du thé, comme d'habitude ? me propose-t-elle.

– S'il vous plaît.

Je m'installe dans un fauteuil très moderne, à l'assise peu confortable. Phèdre s'est agencé un bureau pour gérer les affaires de son Clan. Il est soigneusement rangé, et propre. Rien à voir avec celui de Caleb, qui croule sous les dossiers, les papiers froissés, les monticules de livres et les mugs salis. La première fois que je l'ai découvert, j'ai cru tourner de l'œil.

Je suis trop maniaque.

Phèdre s'occupe elle-même de me servir une tasse de thé – en sachet, malheureusement. Une hérésie pour moi, mais je ne souhaite pas me lancer dans un nouveau débat sur la question. Nous avons bien failli nous disputer la dernière fois. « Du thé, c'est du thé. Buvez-le ! » m'a intimé lady MacLeod. J'ai abdiqué, par conscience professionnelle.

Phèdre me confie la tasse avec un œil méfiant. Je manque d'éclater de rire. Elle étire un sourire amusé et s'assoit à son tour.

– Bon, lâche-t-elle, la récente mission de Dyclan s'est déroulée sans accroc. Mais la prochaine risque d'être plus compliquée.

Elle pianote sur son Mac et tourne l'écran vers moi. Quelques secondes s'écoulent avant que le visage de Katelyn Fraser apparaisse.

– Bonsoir. Où en est-on ? lance-t-elle sans se perdre en politesses.

– Lachlan vient d'arriver, répond Phèdre.

Je tente de m'installer plus confortablement. Fraser vit trop loin pour que nous puissions nous réunir tous les trois dans une même pièce régulièrement : nous sommes donc contraints de nous rabattre sur des appels en visio. C'est encore un peu curieux pour moi, mais je ne nie pas une certaine praticité à ce procédé.

Katelyn et Phèdre démarrent leur petit débriefing qui n'a rien de nouveau pour moi. Je les écoute d'une oreille distraite. Quand une douleur aiguillonne mon pouce, je me rends compte que je mâchonne mon doigt, et me reprends tout de suite avant de jeter un regard discret à mon téléphone. Aucune nouvelle de Serah.

Où en sont-ils ? Est-ce que Megan et Catherine vont bien ?

Et dire qu'elles étaient censées être rapatriées dans mon manoir… Je n'arrive pas à m'ôter de la tête l'idée que je devrais être en train d'écumer les rues. Être là pour Megan.

Elle doit être dans tous ses états…

– Qu'en pensez-vous, Lachlan ?

Phèdre et Katelyn me fixent du regard dans l'attente d'une réponse. J'ai décroché… Je me racle la gorge et mets sur le tapis le sujet qui me préoccupe :

– J'aurais une mission qui nécessiterait que Joffrey prenne ses fonctions officiellement en tant que passeur. Très vite.

CATHERINE

Je me recroqueville entre deux caisses pour me protéger de la morsure de l'air marin, les doigts gelés et le nez anesthésié. La nuit tombe, et le froid l'accompagne. Il m'a fallu un certain temps, et arrêter beaucoup de passants, pour réussir à me diriger dans Édimbourg. Il se pourrait que je commence à regretter mon coup de tête. Sur l'instant, encore très en colère, j'ai fui l'appartement en pensant me débrouiller seule pour me rendre à Londres et retrouver papa. Mais sous le premier abribus que j'ai trouvé, je me suis demandé ce que je ferais si là-bas, je tombais sur le même type de gars qui nous ont attaquées, ma mère et moi. Puis j'ai imaginé ma réaction si je découvrais le corps de mon père inerte… J'ai pleuré, avant de me ressaisir. Ensuite, il m'a paru évident que maman me chercherait aux alentours des bus, et qu'elle écumerait chaque arrêt du pays s'il le fallait pour me mettre la main dessus.

J'ai abandonné ma valise dans une ruelle – elle m'attirait trop de regards soupçonneux –, et erré sans but, jusqu'à ce qu'une autre idée me vienne.

Franchement, on ne peut rien attendre de ce Lachlan O'Connor qu'on a à peine croisé durant plusieurs jours. Hel se contente de vérifier l'état de maman, puis repart. Quant à Serah, elle est aussi muette qu'une tombe ; jamais elle ne nous aidera. Ma mère s'est arrêtée sur un choix qui ne mène à rien. Et quoi qu'elle en dise, on ne peut pas laisser tomber papa.

Frigorifiée parce que je n'ai pas songé à enfiler des vêtements plus chauds, j'observe les quais silencieux. Un ferry s'est amarré il y a peu. Je ne le lâche pas des yeux, encore hésitante.

En progressant dans les rues d'Édimbourg, je me suis rappelé l'histoire de ma mère, le nom « MacCoy »… et celui d'Inchkeith, qu'Hel et Lachlan ont prononcé lorsqu'ils pensaient que je ne pouvais pas les entendre discuter. Je n'ai pas beaucoup d'options, alors je me raccroche à ce que l'on a daigné me donner… en quelque sorte. Dans tous les cas, si maman ne veut rien faire à part se soumettre au bon vouloir de Lachlan, j'irai chercher de l'aide ailleurs.

Il y a du mouvement dans la pénombre. Je me penche en avant, mains à plat sur le sol humide. Une voiture s'est arrêtée sur le quai. Un homme en sort. Je ne parviens pas à bien le distinguer, en dehors du fait qu'il porte un sac sur l'épaule. Il a l'air très grand, plutôt massif. Il avance vers le ferry amarré et discute avec un type à bord. Le même gars qui m'a rabrouée quand je lui ai demandé si le bateau partait pour Inchkeith. Il me l'a plus ou moins confirmé, en grondant que je n'avais pas l'autorisation de m'y rendre. Depuis, je patiente dans le froid, me protégeant des quelques averses, espérant me glisser à l'intérieur du bateau avant qu'il ne prenne la mer.

Je me déplace, accroupie et collée au mur, jusqu'à me glisser dans l'ombre d'un entrepôt désaffecté. Je fouille quelques secondes autour de moi et dégote une moitié de parpaing. J'aurais préféré une bouteille, mais l'endroit est étonnamment propre pour un petit port. Je m'avance encore et trouve refuge derrière une bitte d'amarrage. L'eau clapote en contrebas. Si je recule d'un pas, c'est le plongeon.

Les hommes près du ferry ne m'ont pas remarquée : ils continuent à discuter. Le nouvel arrivant semble trépigner. Il se balance d'un pied sur l'autre.

Allez, réfléchis, Cathy.

Mon plan est bancal : il faudra que je sois très rapide si je veux espérer grimper sur le bateau sans que l'on me surprenne. Mais je l'ai vu tant de fois dans les films que cette stratégie doit bien être valable, d'une manière ou d'une autre…

Bon !

Je jette mon parpaing, tout en ravalant ma plainte due à l'effort. Il s'écrase un peu plus loin, dans un fracas qui attire l'attention des deux hommes qui discutent. Je tressaille lorsque celui qui porte le sac sort une arme à feu et la braque sur le morceau de caillou. Deux autres types, armés eux aussi, sortent de la voiture et visent mon parpaing.

La vache... Ils ne rigolent pas, ceux-là !

Ma résolution s'effrite.

Si je grimpe sur ce ferry alors que c'est interdit, qu'est-ce qu'ils me feront ? Et s'ils cherchent à me tuer, comme ceux à Londres ?

Je suis tétanisée, asphyxiée par la terreur.

Reprends-toi, espèce d'idiote !

Je me rabroue : ce n'est pas le moment de changer d'avis ! J'abandonne à la va-vite mon écharpe qui me gêne et m'élance, l'angoisse au ventre, tandis que les individus se rapprochent prudemment de la provenance du bruit. Celui qui surveille le bateau descend à son tour sur le quai, sans prêter attention à ses arrières. Un bref arrêt derrière la bitte d'amarrage qui retient le ferry, et je me précipite sur la rampe d'accès, priant pour que mes semelles n'émettent aucun bruit. Une fois sur le pont, je tombe à quatre pattes, le cœur erratique.

Je n'aurais pas mis ma main à couper que ça fonctionnerait ! Coup de bol !

Je me traîne pour m'éloigner, entendant déjà les hommes revenir. Celui qui porte le sac est en train de grimper à bord à son tour.

Vite, vite, vite !

Il lance une remarque que je ne comprends pas, avec son accent à couper au couteau. Un petit ricanement lui répond, tandis que je m'engouffre dans la cabine. Je pile dès que je m'aperçois qu'un autre gaillard tient la barre, une cigarette aux lèvres. Heureusement, il est concentré sur son téléphone. Il se marre à ce que je crois être des blagues d'un humoriste. Je recule lentement, fébrile, et déniche un renfoncement entre un amas de manteaux, une glacière et des bouées de sauvetage. Je me pelotonne dans mon coin, les jambes repliées contre moi, et la tête sous une doudoune. Le capitaine du ferry reçoit un SMS – dont je reconnais la notification sonore – qui le fait grogner. La vidéo se coupe, et le moteur ronronne. Je régule mon souffle, n'ayant jamais voyagé en bateau. Je croise les doigts pour ne pas avoir le mal de mer…

N'oublie pas que tu fais tout ça pour papa, Cathy. Si tu vomis, c'est pas grave.

Le ferry vogue tranquillement, et je finis par me détendre.

Mission réussie ! Qu'est-ce que tu dis de ça, maman ?

Mon aigreur se ravive. Je mâchonne l'ongle de mon index. Si ma mère me retrouve, elle va me tuer. Cette fois, son calme qui m'irrite d'ordinaire se fissurera. Je ne l'ai jamais vue entrer dans une colère noire… Un frisson me parcourt en l'imaginant devenir un Hulk roux.

Un bruit de pas à proximité de ma cachette m'oblige à me recroqueviller davantage. Le conducteur du ferry ne peut pas se contenter de rester à sa place ? Puis je me rappelle la présence de la glacière.

Pourvu qu'il n'ait pas une petite faim juste là, au mauvais moment...

Un mouvement brusque au-dessus de ma tête me fait sursauter et glapir comme une souris. L'homme au sac me domine de toute sa hauteur, la doudoune dans une main, et le poing posé sur sa hanche.

– Très bien, maintenant, tu vas m'expliquer ton manège, lâche-t-il d'un timbre de cathédrale.

Je me tétanise, écrasée par le regard d'or liquide posé sur moi.

CHAPITRE 17

MEGAN

Je cours à travers les rues d'Édimbourg, le froid me cinglant les joues. Malgré tout, la sueur dévale mon dos – je me fiche bien de savoir si c'est dû à la fièvre ou à l'effort. Je m'arrête sous l'énième abribus que je croise ; j'ai quitté le quartier de l'Unicorn depuis un moment, mais je continue à avancer le long de la ligne, vérifiant les heures, guettant les arrêts, pestant, avant de repartir en courant.

– Madame ! me hèle Serah, qui ne m'a pas lâchée d'une semelle.

Je bifurque sur la gauche, constate que la ruelle que je voulais emprunter est un cul-de-sac, fais demi-tour. Devrais-je appeler la police ? Et si quelqu'un avait embarqué ma fille, si on lui avait fait du mal ? Les Clans ne sont pas les seuls à craindre. Des monstres, il y en a partout !

Non, je l'ai bien élevée, je l'ai avertie des risques depuis qu'elle est toute petite. On ne parle pas aux inconnus, on ne...

Mais bon sang, à quoi est-ce que je pense ? Elle a fugué ! Ce n'est pas parce qu'elle approche de ses 15 ans qu'elle se montre plus prudente... Loin de là. Je sais à quel point la colère transforme les gens, annihile toute notion de ce qui est raisonnable.

– Madame !

Je cogne contre des bennes à ordures alors que je remonte une allée pavée, indifférente aux regards éberlués qui se posent sur moi. La nausée m'envahit à mesure que la douleur dans mon flanc s'intensifie. Je plaque une main sur la blessure, déclenchant une nouvelle onde de souffrance.

Elle n'est nulle part !

Je dois me rendre à l'évidence, je ne parviendrai pas à retrouver Catherine en marchant d'un abribus à l'autre...

Serah me suit à la trace, aux aguets. Elle m'a autorisée à utiliser son téléphone pour appeler Alan, je voulais le prévenir qu'il devait s'attendre à peut-être réceptionner Catherine. Mais il n'a pas répondu, et c'est une angoisse supplémentaire.

– Vous êtes trop exposée, m'indique Serah. Nous ne sommes plus en zone neutre. Il faut rebrousser chemin.

– Pas question.

– Tout ça ne rime à rien. Nous ne retrouverons pas votre fille comme ça.

– Elle ne se serait jamais enfuie si Lachlan nous avait aidées en premier lieu.

– Il ne vous doit rien.

Je m'arrête, poings serrés. Elle a raison, tout est de ma faute. Je n'ai pas su gérer la situation.

Et dire que mon père comptait sur moi pour hériter d'un Clan tout entier…

J'ai beau avoir été éduquée à m'endormir sur mes cours, entraînée au pire, avoir frôlé plusieurs fois la mort, je suis incapable de réfléchir correctement dès qu'il est question de Catherine.

– Madame, reprend Serah d'un ton plus calme, les rues de la capitale ne sont plus sûres du tout. Nous devons rentrer.

Elle s'empare de mon bras et m'oblige à la regarder droit dans les yeux avant de poursuivre :

– Ce que vous ne comprenez pas, c'est que si les Campbell vous ont prise pour cible, votre visage doit être connu autant d'eux que de leurs alliés. Ils sont susceptibles de vous identifier à tout moment. Je ne pourrai pas vous protéger si nous sommes cernées… et ce n'est pas une fois morte que vous retrouverez votre fille. Je vous rappelle que vous êtes blessée, qui plus est. Alors maintenant, vous m'écoutez : on retourne à l'Unicorn, tout de suite.

– En abandonnant Catherine ? m'outré-je, glaciale. Mais pour qui me prenez-vous ?

– Pour une mère désespérée, affirme Serah.

Elle hésite une seconde, avant d'ajouter :

– Je comprends ce que vous ressentez…

Je m'apprête à lui envoyer une réplique venimeuse quand je perçois une lueur ténue dans ses yeux qui parle aussitôt à mes instincts les plus primaires.

– Vous…

– Rentrons, me coupe-t-elle. Vous ne serez plus d'aucune utilité dans les rues à la nuit tombée.

Mes paumes deviennent moites, mon cœur se comprime. Je lui emboîte le pas de mauvaise grâce, la tête encore en train d'élaborer un plan pour mener des recherches plus efficaces. Il me faut admettre que Serah n'a pas tort : ce n'est pas en sprintant dans tous les sens que je réussirai à retrouver Catherine.

La Lionne se rapproche de moi lorsque l'Unicorn n'est plus qu'à quelques rues. Ses pas accélèrent, et sa vigilance s'accentue. Elle tourne la tête plusieurs fois, analyse les environs, tend l'oreille…

Un vrai soldat sur le qui-vive.

Une voiture s'arrête à notre niveau. Serah et moi nous braquons aussitôt, l'une prête à sortir une arme de sa ceinture, l'autre à deux doigts de flanquer un coup au premier visage à apparaître. Nous nous détendons lorsque Lachlan baisse la vitre et nous dévisage. Après un petit temps de latence, je m'avance vers lui, et nos regards s'accrochent.

Il est revenu ? Pour nous ?

– Patron ? s'étonne Serah.

– J'ai écourté ma réunion. Où en sont les recherches ?

La Lionne lui explique que nous avons parcouru plusieurs quartiers à pied, inspecté les abribus, les cafés encore ouverts, et même appelé des compagnies de taxi. Le visage de l'Irlandais se rembrunit, puis son expression se fait pensive.

– Bon. Serah, tu continues à chercher aux alentours de l'appartement, finit-il par décréter. Megan et moi prenons la voiture.

– Pour la rejoindre à Londres ? demandé-je.

Il ne me répond pas et fait le tour du véhicule après avoir ordonné au chauffeur de lui céder sa place. Serah proteste, mais il l'ignore. D'un signe de la main, il m'invite à prendre place sur le siège passager. Je m'exécute sans polémiquer. La barmaid frappe à la vitre ; O'Connor a déjà démarré en trombe.

– Tout va bien ? s'enquiert-il.

– Si on veut.

– Je parlais de ta blessure.

– Oh…

Je déglutis, puis indique :

– Ça ira. J'ai connu pire. Serah ne t'en voudra pas de l'avoir laissée en plan ?

Lachlan ne quitte pas la route des yeux. Son calme et son assurance sont troublants.

– Peut-être, mais pour le moment, il y a plus important.

Je grimace, navrée pour la pauvre femme, mais moi aussi absorbée par d'autres considérations. Me recentrant, je demande :

– Où allons-nous ?

– Là où vous n'avez pas pensé à chercher.

– Comment ça ?

Lachlan étire un sourire sardonique puis passe une main dans ses cheveux lustrés.

– Tout le monde a songé aux endroits les plus probables pour une adolescente, mais personne n'a pris en compte que Catherine est *ta* fille, me répond-il.

– Je ne saisis toujours pas.

– Elle est futée, comme sa mère. Ça se voit. Elle aura forcément pensé que vous la chercheriez dans les lieux les plus évidents.

Je me crispe, sans savoir si je dois me sentir flattée ou idiote.

– Qu'aurais-tu fait à sa place, Megan ? me relance O'Connor.

– J'aurais brouillé les pistes. Je me serais rendue là où…

Je m'arrête, le cœur et le souffle en suspens. Lachlan termine pour moi :

– Là où l'on ne l'attendrait pas.

Non… Elle n'aurait pas eu une idée pareille ! Pas après tout ce que je lui ai raconté, pas alors que je lui ai dit que c'était trop dangereux ! Et pourtant, avec les mêmes informations que Catherine, j'aurais réfléchi de la même manière, moi aussi. Je me serais débrouillée pour dénicher de l'aide là où j'aurais espéré pouvoir en trouver.

– Inchkeith, soupiré-je.

Lachlan confirme d'un hochement de tête, quand je secoue la mienne.

– Elle ne sait même pas où se situe l'île ! éclaté-je.

– Inchkeith n'est pas non plus inconnue. Pour quelqu'un d'un minimum dégourdi, c'est facile de trouver son emplacement. Plus compliqué de s'y rendre, en revanche.

Les mains de Lachlan se raidissent soudain autour du volant. Son attitude m'interpelle aussitôt et ravive mon angoisse.

– Quoi ? m'étranglé-je presque.

– Je sais de source sûre qu'un ferry va assurer la liaison jusqu'à l'île ce soir.

D'un coup, il accélère si brusquement que je me raccroche à mon siège et ajoute, grillant un feu rouge :

– Il y a une chance pour qu'on arrive à temps.

CATHERINE

– Un parpaing ? Tu n'as rien trouvé de mieux pour détourner l'attention ? Tu as fait autant de bruit qu'un pachyderme en te déplaçant le long des murs.

Je me ratatine, intimidée, la honte me rougissant les joues. L'homme au regard doré laisse tomber la doudoune et me relève en m'attrapant par le col. Le capitaine hoquette dès qu'il me découvre, au risque d'en perdre sa cigarette.

– Qu'est-ce que tu veux ? m'interroge celui qui me tient.

– Je… Enfin, vous voyez…

– Pourquoi une gamine s'infiltrerait-elle sur ce ferry ? Où sont tes parents ?

– Eh bien…

Il n'a pas compris qu'il tirait de plus en plus sur mon vêtement, au point que je dois maintenant me tenir sur la pointe des pieds.

Ce mec me file les jetons !

Mon regard se rive sur l'arme à sa ceinture. Je déglutis, du plomb dans le ventre. Il le remarque et tire sur son pull pour l'abaisser.

– Je crois que vous lui faites peur, monsieur… glisse le capitaine.

– Oh !

Il me repose au sol, les traits soucieux.

– Désolé, tu es un véritable poids plume, commente-t-il.

– Je ne sais pas si ça justifie vraiment que vous me souleviez comme ça… murmuré-je.

Son regard se durcit à nouveau.

– Je vois que mademoiselle évite de répondre à mes questions, gronde-t-il. C'est très dangereux, ce que tu as fait. Alors ?

Je joue avec mes doigts, danse d'un pied sur l'autre. Bon, O.K., j'ai peut-être vu un peu grand dans l'exécution de mon plan. J'ai laissé de côté les obstacles potentiels, comme un type baraqué qui me débusquerait… En revanche, je n'ai pas oublié les discours de maman. Je dois me montrer prudente. Enfin, plus que je ne l'ai été jusqu'à maintenant.

– J'ai besoin de rencontrer quelqu'un qui vit sur l'île d'Inchkeith, bredouillé-je.

– Qui ?

Je m'apprête à répondre « MacCoy », puisque c'est le seul nom que ma mère a laissé échapper, avant de me raviser.

Prudence, prudence…

Mais alors, qu'est-ce que je peux dire ?

– Mary.

Le prénom m'est venu à l'esprit sans que j'y réfléchisse. L'homme me dévisage avec scepticisme.

– Mary qui ? demande-t-il encore.

– Juste… Mary.

– Tu te doutes bien que des femmes avec un tel prénom, il y en a partout en Grande-Bretagne.

– Oui, sans doute…

– Bon, ça suffit. Donne-moi ton téléphone, je vais appeler tes parents.

Je grimace, sentant que ça va puer le roussi pour moi.

– Je n'en ai pas, réponds-je.

– Tu n'as pas de téléphone ? Tu as quoi, 13 ans ?

– Presque 15…

– Mais enfin, tes parents doivent être morts d'inquiétude !

Je rentre un peu plus les épaules, intimidée par la voix profonde et réprobatrice de l'homme qui me fait face. Le capitaine lui signale :

– Je ne peux pas faire demi-tour maintenant.

L'homme acquiesce et récupère son propre portable dans sa poche.

– Quel est le numéro de ta mère ? me demande-t-il.

– Je ne le connais pas par cœur.

– Évidemment…

Il tique d'un œil, puis se le frotte, l'air las. Il ramasse la doudoune qu'il avait lâchée et la jette sur mes épaules. Je me contracte, comme s'il allait me broyer entre ses grandes mains. Sa large paume s'écrase sur le sommet de ma tête quand il me dit :

– Bon, nous n'avons pas le choix : nous rejoignons Inchkeith. Mais une fois sur l'île, tu repars aussi sec pour rentrer chez toi.

– Je reviendrai.

– J'en doute.

– Si, si. Je suis très têtue !

L'homme me dévisage, comme s'il réfléchissait à la meilleure manière de se débarrasser de moi. Je flippe, mais ce n'est pas le moment de flancher. Il regarde sa montre, soupire.

– Mieux vaut que tu sois en sécurité sur l'île plutôt que d'errer dans les rues au beau milieu de la nuit, murmure-t-il.

Ensuite, il me toise à nouveau et pointe vers moi un index incisif.

– Tu repars dès que possible, répète-t-il, implacable.

Le capitaine et lui se détournent, et je reprends mon souffle.

Ça aurait pu être pire...

Pour le moment, il me reste à patienter. J'aviserai ensuite. Pouvoir débarquer sur Inchkeith, même pour un court laps de temps, est déjà une belle avancée... Je trouverai à qui m'adresser là-bas et je demanderai un coup de main pour mon père.

Sinon, qu'est-ce que tu feras ? Tu te dégoteras une arme ? Tu partiras pour Londres ?

Je frémis rien que d'y penser.

Maintenant que je suis « acceptée » sur le ferry, je sors de ma planque. Le capitaine m'ordonne de ne toucher à rien ; son acolyte a quitté la cabine. Je le retrouve sur le pont, face à l'horizon. Il garde les bras croisés, bien en équilibre sur ses jambes quand j'ai du mal à tenir sur les miennes à cause du roulis. Il me jette à peine un coup d'œil lorsque je parviens à sa hauteur.

– Dites… c'est quoi, votre nom ? osé-je en me raccrochant à la balustrade, l'estomac retourné.

– Tu ne réponds pas à mes questions mais tu te permets de m'en poser une…

– Bah, c'est de la politesse.

Il lève les yeux au ciel. Accoudée, je lui tends une main, me donnant un air guindé.

– Cathy, me présenté-je.

Il fixe mes doigts du regard un instant, puis s'en empare. Sa poigne est ferme. Je redoute qu'il m'écrase les phalanges.

– Pour une gamine seule en compagnie de parfaits étrangers, tu es bien sereine, fait-il remarquer.

– Êtes-vous un *serial killer* ?

Son regard s'obscurcit brièvement, mais un sourire en coin chasse bien vite son air sombre.

– Tu as de la chance : mes victimes ne correspondent pas à ton profil, s'esclaffe-t-il.

Mon gloussement me surprend.

Dites donc, il peut avoir de l'humour !

Enfin, il relâche ma main et m'avoue :

– Je m'appelle Caleb.

CHAPITRE 18

LACHLAN

Megan observe les clapotis de l'eau à nos pieds. Elle a cessé de fixer le ferry à l'horizon, silhouette ténue dans la pénombre de la nuit tombée. Assise sur une bitte d'amarrage, elle garde sa tête dans une main et ne bouge plus, l'écharpe de sa fille retrouvée par terre sur ses genoux.

Je n'ai pas été assez rapide ; je n'ai pas pensé à temps que Catherine pourrait avoir l'idée de se rendre sur Inchkeith, pour rencontrer la famille de sa mère. À situation désespérée, acte qui l'est tout autant. Je pose une paume sur l'épaule de Megan ; elle frémit à mon contact mais ne relève pas la tête. J'éprouve le besoin de m'excuser, sans que mes lèvres se descellent. Les coïncidences sont ironiques : quand j'ai croisé Caleb MacCoy à Dirleton, sur le départ, j'étais loin de me douter que les circonstances se joueraient de nous ensuite.

Je me suis gardé de raconter cette brève rencontre à Megan. Elle serait dévastée si elle apprenait que sa fille a des chances de rencontrer le *laird* MacCoy, et pour cause. Vu la situation, Caleb sera tenu à la gorge : dénoncer Megan ou mettre en danger tout son Clan s'il ne dit rien. Elle a beau être sa sœur, en prenant la décision de quitter notre monde, elle est devenue une ennemie publique que même son propre sang se doit de rejeter.

Je finis par m'accroupir, gêné par les odeurs fortes du port, et resserre mes doigts autour de l'épaule de Megan.

– Il est inutile de rester, lui dis-je. Nous ne pouvons rien faire de plus.

Elle ne bronche pas, l'œil vitreux. Je crains un instant qu'elle soit dans une sorte d'état de choc. Je l'appelle doucement, inquiet. Elle me surprend néanmoins dès qu'elle lève les yeux. Une colère profonde, viscérale, anime ses prunelles. Je crois une seconde qu'elle se déversera sur moi. Mais c'est dans un soupir que Megan s'exprime :

– Qu'ai-je fait, Lachlan ?

– Tu ne pouvais pas anticiper…

– Je suis sa mère, j'aurais dû, réplique-t-elle, amère. Mieux encore, j'aurais pu éviter tout ça.

– Et comment ?

– En ne relâchant pas ma vigilance, pour commencer. Ma vie d'autrefois est si loin derrière moi, les conséquences de mon exil si dures et irrévocables, que j'ai cru à tort que mon passé ne me rattraperait jamais. J'ai oublié qui j'étais, parce que je le voulais, sans imaginer que la manière dont ce monde m'a façonnée me permettrait de protéger mon enfant… J'aurais dû percevoir des signes, réagir bien plus tôt, avant que ces hommes entrent par effraction chez moi.

– Parce que tu crois que tu aurais pu remarquer quoi que ce soit ?

Elle hoche vigoureusement la tête.

– Il fallait bien qu'ils s'assurent de notre identité, qu'ils retrouvent notre piste, non ? Si je m'étais montrée plus vigilante, je les aurais repérés.

Je pince les lèvres, avant de protester :

– Arrête de te sentir coupable. Tout ceci te dépasse.

Megan baisse les yeux pour fixer du regard ses mains nouées et répète, se recroquevillant sur elle-même :

– Qu'ai-je fait, Lachlan ?

Je suis immobile, encore accroupi face à elle. Mes cuisses et mes tibias ont beau me brûler, je reste là, incapable de trouver les mots pour la réconforter. Je ne pense pas qu'elle apprécierait ceux qui me viennent. Après tout, il y a bien des années, j'étais un gosse comme Catherine… J'ai fui ma propre mère, mon pays. Je suis parti sans me retourner, un sac sur le dos et le désespoir au cœur. Aujourd'hui, je suis contraint à soupeser mes actes. *Maman* s'est-elle mise dans un tel état à mon départ ? Comment a-t-elle réagi lorsqu'elle a constaté le lit vide, l'absence de son café que je lui préparais toujours ? Mais je refuse de m'en vouloir. Elle a choisi ; je suis parti.

Il m'était impossible de rester là, témoin silencieux de la débâcle annoncée, du fanatisme.

Hésitant d'abord, je finis par recouvrir les mains de Megan de la mienne. Elle tressaille mais ne me repousse pas. Je m'entends lui dire :

– Je récupérerai Catherine et je vous ferai sortir du pays.

Megan redresse la tête pour me dévisager, le souffle court et le regard empli de doutes.

– Tu avais raison, poursuis-je. Je peux trouver des solutions pour vous aider, ta fille et toi. Je ferai appel à un nouveau passeur pour vous guider jusqu'en lieu sûr. Sur l'île Lewis.

– L'île Lewis ?

– Vous ne pouvez pas rester à Édimbourg, c'est beaucoup trop dangereux.

Je soupire, le temps d'ordonner le flot de mes pensées, puis j'ajoute :

– Megan, je ne peux plus garantir la sécurité de qui que ce soit. J'ai du mal à assurer mes propres arrières. Tu as cru bon de venir me voir, mais je ne te serai personnellement d'aucun secours. Il existe un endroit sûr, connu uniquement de quelques personnes, perdu dans les Hébrides. Là-bas, ta fille et toi pourrez rester cachées encore un peu, le temps que je falsifie de nouvelles pièces d'identité et que je vous forge une seconde vie.

Megan se redresse, d'un air contrarié.

– Ce serait l'idéal, mais… je ne souhaite pas quitter l'Angleterre pour de bon, admet-elle, sur la défensive. Catherine ne me le pardonnera jamais, et son père…

– J'ignore combien de temps cette situation va durer. Le système clanique est bouleversé, l'ordre se modifie et évolue sans que quiconque puisse prédire l'issue de ces changements. La stabilité ne reviendra peut-être pas avant des années.

Megan émet un petit rire qui sonne faux.

– Plus je t'écoute et plus j'ai l'impression que nous sommes dans une impasse. Je dépends de ton bon vouloir, ma fille a fugué, je ne sais pas si mon ex-mari est en vie, et…

Elle s'interrompt, raide comme un piquet. Au léger tremblement de ses lèvres, je devine qu'elle se retient de toutes ses forces pour ne pas céder à l'émotion.

– Lachlan, reprend-elle finalement, tu m'assures que tu récupéreras Catherine, mais va savoir quand, et comment. Pour elle, je ne peux pas compter sur qui que ce soit d'autre.

Je me remets debout, interloqué par ce que je crois comprendre. Megan confirme mes soupçons lorsqu'elle affirme avec aplomb :

– C'est moi qui irai la chercher.

– Tu n'as pas à le faire, argué-je fermement. Je peux m'en occuper. Dès demain.

– Non. Vois-tu, demain, il sera sans doute trop tard.

– Et que comptes-tu faire, au juste ? Traverser la mer à la nage ?

– Si c'est nécessaire, oui. J'espère plutôt trouver un bateau qui acceptera de me conduire sur Inchkeith.

Je régule mon énervement à grand-peine.

– Si tu poses un pied sur cette île, tu mourras dans l'heure.

Nous nous toisons, l'un debout, l'autre toujours assise, inflexible.

– Et ta fille aussi, conclus-je gravement.

Je me penche, saisissant de nouveau les épaules de Megan, et l'oblige à se relever à son tour. Elle m'affronte de son regard d'un vert printemps aux pépites dorées. Ses longs cils bruns ne frémissent pas.

– Il y a encore une chance pour que Catherine ait eu l'intelligence de ne pas révéler qui elle est, rappelé-je.

– Mes mises en garde n'ont pas suffi à l'empêcher de se précipiter dans la gueule du loup, proteste Megan.

– Mais ta fille n'est pas sotte. Ose dire le contraire !

Elle plisse le nez mais n'objecte rien. Enhardi, j'ajoute :

– Je ne la connais peut-être pas, mais elle a du sang MacCoy. Vous êtes des renards, tous autant que vous êtes.

Ma remarque réussit à lui arracher un sourire, en dépit de son visage froissé par l'inquiétude.

– Je te promets de la ramener dès que possible, insisté-je. Mais tu dois me donner ta parole de ne pas t'exposer de nouveau et, surtout, de ne pas te rendre toi-même sur Inchkeith. Tu ne dois *jamais* recroiser la route des MacCoy, Megan.

L'intéressée paraît en proie à une cruelle douleur. Son regard alterne entre la mer et moi, ses poings sont serrés, ses épaules tremblent. Je l'oblige à planter ses yeux dans les miens, mes paumes sur ses joues.

– Fais-moi confiance, lui murmuré-je.

Elle pousse une plainte. Très légère, mais qui trahit toute sa détresse et son instinct qui tente de prendre le pas sur sa raison.

– Tu estimes que tu ne peux plus compter sur quiconque pour aider Catherine mais tu n'as pas le choix aujourd'hui. Megan, fais-moi confiance, répété-je.

Nous nous affrontons encore, notre proximité en guise de champ de bataille. Je crains d'avoir échoué à la convaincre. Comment le pourrais-je ? Qui suis-je pour la sermonner et lui ordonner de se cacher quand son enfant est sans doute en danger ? Pourtant, la tension dans son corps se relâche, et ses lèvres laissent échapper un souffle résigné. Elle acquiesce lentement. Je me détends à mon tour et lâche ses épaules.

– Merci, soupiré-je, sans trop savoir pourquoi.

À cet instant, l'attention de Megan se rive à un point derrière moi. Elle tourne brusquement la tête, une main près de son visage, comme si elle se malaxait la tempe ou remettait ses cheveux en place. Je pivote pour tomber sur un homme que je reconnais avec peine. Tobias est l'un des veilleurs de ce coin du port ; celui qui est chargé de surveiller l'endroit et de maintenir le contact avec les MacCoy sur Inchkeith. Il s'occupe, avec trois autres personnes, des cargaisons et du ferry. Il nous jauge d'un œil dur et m'alpague :

– Vous en avez encore pour longtemps, M. O'Connor ? Y'a beaucoup de remue-ménage ce soir, j'espère que vous ne ferez pas un autre tapage.

Je blêmis une seconde, quand une pensée m'effleure : a-t-il vu Catherine grimper dans ce ferry ? Avec Caleb MacCoy, si mes soupçons s'avèrent justes ? Je me racle la gorge, conscient que Megan est dans une mauvaise posture : il est possible que Tobias l'ait reconnue.

– Nous partons, le rassuré-je. Maintenant.

Je saisis la main de Megan dans la mienne, prêt à rejoindre la voiture. Elle émet cependant une résistance. Alors que je me tourne vers elle pour vérifier ce qu'elle a, elle me gratifie d'une bourrade si brutale que je m'écrase face contre terre. Ma joue plonge dans une matière poisseuse, tandis que mon crâne fourmille. Mon regard, écarquillé, rencontre celui de Tobias, lui aussi à terre. Un flot sanguinolent se déverse de sa gorge pendant que sa bouche remue au gré de sons gutturaux. Ses pupilles s'enchaînent aux miennes ; elles s'éteignent petit à petit. Derrière lui, je distingue deux silhouettes se jeter sur Megan. Un instant plus tard, trois autres surgissent de l'ombre et bondissent.

CHAPITRE 19

MEGAN

Le premier homme a surgi dans le dos de Tobias. J'ai à peine aperçu le fil de la lame lui sectionner la carotide, avant qu'un second assaillant me surprenne sur ma gauche. Quand son bras s'est tendu, je n'ai pas réfléchi : j'ai bousculé Lachlan pour lui éviter le pire. J'ai ensuite intercepté le poing en présentant mon avant-bras et riposté d'un uppercut dans l'estomac.

– Mais qu'est-ce que vous faites ? s'indigne l'Irlandais à l'attention de nos agresseurs. Arrêtez ça !

Je frappe le coude de l'homme qui me fait face du tranchant de la main, puis pivote sur mes pieds et lui assène un coup en plein nez. Je profite de ce qu'il s'arc-boute en avant pour percuter ses bourses de mon tibia.

– Stop ! continue O'Connor.

L'assassin de Tobias remplace son acolyte, tandis que je repère la progression des trois autres individus qui s'approchent de nous. Ma vision périphérique suit leurs mouvements. Le poing du premier fonce dans ma direction ; je le dévie, gardant son poignet entre mes doigts, puis tourne sur moi-même pour gifler violemment l'homme qui me prend à revers. Un soufflet si brutal que sa tête braque sur le côté, la mâchoire écarlate. J'en reviens aussitôt à celui que je tiens ; je lui tords le bras en arrière. L'articulation au supplice, il glapit. Ses jambes fléchissent pour atténuer la pression, m'offrant une ouverture parfaite sur son visage que je baptise d'un fulgurant coup de poing.

Un troisième, pas le moins du monde intimidé, s'empresse d'enchaîner des offensives en direction de mon crâne. Prudente, je recule, le temps de juger ses aptitudes. Sa frénésie est paradoxalement maîtrisée. Je bloque ses attaques de mes avant-bras, en esquive certaines. Je mesure son rythme, l'enregistre pour mieux m'en servir. Soudain, au lieu d'une nouvelle parade, je bascule mon buste en arrière au moment où son bras me passe sous le nez. Je referme mon emprise sur lui et, de mon coude, lui déboîte le sien. L'homme laisse éclater un râle de douleur. Je plie son membre blessé dans son dos et l'oblige à se pencher en avant. Il écope d'un coup de genou en plein visage, puis d'un second pour terminer de l'assommer.

L'adversaire que je gardais à l'œil profite de ma brève inattention pour me bondir dessus. Je l'évite en jouant sur mes appuis. Sa jambe vient chercher ma hanche ; je lève la mienne pour une parade et la relance aussitôt dans l'aine. Il peste, mais son regard flamboie. La silhouette de Lachlan s'immisce entre nous, dans un timing très mauvais.

– J'ai dit st…

Le poing s'abat trop vite sur lui pour que je puisse intervenir à temps. O'Connor s'effondre, les mains plaquées sur son nez ensanglanté, les yeux écarquillés.

– On n'est pas en terrain neutre, *tràill*[2] ! éructe notre ennemi.

Il accompagne son insulte d'un crachat sur la chemise de Lachlan. La colère gronde en moi. Le Trèfle reste prostré, le temps sans doute de se remettre de ses émotions, ou de la douleur. Deux hommes se sont relevés, prêts à repartir à l'assaut. Je les examine tour à tour, mes vieux réflexes entretenus par mes cours d'arts martiaux s'imprimant dans mes gestes. J'assure ma garde, les paumes près de ma tête pour la protéger. Je tente par la même occasion d'identifier nos assaillants, afin d'enfin savoir à qui j'ai affaire, mais sans surprise, ils n'arborent ni tartan ni emblème. Une petite voix me souffle qu'il s'agit de Campbell, ou de membres d'un Clan allié. Sinon, pourquoi s'en

2. « Moins que rien », en gaélique écossais.

prendre à moi ? Si Lachlan ne s'était pas interposé, il n'aurait écopé d'aucun coup : ils sont focalisés sur moi.

Je bouge en continu pour garder mes adversaires dans mon champ de vision et les empêcher de m'encercler. Nous nous éloignons ainsi du Trèfle, qui se redresse enfin. Son air étourdi m'inquiète, mais j'aurai tout le temps de m'en soucier une fois que cette mascarade sera terminée. Ces types ont mal choisi leur moment – ou trop bien, au contraire. Je suis furieuse envers moi-même, angoissée pour Catherine, et contrariée à cause de Lachlan.

J'expire par la bouche, très lentement. Les battements de mon cœur s'apaisent ; mes sens s'aiguisent. Je me retrouve dans les eaux glacées d'Inchkeith, les galets roulant sous mes pieds, la force des bourrasques et de l'écume dans mon dos. À l'époque, je maintenais un contrôle absolu, indispensable, sur mon propre corps, en dépit des éléments, du froid sur ma peau et dans mes muscles. Je garde les yeux ouverts ; le calme remplace en moi la colère.

Coup d'œil sur ma gauche : un homme, grand, baraqué. Il claudique un peu. C'est celui que j'ai frappé en plein entrejambe.

Coup d'œil sur ma droite : un autre homme, de taille moyenne. Appuis assurés, attitude nonchalante. Je ne l'ai pas encore affronté. J'ignore de quoi il est capable.

Devant moi : celui qui a insulté Lachlan et lui a craché dessus. Massif, très bon jeu de jambes. Excellente allonge. Méfiance.

Nouvelle expiration.

L'homme à ma droite prend son élan. Ses tennis écrasent lourdement le bitume. Il tente de me surprendre en bifurquant soudain derrière moi. Avant que ses bras ne m'encerclent pour me piéger, je pare en relevant les miens pour lui bloquer l'accès. Je balance mon crâne en arrière et percute son menton. J'enchaîne d'un coup de coude, puis pivote pour le frapper à nouveau l'épaule. Il s'écroule, le nez écrasé au sol.

L'homme sur ma gauche en profite pour se rapprocher et tente de m'atteindre d'une allonge. Je saisis son poignet, avale son mètre de sécurité et plonge mes doigts vers sa gorge. Il gargouille, essaie de se dégager, mais son agitation ne parvient qu'à enfoncer mes ongles davantage dans la membrane fine et sensible. Je m'en dépêtre d'une poussée, pour intercepter l'offensive du troisième larron : je bloque son coup de poing de mon avant-bras, dévie sur le côté pour me ménager une ouverture sur son sternum. Uppercut. Pivot. Coup de pied. Il recule de quelques pas, le souffle coupé. Le premier adversaire revient à la charge dans mon dos. Sa cheville frôle mon crâne dès que je me baisse pour l'esquiver. Un sourire fleurit sur mes lèvres.

« Assure ton équilibre, Caleb, ou père te donnera encore une leçon ! »

Je frappe dans le tibia. Il bascule et chute sur le flanc. Je le cogne trois fois d'affilée en plein visage jusqu'à ce qu'il tourne de l'œil, les dents ensanglantées.

– *J'ai un très bon équilibre, Meg' !*

– *Tu dis ça, mais tu es encore par terre...*

– *Je me repose, c'est tout !*

Je repère l'homme que j'avais saisi à la gorge, qui se redresse. Il tousse mais ne ralentit pas quand il fonce sur moi. Je dois lui reconnaître sa détermination. Il envahit mon espace, si bien que je dois plier le bras pour bloquer ses agressions. Je finis par réussir à le repousser sur le côté, juste assez pour le dégager d'un coup de pied dans la hanche. Il repart à l'assaut, mais cette fois, je ne lui laisse aucune opportunité de m'acculer. Je passe sous son épaule, l'emprisonne d'une clé et le mets à terre, mon talon l'assommant net.

Je quête le dernier combattant du regard. Quatre corps s'étalent au sol, dont deux gémissent encore. Lachlan s'est éloigné de l'action, mais je ne m'attarde pas sur lui. Un crissement strident attire plutôt mon attention. L'homme que je cherchais me toise d'un œil fou, un sourire carnassier aux lèvres. Le pied-de-biche qu'il a extirpé des caissons abandonnés gémit sur le bitume. Je me raidis un instant puis me remets en position.

Le sourire de mon adversaire s'élargit lorsqu'il lève son arme au-dessus de ma tête. Je fais un pas de côté et incline le buste pour esquiver. Mon coude me préserve d'une violente attaque qui aurait pu me broyer la carotide. Je plonge mon pouce dans le creux du poignet de mon assaillant, là où se cachent les nerfs. Il a beau s'efforcer de tenir bon, la pression de ses doigts se relâche autour du pied-de-biche. Je le percute du poing dans la poitrine, puis je le désarme. Je récupère la barre de fer, frappe une première fois de la hampe au niveau de la nuque et, dans un râle d'effort, je perfore le crâne de l'homme du bout tranchant. Les os éclatent, et mon adversaire, hagard, tombe d'abord sur ses genoux avant de s'écraser, le visage noyé dans son sang.

Je reprends mon souffle, les mains encore autour du pied-de-biche. Je m'écarte finalement, les jambes légèrement chancelantes. Les cinq corps agonisent près de celui de Tobias. J'observe mes paumes, mes doigts tachés d'hémoglobine, tandis que le film du combat repasse en boucle dans mon esprit.

Il y a si peu de temps, j'inventoriais des œuvres d'art pour la galerie... Je prenais un cappuccino avec mes collègues en me plaignant de la nièce du patron...

Ma respiration devient sifflante. J'avais fui cette violence, je croyais mon éducation enterrée, et oubliée. Pourtant, tout m'est revenu.

Et je me hais pour ça.

Je recule encore, refusant de poser une nouvelle fois les yeux sur les cadavres au sol. À la place, je croise le regard de Lachlan. Silencieux, il me fixe, et je peine à décrypter son expression.

– Tout va bien ? lui demandé-je d'une voix chevrotante. Ton nez, il…

– Ils ne t'ont pas touchée une seule fois, me coupe le Trèfle.

Je reste coite tandis qu'il ajoute :

– Ils étaient cinq. Tu les as vaincus. Seule. Tu as même tué l'un d'entre eux.

Je frémis. Les prunelles de Lachlan me renvoient un reflet qui me dégoûte. Une bête aux mains couvertes de sang, échevelée. Un monstre libéré de sa cage. Je me détourne, hantée par cette vision.

– Je n'avais pas le choix, dis-je, lointaine. Ils ont tenté de m'assassiner, je me suis défendue.

– Si ça te plaît de le croire.

Le ton dur de l'Irlandais parvient à m'indigner. Qu'étais-je censée faire ? Me laisser abattre, tendre le cou à ces meurtriers ? Non, parce qu'il est hors de question que je meure par excès de morale. Pas alors que ma fille a besoin de moi.

Lachlan m'informe qu'il compte appeler Serah pour nettoyer les lieux et lui ordonner de continuer à chercher Catherine, au cas où nous nous serions trompés pour Inchkeith. Son flegme, sa façon d'agir comme s'il ne m'avait pas blessée, m'agace de plus belle. Il lance sa bombe, quand il n'a pas les mains plus propres que les miennes. Comment peut-il me dévisager avec autant de mépris, lorsqu'il est lui-même capable d'exécuter un homme qui désobéit à son Code ? N'est-ce pas hypocrite ?

Il retourne à la voiture comme si de rien n'était et m'ouvre la portière. Mon cerveau reptilien m'intime de lui bondir dessus ou, au moins, de lui hurler tout ce que je contiens. Je n'en fais rien. Ce serait inutile : je n'ai pas la force de m'engager dans une dispute stérile, pas plus que d'être en froid avec le seul homme qui peut nous être utile, à Catherine et moi.

Je monte dans le véhicule, mutique, consciente de mes mains souillées. Le nez de Lachlan saigne toujours, mais il ne se plaint pas. L'adrénaline s'évapore, et je lutte pour ne pas me plier en deux : j'ai sans doute rouvert ma plaie.

C'est en silence que nous roulons une bonne heure jusqu'au manoir. Là, c'est à peine si O'Connor me fait visiter. Il se contente de me donner l'essentiel, de me montrer la chambre qu'il m'a réservée, de me rappeler de vérifier ma blessure à la hanche, puis il s'éclipse avec froideur. Esseulée au beau milieu de la bâtisse bien trop grande, j'ai l'impression de m'immerger dans un terrible brouillard, l'odeur du sang imprégnant toujours mes narines.

Pour la première fois depuis sa naissance, ma petite fille n'est plus avec moi. Et je n'ai jamais été aussi perdue.

CHAPITRE 20

LACHLAN

J'ai sans doute été trop sévère. Megan a raison : elle s'est défendue. Pourtant, je suis hanté par le sourire qui s'est dessiné sur ses lèvres pendant le combat, par son regard flamboyant. Tout comme je suis heurté par son absence d'hésitation quand elle a planté le pied-de-biche dans le crâne de son dernier adversaire debout. Ces hommes et elle ont incarné tout ce contre quoi je lutte depuis tant de temps : une barbarie qui n'a pas sa place dans un monde civilisé. Lorsque j'ordonne une mise à mort, c'est la nécessité qui fait loi… mais est-ce louable ? Non. Je ne vaux sans doute pas mieux. Tout à l'heure, j'étais furieux, et humilié qu'on m'ait insulté et cassé le nez. Je me suis effondré tel un pleutre aux pieds de Megan, trop abasourdi pour réagir.

J'ai ressenti le besoin de m'en prendre à quelqu'un, et c'est tombé sur elle.

Je termine de m'éponger le visage. Ma chemise souillée a rejoint la première poubelle venue. Maintenant face au miroir de ma salle de bains, je me fustige pour les mots que j'ai prononcés, et leurs sous-entendus. Megan n'a plus émis un seul son dans la voiture, et pas davantage une fois arrivée au manoir. Aucun commentaire sur les lieux, rien. Elle s'est laissée porter, dans un état second ou trop blessée pour désirer m'adresser la parole ce soir.

Je me rhabille, dans des vêtements chauds et amples, bien différents de mes tenues sur mesure habituelles. Un air de jazz retentit à travers les enceintes de mon salon. Pieds nus, je me dirige vers la cuisine, méditant sur un dîner qui ne me fait pas envie. Je recule d'un pas pour fixer la porte qui mène à l'aile principale du manoir. Il est à peine vingt et une heures. J'hésite, puis finis par ouvrir mes placards pour dénicher un plateau et plusieurs assiettes.

Une bonne demi-heure plus tard, je quitte mon domaine privé pour rejoindre la chambre d'invités assignée à Megan. Quatre assiettes me renvoient leurs parfums : deux veloutés aux champignons et à la crème de marrons, deux filets de poulet froids qu'il me restait accompagnés de légumes revenus à la poêle. Une fois à l'étage, je frappe une première fois, le plateau en équilibre sur mon bras, mais je n'obtiens aucune réponse. J'appelle doucement mais entends à cet instant des bruits de pas derrière moi. Je me retourne ; Megan se fige dès qu'elle m'aperçoit. Elle s'est douchée : ses cheveux mi-longs encore humides sont remontés en un chignon désordonné, et elle a revêtu un pull blanc, large, qu'elle a glissé sous la ceinture d'un jean taille haute.

Un silence s'éternise entre nous. Elle m'adresse un triste sourire, et je remarque enfin qu'elle tient elle aussi un plateau dans les mains. Deux verres y sont disposés, ainsi que quatre tasses. Son regard, rougi de veines éclatées à force de chagrin, se plante dans le mien, et sa voix résonne dans le couloir :

– Je ne savais pas ce que tu aurais préféré à cette heure-ci, ni où tu te trouvais… J'ai cherché la cuisine, fouillé un peu, et j'ai préparé un verre de whisky, une tasse de café noir et une infusion. Pour moi, j'ai fait un cappuccino.

Son air contrit m'attendrit, et je me retrouve comme un idiot. Je désigne mon propre plateau puis lâche, amusé :

– Nous avons eu la même idée, à peu de chose près.

Nous nous observons un instant, avant d'éclater d'un petit rire. Celui de Megan s'éteint, la peine déposant à nouveau un voile sur son visage froissé. Ensuite, un malaise s'installe entre nous. Nous restons l'un en face de l'autre, sans savoir quoi se dire de plus. Enfin, mon invitée souffle :

– J'admets avoir un peu faim.

Le message est bien passé. Je l'invite à me suivre. Je marque néanmoins un temps d'hésitation devant la porte de mon aile privée. Je l'ai guidée jusqu'ici sans vraiment y réfléchir. Sauf que, maintenant, je ne suis plus si sûr de moi. Cet endroit est une partie intime de mon univers…

Megan investit mon cocon avec curiosité. Le jazz nous rattrape, ainsi que les parfums des légumes que j'ai fait cuire au beurre. Je ne suis pas très à cheval sur les odeurs de mon chez-moi, mais maintenant que mon invitée est là, je m'en soucie. Cependant, elle n'a pas l'air d'y prêter attention. Elle se dirige vers l'îlot de la cuisine pour y déposer son plateau et glisse ses mains dans ses poches, observant ce qui l'entoure.

– C'est… très différent ici, commente-t-elle. On dirait une vieille maison familiale, avec tous ces tons chauds.

Elle baisse les yeux pour contempler le parquet flottant que j'ai fait installer il y a cinq ans, sur un coup de tête.

– Le marbre du hall du manoir est pour les apparences, indiqué-je en déposant à mon tour mon plateau. Personnellement, le bois me convient bien mieux.

– Reçois-tu beaucoup de monde ici ?

– Pas tant que ça. Et mes invités ne s'aventurent jamais dans cette partie de ma demeure.

Megan penche la tête, ses prunelles éteintes. Le chagrin et la peur ne l'ont pas quittée depuis le port, quand elle a compris que sa fille pourrait déjà être sur Inchkeith.

– Pourquoi ? s'enquiert-elle en se hissant sur un tabouret haut.

Je remarque qu'elle pince les lèvres et se contracte lors de son mouvement. Sa main furète rapidement près de sa blessure à la hanche, avant de se poser à côté de l'assiette devant elle.

– C'est ici que je vis, réponds-je. Le reste du manoir est plutôt là pour l'extravagance.

– Et tu souhaites en mettre plein la vue…

– En effet, admets-je.

Je comprends ce qu'elle sous-entend. Il est vrai que du point de vue financier, je m'en sors très bien. Lorsque j'ai repris l'Unicorn, Cece ne m'avait pas laissé un établissement en excellent état. Je l'ai retapé de mes mains, à la sueur de mon front. Alastair est venu m'aider de temps à autre, même s'il se trouvait déjà dans une situation compliquée à l'époque. Les MacKenzie faisaient planer une menace constante au-dessus de sa tête. Il tenait cependant à me soutenir dans mon projet fou : cadrer les Clans, protéger les innocents, instaurer des règles… Alexander y croyait, lui aussi. Il a investi, tout comme l'ancien *laird* MacCoy, pour donner corps à l'Unicorn tel que je l'imaginais. Cette mise de départ a vite été rentabilisée lorsque l'établissement est devenu l'un des bars incontournables de la capitale… mais aussi l'endroit le plus sécurisé pour les Clans. Peu à peu, j'ai fait fructifier mes économies, acheté, revendu, établi des plans économiques sur plusieurs années…

C'est à partir de ce moment-là que l'on a commencé à me prendre vraiment au sérieux.

L'argent, dans ce monde, est aussi important que l'arbre généalogique. Pour m'adresser aux rois, je devais m'assurer de pouvoir moi-même me payer une couronne. Être assez riche pour corrompre, acheter le silence des uns, la coopération des autres, m'offrir les services de mercenaires – souvent d'anciens militaires qui n'ont jamais perdu le goût du combat. Le *dark web* et les contacts de Serah m'ont été fort utiles pour constituer ma Brigade. Même si, bien sûr, leur loyauté dépend du froissement des billets qu'on leur propose… Je l'ai appris à mes dépens.

Le menton dans une paume, Megan continue d'examiner ce qui l'entoure. Malgré moi, je suis la direction de son regard, gêné et fasciné à la fois.

– Tu t'es créé une maisonnette dans un manoir, conclut-elle.

Je repousse les verres et les tasses pour sortir plutôt des verres à pied et débouche une bouteille de vin.

– Je crois que nous en avons besoin tous les deux, glissé-je.

– Avec du poulet froid, c'est parfait, me taquine mollement Megan.

Nous trinquons, sans émettre le moindre *slàinte*. C'est encore un moment de flottement, où nous sommes partagés entre nos inquiétudes et la quiétude de l'instant. Je m'installe à mon tour sur un tabouret en retroussant mes manches. Megan attend poliment que je prenne ma première bouchée pour commencer à manger. Une attention qui ne m'échappe pas. Fut une époque, c'est elle qui aurait dû lancer le dîner en portant la fourchette à ses lèvres.

Nous engloutissons notre poulet froid et nos légumes. Je constate qu'elle prévoit de manger la soupe en second, tout comme moi. C'est ridicule : pourquoi m'arrêté-je sur ce détail ? Je pose ma fourchette, l'appétit capricieux. Megan poursuit son dîner, l'air ailleurs. Ses doigts touchent régulièrement son visage ; elle tente de contenir son angoisse. Mon regard glisse sur ses cheveux.

Pourquoi les a-t-elle coupés ? Ils étaient si beaux.

Sa crinière rousse, aux nuances si intenses, marquait les esprits. Un brasier composé de boucles et de mèches soyeuses. Un astre rouge.

– Je suis désolé, m'entends-je murmurer.

Megan relève la tête vers moi, une cuillère de velouté près de ses lèvres.

– Pour tout à l'heure, l'éclairé-je. Je n'aurais pas dû m'en prendre à toi. Tu as raison, tu n'as fait que te défendre. Et puis, c'était déplacé, après que Catherine…

Elle repose son couvert, l'air grave, avant de déclarer :

– Tu sais, je me suis étonnée moi-même, et je ne suis pas fière de ce que j'ai fait. J'ai été élevée pour me battre, et tuer si nécessaire. Ça ne signifie pas que j'y prends le moindre plaisir.

Elle se frotte les mains, comme si elle cherchait à en chasser des particules invisibles, avant d'ajouter :

– Je suis désolée, moi aussi. Pour… ton nez, et pour ne pas avoir su gérer comme il le fallait.

– Tu n'y es pour rien.

– Mais ces hommes en avaient sans aucun doute après moi. Et ce pauvre veilleur…

– Tobias ?

– Je n'ai pas pu le sauver.

– Tu n'es pas surhumaine, lui rappelé-je.

Elle acquiesce, sans pour autant valider tout à fait. Elle soupire ensuite, l'épuisement commençant à tirer ses traits tendus :

– Je ne comprends toujours pas pourquoi les Campbell s'en prennent à moi. Nous n'avons pas eu le temps de vérifier l'identité de mes agresseurs du port, mais ils appartiennent aussi à ce Clan, n'est-ce pas ?

– Serah me l'a confirmé.

Je souffle à mon tour, repose mon verre et m'appuie sur la table.

– Je te l'ai dit : les règles ont changé, affirmé-je. Tout est bouleversé. Je suppose que les Campbell s'en prennent à toi pour atteindre ton fr… Caleb MacCoy.

Megan tressaille puis darde sur moi un regard insondable.

– Pourquoi ?

Son ton grave m'interpelle, mais je reste sur la réserve. Elle insiste :

– Caleb m'a reniée, effacée du Clan. Je n'ai plus aucune importance. Si j'en viens à mourir, ça équivaut à tuer un fantôme anonyme.

– Peut-être que tu ne l'es pas.

Les traits de Megan se froissent. Elle repousse son assiette et rétorque :

– Les sentiments ou l'affection ne sont pas une justification suffisante pour qu'on s'en prenne à moi. Je n'ai plus aucun titre, plus aucune affiliation avec la Famille MacCoy. Si jamais Caleb décède, ainsi qu'Elisabeth, je n'aurai aucun droit sur le Clan. Je ne suis plus une menace, qu'importent les conflits qui ont éclaté.

– La situation n'est plus aussi claire qu'avant, argué-je. Les MacCoy gagnent en puissance, et avec la naissance de Xan…

Je m'interromps, blafard. Megan me fixe du regard, statufiée. Je peste en mon for intérieur en me frottant les joues.

– Qu'allais-tu dire ? bredouille mon invitée.

Je me racle la gorge. J'ai mis les pieds dans le plat… Je me ramollis, avec le temps ; avec Megan, ma prudence se fait la malle. J'articule avec soin :

– Avec la naissance de Xander, le fils de Caleb et de Phèdre MacLeod… les tensions se sont accrues.

Megan encaisse, le teint livide.

– Mon frère a eu un enfant ?

– Oui… Il aura bientôt deux ans. Mais je n'aurais pas dû te le révéler.

– Et… Et Elisabeth ?

– Non. Elle n'en a pas encore.

– Que devient-elle ? Elle sert le Clan, elle…

La voix de Megan se meurt. Sa tête retombe dans ses paumes. Je cherche mes mots. Que dois-je lui avouer ? Admettra-t-elle que le monde a continué de tourner sans elle ?

– Dis-moi, Lachlan, m'enjoint-elle. S'il te plaît.

– Elle va se marier, annoncé-je. Dans deux jours.

Megan se décompose un peu plus. Ses yeux humides cherchent les miens.

– Avec qui ?

– J'en ai déjà trop dit.

– Tu ne peux pas t'arrêter maintenant ! s'écrie-t-elle.

Ce serait cruel, oui. Mais je crains qu'en apprendre plus soit douloureux pour elle.

– Avec qui ? persiste-t-elle, l'œil revêche.

Pourquoi une telle ardeur ? A-t-elle peur que l'on marie sa sœur contre son gré ? J'éprouve le besoin de la rassurer et lui glisse le nom du promis :

– Duncan.

Megan se recule aussitôt sur son tabouret, la bouche entrouverte. Ses doigts relâchent le couteau qu'elle serrait férocement dans l'attente de ma réponse. Puis un sourire rayonnant étire ses lèvres, et son regard s'illumine. Tout son corps irradie d'une joie surprenante.

– Enfin… souffle-t-elle.

– Comment ça ? m'étonné-je.

– Je pensais qu'ils comprendraient plus tôt qu'ils sont faits l'un pour l'autre. Déjà autrefois, j'étais convaincue qu'ils termineraient leur vie ensemble. Un peu comme si c'était écrit.

Elle se rembrunit, le regard dans le vague, avant de reprendre :

– Tant de nouveautés. Mon frère est devenu père, ma sœur va se marier à son premier amour…

Elle boit une gorgée de vin. Je ne lui fais pas remarquer qu'elle ne s'est pas corrigée et que les liens du sang qu'elle vient d'évoquer n'existent plus, balayés par des signatures sur des papiers officiels.

– Oui, beaucoup de choses ont changé depuis que tu es partie, lui confirmé-je doucement.

– Depuis le soir où tu m'as permis de tout recommencer à zéro.

– Caleb ne me l'a pas pardonné.

Megan secoue la tête et m'assure :

– Alan et moi avions besoin de ce coup de main. Je ne t'en remercierai jamais assez. C'est ce qui nous a permis d'élever Catherine en paix.

À l'évocation de sa fille, Megan s'assombrit d'un coup. Je me penche pour saisir ses doigts entre les miens ; elle réagit à peine.

– Je te l'ai promis, j'irai la chercher sur Inchkeith, lui chuchoté-je.

– Je sais, murmure-t-elle en retour.

Elle renifle, se composant un nouveau masque. Je ne loupe pourtant pas la larme qui scintille au coin de son œil quand elle descend du tabouret pour débarrasser nos assiettes. Je m'interpose, mais elle insiste. Nous nous retrouvons à les nettoyer dans l'évier ; elle à l'éponge, moi au torchon pour tout essuyer. Je m'abstiens de lui glisser que j'ai un lave-vaisselle. Ses gestes sont si mécaniques que je n'en ai pas le cœur ; elle paraît se raccrocher à cette tâche pour ne pas sombrer.

Quand la dernière fourchette est posée sur l'égouttoir, Megan récupère son verre pour le remplir à nouveau et part s'installer dans le canapé douillet du salon. Je l'y rejoins, soudain intimidé par son aisance à se déplacer dans mon univers – ou bien sa façon de gérer l'angoisse, de se retenir de se jeter à la mer pour rejoindre Inchkeith avant l'aube.

– Je te croyais plutôt vinyles, me glisse-t-elle en détaillant la chaîne hi-fi.

– Ils sont dans mon bureau, ricané-je. Aimes-tu le jazz ?

– Pas du tout.

Ah…

Je me lève pour changer de disque. J'opte pour l'un des derniers albums que je me suis procurés, sans savoir s'il sera plus au goût de mon invitée. Les yeux de Megan s'arrondissent lorsque les premières notes de *Muddy Waters*, de LP, retentissent.

– Surprenant, commente-t-elle.

– Je mets autre chose ?

– Non, j'aime beaucoup.

Je ferme un instant les paupières, savourant le timbre si particulier de l'artiste.

In the muddy water, we're crawling
Dans l'eau boueuse, nous rampons
Holds me down
Ça me terrasse
Hold me now
Retiens-moi
Sold me out
Je me sens vide
In the muddy water, we're falling
Dans les eaux boueuses, nous sombrons

Nous ne disons plus rien, attentifs à la musique. Megan se pelotonne sur mon canapé, comme si elle y avait toujours eu sa place. Dès que je m'assois, elle réajuste sa position. Son épaule se colle à la mienne, ses genoux effleurent mes cuisses.

Don't fail me now
Ne me fais pas faux bond maintenant
Put your arms around me and pull me out
Mets tes bras autour de moi et sors-moi de là
I know I'm found
Je me sais à ma place
With your arms around me, save me now
Avec tes bras autour de moi, sauve-moi à présent

La joue de Megan épouse mon pectoral sans que je m'y attende. Je n'ose plus bouger. Mais dès que sa tête dodeline, je récupère délicatement son verre pour le déposer sur la table basse. Je passe un bras autour de ses épaules et la ramène contre moi, inquiet de réveiller sa blessure. Elle ne bronche pas ; elle s'est endormie, trop épuisée pour garder l'œil ouvert. Je m'installe un peu plus confortablement, la nuque contre le dossier du canapé, le regard rivé au plafond. Demain, je m'assurerai de retrouver Catherine – je ne peux pas appeler Inchkeith dès ce soir pour demander si une adolescente est bien sur l'île. Je me mettrais en porte-à-faux et trahirais la présence de Catherine si jamais cette dernière n'a pas encore été identifiée.

Non, je dois la retrouver moi-même.

Et ensuite, Megan devra disparaître. Je l'y aiderai.

Une seconde fois.

CATHERINE

Le ferry a accosté, et je n'ose pas bouger. Ai-je fait ça ? Ai-je vraiment désobéi à maman, et pris autant de risques ?

Oui, pour papa, pour lui porter secours.

Même si ça revient à me mettre moi-même en danger. « On ne peut pas savoir sans avoir essayé », c'est ce que ma mère me répète toujours dès que j'hésite. Elle ne m'a jamais interdit de faire mes propres expériences et de me casser la figure. Je lui en ai souvent voulu, lui reprochant de ne pas m'avoir empêchée de faire des erreurs. Et elle répondait à chaque fois : « Oui, mais tu n'aurais rien appris. »

Cela dit, maintenant, je ne suis plus sûre que ma témérité de tout à l'heure était la bienvenue.

Caleb est descendu du bateau, sur le ponton, et discute avec un homme assez jeune qui ose à peine lever les yeux vers lui. L'île d'Inchkeith n'est pas très étendue, mais je suis estomaquée d'y découvrir autant d'habitations, un phare jaune et un château qui paraît constituer le cœur même des lieux.

Une boule nerveuse se niche au creux de mon ventre. J'arrive à peine à déglutir.

Non, venir ici n'était pas une bonne idée.

Je me retourne, guettant le capitaine du ferry toujours dans sa cabine. Accepterait-il de me ramener à Édimbourg ? J'hésite à lui demander, mais déjà, Caleb reporte son attention sur moi. Je rentre les épaules, mal à l'aise. Le temps du trajet, nous avons échangé des banalités, jusqu'à ce qu'il se mure dans un silence qui a nourri mes doutes.

– Tu as fait tout un cinéma pour rejoindre Inchkeith et maintenant, tu ne veux pas débarquer ? se moque-t-il.

Je plisse le nez puis croise les bras en levant le menton bien haut.

– Qu'est-ce que vous insinuez ? lui renvoyé-je.

– Que tu as la trouille, ricane-t-il. Allez, descends de là, et tu me diras comment contacter tes parents.

Je finis par abdiquer, faute de choix. Je m'approche du rebord mais recule aussitôt ; c'est haut ! Malgré la lumière qui éclaire le petit port, je peine à discerner les eaux sous mes pieds.

– As-tu besoin d'aide ? me demande Caleb.

– N… Non !

Je sais me débrouiller, quand même ! Je ne suis plus une gamine ! Déterminée, je m'apprête à sauter.

– Attends, il y a une ram…

Trop tard, je me rate, et chute. L'eau gelée me mord les mollets, tandis qu'une poigne ferme me rattrape au niveau du col, puis sous un bras. Je serre les dents, et mes joues me brûlent tandis qu'on me hisse sur le ponton. Caleb me relâche, m'étudie des pieds à la tête, puis éclate de rire. Je le fusille d'un œil mauvais.

– Comment as-tu fait pour ne pas voir que tu pouvais passer par la petite rampe ? s'esclaffe-t-il.

– Arrêtez de vous moquer !

Il s'interrompt et tapote mon épaule.

– Tu as raison, ce n'est pas très aimable de ma part. Tu ne t'es pas fait mal ?

Je lui réponds d'un grognement. Il sourit, les traits détendus.

– Maintenant, il faut te sécher, me lance-t-il. Tu grelottes.

Je secoue la tête, ma fierté blessée, sans réussir à contenir mes tremblements. La grande main de Caleb s'écrase à nouveau sur mon épaule pour me guider vers le sentier qui remonte jusqu'au château. D'ici, il paraît immense.

– Le capitaine du ferry a accepté d'attendre un peu, le temps que je contacte tes parents et que tu puisses faire demi-tour, m'informe Caleb.

– Je vous l'ai dit, je reviendrai à chaque fois.

– Je m'assurerai de te raccompagner moi-même. Je te garantis que tu repartiras avec ta mère ou ton père.

– Je ne peux pas faire marche arrière, m'obstiné-je.

Caleb soupire et lâche :

– Alors, si tu me disais honnêtement pourquoi tu tiens tant à venir ici ?

– Je souhaite voir Mary.

– Oui, je l'avais compris. Mais il y a au moins dix Mary sur cette île. Quelle est celle dont il est question ?

Je fais la moue ; je n'en sais rien. Pour moi, elle a toujours été juste *Granny*… Elle ne m'a jamais révélé son nom de famille. Je triture mes doigts et finis par avouer, faute de mieux :

– Bon, d'accord… J'ai besoin de l'aide des Mac… MacCoy.

Caleb fronce les sourcils et croise les bras. Comment fait-il pour ne pas avoir froid dans le simple pull qu'il porte ? J'agite mes jambes pour les réchauffer, dans l'attente d'une sentence quelconque.

– Pourquoi ? me demande-t-il finalement.

– Ben, ma mère et moi, on a eu quelques problèmes, vous voyez, commencé-je. On s'en est pris à nous, et j'ai peur que mon père soit en danger lui aussi, sauf que ma mère ne veut rien faire. Elle préfère rester cachée et quitter le pays. Mais on ne peut pas partir sans papa ! Il faut d'abord le sauver, vous comprenez ? Puis elle m'a parlé des MacCoy. Du coup, me voilà.

Caleb me fixe du regard, la bouche entrouverte. Il lève une main et m'avise :

– Rembobine. C'est très fouillis, ce que tu me racontes là.

Je ronchonne avant de m'exécuter :

– Je suis ici pour demander aux MacCoy de sauver mon père.

– Et où serait-il ?

– À Londres.

Les lèvres de Caleb tressautent et s'étirent en un rictus qui me met mal à l'aise.

– Londres ? répète-t-il.

J'acquiesce, agacée que ses neurones ne se connectent pas plus vite.

– Tu sais qui sont les MacCoy, n'est-ce pas ? enchaîne-t-il.

– Oui, un Clan écossais, affirmé-je. Je suis au courant pour vos histoires de politique, tout ça.

– Alors, tu as conscience que tu souhaites notre intervention pour sauver quelqu'un en pleine capitale anglaise, à des centaines de kilomètres d'ici ?

– Bah, oui.

Malgré son apparent sérieux, je note une lueur amusée dans les prunelles de Caleb.

– Vous ne me croyez pas, c'est ça ? grondé-je.

– J'ai un peu de mal, admet-il.

– Pourquoi vous mentirais-je ?

– Bonne question. Tu as fourni beaucoup d'efforts pour arriver jusqu'ici, ce qui me pousse à te laisser le bénéfice du doute. Néanmoins, ce qui concerne l'Angleterre reste en Angleterre. Les MacCoy n'ont pas à s'en mêler. Nous avons déjà beaucoup à faire en Écosse.

– Mais…

Je bouillonne. Est-il en train de me dire qu'il se fout de ma situation comme de sa première chaussette ?

– J'exige de parler au chef, *lord*, patron, je ne sais pas quoi, ordonné-je d'un ton que je souhaite ferme.

Caleb sourit franchement cette fois.

– Tu veux que j'appelle le manager ?

– Oui ! Enfin, non ! Vous m'énervez.

Il rit. C'est frustrant, blessant, même, qu'il ne me prenne pas au sérieux. La vie de mon père est une plaisanterie à ses yeux ? On a failli assassiner ma mère, j'ai manqué d'y passer aussi. Toute mon existence est chamboulée ; je risque de tout perdre, à commencer par ceux que j'aime. Et ce type *ose* en rire !

Caleb cesse soudain de se moquer. Ses traits deviennent plus graves. C'est lorsque le silence s'invite entre nous que je remarque mes couinements pathétiques. J'écrase mes larmes sur mes joues, dégoûtée de fondre en sanglots maintenant.

– Excuse-moi, me chuchote-t-il.

– C'est un peu tard pour ça ! m'écrié-je.

Et si les membres de la famille de maman étaient aussi peu compréhensifs ? Et si j'avais fait tout ça pour rien ?

– Je n'aurais pas dû rire, c'était déplacé, reprend Caleb. Ta mère ignore vraiment que tu es ici ?

– Oui.

– Pourquoi ne lui as-tu rien dit ?

Je renifle, chassant mes pleurs, et réponds froidement :

– Parce que, selon elle, ce qui nous arrive est de la faute des MacCoy.

Caleb m'examine avec attention. Je lorgne le bout de mes chaussures mouillées, à court d'idées pour expliquer ce qui m'amène sans trahir maman.

– Je crois qu'il va falloir tout reprendre depuis le début, au calme, décrète mon interlocuteur après un long moment. D'abord, tu vas te mettre au chaud et te reposer.

Non, pas encore une fausse excuse pour ne rien faire !

– C'est maintenant qu'il faut agir ! m'insurgé-je. Depuis presque une semaine, je n'ai aucune nouvelle de mon père. Il est peut-être déjà…

Ma voix s'étrangle, mais je m'obstine à poursuivre :

– Ma mère refuse d'alerter la police à cause des Clans. Je ne comprends pas comment elle peut être aussi bornée alors qu'une vie est en jeu…

Je tape du pied, bouillant de déverser toute la rage que je réprime depuis cette fameuse nuit où des assassins sont entrés chez nous.

– Si elle dit vrai, et que les MacCoy sont concernés, ils doivent prendre leurs responsabilités, non ? terminé-je, en proie à une nouvelle salve de larmes.

Celle-là, je ne parviens pas à la contenir. Trop d'émotions me reviennent en pleine figure. Je m'accroupis, dans une vaine tentative pour dissimuler mes pleurs et mes reniflements de cochon.

Le visage entre mes mains, je lutte pour ravaler ma crise. Je me fais honte ; je me déteste. Maman n'a jamais pleuré, elle. Même quand elle s'est pris un couteau dans le ventre, même quand je lui ai hurlé des horreurs. Et moi, je m'écroule à la moindre contrariété. Parce que je ne suis pas aussi forte qu'elle ; parce que je suis inutile, un boulet.

Caleb se baisse à ma hauteur et caresse le sommet de mon dos avec maladresse. Ce geste de réconfort ne fait qu'empirer mes sanglots.

– Mais ! Caleb MacCoy, j'espère que tu as une bonne raison pour faire pleurer une gosse !

Je me redresse, interloquée. Sur ma droite, une femme lâche le bras d'un homme avec une canne et se précipite dans notre direction. Le panier en osier qu'elle tient se balance au rythme de sa démarche menaçante. J'y distingue des napperons brodés, des petits emballages aux nœuds délicats et une boîte transparente contenant des dragées. Cependant, ce que je retiens surtout, c'est le nom complet de Caleb. Je le fixe désormais avec des yeux ronds, me sentant flouée, et humiliée.

– Je me suis excusé auprès d'elle, gronde-t-il, toujours agenouillé à mes côtés. Je ne suis pas un croquemitaine, Ellie.

La jeune femme peste et s'accroupit à son tour. J'ai envie de creuser un trou et de m'y terrer jusqu'à la fin de mes jours.

– Il t'a crié dessus ? me demande la dénommée Ellie. Il a utilisé sa voix de troll ?

– Qu… N… Non…

– Il a rugi ? Fait sa tête de gros méchant ?

– Non…

– C'est bon, Elisabeth, râle Caleb.

Puis il se tourne vers moi et ébauche un sourire contrit.

– Tu désirais parler aux MacCoy, ils sont devant toi. On reprend depuis le début ?

Ellie arque un sourcil. Son regard circonspect vogue entre Caleb et moi. Pour ma part, j'ai le souffle coupé. Je me trouve devant deux membres de ma famille. Ceux qui veulent la mort de ma mère si elle ose se montrer devant eux, ainsi que la mienne s'ils apprenaient qui je suis… Mais ils sont aussi l'incarnation de mon espoir complètement fou, de rêves qui me sont venus si souvent lors de mes anniversaires ou des fêtes de Noël.

Tout se bouscule dans mon crâne. Trop d'informations, trop de bouleversements.

Trop de tout.

– De l'air, il lui faut de l'air ! s'exclame Ellie. Duncan, donne-lui de l'air !

– Et comment ?

– Bats des mains ! Hé !

Je me sens partir en arrière. On me rattrape ; je m'efforce de repousser la nausée qui m'assaille et la chape de plomb qui me tombe dessus. Sans succès. Une sensation de vide s'ouvre sous mes pieds, et soudain, mon cerveau est comme aspiré dans un trou noir.

CHAPITRE 21

MEGAN

Le ronronnement de la machine à café accentue la migraine qui ne me quitte pas depuis mon réveil. Je fais mousser le lait avant de le verser dans ma tasse, les mains tremblantes. Des images affreuses ne cessent de tourbillonner dans mon crâne, chaque scénario débouchant sur la même conclusion : ma fille, morte.

La chaîne hi-fi de Lachlan s'est tue, mais les fenêtres sont ouvertes sur les jardins de sa propriété. Je m'en approche pour écouter le pépiement des oiseaux, le vent, discret aujourd'hui, et le bourdonnement de la campagne. Ils échouent cependant à me calmer. Rester dans ce manoir est une véritable torture pour mes nerfs. Je m'efforce de ne pas céder à la panique, mais c'est un combat de tous les instants.

Lachlan réapparaît dans le salon. Sans un mot, je lui confie le second mug que je tenais. Il a l'air étonné mais me remercie. Ses cheveux sont encore humides après sa douche, et il est de nouveau tiré à quatre épingles. Il observe à son tour le décor, le visage sombre. Je pourrais lui demander ce qui le taraude. Pourtant, une petite voix m'intime de m'en abstenir. Alors, je sirote mon cappuccino, indifférente au froid qui s'immisce dans la pièce, passe à un nouveau scénario cauchemardesque, ravale mes larmes. J'inspire les parfums si familiers de mon pays, si éloignés de la pollution puante de Londres et des crachats de pots d'échappement.

Tout est calme au sein de ce domaine, quand tout vrille à l'intérieur de moi.

Le cappuccino éclabousse légèrement mon col. Je raffermis ma prise autour de ma tasse pour gérer le tremblement de mes doigts.

O'Connor glisse son téléphone sous mon nez. Je l'interroge une seconde en silence, avant de m'en saisir avec timidité. L'écran est déverrouillé ; un SMS est affiché. Il provient de son répondeur.

– Appelle, m'intime Lachlan.

Je m'exécute, mal à l'aise d'avoir à écouter ses messages privés. Il n'y en a qu'un seul, datant de sept heures ce matin. Quand une voix que je connais très bien s'élève, mon cœur fait un bond.

« Bonjour, vous m'avez appelé plusieurs fois au cours de ces derniers jours. Je n'étais pas disponible, pour raisons professionnelles. Vous pouvez me rappeler au... »

Je raccroche, la gorge nouée.

– Alan, murmuré-je.

– Est-ce dans ses habitudes de disparaître comme ça ?

Lachlan s'est exprimé avec froideur, et un certain mépris. J'acquiesce, mortifiée.

– Il partait parfois un bon mois, à la dernière minute, dis-je. Il prévenait à peine… J'aurais dû me douter qu'il s'était isolé pour peindre. Il prétendait que l'inspiration l'avait repris le jour où nous avons fui, Catherine et moi.

O'Connor glisse une main dans la poche de son pantalon en toile, l'autre porte son café jusqu'à ses lèvres.

– Je l'ai rappelé, m'annonce-t-il. Même si visiblement, il ne lui est rien arrivé pour l'instant, tu as raison : tant que nous ignorons ce que veulent exactement les Campbell, il vaut mieux l'écarter du danger. Alors je me suis fait passer pour un riche mécène et je lui ai dit qu'il avait remporté un voyage, en Asie.

J'émets un étrange bruit, entre le ricanement et la surprise.

– Comment pourrait-il accepter de partir ? m'étranglé-je. Il est sans nouvelles de nous… Il finira bien par s'apercevoir de notre absence, appeler les autorités et…

– Tu te trompes : il était ravi. Il décolle ce soir, dans les plus brefs délais.

– Mais…

– Pour ce qui est de Catherine et toi, vous vous envolerez pour les États-Unis. L'Iowa, plus précisément.

Je ne bronche plus, tétanisée. Je fixe la mousse éclatée de mon cappuccino, me demandant si je suis en train de rêver. Lachlan poursuit :

– Je vais devoir vous procurer de fausses identités, effacer vos traces depuis Londres et vous dénicher un pied-à-terre là-bas. Ça peut prendre encore un peu de temps. En attendant, tu iras sur l'île Lewis avec Catherine, comme convenu, dès que je l'aurai ramenée d'Inchkeith. Un passeur se chargera de vous guider et de vous protéger.

– Tu m'assurais que ce n'était pas possible, argué-je, le timbre enroué.

– Pas avec le seul qui travaillait pour nous jusqu'à présent. Mais cela fait quelque temps qu'il forme un apprenti. Ce sera l'occasion de le mettre à l'épreuve.

– Qu'est-ce qui t'a fait changer d'avis ? Tu étais si sûr de toi, piégé par tes propres soucis…

Lachlan ne me répond pas tout de suite, et pour un peu, je croirais qu'il ne m'a pas entendue. C'est au bout de plusieurs longues secondes qu'il m'avoue :

– Je connais cette situation, dans une certaine mesure. Être forcé de partir pour se protéger, tout abandonner derrière soi… Je n'ose pas imaginer à quel point ce doit être difficile pour toi qui as déjà fait ce sacrifice il y a quatorze ans.

Je me détourne pour dissimuler mes émotions. Bien sûr, le sort qui m'attend me préoccupe, mais il est rare que Lachlan ouvre ainsi une porte sur son propre passé. Étrangement, malgré tout ce que je traverse, cela parvient à me toucher.

– Je ne ferai rien de plus, ajoute-t-il. C'est trop compliqué.

– Merci. Je comprends que c'est déjà beaucoup pour toi.

Mais avant tout, il me faut récupérer ma fille… Le reste, je m'en occuperai dès qu'elle sera à nouveau près de moi. Nous affronterons notre changement radical de vie ensemble ; il le faudra bien.

Lachlan quitte la fenêtre ; son regard semble me fuir.

Ai-je fait quelque chose de mal ?

Il nettoie sa tasse, et ressort son téléphone de sa poche lorsque ce dernier vibre. Je ne devrais pas l'observer à la dérobée mais je ne peux m'empêcher de remarquer la fissure dans son masque impassible à la lecture d'un SMS. Enfin, il range le portable et s'éloigne pour récupérer manteau et écharpe.

– Je dois y aller, m'annonce-t-il. Une affaire urgente.

Mon inquiétude germe. Je lui emboîte le pas jusqu'au vestibule du manoir. Deux hommes plantés devant la porte principale me fixent aussitôt du regard. Je les ignore et appelle Lachlan. Il daigne enfin s'arrêter. Son expression grave, son front moite et ses traits crispés m'interpellent.

– Tu as donné ta parole, lui rappelé-je. Tu dois me ramener ma fille, si elle est sur Inchkeith.

– Je sais.

Il n’ajoute rien de plus : il adresse un signe de tête aux deux sentinelles puis disparaît. La porte claque, et je me retrouve seule, désemparée.

CHAPITRE 22

LACHLAN

Je ne m'étais pas rendu à Old Town depuis un moment, trop concentré sur les quartiers plus proches de l'Unicorn. J'éprouve une certaine appréhension ; elle est cependant minime, comparée à la colère que j'étouffe du mieux possible.

La voiture roule encore une petite minute après le Royal Mile, avant de s'arrêter devant un bâtiment qui attire aussitôt mon regard à cause de l'étrange sculpture bleue accrochée à la façade. Elle donne l'impression de grimper… ou de fuir à toute vitesse.

Cette portion de la rue est plutôt calme, malgré la présence de commerces alentour. Je reste assis un moment sur la banquette arrière, mes doigts jouant avec l'ourlet de ma veste. L'un de mes hommes de main à l'avant se retourne et me demande :

– Êtes-vous sûr, monsieur ?

Je me contente d'un hochement de tête pour toute réponse. Je ne compte pas m'étendre sur les raisons qui me poussent à m'aventurer dans Édimbourg avec une escorte si réduite. Sans Serah, surtout. Bien sûr, elle est au courant de ma petite virée, je ne suis pas assez idiot pour partir sans assurer mes arrières.

Quoique...

Je toise *The Waverley*, dont la vitrine aligne plusieurs rangées de bouteilles d'alcool et de verres scintillants. J'ose à peine jeter un regard vers l'étage supérieur.

– Monsieur ?

Le conducteur guette mes directives. Je finis par me résigner et lui ordonne de m'attendre sans se faire remarquer. Mon garde du corps et lui ne sont pas sereins. Je ne leur en veux pas pour ça ; je ne suis pas à l'aise, moi non plus.

L'air froid me cingle les joues lorsque je mets le pied sur le trottoir. Je referme les pans de ma veste d'un geste soi-disant indolent puis me mets en marche. Au mur, la statue bleue continue de me narguer. Je passe près d'un vieux tonneau relégué à la décoration extérieure et entre dans *The Waverley.*

Je suis d'abord happé par la chaleur de l'endroit, aussi bien dans la température que dans les tons choisis, puis mon attention est attirée par l'énorme comptoir qui mange une bonne partie de l'espace. Je parcours des yeux les quelques banquettes rétro avant de m'avancer de quelques pas. Les serveurs ne me prêtent pas particulièrement attention, malgré l'heure. Je trouve l'homme que je cherche, attablé derrière une grande pinte de bière, et je me dirige vers lui d'un pas décidé, assez pour qu'aucun employé ne soit tenté de m'arrêter, puis m'installe sans même le saluer.

John Seaton lève ses yeux bleu ardoise vers moi, sans un mot. Il n'a pas l'air surpris ou agacé. En réalité, aucune émotion ne vient troubler ses traits fermés. Son béret, noir cette fois, repose près de son bras. Nous nous affrontons en silence de longues secondes. Le journaliste sirote sa pinte, impénétrable. De mon côté, je sors mon téléphone de ma poche, le déverrouille et le pose entre nous. L'appareil cogne contre le bois de la table ; le son me rappelle celui d'un coup de marteau. Je n'ai pas besoin de vérifier ce qui se trouve à l'écran, l'ayant fixé depuis que je l'ai reçu. Seaton m'observe encore un moment, comme s'il soupesait le moindre de ses gestes, puis baisse le regard. Là encore, il ne trahit pas une seule émotion.

– J'ignore de quoi vous accuser en premier, lui dis-je. De m'avoir fait suivre ou de prendre des clichés à mon insu.

Il soulève à peine un coin de ses lèvres, peu touché par mon entrée en matière.

– Je vous renvoie le compliment, puisque vous avez su où me trouver, lâche-t-il.

– J'ai tendance à considérer les menaces avec sérieux. Je ne pouvais attendre la date de notre… rendez-vous. Il s'agissait bien de ça, si je ne m'abuse ?

Je fais mine de lire son SMS, bien que je le connaisse déjà par cœur. Depuis que je l'ai reçu ce matin, je l'ai relu une bonne dizaine de fois, et il m'a poussé à placer Seaton tout en haut de ma liste de priorités, dépassant même les recherches que j'ai promis à Megan d'entreprendre à propos de Catherine – et pourtant, cet engagement était difficile à détrôner.

– « Rendez-vous à 17 h, vendredi prochain, sur le George IV Bridge. Je sais ce que vous et votre amie avez fait hier soir. » Vous m'avez rendu impatient.

– Ce qui m'étonne de vous, argue le journaliste, sans modifier sa posture voûtée autour de sa pinte. Je m'attendais à plus de… retenue de votre part.

Je carre les épaules, pose les paumes bien à plat sur la table et me penche légèrement en avant. Ma colère grimpe en flèche ; je l'endigue avec ce qu'il me reste de sang-froid.

– Que voulez-vous, Seaton ? craché-je.

– Vous le savez : des réponses.

– Je vous en ai déjà donné.

– Pas aux questions qui m'intéressent. Vous vous cachez derrière votre emploi du temps et vos hommes de main. Vous fuyez, monsieur O'Connor. Vous *me* fuyez parce que vous me craignez.

J'ébauche un rictus, presque amusé par l'assurance du journaliste.

– Je ne vous imaginais pas un tel ego, cinglé-je.

– Inutile de vous y essayer : vous ne pourrez jamais prendre la pleine mesure de ce dont je suis capable.

– Oh ! j'en ai déjà une idée, pourtant.

Je repose le téléphone entre nous, luttant contre l'envie de faire ravaler à Seaton son air suffisant. Il se redresse à son tour ; ses doigts jouent avec son alliance, qu'il tourne encore et encore.

– Je sais que vous trempez dans de sombres affaires, dit-il. Plusieurs accidents au sein de la capitale, dont des rixes parfois meurtrières, ont attiré mon attention depuis quelques années. La plupart ont un point commun : vous. Mais ces… incidents sont mystérieusement clos, oubliés. Comme s'ils n'avaient jamais eu lieu. À croire que vous avez un don, monsieur O'Connor.

– Vous me flattez à me prêter ainsi quelque pouvoir fantaisiste. Je vous envie votre imagination.

– Et vous voilà avec un humour insoupçonné, renchérit Seaton. Pourtant, je suis persuadé que vous savez bien où je veux en venir.

– Au point de me menacer.

– Où sont les menaces ?

Je tapote l'écran de mon téléphone.

– Nous pouvons tourner autour du pot encore longtemps, lâché-je, mais comme vous l'aurez compris, j'ai peu de patience.

Seaton repousse sa pinte et s'adosse à la banquette. Je ne suis pas certain d'apprécier le faible sourire qu'il arbore à cet instant précis.

– J'ai fait mouche, alors, susurre-t-il. Je me félicite d'avoir osé la filature. Jusqu'au port.

Je me raidis, pour aussitôt détendre mes muscles. Hors de question qu'il devine ma tension.

– J'ai hésité à contacter la police, continue-t-il. Ça aurait été facile. J'ai toutes les preuves qui suffiraient à vous inculper pour homicides volontaires, vous et votre amie, la rouquine.

– Si vous étiez présent comme vous l'affirmez, vous auriez compris que des hommes nous ont agressés au beau milieu de la nuit et que nous n'avons fait que nous défendre.

John acquiesce, mais ce n'est pas pour autant qu'il m'accorde ce point. Avec aisance, il récupère mon portable et affiche une photo sur l'écran, qu'il tourne vers moi. Je contracte ma mâchoire, détaille ce que je vois.

Le port. Le cadavre au second plan, moi, le nez en sang, blafard. Deux hommes échoués à terre… Et Megan, figée en plein élan, le poing levé, le regard aussi flamboyant que sa chevelure défaite. Une bête libérée d'une cage qui s'offre un véritable carnage.

Seaton nous a filés et, au lieu de nous venir en aide, il s'est contenté d'observer, de photographier, pour ensuite me mettre au pied du mur. Sauf que je n'arrive toujours pas à déterminer ce qu'il attend vraiment de moi. Il se doute qu'il existe une organisation bien plus trouble qu'une simple mafia… Mais qu'est-ce qui le motive, au juste ?

– J'ai une série complète, m'informe-t-il. Tout un enchaînement de photos qui montrent votre amie en pleine furie. Je dois admettre avoir été très impressionné par ses prouesses. Je me suis demandé si je ne me retrouvais pas dans un mauvais comics. Mais non, c'est bien réel. Mieux encore, je peux me repasser les événements grâce aux vidéos que j'ai aussi enregistrées. Heureusement, car encore une fois, il n'y a aucune trace de ce qui s'est produit au port : pas un appel à la police, pas de corps, pas un témoin. À part moi, bien entendu.

Il croise les mains devant lui, sur la table, et m'affronte droit dans les yeux.

– Voilà ce que je crois, *Lachlan*, poursuit-il. Votre club n'est qu'une couverture pour des affaires douteuses, avec le soutien de quelques flics corrompus jusqu'à l'os. Vous pensez pouvoir agir en toute impunité, à la tête d'un réseau que je ne saurais encore qualifier avec exactitude. Vous en êtes un des piliers. Un genre de nettoyeur ? Cela expliquerait vos multiples interventions pour couvrir des traces. Vous faites d'ailleurs peu d'erreurs, ce qui a rendu mon travail difficile.

Il tapote mon portable d'un geste incisif avant de conclure :

– Vous allez m'ouvrir les coulisses, m'informer de ce qui se passe réellement. Être mon indic.

Il n'a pas besoin de formuler ce qu'il compte faire si je refuse. Son index caresse mon téléphone, tout autour de la photo de Megan…

J'inspire en silence et copie la posture de Seaton, au point que nous nous retrouvons pratiquement nez à nez.

– C'est bien ce que je disais : votre imagination est remarquable, lâché-je. Sachez que j'apprécie peu les calomnies. Je pourrais vous traîner en justice.

– Vraiment ? Vous seriez prêt à prendre le risque pour *elle* ?

Je me raidis. Seaton insiste, d'une voix plus basse :

– Qui croira-t-on ? Le journaliste sans histoire qui travaille d'arrache-pied depuis de nombreuses années… ou l'Irlandais dont la famille a fait partie de l'IRA ?

Un éclair me traverse ; un coup de tonnerre éclate dans mon crâne. Je me recule, incapable de contrôler ma pulsion. J'ai répondu à un besoin instinctif de me protéger, de me cacher. Je dévisage Seaton, la bouche pincée, les poings serrés.

– Vous affabulez encore, m'entends-je souffler.

– Si cela vous plaît de le croire, faites. Mais je suis certain du côté dont penchera la balance lors d'une confrontation. Vous ne pouvez plus fuir, Lachlan. Et je réclame mes réponses.

Je déglutis ; ma salive m'irrite la gorge. Je ravale mes tremblements puis me recompose un masque branlant.

– Vous ignorez dans quoi vous mettez les pieds, affirmé-je d'un timbre ardent.

– Au contraire, je m'en doute, et c'est bien pour ça que j'ai assuré mes arrières. Je m'attends à un retour de bâton. Mon meurtre, peut-être.

Mon regard dérive sur l'alliance qui continue de tourner. John le repère ; son mouvement s'arrête.

– Je n'ai plus de famille, O'Connor, je n'ai donc plus rien à perdre, précise-t-il d'une voix blanche. S'il vous vient à l'esprit de me faire taire, vous n'échapperez pas à la diffusion des photos et des vidéos. Plusieurs journaux s'en chargeront. Tout est soigneusement planqué sur plusieurs *clouds* sécurisés. Je meurs, tout est divulgué. Et votre copine et vous, vous en subirez les conséquences.

Les solutions potentielles défilent à toute vitesse dans mon crâne, mais à chaque fois, une croix imposante, rouge écarlate, s'écrase sur le sourire de Megan. Si je ne fais rien, elle et moi serons en danger. Si j'en réfère aux Clans, je révélerai sa présence en Écosse. Si je commandite le meurtre de Seaton, je ne suis pas certain de pouvoir détecter et effacer toutes les traces des vidéos et photos à temps.

Je peux sauver ma peau.

Je peux protéger le secret des Clans.

Mais seulement en sacrifiant Megan et Catherine.

Le nœud dans ma gorge m'étouffe.

John Seaton arbore un sourire torve. Il récupère son béret, qu'il coiffe avec nonchalance, et se lève de la banquette, son trench-coat sous le bras.

– Je ne suis pas un monstre : je vous accorde le temps de la réflexion, susurre-t-il. Jusqu'à vendredi, 17 heures.

CATHERINE

Des éclats de voix me poussent à décoller mes paupières. Pourtant, je m'y refuse, plongée dans un cocon de douceur et de chaleur. Il serait si facile, si agréable de m'immerger dans mes rêves, ceux dans lesquels ma famille est réunie, heureuse. Comme si rien ne s'était passé. Comme si nous nous aimions toujours. Puis le souvenir des derniers jours remonte à la surface. Le beau tableau se dilate au gré des remous, jusqu'à disparaître complètement.

J'ouvre les yeux, les sourcils froncés et la bouche pâteuse.

Où suis-je, déjà ?

Des rires me parviennent, étouffés. Je m'efforce d'affronter la lumière et de me redresser. Je ne situe pas du tout l'endroit où je me trouve ; tout ce que je peux constater, c'est que je repose dans un lit médicalisé. La chambre, plutôt étroite, contient une commode, un miroir sur pied et une table de chevet sur laquelle des livres s'amoncellent. Les rideaux sont ouverts et laissent au soleil l'opportunité d'éclairer les cadres photo suspendus aux murs. Des clichés de paysages, impersonnels. Le sol est en parquet, il règne dans l'air le reste d'une odeur de peinture fraîche. Ce n'est pas du tout l'idée que je me faisais d'un château.

Mais est-ce bien là qu'on m'a amenée ? Non, je n'en ai pas l'impression.

Je quitte le lit. Les lattes grincent sous mes pieds nus tandis que je me dirige vers la fenêtre pour observer l'extérieur. Plusieurs maisonnettes se trouvent à proximité. Quand je tourne la tête plus à droite, j'aperçois la ligne des falaises, et celle de l'horizon.

Ailleurs dans le bâtiment, des voix échangent encore. Des portes claquent, des pas vont et viennent. Je déglutis et me décide à sortir de la chambre. J'entrouvre prudemment la porte puis étudie le couloir. Personne. Je m'exfiltre, à petits pas, consciente du parquet qui continue à grincer. Le corridor est plutôt vaste, parcouru d'un courant d'air frais mais pas désagréable. D'autres portes succèdent à la mienne, mais elles sont fermées. J'avance jusqu'à un escalier. Les sons proviennent du rez-de-chaussée ; j'entame ma descente, et les voix se précisent peu à peu.

– … ce n'est qu'un petit rhume. Du repos, un traitement pour la fièvre, et dans trois jours, ce ne sera plus qu'un mauvais souvenir.

– Et pour ses yeux ?

– Je ne suis pas ophtalmologue. Mieux vaut prévoir un rendez-vous sur le continent.

– Très bien, merci beaucoup. Je reviens plus tard pour le paiement ? C'est la folie depuis quelques jours, avec les préparatifs du mariage.

– Pas de problème.

Je me suis arrêtée au pied de l'escalier, les mains accrochées à la rambarde. Je reconnais le timbre particulier du médecin, ces inflexions nonchalantes ; je m'y raccrochais avec désespoir quand maman était au bord du gouffre. Je fixe la grande ouverture qui mène à une pièce équipée d'une table d'auscultation ainsi que de meubles longilignes où s'entassent classeurs, matériel médical, évier, désinfectant et tout un tas de trucs que je ne sais pas définir. L'odeur d'antiseptique me saute au nez et se mêle à un parfum de café sur ma gauche. Une autre arche, comblée par une porte coulissante, délimite une petite cuisine.

Le bruit d'un robinet attire à nouveau mon attention sur la salle d'auscultation. Hel termine de se désinfecter les mains puis se tourne dans ma direction. Elle n'affiche pas la moindre surprise en me découvrant, plutôt un air réprobateur.

– Depuis quand mes patients quittent-ils leur lit sans mon autorisation ? cingle-t-elle.

Je rentre les épaules, honteuse. Hel s'approche de moi, les poings sur les hanches. Elle n'est pas bien grande, mais ce qu'elle dégage me donne l'impression d'être minuscule devant elle. Ses prunelles me passent en revue de la tête aux pieds, puis elle lâche :

– Bon, viens là.

Sa main crochète mon bras pour me conduire jusqu'à la table d'auscultation. Je m'y hisse par automatisme.

– Au moins, ils seront rassurés de te savoir debout, commente-t-elle.

Je cille et redresse la tête.

– Quoi ?

– Elisabeth et Caleb. Ils t'ont amenée en catastrophe jusqu'à ma clinique, quand tu t'es évanouie devant le château.

Une clinique ?

J'embrasse la pièce du regard. Je ne me doutais pas qu'Inchkeith disposait d'un centre médical pour elle seule… Quoique, à bien y réfléchir, on dirait plutôt une maison avec une double fonction.

Soudain, je tressaille.

– Vous…

– Je n'ai rien dit, me coupe Hel.

Elle déroule son stéthoscope puis ajoute :

– Je me doute que tu n'es pas censée être là, sans ta mère qui plus est. Lachlan a été très clair à ce propos.

Elle contrôle mon cœur, ma respiration. Je n'ose rien dire. J'aurais dû deviner que Hel serait dans les parages ; elle a parlé d'Inchkeith avec Lachlan, après tout. Mais de là à tomber sur elle dès le premier… deuxième jour ?

Maman va me tuer…

Je grimace, maintenant que mon audace me saute à la figure.

Dans quoi me suis-je embarquée ? Qu'est-ce que je fais ?

Hel arrête de m'ausculter, les yeux rivés sur moi. Je baisse les miens, les joues échauffées.

– Tu t'es mise dans une sacrée galère, pas vrai ? l'entends-je marmonner.

J'acquiesce, mortifiée.

– Pourquoi ? demande-t-elle encore.

Je pince les lèvres, triturant mes doigts dans tous les sens au point que mes articulations deviennent douloureuses. Hel interrompt mon geste, sa main se posant sur les miennes.

– Pour trouver de l'aide, dis-je finalement.

– De l'aide pour ?

– Pour mon père. Il est en danger à cause du Clan MacCoy. Ma mère ne peut rien faire, pas plus que Lachlan O'Connor. Je comptais demander directement au Chef de régler les problèmes qu'il a créés.

Hel reste un temps sans réaction, avant de ricaner.

– S'il devait corriger tous les ennuis qu'il a causés, il en aurait pour un bout de temps ! commente-t-elle en me forçant à ouvrir la bouche pour m'examiner la gorge.

Je patiente jusqu'à ce qu'elle me libère, puis embraie :

– Qu'il commence quelque part !

Hel se fend d'un sourire narquois tandis qu'elle malaxe ma gorge. Je la repousse, agacée qu'elle me tripote comme ça.

– Mais qu'est-ce que vous faites, à la fin ? m'insurgé-je. Je vais bien !

– Tu as perdu connaissance sur le parvis du château et tu es restée inconsciente plusieurs heures…

– Je n'ai pas besoin que vous m'examiniez comme ça, je tiens debout. Et puis, vous êtes un vrai médecin, d'abord ?

Je regrette aussitôt mes paroles, nées de mon agacement. Hel croise les bras, un pli au coin des lèvres. En un sens, elle ne peut pas me reprocher de remettre en doute sa légitimité. On dirait une adolescente avec ses cheveux bleus, sa petite taille et son air mutin. Il n'y a aucun diplôme accroché au mur de la clinique, en plus. « Ça n'excuse pas ton comportement », entends-je ma mère me sermonner. Et elle a raison.

– Désolée, baragouiné-je en fixant le bout de mes orteils.

– Aucun souci. En effet, je ne suis pas un vrai médecin.

J'écarquille les yeux, pas sûre d'avoir bien saisi. Hel hausse les épaules et m'éclaire :

– Je n'ai jamais pu terminer mes études.

– Mais…

– Mais j'ai les compétences, grâce à l'expérience. Je me suis formée sur le terrain.

– Pourquoi n'avez-vous jamais fini l'université ?

Elle ne répond pas tout de suite. J'ai l'impression qu'elle jauge ce qu'elle peut dire ou non. Ses prunelles se sont assombries quand elle rouvre enfin la bouche :

– On ne me l'a pas permis. On m'a… arrachée à mon ancienne vie.

Je reste coite, troublée par ce qu'elle dégage. Elle se ressaisit et vient se poster près de moi, en appui sur le lit.

– Tu ne sais vraiment pas dans quoi tu t'es embarquée, affirme-t-elle. Il est préférable de te tenir loin de toutes ces conneries.

– Je n'ai pas vraiment eu le choix, renâclé-je.

– Peut-être, mais tu te trouves pourtant dans la gueule du loup.

– Vous aussi.

Elle me gratifie d'un nouveau sourire énigmatique. Curieuse, je m'enquiers :

– C'est à cause des MacCoy que vous êtes là ?

– Non, des MacKenzie, réplique-t-elle. Je me suis enfuie de leur Clan pour exercer ici.

– Mais si ça ne vous plaît pas, pourquoi vous restez ?

– Je vais là où on a besoin de moi.

– Le monde entier a besoin de médecins.

– C'est juste.

– Alors ?

– Et toi ? Pourquoi tiens-tu tant à te frotter aux MacCoy ? Et ta mère, que lui est-il arrivé ? Dois-je la prévenir que tu es ici ?

– Non ! Surtout pas ! paniqué-je.

Hel se braque, surprise par ma véhémence.

– Vous ne devez *surtout pas* lui dire où je suis ! insisté-je.

Ce serait catastrophique : ma mère prendrait forcément des risques pour me retrouver. C'est une chose de me mettre en danger comme ça, mais c'en est une autre de faire plonger maman avec moi si ça se passe mal ! Et puis, pour peu qu'elle réussisse à me tirer de là… tous mes efforts n'auront servi à rien.

– Redescends un peu, ma petite, me sermonne Hel. Elle ignore où tu te trouves ? C'est quoi, ça ? Une rébellion ?

– Non, c'est que… S'il vous plaît, donnez-moi quelques jours.

– Tu crois vraiment que je vais être capable de regarder ta mère droit dans les yeux en lui dissimulant ce que je sais ?

– Quelque chose me dit que c'est votre lot quotidien.

Je fais mouche, vu la plissure qui s'accentue au coin des lèvres de Hel.

– Je comprends que ni toi ni moi ne sommes prêtes à révéler pourquoi nous sommes ici, gronde-t-elle. Que fait-on, dans ce cas ? On règle ça à coups de crocs ?

– Mais pas du tout ! On fait comme si de rien n'était.

La jeune femme arque un sourcil, sceptique. J'ai eu tort de croire qu'elle serait de mon côté. Mais je ne suis pas obligée de lui révéler plus que nécessaire. Et j'espère m'être montrée assez convaincante – ou désespérée – pour qu'elle accepte de tenir sa langue. Le secret médical est censé exister !

Mais ce n'est pas un vrai médecin…

Je sens pointer la migraine. Hel me dévisage toujours.

– S'il vous plaît, la supplié-je en adoptant la mine adorable qui vient souvent à bout de mes parents.

– Tu me fais quoi, là ? Un AVC ?

Je rouspète et m'apprête à sortir tous les arguments possibles et imaginables quand une tête surgit derrière la fenêtre de la salle d'auscultation. Je crie, frôlant vraiment l'arrêt cardiaque. Hel se tourne vers l'intrus, puis soupire.

– Tu ne peux pas passer par la porte, comme tout le monde ?

Le jeune homme fronce le nez, ce qui agite ses lunettes rondes.

– Je vérifiais si tu étais avec un patient, répond-il après avoir poussé la vitre.

– La porte, couleuvre ! grogne Hel.

Mais le nouveau venu ne l'écoute pas et s'infiltre dans la pièce comme si c'était habituel. Je reste coite tandis qu'il se sert librement dans les armoires à pharmacie.

– À quoi bon vérifier si je suis occupée si tu entres quand même pour me dévaliser ? rage le médecin.

– Politesse.

Hel roule des yeux quand un bruit retentit dans la pièce d'à côté.

– Un retour d'entraînement… soupire-t-elle.

Je ne comprends rien mais assiste à l'arrivée de trois hommes agités, aux visages contusionnés.

– La porte, Brahn ! fulmine un grand gaillard au doux regard bleu.

– Laisse-le, Roy, tu sais bien qu'il fait ça pour embêter Hel, réplique un autre, aux cheveux dorés.

Le troisième, plus jeune, une cigarette coincée derrière l'oreille, se poste près de moi.

– C'est libre ou pas ? s'enquiert-il en désignant la table d'auscultation.

Je déglutis et la lui abandonne. Il s'y hisse sans un mot de plus. Hel l'examine machinalement et lui reproche bien vite :

– Tu as encore forcé sur ton poignet.

– Dyclan n'est pas très délicat, en règle générale, chuchote-t-il.

– J'ai entendu, lance le blond.

Je me glisse dans un coin, mal à l'aise. Il faut dire que ces gaillards prennent de la place… Mais je sursaute, n'ayant pas remarqué l'approche du dénommé Brahn : il est tout près de moi, en train de se servir un cachet dans un verre d'eau.

– Tu ne devrais pas disparaître pendant deux semaines plutôt que de martyriser Matthew ? fulmine Hel.

– Je te manquerais trop, rétorque Dyclan.

– Mais bien sûr… Bon, en file indienne ! Je n'ai pas que ça à faire ! Réparer des os, souffler sur les bobos, vous caresser la tête…

Les types grommellent encore, mais je ne note aucune amertume chez eux. En fait, je crois qu'ils aiment bien leur médecin.

– Ta blessure à la hanche, Dyclan ? s'enquiert Hel.

– Elle cicatrise bien.

– Tu vérifies régulièrement ?

– Je compte sur toi pour le f…

Je décroche, sentant que l'on m'observe. Roy me dévisage, les sourcils froncés. Je me ratatine, embarrassée.

– On se connaît ? me lance-t-il.

Je secoue vivement la tête. Hel me jette un coup d'œil et claque des doigts pour détourner l'attention du géant.

– J'ai dit « à la queue leu leu ».

– Sérieusement ?

– Oui, tu veux me faire répéter ?

– Tu es aussi imbuvable que Mary quand tu t'y mets.

Une lumière clignote dans mon crâne. Je me rapproche à petits pas, attentive.

Mary ? Ma Granny *?*

– Tu fais bien de l'évoquer.

Hel récupère un sachet en papier kraft d'un placard et le tend devant elle.

– J'aurais besoin que vous lui apportiez ses médicaments, son mal de dos empire. Vous pourriez la soulager de ses corvées, quand même.

Brahn tente de s'emparer du paquet ; Hel le décale comme si elle n'avait rien vu.

– J'essaie, mais ce sont de vrais gosses, se plaint Roy.

Brahn insiste, Hel dévie le sachet une fois de plus. Dyclan amorce un mouvement pour le prendre, mais je le lui arrache avant même de prendre conscience de ce que je suis en train de faire. Cinq paires d'yeux interloqués se posent sur moi. Je reste pantelante une seconde, puis bredouille :

– Je… peux le faire.

Dyclan et Roy haussent un sourcil.

– On ne sait même pas qui tu es, argue le blond.

Hel vient à mon secours, flegmatique :

– C'est Cathy. Elle est arrivée avec le *laird* hier.

– Qui ?

– C-A-T-H-Y. Un papier, un stylo, et je te l'écris, si c'est plus simple à retenir.

De nouvelles chamailleries désamorcent le malaise. Je reprends mon souffle, les doigts tremblants.

Mary…

Je dois vérifier si c'est bien ma *Granny*. Si c'est le cas, alors peut-être qu'elle saura m'écouter, me comprendre et m'aider.

– Je viens avec toi. On y va.

Je lève les yeux sur Roy, qui me scrute encore avec attention. Je hoche la tête pour donner le change puis lui emboîte le pas. J'ignore si Hel essaie de me retenir ; dans tous les cas, je ne lui en laisse pas l'occasion. L'opportunité est trop belle. Si ce n'est pas *ma* Mary, je retomberai sur mes pattes.

Comme maman a toujours su le faire.

CATHERINE

Même si la clinique de Hel était bien éclairée, le soleil m'éblouit quand je sors du bâtiment à la suite de Roy. Je suis aussitôt happée par l'effervescence qui agite l'extérieur. J'étais loin de me douter qu'il régnait une telle animation dans les… rues ? Je baisse les yeux, mais en fait de route, c'est un sentier de terre que je foule. Le temps est un peu froid, mais les parfums qui embaument l'air ont une odeur de printemps. Moi qui étais persuadée qu'il pleuvait toujours en Écosse, comme à Londres…

Des femmes sont rassemblées autour de plusieurs tables en U. Elles confectionnent des petits paquets en lin, entourés de rubans nacrés. D'autres remplissent des bonbonnières de friandises. Elles rient, chantent parfois, ou se chamaillent sans élever la voix. Roy n'y prête aucune attention ; il me guide en direction du château qui domine l'île. Le phare jaune, plus haut encore, m'intrigue. Un carré de tissu virevolte à son sommet ; un tartan rouge ? Je plisse les yeux pour l'observer mais manque de trébucher.

– Attention, ma p'tite ! s'esclaffe un quinquagénaire avant de tirer vers lui une planche en bois qui reposait en plein milieu du chemin.

Je fais un écart pour en éviter une seconde. Cinq hommes prennent les mesures de ces madriers, avant de les couper, puis de les poncer. Six autres les récupèrent, les vérifient, puis les transportent vers les falaises, où je discerne un début d'infrastructure. Ça me fait penser à une estrade, sauf que celle-ci se pare d'imposants arceaux fleuris.

Je n'y tiens plus, et accélère pour m'approcher de Roy.

– Monsieur ?

Il me jette un regard étonné et ralentit, ce qui m'encourage à poser ma question :

– Qu'est-ce qu'ils font ?

Un sourire naît sur ses lèvres.

– On profite du beau temps pour préparer la cérémonie, m'indique-t-il. Et ne m'appelle pas « monsieur »…

– Quelle cérémonie ?

– Un mariage. Celui de Duncan et d'Elisabeth, la sœur du *laird*.

Elisabeth ?

Le souvenir de la jeune femme aux cheveux cuivrés que j'ai vue juste avant de perdre connaissance me revient en mémoire. C'est une MacCoy,

Caleb l'a dit... Mais maman, dans tout ça ? Qui sont-ils par rapport à elle, à *moi* ?

Je triture le sachet en papier kraft que m'a confié Hel ; cependant, le bruit devient vite insupportable. Alors, je me rabats sur mes ongles ; les ronger est une mauvaise habitude, mais personne n'est là pour me sermonner.

Oui, personne...

Je frissonne et ravale les larmes qui me montent aux yeux. J'ai choisi d'être ici, ce n'est pas le moment de m'apitoyer sur mon sort.

– Tu viens d'arriver sur Inchkeith, non ? m'interroge Roy, sans me regarder cette fois.

– En effet, réponds-je avec prudence.

– J'ai vraiment l'impression de t'avoir déjà croisée.

– Ça m'étonnerait.

– Gare à la tête ! claironne une voix.

Je me décale juste à temps pour esquiver une poutre, portée par un jeune homme svelte. Je suis surprise qu'avec sa corpulence, il réussisse à porter une masse pareille sur son épaule. Il s'excuse d'un air contrit ; les cernes sous ses yeux m'interpellent, comme la pâleur de son visage.

– Tu ne devrais pas faire ça, Logan, le sermonne Roy.

– C'est tout ce que l'on m'autorise, réplique l'autre, penaud.

– Et c'est déjà trop.

Logan détourne la tête, mal à l'aise.

– Je sais…

Il jette un regard vers deux gaillards qui surveillent la scène d'un air mauvais, puis lâche :

– Désolé.

Lorsqu'il s'éloigne avec sa poutre, Roy l'observe, les sourcils froncés. Je joue avec le sachet de médicaments et murmure :

– C'était qui, lui ?

Mon guide plisse les lèvres.

– Tu es curieuse, hein ?

– C'est un défaut ?

– Pas toujours, mais dans ce cas précis, j'ignore d'où tu débarques.

– Vous ne me faites pas confiance, du coup.

– Parce que toi, tu me fais confiance ?

– Non.

– Voilà. Le *laird* t'autorise à te balader ici, le temps que tes parents soient contactés, mais ne t'étonne pas si nous te gardons tout de même à l'œil.

Le regard de Roy s'attarde encore sur moi, étudie chaque parcelle de mon visage, mes cheveux. Je fais mine de ne rien remarquer. Puis il reprend sa route, et je trottine derrière lui. Nous atteignons le château. Je me retourne brièvement pour jauger le chemin que nous avons parcouru ; la clinique de Hel n'est pas si excentrée, et pourtant, j'ai l'impression d'avoir traversé toute l'île. Les maisons sont autant de champignons en contrebas, mais je remarque qu'il n'y en a quasiment aucune tout près de la forteresse d'Inchkeith.

Soudain, une foule de femmes déboule sur le parvis. Je hoquette, joue des coudes pour revenir près de Roy. Elles cancanent joyeusement, à peine conscientes de me bousculer.

Cette bonne humeur serait presque gênante…

Nous entrons dans l'édifice ; un frisson me vrille l'échine. Ici, les courants d'air sont glacés. Je resserre les bras autour de moi, le sachet contre ma poitrine.

C'est immense !

Je lève les yeux vers le plafond, si haut au-dessus de ma tête. Un « wow » glisse entre mes lèvres. Roy arque un sourcil mais ne rebondit pas. Il se contente de poser une main sur mon épaule. Je me raidis, ayant la nette impression qu'il ne veut pas que je m'égare… ou m'enfuie. Faute de choix, je reste sous son emprise pendant qu'il nous fait traverser le hall, lui aussi en effervescence. Des guirlandes de fleurs dégoulinent des hauteurs, s'enroulent autour de la rambarde de l'escalier. Un tapis rouge est déployé en plein milieu de l'espace, nous imposant un petit détour. Des luminaires distillent des halos dorés de tous les côtés, à l'image d'un essaim de lucioles. Ils s'éteignent, se rallument… J'aperçois un homme et une femme en train de vérifier qu'ils fonctionnent bien.

– Roy !

Je reconnais l'individu qui s'approche, en grande partie grâce à sa canne. Il était avec Elisabeth le soir de mon arrivée.

– Tu ne devrais pas être recroquevillé dans ta chambre en train de remettre en question ce que tu t'apprêtes à faire ? lui lance Roy avec un rire.

– Je doute que ce soit le genre de remarques que l'on est censé adresser au futur époux juste avant la cérémonie.

Ah ! Duncan, donc.

– Je ne me lasse pas de te taquiner, ricane mon guide. Tu es le premier à te marier parmi nous.

Je m'attendais à ce que Duncan grimace ou l'envoie paître. À la place, il affiche un sourire empli de fierté et d'un je-ne-sais-quoi que j'ai du mal à définir.

– Avant que tu me fasses bosser, il faut que je te parle à propos de Logan, lui annonce Roy, rembruni.

Duncan se crispe. Ils ne font plus du tout attention à moi.

Catherine, diplôme poteau.

– Le *laird* l'a autorisé à participer aux préparatifs en extérieur ? poursuit Roy. Il devait rester dans le château, sous bonne garde.

– Caleb lâche du lest. Il le teste…

– Après tout ce qu'il a f…

Roy s'interrompt, se souvenant visiblement de ma présence.

– Pardon, je reviens te voir plus tard, dit-il à Duncan. Où est Mary ?

Son interlocuteur me remarque à son tour. Il m'étudie, d'un air intrigué.

Il me reconnaît, non ?

Je ne réussis pas à soutenir son regard ; je préfère scruter l'un des piliers du hall.

– Mary est dans les cuisines, avec Elisabeth et Elia, nous informe-t-il finalement.

– Encore cette histoire de menus ?

– Toujours…

– O.K., je reviens dans quelques minutes.

– Non, je prends le relais.

Roy hausse un sourcil. Duncan l'éclaire :

– J'ai besoin de toi pour organiser… la surveillance pendant le mariage.

Mon guide lui adresse un coup d'œil entendu, avant de me pousser en avant.

– Hé ! grogné-je, exaspérée d'être ballottée comme ça.

Roy m'ignore, déjà parti en direction de l'escalier. J'en reste médusée. Je me tourne vers Duncan et frémis sous le poids de son regard : sa manière de m'observer déclenche une alarme dans mon crâne. Je déglutis et, fébrile, je tends le sachet devant moi.

– C'est pour Mary… soufflé-je.

Il acquiesce et me fait signe de lui emboîter le pas. Nous traversons un couloir, une salle de banquet, puis rejoignons une cuisine où flottent des odeurs de friture, de légumes poêlés, de viandes grillées ou rôties ainsi que les parfums bien plus sucrés de génoises ou de chantilly. Plusieurs hommes et femmes se marchent dessus pour préparer les plats. L'endroit est plutôt spacieux, mais avec autant de monde, il paraît embouteillé.

– Qu'est-ce que tu fais là, Dun… Oh ! tu es réveillée !

Elisabeth se retrouve sous mon nez sans que je l'aie remarqué approcher. Elle a encore du chocolat au coin des lèvres, que Duncan écrase de son pouce. Elle le remercie d'un léger sourire.

– Bonjour, marmonné-je.

Mais combien sont-ils ? Je veux juste trouver Mary !

– Tu te sens mieux ? me demande Elisabeth.

– Oui.

– Hel a un vrai don, malgré son sale caractère. Tu étais entre de bonnes mains. Tu veux manger quelque chose ?

– Je…

– Il y a de quoi grignoter, on prépare les buffets pour la cérémonie.

– Je n'ai pas très faim.

Mais Elisabeth n'a pas l'air de m'écouter, sur sa lancée. Duncan lève les yeux au ciel. Je patiente, les doigts crispés autour du sachet de médicaments. Plus la jeune femme déblatère, plus je l'examine avec attention.

Elle ressemble à maman…

Elles ont des traits en commun, bien qu'Elisabeth soit plus jeune. Pourraient-elles être cousines ? Sœurs ? Je penche la tête, le cœur battant plus vite.

Serait-elle ma tante ?

Mes jambes deviennent cotonneuses. C'est si tentant de poser simplement la question, de révéler qui je suis. Peut-être que ma mère a tort : peut-être qu'Elisabeth me prendra dans ses bras, m'embrassera, m'accueillera au sein d'une famille que l'on m'a toujours cachée. Puis je me rappelle l'appréhension – la peur, même – dans les prunelles de maman. Elle n'était pas feinte. Quoi qu'il ait pu se passer entre eux, elle craint vraiment leur réaction.

– Beth ! gronde Duncan.

– Quoi ?

– Focus.

– Oh ! j'ai recommencé ?

Duncan acquiesce, alors qu'Elisabeth prend une mine contrite. Son côté pipelette est l'exact opposé du calme olympien de maman.

Est-ce que je me fais de fausses idées sur leur lien de parenté ?

– Mary est juste là.

Mon cœur rate un battement, et je croise les doigts pour que ce soit bien *ma* Mary.

Je suis Duncan près d'un duo de femmes en grande conversation. L'une d'elles, de dos, a des cheveux gris noués à la va-vite sur sa nuque et un pull en cachemire crème.

– Mary ? l'appelle Duncan.

Je retiens mon souffle, à deux doigts d'exploser d'émotion. La femme se tourne vers nous, et c'est un tsunami qui m'envahit.

– Oui ?

Je tressaille à sa voix. Elle ressemble à celle de *Granny*, mais le téléphone déforme toujours les timbres, non ? Est-ce bien elle ?

– Hel t'a préparé ce qu'il faut pour ton mal de dos, indique Duncan.

– Oh ! c'est gentil.

Son regard glisse sur moi, une seconde, peut-être deux, puis elle me sourit.

– Merci, jeune fille.

Je me décompose, mes genoux menaçant de se dérober sous mon poids.

Me suis-je trompée ?

– Je dois faire un saut dans ma chambre pour retrouver les épingles de Mlle Elisabeth, poursuit Mary. Tu n'as qu'à m'accompagner. Porte ça, veux-tu ?

Elle me refourgue un panier empli de voiles immaculés.

– Rose me les a apportés tout à l'heure, dit-elle à Duncan. Mieux vaut que je les sorte des cuisines avant que de la farine ne tombe dessus ! Et ne regarde pas ! Tu découvriras tout le jour J.

– Je vais faire comme si je n'avais rien vu. Mais ne garde pas la petite trop longtemps, Caleb a demandé à la rencontrer rapidement après son réveil.

– Pourquoi ?

Duncan hausse les épaules, tout en me lorgnant du coin de l'œil. Je n'écoute plus que d'une oreille, envahie par une amère déception.

Cette Mary ne m'a pas reconnue…

Pour la troisième fois, je suis une parfaite inconnue dans des couloirs interminables, grimpant des escaliers, tournant à des virages. Mes pieds se sont changés en plomb. Et Caleb qui exige de me rencontrer plus tard… Que dois-je lui dire ? Comment ne pas trahir l'identité de maman tout en le sensibilisant à notre situation et celle de papa ?

Mary récupère le panier et les médicaments si brusquement que j'émets un sursaut. Je me rends compte que nous nous trouvons dans une chambre minuscule, à peine meublée, où flotte un fort parfum de lavande. Je n'ai pas le temps de la détailler davantage ; la porte claque dans mon dos, et deux mains m'écrasent les épaules.

– Mais que fais-tu ici, Catherine ? Qu'est-ce qui t'est passé par la tête ?

Je me tétanise et lève mon regard larmoyant vers Mary. Son visage est dévasté par l'angoisse et l'inquiétude.

Alors, c'est elle ? Elle m'a reconnue ? Dans ce cas, pourquoi m'a-t-elle laissé ruminer ?

– Où est Megan ? enchaîne-t-elle. Es-tu blessée, malade ?

Je secoue la tête, les dents serrées pour m'empêcher de fondre en larmes. Mary me dévisage en silence maintenant, tandis que ses propres prunelles s'embuent. Ses doigts ridés caressent mes pommettes, et je crois défaillir. J'espérais tant étreindre cette femme, celle qui se rapproche le plus d'une grand-mère pour moi, même si ce n'était qu'une voix à travers un combiné…

– *Granny*… baragouiné-je, la gorge trop nouée pour émettre un son pleinement audible.

Mary hoquette et me ramène contre elle avec une force insoupçonnée. Sa joue s'appuie contre ma tête.

– Tu as grandi si vite, tu lui ressembles tellement, murmure-t-elle. Ma petite chérie, dans quoi t'es-tu embarquée ? C'est dangereux d'être ici…

– J'ai peur…

Elle s'écarte pour m'observer, suspendue à ma détresse que je ne réussis plus à contenir.

– *Granny*, je suis terrifiée, enchaîné-je. Maman, elle… Et papa…

Mary me caresse les bras et m'invite à m'asseoir sur son lit. Je m'exécute, plus capable de faire le tri dans mes émotions.

– Raconte-moi tout, ma chérie, m'encourage-t-elle. Tout depuis le début.

Je suis ici pour obtenir de l'aide, et pourtant, je n'éprouve aucune envie de m'épancher sur les derniers événements. Juste de me pelotonner contre *Granny* comme une petite fille, de l'entendre me raconter des histoires sur maman, sur son passé. De tenir enfin une vraie conversation dont les secondes ne sont pas comptées.

– Oh ! *lassie*… Dis-moi.

J'inspire profondément et reprends mes esprits.

Rappelle-toi pourquoi tu es là…

D'abord, le plus important. Ensuite, j'aviserai.

Je serre les doigts de Mary entre les miens et me lance.

CHAPITRE 23

LACHLAN

Les papiers s'amoncellent sur mon bureau. La pièce est insonorisée, mais les basses qui proviennent du night-club parviennent tout de même à s'infiltrer ici, leurs battements réguliers faisant douloureusement écho au pouls qui pulse dans mes tempes. Je soupire, plongé dans la pénombre, et frotte mes paupières qui me piquent. La lumière de mon écran commence à me brûler la rétine.

Serah me fixe avec une inquiétude qu'elle affiche uniquement en ma présence.

– Vous ne dormez toujours pas assez, monsieur, me reproche-t-elle.

Entendre une voix, même familière, m'irrite. Je suis dans un tel état de nerfs que je serais capable de hurler dans l'espoir idiot de tout évacuer, au moins quelques secondes.

– Je sais, grogné-je.

– Vous devriez rentrer vous r…

– Je sais, Serah ! tonné-je.

Elle ne sursaute pas. Ce ne sont pas mes accès de colère, certes rares, qui viendront à bout de son éternel sang-froid. À la place, elle reste immobile, les mains dans le dos, comme si elle se retrouvait en présence d'un officier de l'armée. Elle n'a toujours pas perdu ses vieilles habitudes militaires. Autrefois, elle était désabusée, complètement brisée aussi. Des missions à rallonge pour le compte de l'armée l'ont tenue loin de sa famille. Si bien qu'elle était à l'étranger lorsque son enfant est mort, atteint d'une leucémie avancée. Elle l'a appris trop tard. En plein deuil, son mari est parti, incapable de supporter leur chagrin en commun. Sans surprise, elle a quitté l'uniforme, sans savoir quoi faire, où aller. « Une loque », ai-je pensé le jour où elle s'est présentée à ma porte pour postuler en tant que barmaid. « Une âme détruite », la qualifié-je aujourd'hui, plus compatissant. D'employée, elle est devenue une partenaire, une amie. J'ignore comment je m'en serais sorti sans elle.

Mais ses anciennes manies m'agacent parfois, comme maintenant, alors que je me débats pour prendre la meilleure décision.

J'ai fini par comprendre qu'une *bonne* décision n'existait pas. On ne peut que choisir celle qui convient le mieux en fonction d'une situation.

Sauf que je me retrouve dans une impasse.

John Seaton me met au pied du mur en m'imposant de faire des sacrifices que je ne suis pas prêt à consentir, dans un sens ou dans l'autre. Et pourtant… il me faut faire un choix.

– Es-tu bien sûre qu'il n'y a aucun moyen d'accéder aux différents *clouds* ?

– Non, monsieur, me répond pour la énième fois Serah, avec cette patience qui la caractérise.

Je gronde en repoussant les papiers imprimés encore chauds. Seaton avait raison de le préciser : il ne lui reste plus aucune famille grâce à laquelle j'aurais pu faire levier. Sa femme est morte dans un accident de voiture il y a près de quinze ans, tout comme ses parents : l'un d'un cancer, l'autre de chagrin six mois plus tard. Il n'a pas d'enfant, pas de frère ou de sœur. Il est seul au monde, et donc puissant. Les liens affectifs sont souvent une faiblesse.

Mais qu'est-ce qui le motive ? Pourquoi prendre autant de risques pour un simple article ? Il met sa vie en jeu pour faire la une ?

Il ignore dans quel merdier il m'a fichu. C'est impossible qu'il sache à quel point il a visé juste en mettant Megan dans la balance.

Serah s'avance de deux pas et abandonne enfin son garde-à-vous ridicule de l'autre côté de mon bureau.

– Je ne comprends pas pourquoi vous hésitez à ce point, déclare-t-elle.

Je lève les yeux vers elle.

– Quoi que je décide, je condamne Megan et sa fille, argué-je froidement. J'ai pourtant promis de les aider.

Et d'aller chercher Catherine sur Inchkeith, ce qu'avec les derniers événements, je n'ai pas eu la moindre ouverture pour faire... Tenter de contrecarrer les plans de Seaton était bien plus pressant.

– Et alors ?

La question de Serah, si directe, me foudroie dans mon fauteuil. Je me redresse pour de bon, oscillant entre la fureur et le désappointement. La Lionne reste stoïque quand elle poursuit :

– Vous vous êtes donné pour mission depuis presque trente ans de contrôler les Clans pour éviter les débordements et les victimes innocentes. Vous ne vous êtes jamais rebiffé à l'idée de *tuer* pour protéger leurs secrets, en échange de leur soumission au Code. Votre cause prévaut sur toutes les autres. Pourquoi hésitez-vous maintenant ?

Je reste coi, les doigts arrimés à mon bureau. Oui, pourquoi ? Serah m'a rappelé l'idéal de toute une vie en une courte diatribe. Et aujourd'hui, je peux tout anéantir pour une décision que je suis incapable de prendre. La réponse est pourtant simple : sacrifier Megan m'est inconcevable. L'idée qu'il lui arrive quoi que ce soit fait naître de désagréables palpitations au fond de ma poitrine. Je préfère qu'elle disparaisse, loin, en sécurité, plutôt que de l'imaginer exécutée, torturée, son sang sur mes mains. Une nausée remonte dans ma gorge en imaginant son corps étendu, que je ne pourrais même pas pleurer. Parce que je suis le Trèfle. Parce que je n'ai pas le droit de ressentir quoi que ce soit, surtout pas envers une femme qui n'est plus censée exister aux yeux de quiconque. Mais je n'arrive pas à le formuler à voix haute, comme si j'en éprouvais une honte.

– Vous n'avez *jamais* hésité, insiste Serah.

Je serais tenté de m'enfoncer dans mon fauteuil, histoire de créer une distance entre nous. Je me trouve sur une pente abrupte, où le moindre des mots que j'articulerais me ferait dévaler à toute allure, jusqu'à la chute fatale. Je détourne le regard.

– Pour une femme, vraiment ? entends-je la Lionne murmurer.

Je serre les poings, heurté par l'évidence qu'elle formule à voix haute, et par ma fierté qui se rebelle.

– Ce n'est pas une simple femme, marmonné-je sans pouvoir m'en empêcher.

– Vous pensez toujours avoir une dette à cause du passé ? Vous avez certifié l'avoir payée.

– Si c'était si facile…

– Ça l'est, en réalité. Ça ne dépend que de vous, non ? Des limites que vous vous imposez, monsieur.

– On parle d'une mère, et de sa fille, grondé-je. Une *enfant* est impliquée.

– Comme l'était Xander MacLeod. Et pourtant, vous avez gardé le silence à propos de son enlèvement pour ne pas ébrécher votre autorité.

Je secoue la tête. Serah se doute qu'elle vise juste, puisqu'elle connaît toutes mes manigances et mes travers. C'est fourbe, mais c'est en partie pour ça que je l'ai hissée si près de moi. Pour me rappeler à l'ordre en temps voulu.

– Je crois surtout que vous vous trouvez de fausses excuses pour compliquer la situation, m'assène-t-elle. Vous prônez la neutralité, mais depuis le départ, vous avez favorisé les MacCoy et les MacLeod…

– C'est faux.

– … parce que vous êtes redevable à des fantômes. Alastair et Alexander ne sont plus là, patron. Ils ne vous jugeront pas. C'est à eux que vous deviez quelque chose, pas à leurs enfants.

– Serah…

– Ils vous ont pris sous leur aile, pour vous offrir une place dans le monde, un avenir, un but. Leurs enfants, à l'inverse, vous conduisent à la ruine.

– Arrête.

– Vous rechignez à prendre des décisions à cause de leur sang, vous êtes prêt à tout perdre quand eux n'hésiteraient pas à vous sacrifier si c'était dans leurs intérêts…

– Boucle-la !

Je ne me suis pas senti me lever. J'ai juste perçu la fureur éclater dans mes veines, et mes poings s'abattre sur le bureau. Serah reste immobile ; elle me fixe du regard, la bouche pincée. Ses yeux farouches me désapprouvent ouvertement. C'est simple : je ne me suis jamais adressé à elle ainsi. À personne, d'ailleurs. En temps normal, il est impossible de me faire sortir de mes gonds. Et voilà que la personne en qui j'ai le plus confiance y parvient, en remuant le couteau dans mes plaies béantes. Elles saignent, au point de m'aveugler, et d'étouffer en moi toute once de bon sens.

Serah a raison. J'ai favorisé la fratrie MacCoy, puis Phèdre, au nom de souvenirs, d'une affection et d'une admiration envers des hommes morts. Ce sont ces derniers qui m'ont permis de poser les premières fondations de mes projets. Les premiers à m'en avoir murmuré l'idée. Ils m'ont sauvé la vie. Plus encore, ils m'ont donné une raison de vivre.

Alastair et Alexander m'ont ramassé dans la rue, écouté, réconforté. Ils m'ont insufflé des rêves, tendu une planche à laquelle me raccrocher. L'opportunité de changer un monde quand celui qui m'a vu naître avait détruit ma famille. Je refusais que ça se reproduise ailleurs. Je refusais de retomber dans un système où le sang coulait aussi facilement. Durant plusieurs années, ces deux hommes ont fait de moi un idéaliste, ont osé me faire croire que je pourrais devenir un super-héros.

J'ai cru y être parvenu, la première fois où les Clans ont accepté ma proposition d'établir une zone neutre à Édimbourg, autour de l'Unicorn. Puis lorsqu'ils ont répondu à mon invitation pour convenir du Code, sans émettre d'objections particulières. J'ai nourri l'espoir qu'ils partageaient les mêmes aspirations qu'Alexander, Alastair et moi.

J'ai pensé œuvrer main dans la main avec eux, que ce monde-là, oui, j'allais le sauver.

Même si MacLeod et MacCoy n'étaient plus là pour le voir.

J'aurais aimé qu'ils soient fiers de ce que j'ai construit.

Du sommet de mes propres ombres, j'ai veillé sur leurs fils et filles : aidant l'un en m'attirant le mépris de l'autre, protégeant la benjamine pour la dette envers l'aînée. Je me suis immiscé dans une bataille à couteaux tirés pour récupérer un de leurs enfants. J'ai tout orchestré pour l'avènement d'une reine.

Et je risque de tout perdre pour une fille MacCoy qui me bouleverse.

Je n'ai jamais été vraiment neutre.

Je ne suis pas digne de l'idéal pour lequel je prêche.

Je me rassois, l'évidence me sautant aux yeux. Serah se penche en avant, les mains à plat sur le bureau quand mes poings sont toujours fermés, les phalanges blanchies.

– Nous sommes sur un fil tendu, me glisse-t-elle encore. Nous avons déjà bien assez à faire avec les Familles qui se rebellent et les MacKenzie qui continuent de s'en prendre à vous. Réglez le problème John Seaton une bonne fois pour toutes, malgré les conséquences pour Megan et sa fille. Ce n'est pas *votre* responsabilité. Notre combat est plus important. Je refuse que l'Écosse sombre dans le chaos, pas après tout ce que nous avons sacrifié tous les deux. Je me battrai jusqu'au bout, même contre vous s'il le faut. Je sais néanmoins que vous ne nous laisserez pas tomber.

Mes doigts se détendent.

Serah me rappelle celui que j'étais autrefois. Empli de détermination, jouant avec la morale quand ça m'arrangeait, pourvu que les résultats tendent vers le bien commun… Mais après trente ans à me battre, sans doute est-il excusable que la fatigue me rattrape parfois.

Il me faut encore un instant pour me ressaisir. Je rajuste le col de ma chemise et carre les épaules. Un regard à l'horloge de mon ordinateur m'indique qu'il est vingt et une heures passées.

Très bien.

Serah recule de deux pas afin de retrouver sa position initiale. Ma colère se résorbe, se niche dans un recoin que je verrouille avec fermeté.

– Qu'en est-il d'Anna ? demandé-je d'un timbre rauque.

– Nos hommes postés sur Lewis surveillent les différents accès à l'île. Ils n'ont rien remarqué de particulier.

– Les MacKenzie n'en ont donc pas après elle. Tant mieux. Continue la surveillance mais n'y mets pas tous nos effectifs. Nous allons avoir besoin d'assurer nos arrières durant les prochaines semaines. Quadrille les zones neutres d'Édimbourg en renforçant les patrouilles et fouille plus en profondeur le passé de John Seaton pour comprendre ce qui le motive. Je veux un rapport sur mon bureau pour la moindre avancée.

– Bien, monsieur.

Un sourire en coin trahit sa satisfaction. Je ne le définis pas comme une victoire. Ça n'en sera jamais véritablement une quand il est nécessaire d'amputer un petit nombre pour le bien d'un plus grand…

CHAPITRE 24

MEGAN

Quand Catherine est née, elle était minuscule, pesant à peine deux kilos trois. Je redoutais de ne pas l'aimer au premier coup d'œil. Parfois, ce n'est pas un coup de foudre, il faut du temps. Mais j'ai eu la chance de fondre à l'instant où ses yeux plissés se sont ouverts et ont croisé les miens. Elle a bousculé mon monde, et tous les reproches silencieux que je me faisais encore d'avoir tout quitté pour elle se sont dissous.

Catherine est devenue mon essentiel dès que j'ai appris ma grossesse. Tout a été remis en question, jusqu'à ma loyauté envers mon Clan. Je pensais déjà que la vie qui m'attendait ne me correspondait pas ; je n'étais pas faite pour diriger, condamner, combattre chaque jour. Alan m'a offert, sans en avoir pleinement conscience, une porte de sortie. Je n'ai pas tout abandonné pour un homme, mais c'est bien par amour que je l'ai fait. Pour mon enfant à naître. Ma fille.

Je lui ai fait mille promesses.

Et j'ai failli à la plus primordiale : toujours la protéger.

Je devrais être avec elle, là, maintenant. Pourquoi est-ce que j'attends comme ça ? Comment est-ce que je réussis à attendre, même ?

Mes dents ont fini par grignoter la peau de mon pouce, qui n'a plus d'ongle à ronger.

– Tu vas attaquer l'os.

Hel termine d'enfiler ses chaussures, son sac isotherme pendu à son épaule.

– Je m'en prendrai à un autre doigt, soufflé-je.

La médecin ébauche un vague sourire et revient vers moi, alors que je suis assise sur l'escalier qui fait face à la porte d'entrée du manoir.

– Rappelle-toi, ne force plus sur ta blessure, m'intime-t-elle. Tu garderas déjà une belle cicatrice, ce n'est pas la peine de tenter le diable, O.K. ?

J'acquiesce pour la forme. Elle me contemple plusieurs secondes, au point que je lui rends le poids de son regard. Je remarque les plis soucieux sur son front, le froncement de l'un de ses sourcils.

– Qu'est-ce qu'il y a ? lui demandé-je.

– C'est…

Elle hésite, vérifie l'heure sur sa montre, trépigne un peu. Je me redresse, interpellée par son trouble. Je ne la connais pas – elle évite de discuter plus que nécessaire lorsqu'elle ausculte ma blessure à la hanche – mais jamais je ne lui ai vu une telle expression.

– Hel ?

Elle se rabroue et pointe un index incisif vers moi.

– Repose-toi ! Tu n'es pas censée vadrouiller comme ça alors que tu es blessée !

Je grimace, histoire de lui montrer que ses recommandations ne me plaisent pas.

Elle les formule pour ton bien, pourtant...

– J'essaierai, dis-je finalement.

– Si la douleur est trop forte, demande à Lachlan de me passer un coup de fil, et je t'apporterai ce qu'il faut.

Je souris, sans y mettre le cœur. Hel marque un nouveau temps d'hésitation ; elle a l'air de vouloir me poser une question. Sans doute a-t-elle remarqué l'absence de Catherine. Je pince les lèvres, ignorant si je serais capable de répondre à des questions à ce propos sans m'effondrer.

Hel amorce un son, mais la porte s'ouvre enfin. Je me redresse en m'aidant de la rambarde et darde sur le nouveau venu tout mon espoir. Lachlan pénètre dans le manoir, sa veste sous le bras et les cheveux ébouriffés par le vent qui souffle à l'extérieur. Un homme referme le battant pour lui ; j'entends déjà l'une de ses employées se précipiter pour le délester de ses affaires. Mon cœur remonte dans ma gorge. Il est *seul.* Je m'appuie contre la rampe pour ne pas m'écrouler. J'espérais tant que ma petite fille soit avec lui… Vu son expression quelque peu hagarde, je redoute le pire.

– Où est-elle, Lachlan ? expiré-je.

Ma voix me paraît déformée. Trop rauque, trop incertaine. Fébrile. Le Trèfle relève subitement la tête, comme s'il venait de remarquer ma présence.

– Il est vingt-trois heures, j'ai attendu toute la journée… reprends-je. Où est ma fille, Lachlan ? Tu m'as promis que tu la chercherais sur…

Je m'arrête, consciente qu'Hel est toujours là. J'évite son regard pour foudroyer le Trèfle. Ce dernier me dévisage un long moment, et je comprends, avec horreur, qu'il a *oublié.* Comment a-t-il pu ? Comment…

– Espèce de salaud ! éructé-je, les veines en fusion.

– J'ai…

– Tu m'as donné ta parole ! Tu devais me la ramener ! C'est uniquement pour ça que j'ai accepté d'attendre ici, que je me ronge les sangs !

– Je t'ai dit que je vérifierais si elle est… là-bas…

– Et alors ?

Son visage se durcit. Bien qu'il me regarde droit dans les yeux, il ne confirme rien. Ou si, il affirme n'avoir rien fait. Mes poings se contractent. Mon sang pulse et remonte dans mon crâne. J'ai envie de le cogner, ainsi que tout ce qui se trouve à ma portée. Entrer dans une rage folle pour la chasser de ma poitrine douloureuse, trop petite pour tout contenir. Je serre la mâchoire, tentant du mieux que je peux de ravaler la flopée d'insultes qui me vient à l'esprit.

C'est la colère qui t'anime, reprends-toi !

Mais je n'y arrive pas, parce qu'il est question de Catherine. J'ai fait confiance à Lachlan ; sans doute ai-je eu tort.

– J'ai eu d'autres priorités, lâche-t-il.

Je suis si choquée par ce que j'entends que je peine à le croire.

Des « priorités » ?

– Qu'est-ce qui est plus important que la vie d'une enfant ? répliqué-je, en rage.

– Des milliers d'autres, me répond-il d'une voix blanche.

Mais qu'est-ce qui lui prend ? Tout dans son attitude, jusqu'aux traits fermés de son visage, tranche avec son attitude d'hier soir…

Hel se décale vers la sortie. Elle n'émet pas un son, craignant sans doute que ma colère se rabatte sur elle. Elle ne court pourtant aucun risque. Si je dois cracher mon fiel, ce sera sur celui qui le mérite.

Mon Dieu, Catherine avait raison…

On ne peut pas compter sur Lachlan. Je m'étais trompée sur toute la ligne. Du haut de ses 14 ans, ma fille a été plus clairvoyante que moi. J'ai été trop aveugle, trop faible, trop impuissante. Et de faire face, là, au regard froid et dur d'O'Connor, insensible aux tourments qui m'agitent, ne fait qu'enfoncer le clou.

« Savoir déléguer est primordial, mais parfois, c'est à toi de te retrousser les manches, soit pour montrer l'exemple, soit parce que tu ne peux compter que sur toi-même. »

Les mots de mon père me reviennent ironiquement à l'esprit pile à cet instant, pour me prouver une nouvelle fois à quel point ses enseignements rudes, agaçants, épuisants, pouvaient s'avérer justes. J'aurais dû le savoir ; depuis que j'ai perdu mon nom pour un autre, je n'ai fait que ça : compter sur moi-même, sans rien attendre d'autrui. Pourtant, dès que j'ai croisé le regard de Lachlan, j'ai cru trouver en lui un allié. Quelle erreur ! Il a changé, il n'est plus l'homme que j'ai connu et qui m'a tendu la main quand j'en avais besoin. Catherine est *ma* priorité, alors c'est à moi de faire le nécessaire pour la tirer du danger.

J'endigue ma fureur, mon ressentiment. Me lancer dans une guerre ouverte contre O'Connor ne rimerait à rien. Je préfère garder mon énergie pour ce qui compte vraiment. Je tourne les talons sans un mot et monte l'escalier pour rejoindre ma chambre, la rage au cœur.

CHAPITRE 25

LACHLAN

– Wouah… À sa place, je t'aurais collé une bonne droite.

J'ignore Hel, encore secoué par ce qui vient de se passer entre Megan et moi. Ce n'étaient que quelques mots échangés, mais je ne l'ai jamais vu entrer dans une colère aussi noire. Je l'ai mérité, je le sais. Je n'ai pas tenu ma parole, trop accaparé par les problèmes qui me tombent dessus les uns après les autres, et rappelé à mes devoirs par le discours de Serah. Ma raison me susurre que j'ai bien agi, qu'il est vrai que mes priorités sont ailleurs. Toutefois, ma poitrine se comprime, et je me sens mal. Mal d'observer Megan s'éloigner d'un pas ferme, les poings serrés. Mal d'avoir essuyé tant de rage. Mal de l'avoir déçue, et trahie.

« Le bien commun prévaut sur le bien d'un seul », me répété-je sans conviction.

Alors pourquoi ai-je envie de me précipiter derrière Megan pour l'abreuver d'excuses à n'en plus finir ?

Je récupère un souffle plus posé pour me calmer puis me tourne vers Hel.

– Merci, tu peux disposer.

Elle tique d'un œil et réplique d'un ton acerbe :

– Mes hommages, monseigneur. Je n'oserais pas vous importuner plus longtemps !

Son sarcasme tombe dans l'oreille d'un sourd. Je n'ai pas le courage d'entrer dans son petit jeu. Je me traîne jusqu'à l'escalier et me laisse choir à la place que Megan occupait plus tôt. Hel me fixe du regard plusieurs secondes avant de se diriger vers la sortie, ses pas résonnant dans le hall soudain lugubre. Le bruit m'assourdit ; je soupire.

Un courant d'air s'élève quand la jeune femme ouvre la porte d'entrée. De longues secondes s'écoulent, mais la brise fraîche est toujours là, aussi redressé-je la tête, agacé que personne ne pense à refermer. Je découvre Hel figée sur place, une main sur le chambranle, le visage tordu en une expression contrariée.

– Et puis merde ! grogne-t-elle.

Elle avale la distance qui nous sépare en quelques enjambées. Je me prépare à encaisser ses remarques acerbes… ou plutôt à l'envoyer paître, absolument pas d'humeur à la supporter ce soir.

– Elle est sur Inchkeith, m'annonce-t-elle.

Je fronce les sourcils, mon index jouant avec le tissu de ma chemise.

– La petite, Lachlan, précise Hel.

Cette fois, je me remets debout, et la jeune femme doit lever la tête pour m'affronter.

– Elle m'a demandé de ne rien dire à sa mère, poursuit-elle. Bêtement, je m'étais convaincue que je garderais le silence, mais ce n'est qu'une gosse… et j'ai cru comprendre qu'elle est en danger. Je ne sais pas ce qui se trame, ni qui elles sont toutes les deux, mais je ne peux pas me taire quand une femme souffre autant. C'est peut-être ton cas, mais pas le mien. Elle a raison, O'Connor : c'est la vie d'une enfant, peu importe de quelle manière elle est menacée. Et une promesse est une promesse.

Elle reprend son souffle, les poings sur les hanches, puis conclut :

– Elle est sur Inchkeith, et vous devriez la récupérer rapidement. Elle m'a semblé… obstinée, et butée.

Hel se gratte l'arête du nez avant de me saluer d'un signe de tête et de quitter le manoir pour de bon. Je reste immobile dans l'escalier, retournant l'information qu'elle vient de me donner dans tous les sens. Je ne suis pas du tout étonné que Catherine soit sur l'île des MacCoy, puisque Megan et moi avons retrouvé son écharpe sur le quai du petit port d'où part le ferry qui relie Inchkeith à Édimbourg. Je n'arrive cependant pas à comprendre comment elle a réussi à s'y infiltrer sans être repérée ou reconnue.

A-t-elle eu de la chance ? Ou elle est plus rusée que je le croyais ?

Je secoue la tête : non, ces questions ne me concernent pas. Je ne dois pas oublier le sermon de Serah. Il me faut arrêter de me mettre dans des situations impossibles pour les Clans MacCoy ou MacLeod. Ce n'est pas surprenant que tout s'écroule autour de moi, qu'un journaliste me tienne maintenant à la gorge, si je ne suis pas à même d'être fidèle à mes propres préceptes. J'ai besoin de me reposer, après avoir contenté mon estomac creux.

Mais me voilà malgré tout en train de grimper les marches de l'escalier pour rejoindre Megan. Je m'injurie en silence, me reprochant ma faiblesse. Pourtant, je ne suis pas capable de laisser une telle tension entre mon invitée et moi.

Quand j'arrive sur le seuil de sa chambre, un roc me plombe le ventre. Megan s'active autour de sa valise, jetant à l'intérieur le peu de vêtements qu'elle en avait sortis. Elle a dû sentir ma présence, mais elle ne se retourne pas. Son indifférence me fait mal.

– Qu'est-ce que tu fais ? lui demandé-je.

Ses épaules se raidissent, sans qu'elle s'arrête pour autant. Elle referme sa valise d'un geste sec.

– Megan…

Elle cesse enfin son manège après le « zip » fatidique. Ses prunelles se posent sur moi ; elles m'incendient de leur éclat moucheté d'or.

– Qu'est-ce que tu comptes faire, au juste ? l'interrogé-je encore, en dépit de mes résolutions.

– Récupérer ma fille.

Ça tombe sous le sens…

Je soupire et entre dans la pièce, les bras croisés.

– Comment ?

– Je me débrouillerai. Ça ne t'a jamais concerné.

– J'espère que tu plaisantes…

Megan pince les lèvres et se détourne – en quête d'un gilet ou d'une veste, je suppose.

Elle va vraiment partir…

– Alors, tu crois qu'en risquant ta vie, tu ramèneras Catherine ? lui dis-je. Et après, quel sera ton plan ?

– Quitter le pays par nos propres moyens.

– Lesquels ?

Megan hausse les épaules, ravalant tout juste un râle exaspéré. Elle finit par s'approcher de moi, assez pour planter un doigt contre ma poitrine. Je me tends à son contact.

– Arrête, Lachlan, me morigène-t-elle. Ne fais pas comme si tu te souciais sincèrement de nous. Depuis le départ, je t'ai mis au pied du mur, j'ai bien compris que tu n'agissais pas pour nous aider de ton plein gré. Je te libère, ça te va ?

Je l'ai cru, mais me retrouver si désemparé face au cas Seaton m'a détrompé. Réagir à l'information de Hel aussi ; j'ai ressenti de l'espoir, une envie immédiate de prévenir Megan, de refaire des promesses que je ne suis pas certain de tenir.

Je ne désire surtout pas qu'elle me « libère »...

– C'est trop dangereux pour vous, affirmé-je.

Megan lève les yeux au ciel, récupère sa valise, son gilet au bras, et tente de me contourner. Je lui bloque le passage. Sa poitrine frôle mon coude ; je me crispe.

– Réfléchis, lui intimé-je à voix basse.

– C'est déjà fait. Je ne peux compter que sur moi-même.

– Je t'ai proposé un toit, un asile, le temps de régler cette histoire.

– C'est vrai, et je t'en remercie, mais tu ne peux rien faire de plus. Ce que tu m'offres est une cage. Je suis bloquée à l'intérieur, dépendante de ta volonté. En attendant, ma fille n'est toujours pas avec moi. Tu es dans une position très compliquée, je le conçois, mais ne me fais pas de fausses promesses, et laisse-moi agir comme je l'entends.

Elle insiste pour me dépasser. Je saisis ses épaules pour l'en empêcher.

– Si je comprends bien, tu espères te rendre sur Inchkeith sur-le-champ ?

Elle fixe du regard mes mains posées sur elle, puis recule pour s'en libérer.

– Je refusais de contacter Mary pour ne pas la mettre en danger, mais je dois m'y résoudre, déclare-t-elle. Je m'arrangerai avec elle.

– Tu prends des risques inconsidérés.

Elle inspire plusieurs fois en profondeur. Je la mets hors d'elle.

– Je crois que tu ne comprends pas, souffle-t-elle. L'importance d'une famille, l'amour inconditionnel et ce que l'on est capable de faire pour les gens que l'on chérit. Catherine n'était pas prévue, mais mon Dieu, elle est la plus belle erreur de ma vie ! Pour elle, j'ai encaissé la fureur et la déception de mes parents, la rancœur de mon frère, j'ai abandonné ma petite sœur… J'ai quitté mon nom, j'ai été reniée par mon propre sang. J'ai tout recommencé, à partir de quasiment rien. Ce n'est pas une île qui m'effraie, O'Connor. Qu'ils viennent m'affronter, je saurai les accueillir.

Et c'est là que je reconnais la MacCoy. La passionnée, la loyale, l'indomptable. Megan était la plus sage et réfléchie du Clan, mais le feu reste dans sa nature. Elle se trompe, néanmoins : j'ai conscience de la difficulté d'aimer éperdument, et de trahir. De tout abandonner derrière soi pour mieux reconstruire. Sauf que je ne l'ai pas fait pour quelqu'un d'autre : je l'ai fait pour moi. Pour me sauver.

Je récupère la valise échouée par terre, sous l'œil tempétueux de Megan. Les MacCoy sont impétueux, arrogants, sous couvert de la bravoure qu'ils affectionnent tant. La frontière est cependant mince entre l'inconscience et le courage.

– Lachlan…

Je dépose la valise sur le lit et la rouvre pour en sortir le contenu. Je prends soin de plier les pulls.

– O'Connor !

Megan crochète mon bras, mais je tiens bon.

– Je suis invité au mariage d'Elisabeth et de Duncan, dis-je d'une voix blanche.

Les doigts de mon invitée se détendent et cessent de malmener ma chemise.

– La présence de Catherine sur Inchkeith m'a été confirmée, continué-je. Je m'y rends demain.

– Tu…

– Je te la ramènerai, coûte que coûte.

Megan me toise d'un air mauvais.

– Comment peux-tu espérer que je te fasse à nouveau confiance ? me lance-t-elle.

– C'est ça ou tu te fais tuer avant de mettre un pied sur l'île.

Elle m'affronte toujours, si près de moi que je peux humer le parfum de ses cheveux.

– Un jour de plus, insisté-je. C'est tout ce que je te demande.

– Tu ne peux pas me réclamer ça.

– Un jour.

Je ne cille plus ; nos regards s'accrochent. Je commets peut-être une énième erreur : je n'étais pas certain de me rendre au mariage, de crainte que l'on m'accuse de favoritisme. Mais ma venue permettra d'appuyer la neutralité au-delà d'Édimbourg et de rassurer les Clans invités. Leur rappeler qui je suis. Je ne prends pas de risques inconsidérés juste pour Megan ; je fais d'une pierre deux coups. Du moins, je m'efforce de m'en convaincre.

Elle abdique finalement et s'éloigne, m'arrachant à sa chaleur.

– Un jour de plus, répète-t-elle. Si tu romps ta parole une seconde fois, je…

– Tu ne compteras plus que sur toi-même. Je sais.

CATHERINE

Mary a réagi plus vivement que je le pensais lorsque je lui ai raconté toute l'histoire. Je ne la croyais pas capable d'émettre autant de jurons en une seule expiration. Passé son accès de colère, elle m'a tenue contre elle jusqu'à ce que mes larmes sèchent. Elle m'a répété à quel point c'était dangereux pour moi de me trouver ici, comme si d'autres ne me l'avaient pas assez rabâché.

– Tu ne te rends pas compte du risque que ça représente, m'a-t-elle dit. Ta mère et toi pourriez être *exécutées* par les Clans… Je ne suis pas sûre que le *laird* serait capable de vous protéger, même s'il essaie.

Le terme était peut-être un peu fort, mais il a fait mouche. Venant de quelqu'un d'autre que ma mère, ces mises en garde ont été dures à encaisser. Toutes ces bêtises à propos d'une répudiation, machin chose, ça me dépasse. Même si maman a insisté elle aussi là-dessus, je suis convaincue que le sang reste le sang. Ça compte bien plus qu'un bout de papier ou une pression de la société ! Une société bizarre, mais quand même…

Je me renfrogne à cette pensée, tandis que Mary s'active dans les cuisines. Un bout de papier peut tout bouleverser, en réalité. Il a détruit ma famille, lorsque mes parents ont divorcé. Mais je reste leur fille à tous les deux. Non, en fait, ça ne change rien.

Je remue le ragoût d'un air absent. Une spécialité écossaise, selon Mary, avec du bœuf, de l'avoine, des pommes de terre et du poivre. *Beaucoup* de poivre. Ça ressemble à de la sauce bolognaise, mais lorsque je l'ai fait remarquer à *Granny*, elle m'a sermonnée – je n'ai pas le droit de blasphémer. De son côté, Roy s'occupe des entrées, un torchon sur son épaule. Il virevolte à travers les cuisines comme s'il avait fait ça toute sa vie.

C'est peut-être le cas…

Une autre femme – Elia, de ce que j'ai compris – découpe des parts de gâteau pour le dessert. Les quantités sont gargantuesques… Je passe à la seconde marmite, me demandant pour la énième fois ce que je fais ici.

– Avec la préparation du buffet pour demain, c'est un vrai bazar ! ronchonne Mary. Nous n'avons jamais soupé aussi tard en quinze ans !

Elia lui sourit d'un air indulgent.

– Dans une semaine, il ne restera plus rien, et nous recommencerons à dîner pour 19 heures.

Elles rient à leur plaisanterie. Je fais la moue, le nez pris par le parfum du ragoût. Mon ventre gargouille.

– Tu n'étais pas censée être convoquée par le *laird* ?

Je lève les yeux vers Roy, en train d'égoutter des pommes de terre fumantes. Il a raison, mais Mary m'a trimballée d'un bout à l'autre du château pour éviter la confrontation.

– Mary avait… besoin de moi, bredouillé-je.

Cet homme me met aussi mal à l'aise que Duncan, à me scruter du coin de l'œil comme ça.

– Elle a dit que je retournerai à la clinique pour dormir, ajouté-je en me penchant par-dessus la marmite.

Le bras de Roy me repousse en arrière, à temps pour me permettre d'esquiver une giclée de sauce tomate bouillante. Il l'essuie à l'aide de son torchon, sans détacher son regard de moi.

– Roy, les pommes de terre, l'interpelle Mary, venant à mon secours.

– Ça va… râle-t-il.

Je vide l'air de mes poumons, soulagée. *Granny* est soudain à ma droite.

– Tu t'éclipseras quand le dîner sera servi, me glisse-t-elle à l'oreille.

– Mais je dois quand même discuter avec le *laird*.

– Il a d'autres préoccupations, avec le mariage d'Elisabeth demain. Il ne sera pas disposé à t'écouter correctement, et c'est risqué. Je me demande comment ils font pour ne pas deviner qui tu es, d'ailleurs, étant donné vos ressemblances.

– Avec ma mère ?

– Et ton oncle, et ta tante. Tu es une MacCoy, pas de doute là-dessus… alors, fais-toi discrète !

– C'est du temps perdu. Je ne suis pas venue ici pour me cacher. Enfin, pas vraiment.

– Je suis de ton côté, ma chérie.

Mary cherchait peut-être à me rassurer, mais ses efforts n'ont pas sur moi l'effet escompté. Son regard, tendre, parcourt mon visage. Je devine qu'elle hésite à m'offrir un geste de réconfort. Elle m'a expliqué qu'elle garderait ses distances en public, pour ne pas attiser les soupçons. Je lui ai fait promettre de ne rien dire à propos de mon identité, le temps que je réussisse à me dépatouiller. Elle ne semblait pas inquiète par rapport à Caleb MacCoy, plutôt pour les conséquences… plus larges qui découleraient de notre conversation.

Comme si notre simple discussion risquait de bousiller le monde…

Ça ne suffit pas à me convaincre de me terrer dans mon coin et d'attendre. C'est même l'inverse ! Je suis tentée de provoquer l'inévitable en m'adressant à mon oncle directement, en dépit de mes jambes tremblantes.

– Amène ça dans la pièce d'à côté, m'ordonne Roy en me refourguant un plateau chargé de verres.

Je blêmis, manquant de perdre l'équilibre sous le poids.

– Moi ?

– Qui d'autre ? Allez, file.

Je fronce le nez et m'exécute à petits pas. Je traverse les cuisines, une sueur froide sur la nuque.

Un pas après l'autre. Rien de plus simple.

Je glapis lorsqu'un homme me barre la route, tout près de la sortie. Il m'aide à rattraper le plateau de justesse ; les verres tanguent dangereusement. Je reste tétanisée jusqu'à ce qu'ils s'immobilisent, puis je reprends mon souffle. Avant de le perdre aussitôt dès que je reconnais Matthew, que j'avais déjà croisé à la clinique de Hel.

– Désolé, lâche-t-il en délaissant mes doigts.

Je n'avais même pas remarqué qu'il les avait agrippés. Je me racle la gorge pour lui répondre, mais il s'est déjà éloigné. Je le suis du regard, honteuse d'avoir été si maladroite… et de ne pas avoir su émettre un son.

Je me rabroue et passe dans la salle de banquet. Je place un verre devant chaque chaise. Je comprends mieux les quantités qui sont en train d'être préparées : il y aura une vingtaine de convives, voire trente.

Quelques hommes et femmes sont déjà dans la pièce mais ne se sont pas installés. Ils discutent entre eux sans me prêter attention. Ils ont tous le sourire, éclatent souvent de rire… Est-ce qu'ils se doutent une seconde qu'à cause d'eux, de leurs embrouilles, des gens sont en danger ? J'éprouve une vive pointe de rancœur à leur encontre. Ils ont tous l'air si heureux, quand maman et moi avons dû fuir Londres en catastrophe…

Je me décale pour laisser passer une femme, puis une seconde, et me prépare à retourner dans les cuisines avant de changer d'avis. Non, je vais aller trouver Caleb et le persuader une bonne fois pour toutes de régler le problème, si tout est de sa faute.

Je vérifie que Mary n'est pas en train de me chercher – non, elle est concentrée sur la préparation du repas. J'aurais aimé passer plus de temps avec elle, rattraper celui que nous n'avons pas eu toutes les deux… mais je ne dois pas oublier que mon père est en danger. Je serre les poings et fais demi-tour, déterminée. J'esquive les nouveaux venus qui menacent de bloquer la sortie et me glisse dans le hall d'entrée. Un frisson me parcourt quand je vois Elisabeth et Duncan descendre l'escalier, suivis par un groupe d'hommes, dont Brahn et Dyclan. Une autre femme, que je ne connais pas, les accompagne. Entourée de tous ces blondinets et rouquins, elle dénote avec ses boucles noires. Je me dissimule derrière un pilier. Encore ce fichu mariage… Ils n'ont que ça à la bouche depuis que je suis arrivée.

En même temps, c'est demain…

Je réprime un ronchonnement et quitte ma cachette pour grimper l'escalier. J'aurais pu demander à Elisabeth où se trouve Caleb, mais c'est une vraie pipelette. En plus, elle aurait peut-être voulu s'inviter dans notre discussion. Or, j'ai besoin d'être seule, avec *un* interlocuteur, et pas des moindres.

Mais pour ça, il faudrait déjà que je réussisse à me repérer dans le dédale des couloirs du château.

Ils ne pouvaient pas vivre dans une maison, comme tout le monde ?

Ma démarche rageuse trahit ma présence ; je m'en rends compte dès que l'écho de mes pas me revient. Je ralentis et fouille l'étage, sans résultat. La plupart des portes sont fermées à clé. Je m'apprête à faire demi-tour pour retourner à l'escalier quand j'entends du bruit. Je désespère lorsque je constate que ce sont des gens du château qui descendent sans doute pour dîner, avant que mon cœur se remette de plus belle à cavaler. Caleb n'est pas très loin derrière eux. Je l'observe à la dérobée afin de jauger son humeur. Un sourire étire ses lèvres, il a l'air plutôt détendu. Bon… Je le hèle :

– Caleb ?

Il redresse la tête, les sourcils haussés. Les gens qui le précèdent s'arrêtent, bouche bée. Je comprends ma bourde et corrige :

– Enfin, chef, boss… patron ? Monsieur… *Milaird* !

Caleb émet un léger rire et me fait signe de le rejoindre. Les autres reprennent leur route, et nous nous retrouvons seuls dans le couloir.

– J'ai appris que vous souhaitiez me voir après mon rétablissement, dis-je d'un ton que j'espère assuré.

– En effet, mais j'imaginais que nous pourrions discuter plus tôt. Il est très tard, et une longue journée nous attend demain.

Je suis étonnée qu'il ne remette pas sur le tapis l'idée d'appeler maman. Est-ce que c'est habituel, ça ? Des gamins qui dérivent jusqu'à Inchkeith ? Je m'étais préparée à ruser pour qu'il me fiche la paix avec ça et, en fin de compte, je n'en ai même pas besoin.

– Vous savez que le temps presse pour moi… pour mon père, rappelé-je. J'ai besoin de vous.

Son regard doré s'obscurcit… ou bien est-ce un effet des faibles lumières ?

– Si nous avons nos torts, je te viendrai en aide, je te le promets, m'assure-t-il. Je profite de mon dîner – je n'ai mangé que sur le pouce aujourd'hui – et ensuite, on discutera tranquillement.

Il jette un coup d'œil à sa montre. Son début de grimace ne m'échappe pas.

– Le temps qu'il faut, ajoute-t-il en posant sa main sur mon épaule.

– *Milaird*, c'est que…

– Viens souper avec nous, si tu tiens tant à me tenir à l'œil.

– Je dois rentrer à la clinique, réponds-je, les directives de Mary me revenant en mémoire.

Caleb soupire, puis il me tend son portable après avoir pianoté dessus. Je me retrouve avec le répertoire sous le nez.

– Écris l'adresse de ton père et son numéro de téléphone, me demande-t-il. Je demanderai à Dyclan de se renseigner.

Je note tout, puis rends l'appareil. Caleb le range dans sa poche et m'interroge :

– Tu dis que des hommes s'en sont pris à ta mère et toi… Où est-elle, à présent ?

– Nous nous sommes cachées, indiqué-je avec prudence. Elle va bien, je crois.

– Elle était blessée.

– On l'a soignée.

– Et tu es partie, seule, pour venir jusqu'ici, en la laissant derrière toi ?

J'acquiesce. Le tableau n'est pas très reluisant.

Je suis une fille ingrate, et...

Je souffle pour dégager une mèche de mon front.

... mauvaise.

Ce que j'ai craché à la figure de maman… Mon cœur se comprime.

Elle ne me le pardonnera jamais.

– Tu devrais manger, et te reposer, me glisse Caleb.

– Oui… Mais, *milaird*, vous le ferez, hein ? Vous allez aider mon père ?

– Je ferai ce que je peux.

Il ne s'étend pas davantage, quand je m'attendais à un véritable interrogatoire : qui sont ceux qui nous ont attaqués, comment tout s'est déroulé, comment nous avons fui… Les mêmes questions qu'a posées Lachlan O'Connor. Mais rien. Je commence à mettre en doute sa bonne foi. Caleb est-il sincère ? Compte-t-il vraiment intervenir ou cherche-t-il à gagner du temps pour ne pas se mouiller ? Il est si… calme. C'est sans doute normal : il ne me connaît pas, il n'a aucune raison de s'impliquer émotionnellement.

Et s'il savait qui je suis ? Est-ce que ça changerait quoi que ce soit, ou me tuerait-il à la seconde qui suivrait mon aveu ?

Je déglutis.

– Merci, marmonné-je sans conviction.

Caleb sourit et tapote à nouveau mon épaule. Alors qu'il commence à me contourner, je repère un doudou dans sa poche arrière. Je fronce les sourcils, intriguée.

– Bonne soirée, Catherine, me dit-il.

– Bonne soirée, *milaird.*

Je soupire, me rejouant la brève discussion dans ma tête. C'est vrai, maman doit être dans tous ses états à cause de ma fugue. Mais si elle apprend où je suis, elle débarquera dans les heures qui suivent pour me récupérer, et les MacCoy la reconnaîtront à coup sûr…

Caleb disparaît au fond du couloir, emportant avec lui tout l'espoir que je lui ai confié.

Puis je réalise.

Il m'a appelée par mon prénom complet.

Je ne le lui ai jamais donné.

CHAPITRE 26

LACHLAN

J'ajuste mon veston, l'œil rivé au miroir. Mes doigts sont plus sûrs que la veille tandis que je caresse les boutons dorés, avant d'enfiler ma veste de costume gris anthracite et de placer un mouchoir vert dans la poche avant. Je glisse la cravate autour de mon cou sans la nouer, pas encore vraiment sur le départ. Mon acte d'aujourd'hui sera le dernier que je ferai de manière désintéressée pour une MacCoy. Demain, ce sera différent. Demain, je serai fidèle à mes valeurs, et à mes propres discours. J'aurai un ennemi à combattre : Seaton.

Je suis tellement fatigué…

Je quitte mon dressing, traverse ma chambre et pénètre dans la salle de séjour de mon aile privée. Là, je marque un temps d'arrêt, surpris de trouver Megan plantée au beau milieu de la pièce. Elle me lance un regard dont la signification est sans équivoque : « Tu n'as plus le droit à l'erreur. »

J'aimerais lui hurler que je ne lui dois rien. Au contraire, je lui fais une faveur en partant à la recherche de Catherine… mais je ne le pense pas vraiment. J'ai *envie* de l'aider. Même si je ne le devrais pas.

Elle hésite une seconde puis finit par me rejoindre. Ses doigts filent autour de mon cou et nouent ma cravate. Je lève naturellement le menton pour lui faciliter la tâche. Un certain malaise me gagne : je n'ai jamais laissé une femme s'occuper d'une telle broutille. Je commence à le regretter quand je hume le parfum de Megan, si près de moi, sa chaleur m'enveloppant sans qu'elle ait besoin de toucher ma peau. Je baisse la tête avant qu'elle ait terminé ; mon nez frôle son front. Elle ne bouge pas, concentrée sur ses gestes, ou bien trop contrariée pour me regarder dans les yeux.

– Un jour, c'est tout, murmure-t-elle.

J'acquiesce, conscient de la responsabilité qui pèse sur mes épaules. Une énième, qui me tient beaucoup plus à cœur que je l'aurais cru.

– Je te la ramènerai, dis-je.

– Lachlan, je…

Megan clôt un instant les paupières. Elle a terminé de nouer ma cravate, mais ses mains restent accrochées au tissu, comme si elles me bridaient près d'elle.

– Elle est tout ce que j'ai, souffle-t-elle. Tout ce qu'il me reste.

La savoir si seule me fait mal.

– Je sais, lâché-je.

Je déglutis, surtout pour chasser le nœud qui s'est formé dans ma gorge. « Tu es tout ce qu'il me reste… » Ma mère me le répétait sans cesse, elle aussi. Et je l'ai abandonnée.

Megan lève enfin les yeux sur moi. Sa bouche s'entrouvre, mais elle n'émet aucun son. Alors, elle la referme et ébauche un faible sourire.

***

Serah ne s'est pas déridée depuis que je suis monté dans la voiture. Elle me toise à travers les rétroviseurs dès que j'ai le malheur de quitter le paysage des yeux. Elle désapprouve mon choix d'assister au mariage, sans doute parce qu'elle devine mes intentions que je ne lui dis pas. Mais malgré tout ce qui nous lie, je ne compte pas me justifier. Pas aujourd'hui.

Elle comprendra peut-être un jour.

Quand elle sera à ma place.

Le véhicule cahote jusqu'au port, cerné par quatre autres qui rassemblent une quinzaine d'hommes et de femmes de ma Brigade. Après le fiasco de l'échange entre les MacLeod et les MacKenzie, j'ai dû revoir les salaires à la hausse et durcir le processus de sélection, auquel je prends part à présent. Ces miliciens ne pourront pas tous m'accompagner sur Inchkeith, mais il est inconcevable que je me déplace sans une troupe armée, désormais.

Mes pensées s'égarent à nouveau sur tous les problèmes que je vais devoir rapidement régler après le départ de Megan et Catherine. Le visage de Seaton m'apparaît dans la vitre, avec son regard insondable et sa détermination presque désespérée. Je ne me suis jamais laissé intimider par un journaliste. Celui-là a choisi son moment pour me prendre de court ; je ne dois pas le sous-estimer.

Comment vais-je manœuvrer pour le mettre hors de course ?

C'est seulement lorsque Serah ouvre ma portière que je réalise que nous sommes arrivés au port. L'air iodé m'agresse les narines ; le vent ébouriffe mes cheveux que j'ai mis du temps à discipliner. Je les rabats en arrière, pour qu'ils s'emmêlent aussitôt dans tous les sens. Il est treize heures, les festivités ont commencé dans la matinée ; la cérémonie est dans deux heures.

Nous ne sommes pas les seuls à nous être arrêtés à proximité des quais. Une douzaine de voitures sont garées ; d'autres ralentissent, pour mieux repartir et stationner ailleurs. Les tartans resplendissent de bleu, vert, rouge, violet… Un véritable arc-en-ciel. Le ferry est à l'horizon ; il ne tardera plus à arriver pour emporter la nouvelle fournée d'invités. En plissant les yeux, je distingue plusieurs bateaux qui font des rondes. Caleb MacCoy a tout intérêt à assurer la sécurité de l'île durant le mariage… Il en va de sa réputation parmi les Clans.

– Par ici, monsieur.

Serah me pointe le quai du doigt, comme si je n'étais pas capable de me repérer seul.

Tu es aigri, aujourd'hui...

Un comble.

J'emboîte le pas à mon bras droit, soigneusement encadré par les quinze membres de ma Brigade. Les invités s'écartent à notre approche. J'éprouve une satisfaction malsaine à voir ces petits *lairds* et *ladies* ployer la nuque à mon passage.

Les bêtes sauvages peuvent toujours être domptées.

Je croise le regard d'un Dougall ; il se détourne aussitôt après m'avoir salué brièvement. Je ne vois pour l'instant aucun membre des Sept. Le mariage d'Elisabeth et Duncan est censé se dérouler en comité restreint, loin du faste qu'une union entre un Campbell et une MacKenzie aurait pu engendrer. Les faire-part ont été distribués en suivant les affects davantage que les considérations politiques.

Lorsque le ferry accoste, personne ne monte avant moi. Tous attendent que j'investisse le navire avec ma cohorte, et me laissent en paix le temps du voyage.

Plus nous approchons d'Inchkeith, plus je parviens à distinguer sur ses côtes des tartans écarlates à travers le léger brouillard. Ce dernier ne restera pas bien longtemps ; déjà, les rayons du soleil le percent de flèches dorées.

J'assure mes appuis pour me tenir le plus droit possible lorsque le bateau aborde le petit port. Il me suffit de baisser le regard pour rencontrer celui de Caleb MacCoy, ayant le devoir et la responsabilité d'accueillir lui-même les invités. À ses côtés, Phèdre MacLeod porte son tartan bleu ciel en écharpe autour de son torse. Ils sont tous les deux très séduisants, l'un dans l'habit traditionnel écossais, la seconde dans une robe en taffetas évasée, au bustier délicat. « Un couple royal », songé-je, presque avec amertume.

Ils m'observent descendre sur le ponton, avec seulement Serah et deux de mes hommes. Les autres resteront à bord. Caleb me jette un regard circonspect, avant de me tendre la main. Je m'en empare, sa paume calleuse contre la mienne.

– Bienvenue, Lachlan, me dit-il d'un ton dur.

– Je ne pouvais pas manquer une telle occasion, mens-je avec un sourire.

Le sourcil de Caleb tressaute, mais il ne réplique pas. Phèdre me serre la main à son tour, non sans jeter un regard en coin à son compagnon.

– Bienvenue, me salue-t-elle également.

Son sourire est plus sincère, bien qu'elle conserve une certaine réserve. Je contracte la mâchoire mais décide de passer outre leur froideur à tous les deux. Ce n'est pas le bon jour pour tenter de combler les fossés qui nous ont séparés. J'ai tout intérêt à récupérer Catherine et repartir aussitôt.

– Nous ne pensions pas que vous viendriez, enchaîne Phèdre.

Ses prunelles acier détaillent mes traits. Un frisson me parcourt. Alexander avait une force identique dans ses yeux. Il aspirait l'attention, insufflait le courage. Il avait le regard d'un guerrier, et d'un meneur. Sa fille en a hérité, après avoir tant enduré. La profondeur que je lis dans ses iris est déroutante.

– J'ai été très surpris par votre invitation, avoué-je.

– Pourquoi ?

– Parce qu'il est responsable de ce qui est arrivé à notre fils, tranche Caleb, en feignant un sourire pour les gens derrière moi.

– Ce n'est pas le moment, le morigène Phèdre, l'œil noir.

Ils échangent un silence qui en dit long. Leurs avis divergeaient quant à ma présence, donc. Quoi qu'il en soit, le reproche du *laird* est justifié.

– Je travaille chaque jour pour réparer cette erreur, répliqué-je, placide. Maintenant, si vous voulez bien m'excuser, je crois qu'il y a un buffet qui m'attend.

Phèdre s'écarte pour me laisser passer. Serah me suit à la trace.

– Pourquoi n'avez-vous pas rembarré MacCoy ? me demande-t-elle. Il n'avait pas à vous parler comme ça.

– C'est mérité. N'aurais-tu pas réagi de la même façon s'il était question de ton fils ?

Je regrette aussitôt mes propos. Les traits de Serah se froissent, son regard se voile.

– J'aurais fait pareil, monsieur, me confirme-t-elle toutefois.

Je pince les lèvres, m'injuriant en mon for intérieur. Pour ça aussi, j'aurai à m'excuser. C'était un coup bas involontaire.

– Si tu remarques Hel ou Catherine, préviens-moi, lui demandé-je.

La Lionne hoche la tête, les dents serrées.

Dès que nous atteignons le sommet de la butte, je ravale une grimace. Des dizaines de personnes sont rassemblées là, dans une farandole de couleurs, de coiffes fleuries, de guirlandes verdoyantes autour du cou. Je tire sur ma veste, mal à l'aise. Je suis peut-être trop apprêté pour l'occasion – je suis le seul en costume, les Écossais ayant préféré leurs habits traditionnels.

Comme si ça comptait…

Je joue distraitement avec ma cravate, hésitant à la retirer, puis me ravise. Megan l'a nouée pour moi. Je sens encore l'effleurement de ses phalanges, son parfum. J'aime que leur souvenir m'accompagne.

La musique traverse l'île de bout en bout. Des enceintes sont réparties un peu partout, si bien que les basses semblent vrombir sous mes pieds. Les cornemuses n'ont pas été sorties pour l'instant. Quelqu'un me propose un verre de vin. Je secoue la tête et demande où je peux dégoter du whisky.

Je risque d'en avoir besoin.

CHAPITRE 27

LACHLAN

Mais où se planque cette gamine ?

J'ai beau tourner en rond, je ne la trouve pas. Il faut dire que je ne cesse d'être intercepté par des invités trop heureux de profiter de l'occasion pour me parler de leurs affaires. Certains osent même défendre quelques-uns de leurs hommes que Serah a sanctionnés, pris en flagrant délit de rixes dans la zone neutre. À ceux-là, je n'accorde qu'une indifférence méprisante. S'ils veulent que je leur sourie, ils n'ont qu'à mieux tenir les rênes de leurs meutes.

Je suis remonté jusqu'à la clinique de Hel – fermée pour la journée, sans surprise – mais je n'y ai rien trouvé. Serah a ordonné à nos hommes de me suivre comme mon ombre, pendant qu'elle patrouille de son côté, en quête de la petite.

J'espère qu'il ne lui est rien arrivé de mal.

J'hésite à m'aventurer au château, mais ce serait sans doute trop suspect. Sans compter que c'est un nid de jupes et de rires cristallins. Les femmes ont investi la bâtisse, protégeant avec férocité la future mariée des regards indiscrets.

Quant à Duncan, je l'ai entraperçu aux abords des bancs disposés devant l'arche fleurie qui a été construite pour la cérémonie. Comme Caleb, et la grande majorité des hommes présents, il porte un kilt et une veste bien coupée ; bref, tout l'attirail du parfait petit Highlander. Comme la tradition le veut, il a passé un brin de bruyère blanche à sa boutonnière, ce qui est censé lui porter bonheur. Il est aussi heureux que nerveux, vu le mouvement de ses doigts sur sa canne.

Une silhouette m'intercepte alors que je suis en quête d'un autre whisky en guise de carburant. Dyclan me tend un verre bienvenu, dont je reconnais la belle couleur ambrée, et les trois glaçons. Un détail qui me surprend, puisque c'est exactement comme ça que je le bois d'ordinaire.

– Merci, dis-je.

– Pas de quoi. Je vous vois errer depuis tout à l'heure. J'aurais cru que vous seriez à l'aise, pourtant. C'est votre truc, les mondanités, non ?

J'arque un sourcil.

S'il savait comme je déteste ça…

– Je suis impatient, indiqué-je.

Impatient, oui… De mettre la main sur Catherine et de la ramener à sa mère. Je ne donne pas cher de ma peau, sinon.

– Tous les invités sont-ils là ? demandé-je par politesse.

À l'inverse des hommes de son Clan, Dyclan ne porte pas le tartan rouge, tout juste une épingle sur sa chemise représentant la patte d'un ours. Il s'émancipe petit à petit du système, focalisé sur la mission de passeur que je lui ai confiée. Il vit encore sur Inchkeith par facilité, mais il n'est plus vraiment là. Une partie de lui reste sur l'île Lewis, auprès d'Anna, à qui je continue parfois de transmettre ses lettres lorsque ses absences s'étirent.

– Oui, me répond-il. Je ne pensais pas que vous viendriez.

– Je crois que c'est la dixième fois que j'entends cette phrase aujourd'hui.

– Certains voient d'un mauvais œil votre présence.

– C'est ton cas ?

– Non, je trouve ça bien. Les invités auront tendance à se tenir à carreau de peur que vous les réprimandiez. La politique ne fera pas sa loi à ce mariage.

– Et pourtant, je suppose que tu ne m'as pas approché pour discuter du beau temps, fais-je remarquer avec nonchalance.

Dyclan amorce un début de sourire, vite disparu.

– Comme toujours, vous voyez plus loin que le bout de votre nez, commente-t-il.

Il se racle la gorge au passage d'un groupe en pleine discussion et patiente jusqu'à ce qu'ils se soient éloignés pour me dire :

– Vous m'avez demandé il y a un certain temps de participer aux recherches pour retrouver Elrik MacKenzie. J'ai eu beau me démener, je ne trouve aucune trace de lui. Tout ce que nous savons, c'est qu'il s'est envolé après avoir aidé sa sœur à s'enfuir…

– Anna a encore abordé le sujet, n'est-ce pas ?

Dyclan se rembrunit et acquiesce.

– Elle s'inquiète, et comment le lui reprocher ? soupire-t-il.

– Tu sembles avoir une idée derrière la tête.

Le Limier grimace, les sourcils froncés, un coin de ses lèvres soulevé.

– En quoi disparaître était-il dans ses intérêts ? Pourquoi n'est-il toujours pas revenu ? s'interroge-t-il. Comme Anna, il aurait bénéficié de clémence lors du procès des MacKenzie. Pourrait-on le maintenir captif quelque part ?

– C'est ce que tu penses ?

– À vrai dire, je n'en sais rien. C'est bien là le problème. Je me préoccupe d'Anna avant tout, et il est question de son frère.

– Nous ne pouvons pas exclure qu'il ait choisi de suivre la même voie que…

Je baisse la voix alors que de nouveaux invités passent près de nous, pour souffler :

– … sa sœur.

– Anna est convaincue qu'Elrik ne l'aurait jamais abandonnée sans un mot.

– Et elle n'aurait jamais cru trahir sa propre Famille non plus.

Dyclan se recule, comme heurté par mes propos. Je reprends, inflexible :

– La disparition d'Elrik est préoccupante, et tu as raison de continuer à te soucier de ce qu'il est devenu. Je compte sur toi pour poursuivre ton enquête à ce propos, sans oublier ta mission principale.

Un éclair roux passe dans mon champ de vision périphérique. Je pivote aussitôt, croyant avoir reconnu Catherine.

– Vous me surprenez, commente Dyclan, récupérant mon attention. J'ai cru que je ne faisais plus l'affaire, puisque vous avez demandé que Joffrey me remplace.

– Non ; qu'il t'épaule et que vous assuriez les transferts vers Lewis en alternance. Ce n'est pas la même chose.

– Était-ce vraiment nécessaire ? Plus nous serons nombreux à être impliqués dans le programme, plus il risquera d'attirer une attention dont nous ne voulons pas.

– Vois ça comme des vacances. Profites-en pour passer quelques jours avec Anna.

– Des vacances ? Sérieusement ?

Je note le changement dans le ton de Dyclan, soudain plus grave. Je soupire.

– Tu ne pourras pas tout gérer seul indéfiniment, l'éclairé-je. Plus le temps s'écoule, plus les appels à l'aide se multiplient, avec le bouche-à-oreille. Le programme prendra vite de l'ampleur, et tu auras besoin d'aide pour gérer les exfiltrations. Joffrey et toi êtes proches, je sais que tu le formes au pistage et aux missions furtives depuis plusieurs mois déjà. Je pense que c'est le bon moment pour l'impliquer davantage.

Et il est hors de question que tu t'occupes de Megan et Catherine.

– Je vois, souffle le Limier, les mains dans les poches.

À quelques mètres sur ma gauche, j'aperçois soudain Serah. Elle me fait un signe, puis pointe une direction. Je la suis du regard et distingue la tête rousse que je suis venu retrouver ici.

Je te tiens, Catherine...

Un soupir de soulagement m'échappe ; Dyclan hausse les sourcils. Je me rattrape en levant mon verre et en m'exclamant :

– Merci encore.

J'espère que cette marque de politesse suffira au Limier... En tout cas, il devra s'en contenter. Je tourne les talons, feignant la décontraction, les yeux rivés sur Catherine. Elle observe le monde autour d'elle, l'air aussi enthousiaste qu'intimidée. J'accélère le pas et me fonds dans la foule.

CATHERINE

La fête bat son plein alors que la cérémonie n'a pas encore commencé. Je suis prise dans un flot de joie, de bonne humeur et de rires qui m'emporte, émerveillée par toutes ces couleurs qui chatoient, ces hommes et ces femmes qui se mêlent les uns aux autres, contredisant tout ce que maman m'a dit à propos du monde cruel et sanglant dont elle viendrait. Comment adhérer à son pessimisme alors qu'un homme un peu aviné me tapote la tête après m'avoir sorti une blague que je n'ai comprise qu'à moitié ? Lorsqu'une femme m'arrête pour discuter avec moi sans me poser la moindre question sur mon identité ?

La musique tourbillonne dans l'air, portée par les quelques bourrasques. Elle chante en chœur avec les ressacs qui s'écrasent sur les falaises, tout autour de l'île. Mon cœur bat vite – trop vite – et je n'ai qu'une envie : danser, sauter, crier, rire aussi. L'ambiance me fait pousser des ailes en tartan.

Duncan est entouré de nombreuses personnes qui le félicitent déjà. S'il affiche une certaine gêne, il sourit malgré tout. Hel a fermé la clinique. Elle voulait que j'y reste le temps des festivités, mais son insistance m'a agacée, alors je suis quand même sortie. Elle doit me chercher, à l'heure qu'il est ; toutefois, il est hors de question que je loupe une occasion pareille. Je n'ai jamais assisté à une fête comme celle-là. Des amis de papa et maman se sont mariés une fois, mais la célébration n'avait rien à voir avec ce que je découvre aujourd'hui. C'était guindé, prétentieux, les jeux étaient idiots, et la musique stupide. Cet après-midi, au contraire, j'ai l'impression d'avoir plongé dans un autre monde. J'observe les gens rassemblés, heureux, et un pincement au cœur finit par me surprendre. Pourquoi maman m'a-t-elle privée de tout ça ? Pourquoi n'ai-je pas eu la chance de découvrir ce côté de ma famille ? Ils sont si gentils… Parfois bourrus, mais toujours bienveillants. J'aimerais m'attarder plus pour apprendre à les connaître, m'intégrer au Clan. Avouer à Caleb et Elisabeth que je suis leur nièce et rattraper le temps perdu.

J'enfourne un toast au saumon – il est délicieux ! – et me retourne pour me retrouver nez à nez avec une cravate argentée. Je me fige, reconnaissant aussitôt le parfum entêtant de Lachlan O'Connor. Celui-ci me toise d'un œil si sévère qu'il me donnerait presque envie de me planquer sous une table.

Mais qu'est-ce qu'il fait là ?

Mon premier réflexe est de chercher ma mère du regard. Les pires scénarios s'emballent dans mon esprit.

– Je ne sais pas si tu es inconsciente, ou stupidement courageuse, assène Lachlan.

La pique ne touche pas là où il l'espérait sans doute. Je redresse le menton, furibonde.

– Ce n'est pas comme si vous en aviez quelque chose à faire ! répliqué-je.

Lachlan fronce les sourcils, avant de déposer son verre à moitié vide sur la table derrière moi.

– Ta mère est morte d'inquiétude, m'informe-t-il tout bas. Réalises-tu ce que tu lui fais subir ?

Ma poitrine se comprime, le regret montant brutalement en moi. Oui, je le réalise un peu. Mais je ne peux pas m'attarder là-dessus, vu les enjeux.

– Ni elle ni vous n'avez fait quoi que ce soit pour mon père, plaidé-je, amère. Vous vous contentiez de tourner en rond et de gratter du temps.

– C'est faux : nous nous sommes juste montrés prudents.

– Oh ! s'il vous plaît, épargnez-moi vos leçons !

– Parce que tu crois que ta visite ici a changé quoi que ce soit ?

Je referme la bouche, mouchée. Non, c'est vrai. Rien ne s'est passé comme je l'espérais. Pas de grand départ en branle-bas de combat, pas de promesses héroïques ou d'étreintes familiales à grand renfort de larmes et de tendresse. J'attends toujours que les autres agissent pour moi…

Lachlan glisse ses mains dans ses poches, le visage radouci, et résume :

– Tu as voulu sauver ton père, et les solutions proposées ne te convenaient pas. Je peux comprendre que tu aies souhaité intervenir, mais tu as oublié de prendre en considération de nombreux points essentiels. Tu t'es mise en grave danger, et ta mère est morte d'inquiétude à ton propos, sans pouvoir rien y faire.

Est-ce que je dois me sentir soulagée ou blessée qu'elle ne daigne pas prendre de risques pour moi ? Je renifle avec dédain et croise les bras.

– Alors, elle comprend ce que ça fait de rester plantée dans un coin et de voir le monde s'effondrer dans l'impuissance, craché-je d'un ton acide.

Le regard de Lachlan n'est plus dur mais glacial. Je reconnais cet air-là, celui qui contient une fureur explosive que l'on arrive malgré tout à réguler pour ne pas qu'elle nous emporte. Maman avait le même chaque fois que papa débordait, chaque fois qu'une fille à l'école me cherchait des noises. Les mots ont plus d'impact que les coups ; dans un tel moment, je savais qu'il était plus intelligent pour moi de garder le silence plutôt que de courir le risque d'entendre des choses que j'aurais préféré ignorer.

Mutique, j'observe Lachlan alors qu'il inspire pour m'asséner avec calme :

– Tu es injuste, et naïve à bien des égards. Si tu étais moins têtue, tu aurais pris la peine de discuter avec ta mère pour mieux comprendre dans quoi tu t'es embarquée.

Je contracte la mâchoire, offusquée. Maintenant, c'est *moi* la coupable ?

– Mais je n'ai rien demandé ! fulminé-je, les poings serrés. Vous croyez que ça m'a fait plaisir d'être attaquée au beau milieu de la nuit, arrachée à ma maison et obligée de rester planquée pendant…

– Moins fort ! me coupe Lachlan.

Je me tais à contrecœur, interrompue dans ma lancée. Les invités autour de nous nous observent encore quelques instants avant de poursuivre leurs conversations.

– On ne va pas discuter plus longtemps, reprend O'Connor. Je suis venu ici exprès pour te ramener auprès de ta mère. Ton p…

– Pas question !

– Catherine !

Je le repousse alors qu'il tente de s'emparer de mon poignet. Je n'ai pas fait tout ça pour rien ! Caleb m'a promis d'aider papa quand le mariage sera terminé ; Lachlan, lui, s'est contenté de rester évasif depuis le début, parce qu'il s'en moque ! Et puis, ma famille est ici, même si elle ignore qui je suis. Mary est avec moi. Pour la première fois de ma vie, je me sens vraiment comprise. Je ne veux pas renoncer à tout ça maintenant.

Je cours à travers la marée humaine en train de se rassembler et de s'asseoir sur les chaises alignées devant l'arche florale. Je bouscule les invités sans m'excuser, apeurée à l'idée que Lachlan soit à mes trousses. Je cogne l'épaule de Dyclan qui m'appelle, m'insère entre Brahn et Elia, repère une chevelure bleue que j'esquive en bifurquant sur la droite. Les tartans deviennent flous, un patchwork de couleurs qui me plonge dans un tunnel. Je comprends que mes yeux se voilent de larmes. Je les chasse en écrasant mes paupières d'un geste rageur. Deux mains m'empoignent brusquement les bras. Je me débats.

– Hé !

Je sursaute. Caleb me considère d'un regard soucieux et réprobateur. La femme à côté de lui me dévisage aussi, interloquée, de ses iris bleu acier.

– Qu'est-ce qui t'arrive ? me demande le *laird*. Tu as vu un fantôme ?

Je secoue la tête, embarrassée. Le couple échange un coup d'œil, puis la femme murmure :

– Je vais vérifier si Ellie et Xander sont prêts.

Elle me jette un dernier regard inquiet avant de remonter jusqu'au château. Quant à Caleb, il me sermonne :

– Tu ne devrais pas courir sans regarder où tu mets les pieds. Inchkeith n'est pas un terrain de jeu. Les falaises sont mortelles.

J'acquiesce pour la forme, encore secouée par l'adrénaline dans mes veines.

– Je ferai plus attention, maintenant, bredouillé-je.

Caleb ne me répond pas, les yeux posés sur quelque chose dans mon dos. Ses mains sont toujours sur mes épaules ; je les sens se crisper.

– La cérémonie va commencer, Lachlan, l'entends-je dire. Tu devrais aller t'asseoir.

J'ose jeter un coup d'œil derrière moi pour découvrir O'Connor immobile, à trois pas de nous. Le *laird* et lui s'affrontent en silence. Caleb m'attire près de lui, sans jamais me relâcher. Je crois que le message est clair, puisque Lachlan se détourne pour redescendre vers l'arche, sans afficher aucune émotion. Un soupir de soulagement m'échappe. Caleb lâche d'un air pensif :

– C'est étrange… D'habitude, il ne part jamais sans avoir le dernier mot.

Il secoue la tête, retrouve son sourire en coin et ajoute :

– Attends ici le temps que Mary te rejoigne. Je ne pourrai pas rester avec toi.

– Pourquoi ?

Son expression s'illumine alors qu'il me répond :

– J'ai une sœur à mener jusqu'à l'autel.

CHAPITRE 28

LACHLAN

La frustration me gagne, acide, mais je reste assis, au deuxième rang sur la droite de l'autel. Je soupire, plus contrarié que je le pensais. J'ai été surpris que Caleb prenne Catherine sous son aile, comme s'il cherchait à la protéger de moi. Vu le regard qu'il m'a lancé, j'ai bien cru qu'il allait me décapiter sur place…

Les *lairds* et *ladies* qui m'encadrent ont la langue pendue. Seule Katelyn Fraser reste silencieuse, prêtant à peine une oreille à l'homme qui lui parle à voix basse. Ses yeux rencontrent les miens ; elle ébauche un semblant de sourire auquel je réponds par un signe de tête poli.

Le prêtre derrière son pupitre lève une main, et les discussions s'éteignent. Au même moment, les cornemuses s'élèvent dans notre dos. Nous nous remettons tous debout et pivotons pour assister à la procession des futurs mariés. Duncan ouvre la marche ; il resplendit dans le tartan rouge des MacCoy, une lourde broche argentée épinglée au niveau de son pectoral gauche. Phèdre MacLeod l'escorte en tant que demoiselle d'honneur. Je remarque qu'il n'a pas sa canne et a tendance à s'appuyer sur le Chardon. Mais il n'affiche aucun signe de douleur : la joie l'anesthésie.

Elisabeth chemine ensuite, au bras de Caleb. Mon cœur s'attendrit à cette vision. Elle est superbe dans sa robe blanche en mousseline, à la dentelle bohème. Ses cheveux cuivrés ont été bouclés et cascadent dans son dos, en dessous d'une épaisse tresse en forme de couronne. Des baies mauves et du muguet éclosent entre les mèches, son sourire rayonne. Le plaid en tartan rouge de son Clan lui barre la poitrine et se déploie derrière son bras gauche. Elle tient son bouquet de fleurs sauvages avec délicatesse ; un brin de bruyère en forme le centre. Elle avance avec aisance, mais je me doute qu'elle a glissé une pièce de six pence dans l'une de ses chaussures, comme le veut la tradition. Encore un porte-bonheur…

Les murmures d'admiration pleuvent. Je surprends Caleb à étreindre plusieurs fois le bras de sa sœur, comme s'il ne voulait plus jamais la lâcher.

Sous la bonne garde de Rose Duval, Xander clôture la marche. Il gambade derrière sa tante en portant un coussin de soie sur lequel reposent les alliances, observant le monde de ses grands yeux dorés. Lorsqu'il s'égare une seconde, sa grand-mère le redirige vers l'autel d'une pression dans le dos.

Elisabeth s'immobilise face au prêtre et se retrouve bientôt encadrée par son frère et Duncan. Elle émet un gloussement, son fiancé lui sourit en coin. Phèdre se décale, les mains jointes devant elle. Xander se poste près de ses jambes. Elle le libère du coussin par précaution.

Le prêtre entame son discours, mais j'y prête à peine attention. Assister au mariage d'Elisabeth me chamboule. Alastair aurait dû être là pour mettre à l'épreuve Duncan ; Moira aurait dû laver les pieds de sa fille pour lui porter chance, natter ses cheveux et lui répéter à quel point elle est belle. Megan aussi aurait dû être présente, pour guider Duncan, contempler avec amour et tendresse sa petite sœur. Et moi, je me tiens ici, à sa place, témoin de ce qui est un événement exceptionnel pour leur famille et dont elle est privée.

– Nous célébrons aujourd'hui l'amour qui est force, respect et dévouement, clame le prêtre d'une voix assez puissante pour être entendu par la centaine de convives rassemblés. Il est la liberté, la complicité et la générosité. Nous sommes réunis pour unir deux âmes qui s'attendaient l'une et l'autre depuis longtemps…

Caleb se décale à son tour lorsque Duncan saisit la main d'Elisabeth et qu'ils se retrouvent face à face. Le prêtre a quitté son pupitre pour se rapprocher d'eux. Le couple ne se lâche plus des yeux ; ils sont silencieux, et pourtant, j'ai l'impression d'entendre les mille mots qu'ils se murmurent.

– L'amour ne connaît pas le temps, mais il connaît les obstacles, les risques, les épreuves à surmonter pour devenir plus fort encore.

Duncan s'empare d'un pan du tartan d'Elisabeth et y accroche une broche argentée, la *Luckenbooth*, un signe d'amour échangé entre deux amants. Deux cœurs entrelacés sur un chardon, symbole écossais. Une femme derrière moi soupire de jalousie.

– L'amour s'incarne en chacun de nous, et prend tout son sens dans le regard de l'autre.

Le prêtre joint les mains des futurs mariés et noue délicatement un ruban autour de leurs doigts mêlés. Le vent se lève légèrement ; l'herbe frémit. Le bruit des vagues précède les vœux de Duncan.

– Elisabeth, je jure de t'aimer, de te chérir et de te respecter jusqu'à la fin de mes jours. Je te promets de rire à chacune de tes plaisanteries, de t'apaiser dès que tu t'emportes et d'acquiescer à tout ce que tu diras, même aux plus interminables de tes monologues…

Elisabeth s'esclaffe, suivie par toute l'assemblée. Duncan reprend, plus sérieux :

– Je n'ai pas toujours été l'homme parfait dont tu as rêvé si longtemps, mais je m'efforcerai chaque jour d'être meilleur et digne de toi. Je te demanderai chaque jour pardon, comme je te l'ai promis, je parcourrai le monde autant de fois que tu le souhaiteras. Je crierai avec toi, je chanterai avec toi. Je sortirai de ma zone de confort pour le moindre de tes sourires.

Il marque un temps d'arrêt, les yeux rivés sur le ruban noué. Elisabeth ne le quitte pas de son regard humide.

– Je t'aimerai jusqu'à la fin, Beth. Je reste avec toi.

Une larme roule sur la joue de la jeune femme. Elle se détourne une seconde pour la chasser du bout de ses doigts libres. Duncan se penche pour lui chuchoter quelques mots à l'oreille ; elle rit encore, se reprend, et obtempère quand le prêtre l'encourage à formuler ses vœux.

– Duncan, je jure de t'aimer, de te chérir et de t'assourdir jusqu'à la fin de mes jours…

Nouvelle hilarité générale.

– Je te promets de te respecter, de te faire rire, parler, chanter, danser. Tu as été mon rêve. Aujourd'hui, tu es l'homme de ma vie. Je ne serai jamais la femme parfaite, mais j'espère être celle qu'il te faut. Celle qui te complète et te rend chaque jour plus heureux. Je reste avec toi, Duncan, et je t'aimerai jusqu'à la fin.

Phèdre rend le coussin à Xander et lui fait signe de s'approcher de Duncan. Le prêtre annonce d'un ton solennel :

– Duncan, souhaitez-vous prendre lady Elisabeth MacCoy pour épouse et respecter vos vœux jusqu'à ce que la mort vous sépare ?

– Je le veux.

De sa main libre, la gauche, il glisse l'anneau au doigt d'Elisabeth.

– Elisabeth MacCoy, souhaitez-vous prendre pour époux Duncan, du clan MacCoy, et respecter vos vœux jusqu'à ce que la mort vous sépare ?

Caleb aide sa sœur à récupérer l'alliance ; elle le remercie, et déclare :

– Et même au-delà, je le veux.

Duncan et Elisabeth se sourient ; la jeune femme mordille un instant sa lèvre, comme si elle peinait à contenir tout son bonheur.

– Je vous déclare dès à présent mari et femme… proclame le prêtre. Vous pouvez embrasser la mariée.

Duncan ne se fait pas prier, et c'est sous les applaudissements de l'assistance qu'il capture la bouche de sa femme. Elisabeth prolonge leur baiser en enserrant la nuque de son époux qui rit, piégé. Les invités se remettent debout pour les ovationner. Enfin, libérés du ruban qui liait leurs mains mais réunis par le cœur et l'âme, les mariés rebroussent chemin, des pétales de fleurs jetés sous leurs pas. Je les observe s'éloigner, du plomb dans la poitrine.

Oui, Megan aurait aimé être là.

Duncan est désormais un MacCoy de nom. Il vient de prendre celui de son épouse, sœur de *laird*. Leur union est rare : un homme de main et une *lady* ne sont pas du même rang… À leur manière, les MacCoy sont progressistes. Ils ont une nouvelle fois montré la voie à tous ceux qui ont accepté de venir aujourd'hui.

Je décide de m'éclipser avant le *quaich*[3], en quête de Catherine. La fête va prendre son essor ; des *Highlands Games*[4] sont prévus avant les danses et les différents repas. Je profiterai de l'effervescence pour faire comprendre à Catherine qu'elle doit rentrer avec moi…

Je croise Dyclan alors que j'essaie de m'extirper de la vague humaine. Brahn rouspète contre Hel, et Matthew tente d'éviter leurs coups de coude collatéraux. Soudain, une série de cris m'alerte. Je fais volte-face, et aperçois au dernier moment le bouquet de la mariée filer droit vers moi. J'écarquille les yeux, ouvre les mains pour le réceptionner instinctivement. Mais il cogne plutôt contre la tête de Dyclan, avant de s'échouer à ses pieds. Il le fixe du regard, bouche bée.

– *Tha thu an ath rud !*[5] s'esclaffe Caleb, quelques mètres plus loin.

---

3. Une autre tradition lors des mariages écossais : un bol d'argent avec deux anses est rempli d'alcool (comme du whisky) par la mariée. Généralement, elle boit la première, avant de passer le récipient à tous les invités, par ordre d'importance.

4. Événements sportifs se déroulant tout au long de l'année afin de célébrer l'héritage culturel et sportif des Highlands. On y retrouve le défilé des joueurs de cornemuse, de la danse traditionnelle, du tir à la corde, ou encore le fameux lancer de tronc d'arbre, entre autres épreuves de force.

5. « Tu es le prochain ! » en gaélique écossais.

Ses amis se perdent dans un fou rire. Je peine moi aussi à contenir mon hilarité face au teint livide du Limier, remplacé petit à petit par un rouge pivoine.

– N'importe quoi, ronchonne-t-il en repoussant le bouquet du bout de sa chaussure.

– Trop tard, mon vieux ! se moque Brahn en l'obligeant à le récupérer.

Ils se chamaillent, les fleurs passent de main en main. Lorsque je les vois arriver dans ma direction, je les esquive, filant derrière Hel. Elle se prend le bouquet en pleine figure. Brahn blêmit, le bras encore en l'air. Je m'éloigne pour de bon, juste à temps : les éclats de voix, en furie, couvrent le son des cornemuses.

Je souffle un bon coup une fois à l'écart de la foule. Serah et mes deux gardes du corps m'ont suivi à distance ; je fais signe à mon bras droit d'intercepter tous ceux, à part Catherine, qui chercheraient à m'approcher. Sur ce, je m'éloigne encore du brouhaha, la tête migraineuse.

Devrais-je raconter la journée à Megan dès que je rentrerai ? Ou bien serait-ce lui faire trop de mal ? J'en ai envie, pourtant, pour la rassurer et lui dire à quel point Caleb et Elisabeth vont bien. Les conflits qu'ils traversent ne sont pas apaisés, loin de là, mais dans le chaos, ils trouvent chacun leur bonheur et la force d'aimer.

Je marche le long des falaises, observant le soleil qui commence à décliner derrière un voile de nuages moutonneux. Je finis par m'arrêter quand j'aperçois

Catherine, à l'écart de la fête elle aussi. Assise par terre, les jambes repliées contre sa poitrine, elle contemple l'horizon. Je crois qu'elle pleure. Un nouveau soupir m'échappe. Je n'ai jamais su y faire avec les enfants, alors les adolescents… Tout semble prétexte à une guerre ouverte avec eux. Ils sont pires que des *lairds* belliqueux. Mais je vais retenter ma chance… autant de fois qu'il le faudra.

Je ne repartirai pas d'Inchkeith sans Catherine.

CHAPITRE 29

LACHLAN

Catherine m'entend arriver mais elle ne fuit pas, cette fois. Peut-être a-t-elle fini par comprendre que je ne compte pas lâcher l'affaire… ou bien elle s'est calmée et accepte finalement de discuter. Quelles que soient ses raisons, je suis soulagé de ne pas avoir à lui courir de nouveau après.

Une fois à sa hauteur, j'ôte ma veste et l'étale par terre avant de m'asseoir dessus. Catherine me regarde faire, sceptique. Il est vrai que ce costume coûte une fortune. Mais j'ai bien saisi que l'adolescente se soucie peu des convenances, de sa richesse ou de celle d'autrui. Elle est simple, comme sa mère. Je retrousse les manches de ma chemise et contemple à mon tour l'horizon, essayant de me mettre à la place de la jeune fille pour comprendre ce qui la tourmente vraiment. Le silence entre nous s'éternise ; dans notre dos, les jeux ont commencé. Caleb est sans doute déterminé à en faire voir de toutes les couleurs à Duncan : en l'absence d'Alastair, c'est au frère de la mariée de tester la bravoure du nouveau mari, afin que ce dernier prouve qu'il est bien digne de sa belle, même avec une jambe blessée. Les rires retentissent, les cris d'encouragement aussi. Catherine y est indifférente ; elle pose une joue contre l'une de ses mains, l'air boudeur. Je finis par lui annoncer :

– Ton père est toujours en vie.

Elle se redresse brusquement et me dévisage avec des yeux écarquillés.

– Je te l'aurais dit plus tôt si tu n'avais pas fui, ajouté-je.

– Mais…

– Ta mère et moi avons fait ce que nous avons pu pour le retrouver, en restant dans les limites de ce que nous commandait la prudence. Il s'était juste absenté pour son travail, et avait coupé son téléphone.

– Pour l'inspiration, souffle Catherine.

J'acquiesce et reprends :

– Je me suis arrangé pour qu'il quitte la Grande-Bretagne le temps que la situation se décante. Il a décollé il y a deux jours et il va bien.

Catherine se fend d'un sourire à la fois triste et soulagé. Ses joues s'empourprent alors qu'elle lâche :

– J'ai donc fait tout ça pour rien…

Je suis tenté d'opiner. Je m'en abstiens, pour éviter de la vexer. Elle a déjà ses propres remords à gérer, je serais mal avisé de renchérir. J'inspire les embruns marins, le vent caressant mes joues, lui laissant quelques instants pour encaisser la nouvelle. Puis, la voyant toujours aussi troublée, j'ose :

– Et si tu me disais ce qui te tracasse ?

– Je ne vous connais pas.

– C'est peut-être mieux pour parler à cœur ouvert, justement.

La moue de Catherine s'accentue, mais elle finit par se lancer avec précaution :

– Je sais que je dois m'excuser auprès de ma mère. J'ai mal agi, pour si peu… J'ai envie de rentrer, et à la fois, je souhaite rester. Avec eux.

– Les MacCoy ?

– Oui. Ils ignorent qui je suis, mais moi, je suis au courant. Et j'aime ce que je vois, ce que j'entends, ce que je vis depuis seulement deux jours. J'adore l'ambiance sur l'île, les rires, la proximité entre eux, qu'ils partagent le même sang ou non. Et c'est dingue, pas vrai ? Dingue que mon oncle et ma tante soient plus proches de gens qui ne sont pas de la famille que de maman. Lorsque Caleb a conduit Elisabeth à l'autel tout à l'heure, il était si heureux, si fier… Qui a accompagné ma mère lors de son mariage ? Qui était là quand je suis née ? Est-ce que quelqu'un lui a tenu la main ?

– Ton père, argué-je prudemment.

– Certes, mais il y a des moments dans la vie où la famille est indispensable, et quand elle est absente, ils n'ont pas la même saveur. Ou ils ne sont pas, tout simplement. Qu'est-ce qui justifie qu'une famille se fracture comme ça ?

Catherine pousse un profond soupir et jette un caillou au bas de la falaise d'un geste rageur.

– Tout n'est pas parfait, avancé-je. On ne choisit pas sa famille, et parfois, elle n'est pas assez forte pour traverser les épreuves que la vie lui impose.

– Ça ne devrait pas être le cas, réplique l'adolescente. Une *vraie* famille passe au-delà de tout. C'est le principe, non ? Des liens qui ne peuvent se briser. On perd des amis, des copains, mais les parents, les enfants sont toujours là, quoi qu'on en dise.

– C'est d'une naïveté idéaliste.

Catherine me dévisage, mi-blessée, mi-outrée. Je tire sur le nœud de ma cravate afin de dégager un peu mon cou, choisissant les mots qui vont suivre avec soin.

– Ma mère m'a dit un jour quelque chose de cruel, et à la fois vrai d'une certaine façon, révélé-je. J'avais 11 ou 12 ans… Je venais de tenir un discours similaire au tien, parce que j'en avais marre de ma famille, de leurs choix, de leurs convictions que je ne partageais pas. Ma mère s'est assise sur mon lit en jouant avec ses cheveux. Elle avait toujours ce geste mécanique d'enrouler une mèche autour de ses doigts quand elle réfléchissait, peu importe le sujet… D'un ton presque neutre, elle m'a lâché : « Nous ne sommes qu'une ébauche de famille pour toi, parce que ta vraie famille sera celle que tu fonderas bien plus tard. Pour tes enfants, tu seras à ton tour un brouillon avant leur chef-d'œuvre. » J'étais le chef-d'œuvre de ma mère, quand elle n'était qu'un croquis. J'ai mis du temps à comprendre ce qu'elle sous-entendait. Je l'avais pris de travers à l'époque. Alors quoi ? Nous n'étions pas une vraie famille ? J'ai compris plus tard à quel point ça a dû lui faire mal de l'admettre. Les miens n'étaient pas parfaits, et je ne pouvais pas l'exiger d'eux. Le principal, c'est de faire avec ce que l'on a, de donner le meilleur de soi-même.

– Et vous l'avez fait ?

– Quoi donc ?

– Fonder une famille.

Un ricanement m'échappe.

– Non.

– Pourquoi ?

– Parce que j'ai œuvré pour construire un monde meilleur aux enfants des autres.

– Vous ne comptez jamais vous marier ?

– Ce n'est pas dans mes projets.

– En même temps, vous êtes déjà vieux.

Je pourrais être vexé, mais je me surprends à éclater de rire.

– Je ne suis pas un vieillard non plus ! protesté-je.

Je jette à Catherine un regard faussement mauvais. Elle me sourit, avant que son expression ne s'assombrisse à nouveau. Elle cale son menton sur ses genoux repliés, encerclés de ses bras, puis résume :

– Ce que vous dites, c'est que ma famille n'est pas parfaite, mais que je ne dois pas lui en vouloir pour ça.

– Parfois, il est préférable de ne pas retenir l'autre. Les MacCoy ont laissé ta mère partir, et ton père en a fait de même.

– Je ne suis pas d'accord. On doit continuer à se battre pour ceux que l'on chérit.

– Ça ne suffit pas toujours, et cela fait souvent plus de mal que de bien. Celui que l'on bloque ne sera jamais heureux. Si on l'aime, n'espère-t-on pas son bonheur avant le nôtre ?

Catherine secoue la tête.

– Et c'est moi, la naïve idéaliste ? rétorque-t-elle.

– Tu as sans doute raison, je ne suis pas assez égoïste, ironisé-je.

Je marque un temps d'arrêt puis reprends d'un ton plus sérieux :

– Tu penses que ta mère te prive de ta famille. Elle t'a tenue éloignée des MacCoy, elle a divorcé… Je ne connais pas tous les détails mais je me rappelle la force qu'elle dégageait quand elle est venue me trouver, alors qu'elle était enceinte de toi.

Catherine se redresse et se tourne vers moi, plus attentive. Je rassemble mes souvenirs tant bien que mal, même si celui-ci n'a jamais vraiment quitté ma mémoire.

– Elle venait de quitter Inchkeith, raconté-je. Elle n'avait nulle part où aller, ton père ne lui donnait plus de nouvelles depuis quelque temps. Il peignait, dans son coin, avec « ses rêves de grandeur », comme elle disait. Mais Megan se moquait de le trouver, lui en particulier. Tout ce qui lui importait était de protéger son bébé. Elle n'était enceinte que de deux ou trois mois mais elle envisageait déjà tout ce qui l'attendrait dans les prochaines semaines : son père, le *laird* Alastair, n'aurait jamais accepté une grossesse hors mariage. Il n'aurait pas non plus approuvé qu'elle épouse un Anglais, sans titre de noblesse…

– Pourquoi ? m'interrompt Catherine, les sourcils froncés.

Je ne réponds pas tout de suite, revoyant Alastair et sa stature, ses rêves à lui aussi, ses espoirs. Tous ceux qu'il imposait à ses enfants, parce qu'il croyait en l'avenir grâce à eux. Lui non plus n'était pas un père parfait.

« Nous ne pourrons pas toujours nous battre, Lachlan, m'a-t-il dit un jour. *Alexander n'est plus là, les Clans n'évoluent toujours pas. L'avenir, ce sont nos enfants. Ils doivent comprendre. Consentir à certains sacrifices. »*

Il savait qu'un nouveau scandale impliquant son héritière, après celui de son mariage avec Moira, aurait pu sonner le glas du Clan MacCoy. Que tout ce qu'il avait réussi à construire aurait été mis à bas, que les MacKenzie auraient profité de ce nouvel éclat pour mener leur vengeance et s'en prendre aux siens. Pour toutes ces raisons, il s'est montré inflexible face à sa fille.

Je ne cautionnais pas son discours, mais à cette époque, la mort d'Alexander, la disparition de sa famille, le tumulte des Clans accaparaient toutes mes pensées. Si le Code commençait à apporter à l'Écosse une stabilité sommaire, il y avait encore beaucoup de chemin à faire, et je redoutais de ne pas avoir totalement les épaules pour supporter ce qui allait suivre.

Je ne les ai jamais eues.

Le discours d'Alastair à ce moment-là a ravivé mes blessures, les raisons pour lesquelles j'ai fui l'Irlande. On ne peut pas imposer ses idéaux, ses espoirs à ses enfants, ni son combat. Mais j'étais troublé, alors je ne l'ai pas contredit.

Je baisse les yeux, puis réponds enfin :

– Je suppose que Megan ne t'a pas tout révélé. Ta mère est l'aînée de la fratrie. C'est elle qui aurait dû hériter des terres de son Clan et gouverner, plutôt que Caleb.

– Elle aurait dû être Chef ?

– *Lady of Inchkeith*, oui. Tous les espoirs de son père reposaient sur elle. Il était plus souple avec Caleb et Elisabeth, mais Megan… Megan devait filer droit. Alors, quand elle est tombée enceinte…

– Son père a dû être furieux.

– Déçu, surtout.

Il aimait sa fille. Il n'aurait jamais levé la main sur elle… Cependant, il a tout de même pris une décision aux conséquences terribles.

– Mais si c'était si strict, comment maman a-t-elle rencontré mon père ? s'enquiert Catherine.

– Je ne sais pas, tu le lui demanderas. Je pense qu'elle va m'en vouloir de te raconter tout ça à sa place, je vais essayer de ne pas dépasser les limites.

Catherine opine sans mot dire, ce qui m'encourage à poursuivre :

– Megan refusait de renoncer à toi. Et elle ne souhaitait pas non plus d'une vie entière dans ce système cruel fait de guerres de pouvoir, ni que tu grandisses en étant sans cesse rabaissée à cause des conditions de ta conception. En fait, elle a compris que désormais… c'était toi, sa famille. Son chef-d'œuvre. Et pour rien au monde elle ne t'aurait abandonnée. Je lui ai donné assez d'argent pour qu'elle parte à Londres, retrouve ton père et puisse t'accueillir correctement.

Caleb ne me l'a jamais pardonné. Si je n'étais pas intervenu, Megan serait peut-être revenue à Inchkeith, selon lui. Mais je ne regrette pas le moins du monde mon geste.

– Alors, c'est à cause de *moi* qu'elle a été chassée de sa famille ?

– Non, ne te reproche rien, surtout. Tu n'étais même pas encore née. Comment quoi que ce soit pourrait-il être de ta faute, Catherine ?

– Parce que j'existe…

– Je t'en prie, pas de ça.

Elle se renfrogne. Je poursuis :

– Quand Alastair et Moira… tes grands-parents, sont décédés, Megan s'est rendue à l'enterrement. Tu avais quelques mois. Je ne connais pas tous les détails, encore une fois, je sais juste qu'il y a eu une dispute entre Caleb et elle. Des reproches ont été faits, des paroles irréversibles prononcées… Caleb l'a reniée à ce moment-là. Megan a été *effacée*.

– Pour une simple chamaillerie ?

– C'était plus compliqué que ça, je pense. Mais elle ne m'a rien expliqué de plus. Elle s'est à nouveau tournée vers moi parce qu'elle était bouleversée par ce qui venait de se passer, et je l'ai aidée une fois de plus. Tes parents manquaient d'argent. Elle ne m'a rien demandé mais… je ne pouvais pas rester indifférent. Et elle est partie, avec toi, pour recommencer sa vie… ou reprendre celle qu'elle avait commencée, plutôt. Elle savait que si elle remettait un pied en Écosse, elle serait exécutée – par le système clanique. On ne revient pas ainsi après une faute grave et un bannissement. Les lois de ce monde sont barbares, et souvent sans nuances. Megan a sans doute des défauts, mais elle a toujours agi dans ton intérêt, parce qu'elle t'aime plus que tout au monde. Elle t'a protégée des MacCoy, de son passé… Elle a tout quitté par amour pour toi. On a tendance à hisser ses parents sur un piédestal, et quand l'idéal vole en éclats, on a l'impression que tout est à reconstruire. Mais ce sont des êtres comme nous.

Ce ne sont pas des héros. Ils font de leur mieux, avec leurs erreurs.

– *Ne fais pas ça, maman... Je t'en prie !*

– *Il le faut. Ils ne seront pas morts pour rien.*

– *Et moi ? Moi, tu y penses ? Je ne compte pas ?*

Je clos un instant les paupières, la gorgée nouée. Cela faisait bien longtemps que des flashs de ma propre adolescence ne s'étaient pas imposés dans mon esprit. Son éternelle mèche de cheveux nouée autour de son doigt, le regard vitreux, les joues émaciées, plus aucun sourire sur ses lèvres pincées en permanence, ma mère me dévisage depuis les profondeurs de mon passé, transformée, animée par une folie grandissante.

– *Je ne veux pas faire ça, maman.*

– *Tu seras un héros. Comme ton père, comme tes frères !*

– *Un héros, ça ne tue pas.*

– *Un héros se sacrifie pour les autres, même s'il doit tuer.*

– *Je ne veux pas vivre dans un monde où les héros sont des monstres.*

Je touche ma joue, là où la gifle m'a atteint à l'époque. Le premier, et le dernier geste violent de ma mère. Le point de non-retour.

Catherine est songeuse, les yeux rivés à la descente du soleil. Il se couchera bientôt, s'enveloppant de l'horizon.

– On fait de son mieux, répète-t-elle dans un murmure.

Je ne romps pas sa méditation et me contente d'assister au spectacle du crépuscule comme elle, le regard dans le vague.

« Je ne veux pas être un monstre. »

Ne le suis-je pas devenu ?

Les éclats de la fête parviennent jusqu'à nous. Je peux comprendre l'amertume de Catherine : elle voit la beauté du tableau, sans percevoir tous les défauts qui s'y cachent. Elle ignore que l'île d'Inchkeith, qui respire la joie de vivre aujourd'hui, a connu son lot de drames.

Si elle savait, regretterait-elle toujours de ne pas y avoir grandi ?

Elle se remet debout, les mains sur les hanches. Je l'imite. Alors que je récupère ma veste, elle me lance :

– J'aimerais dire au revoir à Mary, au moins. Remercier Hel aussi, pour avoir guéri maman et avoir pris soin de moi.

– Bien entendu.

– Je préférerais éviter Caleb et Elisabeth. Je veux dire… Enfin, de toute façon, ils ont autre chose à faire.

Catherine hausse les épaules comme pour se répondre à elle-même, puis conclut :

– Je rentre avec vous.

CATHERINE

– C'est pour le mieux, ma chérie. Promets-moi de ne plus agir sur un coup de tête et de prendre soin de ta maman.

Mary caresse mes joues, les yeux humides ; je sens qu'elle ne souhaite pas que je m'en aille. Pour ma part, j'aimerais qu'elle parte avec moi, pour qu'elle puisse revoir ma mère au moins une fois. Si maman a tenu à garder un semblant de contact avec elle, au point de me laisser la considérer comme ma grand-mère, c'est qu'elle a été très importante dans sa vie. *Avant.*

– Je ferai de mon mieux, dis-je.

Je crois que ce sera mon nouveau mantra. Je ne serai jamais parfaite, je ne fais pas toujours les bons choix, mais je tente de donner le meilleur de moi-même, et c'est ce qui compte.

Lachlan patiente sur le quai du petit port, prêt à grimper sur le ferry qui vient d'accoster. Nous faisons partie des quelques rares personnes à vouloir partir avant la fin de la fête ; la pénombre s'installe à peine.

Mary me serre contre elle, et je sens mes résolutions se dissoudre l'espace d'une seconde alors que je hume son parfum de lavande et de lessive pour m'en imprégner et ne jamais l'oublier. Elle pleure pour de bon quand nous nous écartons l'une de l'autre.

– Malgré ta bêtise, je suis très fière de toi, *lassie*, me glisse-t-elle. Ne te fourre plus dans les ennuis, d'accord ?

J'acquiesce, le cœur en lambeaux. Un pas en arrière, Hel me scrute avec attention, comme si elle tentait de jauger ma sincérité. Elle s'est contentée de me taper dans le dos pour me dire au revoir, mais elle n'est toujours pas partie ; elle attend que je grimpe sur le ferry, les bras croisés.

– *Bye*, lâché-je.

Je tourne les talons avant de me mettre à sangloter à mon tour. J'ai eu un aperçu du quotidien que j'aurais pu avoir si maman était restée sur cette île. Je *sais* au fond de moi que si mon nom est Gelbero, je suis aussi une MacCoy. Et un jour, lointain sans doute, je reviendrai. Je m'en fais la promesse.

Je grimpe sur le ferry mais m'arrête quand une voix m'appelle :

– Catherine !

Je me retourne, et découvre Caleb et Duncan sur le quai. Lachlan pose une main sur mon épaule et la serre doucement. Les tartans des deux nouveaux arrivants se soulèvent au gré des légères bourrasques quand ils se rapprochent du bateau.

– Tu comptais partir sans nous dire au revoir ? se moque Caleb.

– Je ne voulais pas vous déranger, mens-je, gênée.

Caleb sourit, tandis que Duncan – toujours dans sa tenue de cérémonie – me jette un paquet. Je le réceptionne mal, mais Lachlan le rattrape de justesse pour moi. L'objet est rectangulaire, et enveloppé dans du papier kraft scotché à la va-vite.

– Un petit cadeau, me lance le nouveau marié. Tu l'ouvriras quand tu seras rentrée chez toi.

– C'est… Merci beaucoup.

Je lorgne le présent, étonnée d'une telle attention. Duncan n'a pas donné l'impression de beaucoup m'apprécier. Mais a-t-on besoin d'une raison pour offrir un cadeau ? Je plisse le front.

– J'en conclus que ton père est sauf, finalement, lâche Caleb.

Je pose les yeux sur lui et lui adresse un sourire contrit.

– Apparemment, oui, lui confirmé-je. Je suis désolée.

– Tu as agi comme tu l'as pensé juste. Ne t'excuse pas parce que tout va bien.

– Mais je vous ai quand même enquiquiné pour rien.

Il secoue la tête pour me rassurer. J'embraye en déclarant :

– Merci, *milaird*. Pour tout.

– Je n'ai rien fait, réplique-t-il. C'est moi qui te demande pardon.

Mary le toise du coin de l'œil, une expression indéchiffrable sur le visage.

– Fais bon voyage, ajoute-t-il. Et, Lachlan…

L'intéressé croise le regard du *laird*. Ils s'affrontent une nouvelle fois en silence, mais Caleb ne poursuit pas sa phrase, comme si interpeller O'Connor avait suffi à lui faire passer un message qui m'échappe.

La sirène du ferry annonce le départ. Lachlan m'aide à tenir sur mes jambes quand il démarre abruptement, avant d'épouser les vagues. Alors que nous nous éloignons, Caleb, Duncan, Mary et Hel restent sur le quai pour nous adresser un dernier adieu. Je m'accoude au bastingage et étudie le paquet de Duncan.

– Tu ne comptes pas l'ouvrir ? me demande Lachlan.

– Il m'a dit d'attendre que je sois rentrée.

Mais rentrée où ? Ma mère et moi n'avons plus de chez nous…

Je soupire et ramène le cadeau contre moi. O'Connor n'insiste pas mais ne s'éloigne pas non plus. Il s'appuie lui aussi à la rambarde, l'œil perdu dans les vagues. Je repense à la discussion que nous avons eue au sommet des falaises et demande soudain :

– Dites, à propos de tout à l'heure…

– Oui ?

– Elle est devenue quoi, votre famille ?

Les doigts de Lachlan s'entremêlent. Ça aurait pu être insignifiant si je n'avais pas remarqué ses phalanges blanchissant au niveau des articulations.

– Mon père et mes deux frères sont morts, m'avoue-t-il d'une voix atone. C'était il y a longtemps.

Oh…

Je me rapproche, en quête d'un peu de chaleur avec la nuit fraîche qui commence à tomber. Les silhouettes aux tartans rouges ont fini par remonter la colline. J'ai l'impression qu'au sommet, un grand feu a été allumé pour la fête.

– Et votre mère ? demandé-je encore dans un souffle.

– Elle est restée en Irlande, me répond Lachlan. J'ignore ce qu'il lui est arrivé. Elle est sans doute morte, elle aussi.

Sa voix, sèche, s'éteint dans le vent. Je l'épie sans oser l'affronter directement.

– Vous ne voulez pas savoir ? l'interrogé-je.

– Non.

– Pourquoi ?

– Parce que j'ai déjà fait mes adieux.

– Vous avez tout quitté pour venir en Écosse ?

– J'ai fui un monde de violence…

Son regard se voile alors qu'il complète :

– … pour en retrouver un autre.

– Pourquoi êtes-vous resté, alors ? m'étonné-je.

– Parce que j'ai cru que celui-là, je pourrais le sauver.

J'ouvre la bouche pour embrayer, troublée par les émotions qu'il essaie de dissimuler, mais il me coupe l'herbe sous le pied.

– Rentrons, ça se rafraîchit.

Il ne prend pas la peine de vérifier si je le suis avant de rejoindre la cabine. Je me retrouve seule sur le pont, un coude appuyé au bastingage.

C'était quoi, ça ?

Mon cœur reste pincé. J'ai encore mes deux parents… et j'ai failli les perdre. Je peux réparer mes erreurs. Ce que j'ai lu dans le regard de Lachlan, ce n'étaient que des regrets…

CHAPITRE 30

MEGAN

J'ai attendu toute la journée, le cœur au bord des lèvres, que Lachlan revienne ou me donne des nouvelles. J'ai tourné en rond, essayé de m'occuper en regardant la télé, mais rien à faire : mes angoisses ne m'ont pas quittée un seul instant.

Je rabats sur mes genoux le plaid que j'ai dégoté dans le dressing de Lachlan. J'en suis à mon troisième ongle rongé depuis trois heures quand je tressaille au bruit d'une porte qui s'ouvre.

Quelqu'un est rentré.

Je me précipite pieds nus dans le hall. Lachlan apparaît, les boucles plus ébouriffées qu'à son départ, la cravate dénouée et sa veste sous le bras. Je me fige une seconde, une main sur ma poitrine comme pour y contenir mon cœur qui bat la chamade. Enfin, je reconnais la crinière flamboyante derrière lui, les grands yeux si expressifs de ma fille, les taches de rousseur sur son visage aux rondeurs juvéniles. Un hoquet m'échappe. Catherine recule d'un pas, crispée, un peu grimaçante, comme si elle craignait que je lui hurle dessus. Elle est si loin du compte… Je me précipite vers elle, l'entoure de mes bras et dépose des baisers dans ses cheveux. Elle marmonne, tente de me repousser… avant de m'étreindre à son tour. Mon col s'humidifie, et je comprends qu'elle sanglote contre moi, menaçant de m'arracher les pleurs que je contiens.

– Ne me refais plus jamais ça ! prié-je, la gorge nouée.

Catherine ne me répond pas. Ses larmes l'en empêchent. Je m'écarte d'elle à contrecœur, ressentant déjà le manque de ses câlins, caresse ses joues mouillées et m'oblige à sourire pour la rassurer.

– Je pensais… Je suis désolée… bredouille-t-elle d'une voix étranglée.

Je la ramène contre moi, juste pour qu'elle ne voie pas que je suis à deux doigts d'éclater en sanglots à mon tour. J'ai retrouvé ma petite fille, saine et sauve. C'est tout ce qui compte. J'en oublie ma colère, mon ressentiment, tous les discours de reproche que j'aurais pu lui adresser. Il ne reste que les mots d'amour, de tendresse, et les promesses à reformuler.

– Tu es rentrée près de moi, dis-je.

Je saisis son visage entre mes mains et reprends d'une voix tremblante :

– Tu n'as pas à tout gérer par toi-même, c'est à moi de te protéger, d'accord ? C'est ce que font les mères, elles veillent sur leurs enfants. Ne t'impose pas cette responsabilité !

Parce que je ne suis pas comme mon père. Je refuse que Catherine ait à assumer des devoirs qui ne lui appartiennent pas, alors qu'elle est encore trop jeune, naïve et innocente. Elle doit consacrer son temps à découvrir la vie, s'émerveiller, se rebeller. Grandir.

Elle hoche plusieurs fois la tête et sèche ses larmes d'un geste vif. Ses traits se défroissent, et je retrouve son air bravache.

– Je vais aller… me reposer, dit-elle.

– Bien sûr, je…

Lachlan me coupe doucement :

– Emma va la guider.

Emma, l'employée qui me surveille depuis que je suis arrivée, attentive à mes moindres besoins ; elle surgit de l'ombre avant que j'aie prononcé un seul mot. J'ai un geste un peu brusque ; une peur viscérale m'envahit à l'idée qu'elle éloigne ma fille de moi. Je me rabroue cependant et leur permets de grimper l'escalier. Toutefois, je ne quitte pas du regard leurs silhouettes, encore secouée par les émotions.

Tout ira bien, maintenant…

Je renifle et me tourne vers Lachlan, qui se débarrasse de sa veste pour l'accrocher au portemanteau. Emma ne l'a pas récupérée, cette fois. Il tire sur sa cravate, mais avant qu'il n'ait pu la retirer, je me jette contre lui, passant mes bras autour de son cou.

– Merci… murmuré-je près de son oreille.

Sa raideur est brève. Bientôt, il se détend contre moi. Son souffle soulève quelques mèches de mes cheveux. Il sent l'air marin, frais, avec des notes de citron et de noix de muscade. L'un de ses bras remonte dans mon dos pour m'appuyer contre lui. Je frémis au passage de ses doigts entre mes omoplates.

– Je n'ai fait que tenir ma parole, me répond-il.

– Merci de l'avoir fait, reformulé-je. Merci de m'avoir ramené ma fille.

– Un unique jour, n'est-ce pas ?

Je m'éloigne, juste un peu, pour lui adresser un sourire. Il cille, détourne un instant le regard.

– Un jour, c'est tout, dis-je, amusée.

Je me sens plus légère, rassurée, et invincible. Je me rends aussi compte que je suis toujours collée à Lachlan. Il ne m'a pas repoussée… Je me décale ; son bras se tend, me ramenant une seconde vers lui, puis me libère. Il se racle la gorge et termine de retirer sa cravate.

– Je vais demander à Emma de préparer un bon dîner, indique-t-il.

Mon estomac gargouille à cette idée. Je me rembrunis cependant.

– Vous n'avez pas mangé au mariage ? demandé-je.

Lachlan se fige en plein mouvement. Un instant. Assez pour arrêter le temps entre nous. Il le relance en continuant à retrousser les manches de sa chemise.

– Non, me répond-il. Catherine a grignoté, je crois.

Il ne s'épanche pas. Son ton reste neutre, prudent, alors que les questions affluent au bord de mes lèvres.

Comment était-ce ? Elisabeth était-elle heureuse ? Est-ce Caleb qui l'a conduite à l'autel ? Et Duncan, était-il nerveux ? Quels étaient leurs vœux ? La musique ? Qui était invité ?

Je les ravale toutes. Entendre les réponses ne ferait que m'écorcher un peu plus le cœur. Il vaut mieux que je reste dans l'ignorance, pour digérer qu'il s'agit d'un souvenir de plus que je ne partagerai jamais avec ma petite sœur. Pour avoir moins mal.

– Tu devrais retourner auprès de Catherine, me suggère Lachlan. Je vais me doucher avant le repas.

C'est tout ?

Il semblerait bien : le Trèfle s'exile dans son aile privée. La porte qui y mène se referme derrière lui dans un claquement. Je m'attendais à ce que nous discutions un peu plus… Est-il contrarié ? J'expire et constate à quel point mes muscles avaient emmagasiné en tension. Mes nerfs se dénouent ; le creux douloureux qui stagnait dans mon ventre s'estompe. Je respire à nouveau.

Je préfère laisser Lachlan tranquille, après tout ce que je lui ai demandé, voire imposé.

Il fait de son mieux.

CATHERINE

Je suis fatiguée, vidée. Trop de larmes en peu de temps, trop d'émotions. Des adieux et des retrouvailles. Un endroit étranger et un dîner à l'ambiance bizarre. Je remonte dans ma chambre en traînant des pieds, peu désireuse de retrouver cette pièce qui ne m'est pas familière, et si impersonnelle. Je n'y dormirai qu'une nuit. Lors du souper, ma mère et Lachlan n'ont fait que discuter de notre départ pour l'Iowa.

Sérieusement... L'Iowa ?

Je peste entre mes dents. Ils décidaient tous les deux sans prendre en compte mon avis. Un peu comme si je n'existais pas.

Je pousse la porte de la chambre. Maman a commencé à rassembler nos affaires avant de passer à table. C'est à ce moment-là que j'ai pris conscience que j'avais perdu ma valise – sur Inchkeith, Mary s'est occupée de me trouver des habits à ma taille.

Je récupère un semblant de pyjama – un pantalon de ma mère ainsi qu'un tee-shirt – puis rejoins la salle de bains en traversant le couloir.

Après une bonne douche, je me sens déjà mieux. Mes paupières s'alourdissent, mais je n'ai pas envie de m'endormir. Sinon, demain arrivera trop vite. Je m'envolerai vers les États-Unis, sans réel espoir de retour. La perspective me paraît si irréelle que j'ai encore du mal à l'envisager.

Je m'apprête à me laisser tomber sur le lit, mais un objet attire mon attention avant que je l'écrase. Je reconnais le cadeau de Duncan, que je n'ai toujours pas ouvert. Je lis le petit post-it collé dessus, qui n'y était pas tout à l'heure.

Tu l'avais oublié dans la voiture.

Sans doute un mot de Lachlan. Il a dû déposer le paquet dans ma chambre quand je me trouvais dans la salle de bains. Je m'assois sur le lit, les jambes pendant dans le vide tant le sommier est haut, et examine le cadeau. J'ai déjà envie de retourner sur Inchkeith. Je veux m'empiffrer de toasts au saumon, contempler l'aurore après avoir assisté à la tombée du crépuscule, avoir la cage thoracique qui vibre au son des cornemuses et des tambours… J'aurais aimé apprendre à connaître davantage les MacCoy, pour n'avoir aucun regret.

Des pas approchent de ma chambre ; je reconnais ceux de ma mère. Je cache à la hâte le cadeau de

Duncan sous les oreillers, m'interrogeant aussitôt sur la raison qui me pousse à faire ça. Parce que je ne veux pas faire souffrir maman ? Parce que je me sens coupable ?

La porte s'ouvre ; ma mère entre avec une carafe d'eau et un verre, qu'elle dépose sur la table de chevet.

– Tu as souvent soif la nuit. J'ai pensé que ça t'éviterait de te lever dans quelques heures et de te perdre, me dit-elle. Le manoir est grand.

J'acquiesce. J'ai retenu où se trouve la cuisine, mais je ne suis pas certaine de réussir à me repérer dans le noir, à moitié endormie. Maman me sourit puis dépose une pile de vêtements qui lui appartiennent sur un fauteuil, à l'autre coin de la pièce.

– Je sais m'habiller, ronchonné-je.

– C'est vrai.

Cependant, elle s'obstine à préparer mes affaires pour le lendemain, comme si elle n'avait qu'une hâte : être déjà dans l'avion. Ça m'énerve. Elle s'installe près de moi, glisse une mèche de mes cheveux mouillés derrière mon oreille et me souffle :

– Je t'aime, Cathy.

Je fais la moue, mal à l'aise, et réponds par un grognement entre le « je t'aime aussi » et « arrête ».

– Dès que je le pourrai, je contacterai ton père, ajoute-t-elle. Je le préviendrai que nous sommes parties, d'abord pour des vacances. Il sait que je les repoussais toujours, avec le travail.

– De *très* longues vacances, grincé-je.

– Je lui proposerai de nous rejoindre quand nous serons bien installées.

Je tressaille et baragouine un « quoi ? ». Maman passe un bras autour de mes épaules avant de me ramener contre elle.

– D'autres opportunités s'offriront à lui aux États-Unis, m'indique-t-elle. Nous l'hébergerons…

– Et s'il veut rester en Angleterre ?

– Ce sera son choix, mais je suis persuadée qu'il nous rejoindra. Tu es sa fille, même s'il perd parfois le sens des priorités. Il viendra.

Et j'ai envie de le croire. Je doute qu'ils se remettent ensemble ; j'ai fait un trait sur cet espoir depuis longtemps… Mais ils seront là, tous les deux, près de moi. Une maigre consolation, mais une consolation quand même.

– Je te laisse te reposer, maintenant, termine maman.

Elle claque un baiser sur ma joue et se lève.

– M'man ? la retiens-je.

– Oui ?

– Tu ne me demandes pas ?

– Quoi ?

– Comment c'était, là-bas, sur Inchkeith ?

Les yeux de ma mère se voilent, ses lèvres se crispent en un sourire dont je ne suis plus certaine de la sincérité.

– Non, se contente-t-elle de lâcher. Bonne nuit, ma chérie.

La porte se referme derrière elle. Je soupire et me glisse sous les couvertures. Les odeurs qui règnent dans la chambre sont étrangères, mais au moins, elles ne sont pas aussi écœurantes que celles d'antiseptiques qui imprégnaient la clinique d'Inchkeith… Je récupère le cadeau sous les oreillers et l'observe un moment avant de me décider à l'ouvrir. Je déchire le papier kraft, curieuse de découvrir ce que Duncan a pu m'offrir alors qu'il ne sait rien de moi. Nous nous sommes à peine parlé… Enfin, je reste perplexe face au livre que je tiens entre mes mains.

– *Le Chien des Baskerville*, Arthur Conan Doyle, lis-je à voix haute.

Ça a l'air d'être une vieille édition. Pourquoi me donner ça ? Je ne suis pas une grande lectrice et je préfère les histoires de fantasy. Mais comment Duncan aurait-il pu le savoir ? Je renifle, frotte mes paupières piquantes et décide de lire un peu, touchée malgré tout par le geste. La reliure craque lorsque je dévoile la page de garde. À cet instant, je me fige. J'approche le livre de mon nez pour m'assurer que je lis bien les mots manuscrits qui sont inscrits là, d'une encre quasiment effacée.

Mon cœur trébuche. Les lettres penchées, irrégulières, s'impriment sur mes rétines.

16 février 1999
Bon anniversaire, Megan !
Duncan.

CHAPITRE 31

LACHLAN

Enfin un peu de calme.

Je pose ma tête sur le dossier de mon canapé, un air de jazz, très ténu, tricotant ses notes à travers le salon. Le ventre plein, la journée terminée, je peux enfin me délasser, en essayant tant bien que mal de ne pas penser à demain. Megan et Catherine partiront pour Lewis quelque temps, histoire de brouiller les pistes au maximum avant qu'elles ne décollent pour l'Iowa. Elles devront faire plusieurs détours pendant le trajet, ce qui rallongera leur voyage, mais ce sera pour le mieux. Pas de ligne directe, afin que nul puisse remonter jusqu'à Anna.

Ensuite, je serai à nouveau seul.

Je passe une main dans mes cheveux, histoire d'occuper mes doigts crispés. Je clos les paupières, me laissant emporter par la musique. Je ne me détends pas pour autant, mon esprit encore à Inchkeith, ou dans ce bar avec John Seaton. Dans les rues d'Édimbourg, à recevoir une glaire en plein visage, ou sur le quai du ferry, à encaisser un coup de poing dans le nez. Depuis l'arrivée inopportune de Megan en Écosse, plusieurs de mes préoccupations se sont dissoutes ou ont été reléguées en arrière-plan. Tout redeviendra comme avant une fois qu'elle et sa fille seront parties. Le vide reprendra ses droits dans les couloirs du manoir. Je dînerai seul.

Et j'en aurai terminé pour de bon avec les MacCoy.

Mes dettes seront payées. Je n'en ajouterai plus à mon ardoise. Même s'il va me falloir éliminer Seaton d'une manière ou d'une autre… Et m'occuper de cette place vacante au conseil des Sept.

Non, toute cette histoire est loin d'être terminée, mais je n'ai pas envie d'y penser. Il y a dix ans, j'aurais sans aucun doute tout enchaîné sans répit pour clôturer chaque dossier le plus rapidement possible. Maintenant, je me retiens de tout envoyer paître. Pour oublier, dormir, partir.

« Partir »... me répété-je, les yeux rivés au plafond.

– *Et tu es parti comme ça ?* m'a questionné Alexander un jour où j'étais disposé à me confier.

– *Je n'avais pas le choix.*

– *Mais ta mère ?*

– *Je n'ai pas besoin d'une leçon de morale…*

– *Ce n'en est pas une... Elle doit te manquer, non ?*

– Celle qu'elle était, oui. Ma mère est morte il y a longtemps, en même temps que mon père et mes frères.

– Je suis désolé, pour ce que ça change...

– Rien, en soi. Comment vous faites, vous ? Pour supporter tout ça. Cette violence. Vos Clans, là, pourquoi se faire autant de mal pour eux ? L'Irlande a tourné cette page de son histoire il y a longtemps.

– Tu sais... En réalité, moi aussi, j'aimerais partir.

– Pourquoi ne pas le faire ?

– Je n'ai pas encore trouvé une raison suffisante pour abandonner tout le reste.

Une langueur s'empare de mon corps. Je glisse petit à petit dans le canapé.

Ne pense pas à demain. Repose-toi.

Serah a raison : je néglige bien trop mon sommeil ces derniers temps.

Trois coups sont frappés à la porte du salon. Je rouvre brusquement les yeux, pour soupirer ensuite.

– Oui ?

Megan apparaît, armée d'un plateau et d'un sourire. Ma fatigue s'envole aussitôt ; mes lèvres s'incurvent, malgré mon repos interrompu.

– Désolée, je ne voulais pas te déranger, s'excuse-t-elle. Il n'est pas encore très tard.

– Entre, l'invité-je en me redressant.

La tête me tourne. Je masse mes tempes tandis que Megan dépose le plateau sur la table basse, avec ses deux verres et ses deux tasses.

– Café ou whisky ? me demande-t-elle.

– Whisky.

J'en ai bu quelques verres au mariage, mais je ne veux rien qui perturbe ma nuit à venir. Je ravale un bâillement. Megan me tend la boisson. Avec trois glaçons.

– Tu avais l'air contrarié tout à l'heure, me dit-elle en décalant le plateau.

Je me raidis quand elle s'empare soudain de mes jambes pour les poser sur la table basse.

– Qu'est-ce que tu fais ? lui lancé-je.

– Je t'aide à te détendre.

Je papillonne des cils, incrédule.

– Je n'ai pas besoin que tu…

– Si tu me disais plutôt ce qui te tracasse ? me coupe-t-elle d'un ton autoritaire.

J'en reste bouche bée. Megan s'installe dans le canapé, près de moi – trop près. Elle rassemble ses jambes sous elle, ses genoux se calant contre ma hanche. Elle me fixe de ses grands yeux verts, si intenses ; leur nuance me rappelle celle des Highlands. Je détourne les miens.

– Je me détendais très bien avant que tu arrives, lâché-je, trop rapidement pour me rattraper.

Megan hausse les sourcils ; ses traits se plissent en une expression coupable.

– Tu as raison, excuse-moi.

Je ne perçois aucun reproche dans sa voix, juste une sincérité poignante. Je regrette d'avoir été si maladroit. Je lui agrippe le poignet, inquiet qu'elle parte vraiment.

– Ce n'est pas ce que je voulais dire, lui assuré-je.

Elle me dévisage un instant, puis se réinstalle, ses genoux toujours contre moi. J'essaie de faire abstraction de sa poitrine qui effleure mon bras à chacune de ses inspirations.

– Tu as l'air épuisé, remarque-t-elle.

Je devrais mentir, balayer sa remarque d'un rire. Le Trèfle, pas plus qu'un super-héros, n'est jamais fatigué : on ne peut être éreinté quand on lutte contre le crime. Mais ce soir, je n'ai pas envie de me moquer de la vérité.

– Je ne dors plus beaucoup ces derniers temps, avoué-je.

– Beaucoup de problèmes liés aux Clans ?

Megan lève une main pour couper court à ma protestation.

– Oui, je sais, tu ne peux pas m'en parler, je ne suis plus concernée, éjectée du système… Mais tu pourrais m'évoquer ton travail comme si tu étais un simple comptable, non ?

– Ai-je la tête d'un comptable ?

– C'en est troublant.

J'émets un rire de gorge et repose ma nuque contre le dossier du canapé. Il est rare que je sois aussi détendu lorsque quelqu'un se trouve dans la même pièce que moi. Megan a sur mon être un effet anesthésiant. Elle l'a toujours eu, en réalité. Déjà il y a quinze ans, il suffisait qu'elle entre dans mon champ de vision pour que son calme, sa sérénité usuelle m'apaisent. Malgré son départ loin du monde des Clans, elle n'a jamais perdu son charisme, sa capacité à fédérer autour d'elle d'un simple sourire.

– Lachlan ? me rappelle-t-elle à l'ordre. Qu'est-ce qui ne va pas ?

– Je n'ai pas très envie d'en parler, soupiré-je.

Megan n'insiste pas. Elle récupère le mug encore fumant qui dégage un parfum de cappuccino, en boit une gorgée, puis passe sa langue sur sa lèvre ; je déglutis le plus discrètement possible. Elle repose ensuite la tasse, frotte ses mains l'une contre l'autre et annonce :

– Je vais faire un tour de magie.

– Pardon ?

– Ferme les yeux.

– Je…

– Allez.

Je fronce les sourcils et essaie de me redresser, mais elle plaque une main sur ma poitrine pour me bloquer. Je me crispe au contact de sa paume, dont la chaleur s'infiltre à travers ma chemise. Je ne laisse personne me toucher comme ça, encore moins me donner des ordres.

Pourtant, me voilà à soupirer bruyamment, et à obéir.

La tension s'accumule dans mes muscles alors que je guette le moindre son qui me parvient par-dessus les notes de jazz. Si bien que je sursaute, incapable de me contrôler, quand les doigts de Megan se posent sur mon visage.

– Yeux fermés, répète-t-elle durement.

La panique m'envahit. Non, je dois voir. Pourquoi a-t-elle employé un tel ton ? Que veut-elle me faire ? Je commence à la repousser quand ses pouces, chacun sur un de mes sourcils, exercent une agréable pression. Je m'immobilise, l'émotion remplaçant en moi l'inquiétude. Ses autres doigts glissent dans mes cheveux.

– Alors ? souffle-t-elle près de mon visage.

– C'est… surprenant, m'entends-je répondre, sans vouloir admettre que c'est divin.

– Ma mère avait l'habitude de m'aider à m'endormir comme ça.

J'ai envie de rouvrir les paupières à cet aveu, mais Megan passe un index léger sur mes paupières pour m'en dissuader.

– Je ne dormais que quelques heures par nuit, poursuit-elle. Je craignais le matin, où je devais me lever avant l'aube, apprendre, m'entraîner, seconder mon père pour qu'il me fasse bénéficier de ses enseignements sur le vif. En réalité, je crois que j'avais peur de rêver, et de me sentir coupable de m'imaginer partout ailleurs plutôt que chez moi. Je m'isolais très souvent dans la bibliothèque dès que j'avais une minute à moi, parfois avec

Duncan. Je m'y rendais même la nuit lors de mes insomnies. Je parcourais des tas d'histoires pour m'évader, oublier qui j'étais. J'incarnais différents héros, vivais des centaines de vies différentes. Je me les appropriais le temps de quelques pages. Ça me faisait du bien. Mais je n'arrivais toujours pas à m'endormir, étouffée par la pression, les attentes des autres, toutes mes responsabilités actuelles et à venir.

J'entrouvre la bouche. Les pouces continuent leur danse, défaisant des nœuds que je ne soupçonnais pas. La voix de Megan me berce ; elle s'exprime tout bas, en douceur, chuchotant presque.

– Ma mère me rejoignait de temps en temps. L'instinct, je dirais. Elle passait des heures assise sur mon lit, à fredonner, me raconter des histoires. J'avais beau être devenue une jeune femme, elle continuait à venir. Lorsque je suis fatiguée, j'essaie de me rappeler la pression de ses doigts sur mon visage. J'ai pratiquement oublié sa voix ou ce qu'elle me murmurait… mais ce geste, jamais. Je l'ai reproduit maintes fois pour endormir Catherine quand elle était petite…

Je sors vaguement de ma torpeur pour protester :

– Es-tu en train de me traiter comme un enfant ?

Elle rit.

– Loin de là.

Je sombre à nouveau ; je me sens partir. Ma tête dévie sur le côté et se pose sur l'avant-bras de Megan. Je souhaite pourtant profiter de l'instant, ne pas m'endormir tout de suite malgré la fatigue qui gagne du terrain. Qui le récupère, plutôt.

– Ma mère me caressait l'arête du nez, confié-je à mon propre étonnement.

Megan continue ses pressions sans dire un mot.

– Mais je n'ai pas beaucoup de souvenirs de ma petite enfance, continué-je, le timbre plat.

– Et de l'Irlande ?

– Je me suis forcé à oublier. Quand j'ai quitté mon pays, je me suis considéré moi-même comme un apatride. L'Écosse me rappelle parfois ma terre natale, mais je crois qu'elle est irremplaçable, quand bien même je m'obstine à ne plus y penser. J'ai beau l'avoir détestée, je me surprends à me souvenir d'elle comme un amant nostalgique.

Je m'attendais à ce que Megan glousse. Après tout, la métaphore est un peu idiote… Elle n'en fait rien.

– Pourquoi est-ce si ambigu ? me demande-t-elle.

Elle doit me sentir me contracter : ses doigts pressent davantage autour de mon visage.

– Je n'aime pas évoquer ces souvenirs-là, lui avoué-je.

– Ceux qui t'ont conduit jusqu'ici, comprend-elle.

– Je n'en suis pas fier. Je préférerais que tu continues à me parler. Moi, je n'ai rien à dire.

Les pouces s'immobilisent. Megan m'oblige à tourner la tête vers elle.

– Ouvre les yeux, Lachlan…

CHAPITRE 32

MEGAN

Lachlan met une seconde, peut-être deux avant de rouvrir les paupières. Quand ses prunelles plongent dans les miennes, je tombe dans l'abîme de ses iris, le cœur serré d'y percevoir des lambeaux de chagrin et de regrets. Il a toujours été si confiant en toutes circonstances, et secret… Son passé est un mystère ; une brèche vient de s'ouvrir dans son armure, et je ne suis plus sûre de vouloir m'y engouffrer, de peur de lui faire du mal. Pourtant, je désire en apprendre davantage, essayer de le comprendre, et découvrir d'où il vient vraiment.

– J'aimerais t'écouter, dis-je.

Ses yeux s'assombrissent. Je crains un instant qu'il se crispe à nouveau, mais il n'en fait rien. Il me fixe du regard un long moment, au point d'échauffer mes joues et mon front, puis il lève les yeux vers le plafond, se suspendant à un point invisible. Redoutant qu'il m'ordonne de le laisser en paix, je reprends ma tasse, permettant à la chaleur du cappuccino de vivifier mes paumes.

La poitrine de Lachlan se soulève, trahissant l'inspiration silencieuse qu'il prend. Puis, de but en blanc, il lâche :

– J'ai quitté l'Irlande après les attentats terroristes fomentés par l'IRA.

Je tressaille et l'observe à la dérobée. Je ne suis pas très au fait des conflits qui ont bouleversé son pays d'origine, tout juste qu'une guerre civile y a eu lieu, plusieurs organisations paramilitaires s'étant révoltées contre la domination anglaise en Irlande du Nord.

– Mais je crois que… tu étais déjà en Écosse quand ça s'est terminé ? avancé-je prudemment.

– Ça ne s'est jamais vraiment conclu, mais il y a eu un attentat de trop pour moi… auquel ma mère a participé, me répond-il. Il a coûté la vie à plusieurs enfants… Des innocents.

– Ta mère faisait partie de l'IRA ?

Lachlan soupire avant de m'avouer :

– Oui, ainsi que le reste de ma famille. Mon père et mes frères ont été tués dans un affrontement. Ça n'a pas suffi à ma mère pour quitter le parti, au contraire…

Ses mots meurent sur ses lèvres entrouvertes. Je n'ose plus bouger, attentive au moindre frémissement de ses traits. J'étais loin de me douter qu'il était directement impliqué dans tout ce qui s'est passé en Irlande. Lui aussi a perdu des êtres chers ; sa famille s'est disloquée… au nom de quoi ? De l'indépendance, de l'orgueil ?

– Les idéaux se sont transformés en fanatisme, reprend-il en crachant le dernier mot.

Son corps se tend, comme je l'appréhendais. Je sens ses muscles se contracter contre ma poitrine, les relents de sa colère filtrer jusqu'à moi.

– Ma mère voulait m'emmener dans ses délires, quand je composais comme je pouvais avec le deuil de ma famille, poursuit-il. Déjà à l'époque, je ne comprenais pas la scission qui poussait mes compatriotes à s'entre-tuer. Nous étions tous Irlandais ; avec des croyances différentes peut-être, mais nous nourrissions tous de l'amour pour notre pays, d'une certaine manière. Pourquoi ne pouvais-je pas passer du temps avec ce gamin, de l'autre côté du mur, si semblable à moi ? Pourquoi devais-je subir des discours haineux à table, quand je désirais juste manger mon dessert en paix ?

J'ignore quoi dire. Je crois de toute façon que Lachlan n'attend pas de réponse de ma part.

– Je ne l'ai plus supporté. La violence, la haine, la recherche de domination, la quête désespérée vers un idéal que l'on souhaite imposer à d'autres, la folie de ma mère, le sang, les larmes… Elle parlait du conflit jour et nuit, m'abreuvait de ses convictions aliénées et se réjouissait de la réussite des attentats.

Il marque un temps d'arrêt, l'œil dans le vague, avant de lâcher :

– Elle n'a éprouvé aucun remords lorsque ces enfants ont été tués. « C'est pour la cause », m'a-t-elle dit. Je l'ai haïe. Et je suis parti. J'ai fui. Pour couper les ponts, rejeter cette vie, toute cette folie, connaître la paix, tu comprends ?

Je hoche la tête, touchée par la souffrance qu'il dégage à cet instant. Il se redresse ; sa chaleur se fait moins prononcée. Il est encore si proche, mais si loin à la fois… Je me retiens de me rapprocher à nouveau de lui. Il continue d'une voix plus grave :

– J'ai fui en Écosse, en me disant naïvement que je n'y serais pas si dépaysé, et que le peu de moyens que j'avais en ma possession me suffiraient pour me construire une nouvelle vie. C'est là que j'ai croisé la route d'Alastair MacCoy et Alexander MacLeod, à l'Unicorn. Ils m'ont pris sous leur aile, moi, le pauvre gamin paumé, sans le sou, affamé. J'ai estimé avoir une chance surréaliste de tomber sur eux, au grand tournant de ma vie… Je n'ai pas découvert tout de suite à quel monde secret ils appartenaient. Ça a mis du temps, alors que je travaillais à l'Unicorn.

Lachlan ébauche un sourire en coin. Le premier depuis qu'il a commencé à se confier.

– Cece, la patronne, m'avait engagé. Une femme qui en avait dans le ventre et ne se laissait pas impressionner par les Clans qui venaient boire un verre dans son établissement. Elle avait une règle : les conflits restent dehors ! Elle n'autorisait aucune incartade. Alastair et Alexander aimaient se retrouver à son comptoir, dans la quiétude. Ils aidaient Cece lorsque certains n'arrivaient pas à se contrôler. C'est à partir de là qu'ils ont fini par me mettre dans la confidence, quand je me prenais des coups pour arrêter les rixes de bar. Je ne saisissais pas pourquoi les noms de ces gens ou leurs tartans étaient si importants. J'ai mal réagi quand j'ai fini par reconstituer les pièces du puzzle. Je quittais un monde de violence, où les idéaux prévalaient sur la vie d'enfants, pour retomber dans un délire identique. Cece m'a retenu quand j'ai voulu lâcher l'Unicorn. Je n'avais nulle part où aller… Alexander et Alastair sont intervenus eux aussi. Ils m'ont dit : « Si tu veux que les choses changent, commence par agir toi-même. » C'est ce que j'ai fait. L'idée du Code a germé avec eux.

Je glisse ma main dans le dos du Trèfle, le caresse comme pour le réconforter. Je pressens néanmoins qu'il n'en a pas tant besoin.

– J'admirais Cece, la façon dont elle fédérait tout le monde dès que l'on franchissait le seuil de son bar. La violence n'avait pas sa place chez elle. Les ennemis buvaient un verre entre eux… mais ce n'était pas parfait. Les années ont passé, Cece est partie.

– Partie ?

– Un cancer.

– Je suis désolée…

Lachlan secoue la tête. Son deuil est fini, il ne semble lui rester que les souvenirs les plus heureux.

Ceux qui ont inspiré tout le reste de sa vie...

Cette fois, le Trèfle se tourne vers moi. Son regard plonge dans le mien. Ma main est toujours posée sur lui, au niveau de son cou. Je ne m'étais pas aperçue que j'étais remontée si haut, ni que je m'étais mise à jouer avec les boucles sur sa nuque du bout des doigts... Il ne proteste pas et me fixe avec encore plus d'intensité dans le regard alors qu'il déclare :

– Cece m'a légué l'Unicorn. Elle n'avait pas de famille, personne sur qui compter. Ses employés partaient les uns après les autres ; j'étais le seul qui restait. Je suis devenu patron à mon tour. J'y ai vu un point de départ pour faire la différence...

– Parce que tu espérais éviter à l'Écosse les drames qui avaient endeuillé l'Irlande, supposé-je doucement.

– J'ai abandonné ma mère, sans plus jamais chercher à la contacter. Je n'ai pas su sauver mon père ni mes frères. Changer les choses chez moi. Mais si je réussissais à avoir une incidence ici, alors peut-être aurais-je pu me pardonner...

Lachlan déglutit, détourne les yeux de moi et souffle :

– J'ai fait en sorte de m'imposer. Alastair et Alexander ont investi pour m'aider. J'ai imaginé le Code, projeté d'étendre la neutralité à travers le pays, en commençant par la capitale. Mais les Clans sont butés, ivres de leurs traditions et de leur soif de pouvoir. Sans MacLeod et son influence, personne ne m'aurait écouté. Puis il y a eu Rose Duval, la naissance de sa fille, le raid sur Dunvegan après le carnage d'Inchkeith… Alastair et Alexander sont décédés. J'ai perdu pied quelque temps, avant de me ressaisir : je refusais que leurs morts soient vaines, que d'autres surviennent parce que je n'étais pas capable de contenir les Familles.

Je fronce les sourcils. Il est vrai que les MacLeod ont toujours eu des contentieux avec les Campbell, et que ma Famille subissait la haine des MacKenzie parce que ma mère avait choisi mon père… Mais la coïncidence me trouble. Les deux principaux soutiens de Lachlan O'Connor dans son projet d'arrêter les conflits de pouvoir dans toute l'Écosse sont morts à peu d'années d'intervalle.

Il faut croire que le destin s'acharne sur notre pays.

– Et maintenant, tout s'effondre, murmure Lachlan.

Il boit deux gorgées de son whisky. Le parfum de l'alcool surpasse celui de son eau de Cologne.

– Pourquoi ? demandé-je. Qu'est-ce qui a changé, après plus de vingt ans à faire progresser le Code ?

– Je te l'ai dit : les Clans sont butés. Sauvages. Ils ne répondent qu'au sang, et à leur haine… Il faut des montagnes d'efforts pour les faire avancer d'un pas, mais il suffit d'une étincelle pour qu'ils reculent de trois.

– Alors, quelle étincelle les a embrasés ?

– Phèdre MacLeod.

Je frémis, percevant l'aigreur dans le timbre de Lachlan.

– La fille d'Alexander ? avancé-je.

– Oui. Son retour au pays a relancé des troubles qui s'étaient apaisés, parce que, du fait de son sang ainsi que de l'ancienneté de la Famille, elle est à même de disputer le pouvoir à Henry Campbell. La soif de vengeance a fait le reste pour enflammer le brasier de la guerre. J'avais promis à Alexander d'accueillir sa fille quand celle-ci serait décidée à découvrir son pays. J'aurais peut-être fait un choix différent si j'avais su quelles conséquences en découleraient.

– Tu ne pouvais pas anticiper quoi que ce soit.

– J'aurais dû, parce que c'est mon rôle.

– Tu n'es pas surhumain, Lachlan. Tu as évité tant de massacres depuis tout ce temps…

– Et j'en ai commandé d'autres, au nom d'une nécessité supérieure. C'est une spirale qui n'en finit pas. Plus je me démène, plus le chaos s'accroît, et je perds en contrôle. En dépit de tous mes efforts, de mes moyens, des gens qui me soutiennent, je ne parviens plus à endiguer le cataclysme.

– Tu désires juste une Écosse en paix.

– Je pensais que Phèdre MacLeod réussirait là où j'ai échoué, mais…

– Mais en attendant, tout ce que tu as construit est mis à bas.

– Sans garantie que je pourrai tout reforger par la suite. Il s'est passé… un événement. Un Clan parmi les Sept est tombé. Tout s'accélère. Le Code est menacé. On ne me respecte plus, pas plus que les règles que j'ai édictées avec le concours d'une majorité des Familles. Elles se détournent petit à petit de moi, une à une… Le fait est, Megan, que je suis fatigué.

Je me fige, alertée par la soudaine dureté dans la voix de Lachlan. Il pose brusquement son verre. Le bruit brise le rythme du jazz, comme une fausse note au beau milieu d'une *jam-session.*

– Je suis fatigué de me battre pour des gens hypocrites, qui ne veulent pas être sauvés, poursuit-il. Épuisé de jouer les arbitres dans des chamailleries futiles qui prennent des ampleurs démentielles. Mais j'ai beau être éreinté, je ne peux pas arrêter, et…

Lachlan s'interrompt en plein élan, les dents serrées. Je baisse la tête, secouée par ses aveux auxquels je ne m'attendais pas. Lui, d'apparence si inébranlable, me dévoile une part de son être qui le dévore à petit feu. Je ne peux pas lui reprocher de perdre la foi, de ne plus comprendre où tout ça mène, pour la simple et bonne raison que j'ai fini par ne plus y croire, moi aussi. Mais j'ai trouvé un autre objectif à poursuivre. Une autre raison de me battre, un autre essentiel à protéger.

Catherine.

– Lachlan, tu… tu réponds à la violence par la violence, parce que c'est parfois nécessaire, avancé-je. Mais derrière tout ça, tu aspires à un monde meilleur.

– Alors, quoi ? Tu me considères comme un héros ?

Je secoue la tête.

– Plutôt comme quelqu'un qui fait de son mieux pour le bien commun.

– On définit parfois un héros comme ça.

– Et ça te plairait d'en être un ?

– Absolument pas. Je ne recherche pas la gloire ni la reconnaissance. C'est peut-être plus égoïste que ça…

– Tu cherches à rattraper le passé, soufflé-je.

Un triste sourire étire les lèvres de Lachlan alors qu'il réplique :

– Ça paraît impossible, pas vrai ?

Il se lève, s'approche de la fenêtre, me tournant le dos. Je ne sais quoi lui répondre. Bien sûr, je me doute qu'il a gardé pour lui un certain nombre d'informations concernant les problèmes claniques, mais je reste hantée par les souvenirs. Ceux de mon père, qui passait des heures à me raconter les conflits entre chaque *laird* depuis la naissance du pays, me répétant que je ne devais rien oublier, parce que plus tard, j'aurais à anticiper, comme Lachlan, pour protéger les miens.

Mais j'ai tout abandonné.

Le Trèfle s'accroche ; il ne veut pas baisser les armes.

Je quitte le canapé et le rejoins. Une fois à sa hauteur, je glisse mes doigts entre les siens. Il se braque, toisant ma main dans la sienne, avant de me jauger en silence.

– Merci, lui dis-je tout bas. Je ne fais plus partie des Clans que tu hais… parce que c’est le cas, n’est-ce pas ? Mais pour ce que ça vaut venant de moi, merci de vouloir nous protéger de nous-mêmes.

CHAPITRE 33

LACHLAN

Je comprends l'intention de Megan, sans réussir à l'apprécier à sa juste valeur. Est-ce ce que j'attendais au fond de moi ? Des remerciements ? Non. La meilleure marque de reconnaissance que l'on pourrait m'offrir, ce serait de mettre un terme à tout ça, à la violence qui règne dans ce pays. Je suis peut-être un utopiste… un idéaliste ? Mais malgré mon épuisement, je continue d'y croire comme un pauvre fou. Et j'ignore où cela va me mener ou si un jour mon combat pourra prendre fin.

– *Vers où te diriges-tu, Lachlan ?* m'a une fois demandé Alexander.

– *Je ne sais pas encore. Là où ce voyage prendra tout son sens.*

– *Et comment sauras-tu que tu es au bout du chemin ?*

Je n'ai pas su lui répondre, et j'en suis toujours incapable aujourd'hui. Ma discussion avec Megan m'a chamboulé. Rouvrir les plaies ainsi, farfouiller à l'intérieur, m'a prouvé l'étendue de la gangrène en moi. Mais c'est la main de mon invitée dans la mienne qui me permet de ne pas dériver. Elle m'étudie d'un regard limpide, sincère. Ses doigts libres remontent vers ma joue, qu'elle caresse. Je frémis, cherche son contact en effleurant sa paume de mes lèvres, avant de me détourner. Megan ne l'entend pas de cette façon ; elle m'oblige à plonger mes yeux dans les siens. Je les glisse plutôt sur sa bouche entrouverte, sa poitrine qui se soulève au gré de ses inspirations. Elle se hisse, juste un peu, pour poser sa bouche sur la mienne. Je me raidis, d'abord surpris. Le parfum de son shampooing, de sa peau, me monte à la tête. La pression de ses lèvres s'accentue, à la fois intruse et bienvenue. Son corps se love contre le mien, et je ne suis plus sûr d'où je me trouve, de ce qui est en train de se produire.

Avant que mes synapses se reconnectent, Megan recule d'un pas. Nous nous faisons face, nos mains toujours liées. Elle me regarde droit dans les yeux, pas le moins du monde troublée par son baiser. Dans ses prunelles, je ne lis qu'une curieuse détermination, et… autre chose. Je passe ma langue sur ma lèvre, comme pour y chercher l'empreinte qu'elle a laissée et que je sais indélébile. Une seconde, peut-être deux, où Megan ne bouge pas. Puis je l'attire de nouveau à moi, doucement, prudemment, et mes doigts glissent sous la masse de ses cheveux pour se poser sur sa nuque. Encore trois battements de cœur, et je récupère sa bouche. Elle a le goût suave du cappuccino… Elle répond aussitôt à ce second baiser, son corps se dépliant contre moi, comme s'il n'avait attendu qu'une autorisation de ma part. Sa poitrine s'écrase contre la mienne ; sa respiration se fait plus saccadée, se heurtant à la mienne. C'est à la fois une lutte et une étreinte à mesure que nos lèvres se cherchent, se mordillent, s'aspirent en un ballet que j'espère interminable. Nos mains se lâchent pour mieux retrouver la peau de l'autre. J'enserre la taille de Megan d'un bras pour la rapprocher plus encore, tandis que du second, je l'emprisonne par les épaules, inquiet qu'elle disparaisse. Je la soulève sans m'en rendre compte, ne sachant plus quoi faire pour la sentir plus proche.

Si, je sais…

Ma peau est irritée par nos vêtements qui nous séparent ; elle en réclame une autre contre laquelle se lover.

Megan tire sur ma chemise. Nous basculons à droite, à gauche. Je me cogne contre la fenêtre ; mon râle se perd dans nos souffles mêlés. Mon vêtement est maintenant ouvert en grand, à risquer d'en craquer les coutures. Le feu dans mon ventre s'accroît. Je me montre plus pressant. Incontrôlable.

Il y a eu des femmes dans mon lit. Nombreuses. Je ne me rappelle pas tous leurs visages, leurs noms.

Elles m'ont sans doute déjà oublié, elles aussi. Aucune n'était éternelle.

Mais Megan, c'est différent.

Megan incarne un reflet de ce que je désespère d'atteindre un jour. Une égale dans mes idéaux, dans la détermination. Elle me *comprend*. J'envie son courage, l'amour qu'elle est capable de donner sans même en avoir conscience, la sérénité qu'elle réussit à partager autour d'elle par sa simple présence.

Comment pourrais-je un jour occulter son nom, le moindre de ses traits, les angles de son visage, les éclats dorés de ses prunelles ? Et que dire de sa voix ? Douce, langoureuse à certains moments, mais impérieuse quand elle redevient la femme de pouvoir d'autrefois…

Elle a toujours été si forte.

Je ne perçois plus la musique, juste les battements de mon propre cœur, nos respirations hachées. Megan pose ses paumes chaudes sur mon ventre découvert. Elle monte, descend, explore ce que je m'efforce chaque jour de dissimuler sous une apparence de luxe et de confiance. Quand la chemise tombe à nos pieds, que ma ceinture se déboucle, elle fend une à une mes carapaces pour révéler la part la plus vulnérable de moi-même.

Sa bouche abandonne la mienne, et je ressens aussitôt un manque. Même lorsque ses lèvres dévalent ma mâchoire, s'aventurant plus bas. Je serre les dents pour ravaler mes plaintes de plaisir dès qu'elle s'engouffre dans mon pantalon. C'est elle qui a le contrôle, elle mène la danse ; je ne suis que son pantin. Ses caresses menacent de me faire rompre trop vite ; je saisis son poignet pour l'arrêter et la ramène à mes lèvres. Un hoquet de surprise lui échappe. Je me décolle de la fenêtre et inverse les rôles. Megan exhale à son tour. Nous nous séparons le temps d'abandonner nos pantalons. Lorsque je glisse sur sa peau découverte, je sens son ventre se contracter au passage de mes doigts. Un changement s'opère, léger. Ses épaules se tendent, son bassin recule pour fuir mon contact. Elle essaie de me guider ailleurs, de remonter mes mains. Sous mes doigts, j'ai perçu quelques crevasses, plutôt douces. Ce ne sont pas des cicatrices dues à d'anciennes blessures. J'abdique, pour le moment, et m'immisce sous l'élastique de son sous-vêtement. Son souffle se coupe ; je quitte sa bouche pour reproduire la lente torture qu'elle m'a infligée un peu plus tôt. Je mordille son cou, m'infiltre en même temps entre ses plis. Elle ferme les paupières tout en basculant la tête en arrière. Je profite de son inattention pour baisser les yeux sur ce qui la crispe autant : des crevasses nacrées sur la peau de son ventre, qui n'est pas plat. Un rappel évident, gravé sur sa peau, qu'elle est une mère. Je ne comprends pas ce qui l'a rendue aussi nerveuse ; je note pour moi-même les zones à ne pas toucher, et me jette à corps perdu dans notre étreinte.

Les gémissements de Megan chantent à mes oreilles, son dos se cambre et réclame davantage.

Je lui murmure de m'attendre, m'absente pour passer brièvement dans ma chambre, et reviens vers elle. Son bras entoure son ventre, sa peau s'est hérissée d'une chair de poule. Je m'empresse de la recouvrir de mon corps pour la réchauffer. Elle m'accueille avec impatience, ses bras déjà autour de mon cou. Je déchire l'étui du préservatif, ne lâche pas ses lèvres pendant que je l'équipe et abandonne l'emballage sans me soucier d'où il atterrit. Megan lève une jambe contre ma hanche. Un râle commun nous surprend, brisant la mélopée du jazz.

C'est vrai, il y a de la musique…

J'aide Megan à se hisser plus haut en passant un bras sous sa cuisse. Sa deuxième jambe s'enroule autour de ma taille, se noue à la première. Nous fermons les paupières au même moment quand je m'insère en elle.

Un courant électrique me parcourt de la tête aux pieds. Je m'immobilise un instant, le temps de calmer la vague de plaisir à deux doigts de m'emporter jusqu'à la jouissance. Une tempête aussi redoutable que la passion de Megan… Ses hanches viennent chercher les miennes, exigeantes. Je m'immisce plus profondément, bientôt envahi d'un délice si intense que ma vue se brouille. Megan étouffe ses plaintes dans mon cou ; elle s'accroche lorsque j'accélère la cadence. La fenêtre vibre contre son dos. Mes jambes mollissent, mais je ne lâcherais Megan pour rien au monde. Surtout pas maintenant, alors qu'elle s'offre à moi, que nous apprenons à nous connaître sous une lumière inattendue. Tout attise mes sens : le grain de sa peau, son parfum, sa chaleur, sa voix, la façon dont elle s'agrippe à moi, chacun de ses mouvements pour accompagner les miens.

Puis nos regards se rencontrent. *Vraiment.* Je comprends l'ampleur de ce qui se passe entre nous, et qui ne sera plus demain, quand elle sera partie. Ce que j'ai lu dans ses prunelles plus tôt, c'était l'appel des adieux.

Elle ne sera plus là. Je ne la reverrai plus jamais.

Mon rythme ralentit. Megan fait mine de protester mais s'abandonne encore. Nous ne nous lâchons plus des yeux. Je la possède tout entière, pour la première et dernière fois.

Elle le sait, depuis le début. C'est un merci, et un adieu. Un moment qui n'appartiendra qu'à nous, que nous garderons dans nos souvenirs et que nous nous remémorerons parfois, la nostalgie au cœur.

Je l'embrasse avec ferveur et regret, puisant dans ce baiser tous les non-dits. Et c'est à cet instant que mon plaisir trouve son paroxysme. Une envolée fulgurante qui me saisit à la moelle me fait imploser en un millier de particules. Avant que je ne puisse murmurer davantage à Megan en silence.

Avant que je n'aie réussi à lui dire adieu moi aussi, alors qu'elle est toujours là, dans mes bras.

CHAPITRE 34

MEGAN

Je peine encore à dissiper l'apesanteur du sommeil, mais j'entrouvre les yeux, pour les refermer aussitôt. Un rayon de soleil passe à travers les volets électriques pas complètement clos. Tout est si doux, si chaud, si cotonneux… Je n'ai pas envie de me lever.

Et pourtant, il le faut…

Je cherche Lachlan sur ma droite, mais sa place est vide. Je suis malgré tout persuadée qu'il a dormi avec moi, dans son lit. Nous nous sommes réveillés plusieurs fois pour des cajoleries, des baisers, des caresses, sans que ça n'aille plus loin. Nous avons fait l'amour une fois hier soir, sans éprouver le besoin de recommencer. Juste de profiter de la présence et du contact de l'autre.

Les draps sont encore tièdes lorsque je roule de l'autre côté du lit. Une odeur d'eau de Cologne imprègne la chambre. Entièrement nue, je me redresse sur mes coudes. Lachlan est posté devant son miroir, en train d'ajuster le col de sa chemise. Je remonte la couverture sur ma poitrine. Le Trèfle me remarque et ébauche un sourire.

– Froid ? demande-t-il.

– Oui : tu n'es plus là pour me réchauffer.

Son sourire s'élargit. Je m'assois pour de bon et lui fais signe d'approcher. Il s'installe près de moi, sur le matelas, et me laisse nouer sa cravate. Il ne se gêne plus pour m'observer, son regard s'attardant sur mon visage, mon cou, mes épaules et la naissance de mes seins. Il tire sur le drap et me dénude. J'écarquille les yeux.

– Tu ne devrais pas en avoir honte, me sermonne-t-il en caressant mon ventre.

Je me recouvre et rétorque :

– Je n'en ai pas honte, mais je n'aime pas vraiment qu'on touche.

Je ne renierai jamais les traces ancrées dans ma peau, puisqu'elles sont la preuve que j'ai porté la vie, que j'ai mis au monde ma fille. Des vergetures, un renflement que je n'ai jamais réussi à perdre vraiment, de la cellulite… Avec l'âge, rien ne s'est arrangé, mais j'ai toujours soutenu mon reflet nu sans broncher, sans être répugnée par mon corps. Je chéris ces signes de la maternité ; toutefois, me confronter au toucher d'un homme, c'est encore délicat. Je n'ai pas connu beaucoup d'amants après mon divorce. Je ne ressentais pas le besoin d'étreintes, ni l'envie particulière. Mais avec Lachlan, ça m'a paru comme une évidence. Aucune question ne m'a traversé l'esprit. Ses aveux m'ont embrasée lorsqu'ils m'ont permis d'entrevoir la personne derrière la carapace.

Un être humain dont je soupçonnais déjà la sensibilité, et les fêlures.

Mon regard sur lui n'est plus celui du passé, où je l'admirais pour ce qu'il représentait. J'ai vu l'homme à aimer et à soutenir hier soir. Je crois que c'est ce que mon cœur attendait : une brèche pour laisser libre cours à ce qu'il gardait contenu envers Lachlan.

Je termine le nœud de sa cravate puis resserre le drap autour de mon buste. Les cheveux du Trèfle sont un peu humides, et je hume l'odeur de son gel douche. Est-il réveillé depuis longtemps ? Je jette un coup d'œil au réveil digital sur la table de nuit. Il est plus de huit heures.

Je frissonne. Mon avion décolle à 13 h 15. Un premier vol qui nous ramènera à Londres, Catherine et moi, pour brouiller les pistes avant qu'un deuxième trajet nous fasse rentrer de nouveau en Écosse, à Inverness, cette fois. Là seulement, nous embarquerons pour notre destination finale, l'île Lewis, où nous attendrons que tout soit prêt pour notre nouvelle vie en Iowa.

Je redresse le menton vers Lachlan. Son visage est fermé ; plus aucun sourire n'incurve ses lèvres, réunies en une ligne mince et rigide.

– Je vous accompagne jusqu'à l'aéroport, déclare-t-il. Tu devrais te préparer, et réveiller Catherine.

Il quitte le lit et enfile sa veste de costume, qu'il boutonne avec une lenteur élégante.

C'est tout ? N'allons-nous pas revenir sur ce qui s'est passé entre nous cette nuit ?

Maintenant, il évite mon regard ; et bientôt, il disparaît dans son dressing. Une boule douloureuse plombe mon estomac. Je n'attendais rien de plus de la part du Trèfle, pourtant. C'est même ce que je lui ai demandé : m'aider à partir avec ma fille sans espoir de retour, pour que le monde des Clans ne nous rattrape plus jamais. Mais voilà que j'espère autre chose de sa part. De la tendresse ? Non, j'ai désiré cette nuit justement parce que nous ne nous reverrions plus à partir du lendemain. Je n'ai pas à être déçue par ce que j'ai souhaité.

Je respire profondément pour occulter les pincements de mon cœur et cherche mes vêtements du regard, avant de me rappeler qu'ils doivent toujours se trouver dans le salon. Mes joues s'échauffent au souvenir des ébats endiablés qui les ont projetés là, et mes lèvres s'étirent en un sourire. Je ne pourrai pas oublier ce qui s'est passé entre nous. Au moins, je m'en irai avec ce moment à chérir…

Je quitte le lit, l'oreille tendue pour écouter les pas de Lachlan dans la pièce adjacente, et m'aperçois que mon pull et mon jean ont été soigneusement pliés. Ils m'attendent sur un tabouret au coussin de velours. Quand je les récupère, je constate que mes sous-vêtements sont là aussi.

Lachlan et sa méticulosité…

Je termine d'enfiler mon pantalon quand il revient dans la chambre, son poignet ceint d'une montre rutilante et un nouveau mouchoir replié dans la poche avant de sa veste. Le nez collé à son téléphone, c'est à peine s'il me voit. Il s'éclipse dans le salon, et mon cœur s'émiette un peu plus.

Entre nous, c'était juste pour une nuit. Rien de plus…

Je me ressaisis et lui emboîte le pas. Je prépare mon cappuccino dans le silence le plus total, avant de demander soudain :

– Que feras-tu ?

– Pardon ? lâche Lachlan sans lever les yeux de son écran.

– Après notre départ, précisé-je.

Sa mâchoire se contracte. Juste une seconde, mais assez pour que je le remarque par-dessus la fumée de mon café.

– J'ai encore des affaires à régler, dit-il finalement.

– À propos des Clans ?

– Tu ne devrais pas réveiller Catherine ? Nous ne pourrons pas nous permettre d'être en retard.

Je me fige, heurtée par son ton abrupt.

– Si, tu as raison, soufflé-je.

Message reçu.

Tasse à la main, je me dirige vers la porte, ayant la nette impression d'être congédiée. Alors que j'ouvre le battant, Lachlan me hèle :

– Megan ?

Je me retourne, espérant dissimuler ma contrariété. Le Trèfle me regarde enfin, son portable posé près de sa cuisse. Je patiente, désireuse d'entendre n'importe quoi de sa part. N'importe quoi qui me prouverait que notre nuit ne le rend pas indifférent… Mais il secoue la tête, s'excuse d'un sourire contrit et en revient à ce qui, apparemment, est mille fois plus intéressant que moi. J'opine, surtout pour moi-même, et quitte l'aile privée pour monter retrouver Catherine.

***

– Nous aurons de quoi manger à l'aéroport et dans l'avion. Tu as bien laissé la bouteille d'eau au manoir ?

– Oui…

Catherine me reste fermée depuis que je l'ai réveillée ce matin. Nous avons déjeuné tôt et sur le pouce, rien que toutes les deux. Lachlan ne nous a pas rejointes, enfermé dans son coin. Comme il l'a promis, il nous accompagne jusqu'à l'aéroport à présent, mais il reste muré dans le silence. Ma fille aussi ; en ce qui la concerne, je mets son attitude sur le compte d'une bouderie. Elle m'en voudra encore un moment d'ainsi quitter le pays. J'espère que son père ne rechignera pas à nous rejoindre, pour qu'elle retrouve le sourire.

Mon regard dérive sur Lachlan, à l'avant. Sur ses boucles qui ondulent, sa mèche plus rebelle que les autres qui lui barre le front, son nez droit… Je serre mes bras autour de moi. N'était-ce qu'un rêve ? Ses baisers, ses étreintes, sa ferveur. Sa passion… Devons-nous rester sur ces adieux-là ?

Quand nous arrivons à l'aéroport, la tension ne s'est pas dissipée. Le chauffeur récupère nos bagages ; d'autres voitures de Lachlan continuent à tourner non loin, surveillant les alentours. Catherine n'en a pas conscience, trop occupée à ruminer, et loin de réaliser l'ampleur des risques que nous prenons avec ce transfert.

– Entrons, ordonne O'Connor.

Je soupire, sans un bruit, et entoure les épaules de ma fille pour la guider. Nous pénétrons dans le hall bondé de l'aéroport, nous glissant dans la foule. Elle nous offre une certaine protection : aucun Clan n'osera attaquer dans un lieu public comme celui-ci, y compris les Campbell. Une voix désincarnée annonce l'heure des prochains vols. Même à l'intérieur, l'air est frais.

Assez vite, le regard du Trèfle se rive à un jeune homme aux traits anguleux qui s'approche de nous à pas lestes.

– Lachlan, le salue-t-il.

Ils se serrent la main. Le nouvel arrivant n'a pas encore la trentaine, mais la dureté dans ses yeux et sa posture presque militaire trahissent une certaine maturité rare à son âge. Je me raidis, ayant l'intuition qu'il est lié d'une manière ou d'une autre au système clanique.

– C'est Joffrey, le passeur dont je t'ai parlé, m'indique Lachlan. Il se chargera de vous guider, vous protéger et effacer vos traces. Il vous conduira au premier point de chute, le temps que je prépare votre arrivée en Iowa. En attendant, vous serez cachées, et quelqu'un prendra soin de vous.

– Nous n'allons pas tout de suite en Iowa ? comprend Catherine.

– Non, répond patiemment le Trèfle. Nous avons besoin de brouiller les pistes. J'ai toute confiance en Joffrey pour mener à bien cette mission.

– Vous êtes si jeune… ne puis-je m'empêcher de noter.

– Joffrey a un talent certain, et il apprend auprès du meilleur, le défend Lachlan.

– Ce n'est pas le meilleur, donc, résume Catherine en empruntant mon ton.

Je la sermonne d'un coup d'œil, mais elle s'obstine à faire comme si elle ne voyait rien.

– Je vaux toujours mieux qu'un troisième ou un quatrième choix, affirme Joffrey avec aplomb.

La réponse semble convenir à ma fille. La voix désincarnée retentit à nouveau pour annoncer un départ pour Londres. Nous levons tous les yeux, comme si cela pouvait nous permettre de mieux entendre ou d'apercevoir une femme invisible.

– C’est notre vol, déclare Joffrey. Lachlan ?

– Oui, allez-y. Je t’ai fourni les passeports, tu ne les as pas oubliés ?

– Bien sûr que non.

Il les montre, en ouvre un où je distingue ma photo, à ma grande surprise, à côté d’un nom qui n’est pas le mien : « Emma Wilson ».

– Vous aurez toutes les deux de nouvelles pièces d’identité à chaque escale, jusqu’à la dernière…

– On change de nom ? s’outre Catherine.

– Le but est que vous disparaissiez de la circulation…

– Maman !

Ma fille me gratifie d’une œillade où de nombreux reproches s’accumulent. Je me doutais que de telles dispositions seraient prises, et j’appréhendais qu’elle s’en agace.

– Je n’ai même pas pu…

– Choisir, la coupé-je. Je sais, Cathy.

Elle s’apprête à protester mais se ravise, à mon grand soulagement. Au moins, nous éviterons une énième dispute… On appelle une nouvelle fois notre vol. Joffrey récupère nos valises et nous fait signe de le suivre. Alors qu’il se met en mouvement, je reste sur place, près de Lachlan. Ce dernier nous sourit, de façon si formelle que cela en paraît presque factice.

– Prenez soin de vous, déclare-t-il. Megan, quand la situation se sera calmée, je t’en informerai, dans l’éventualité où tu aimerais rentrer au pays.

– Ce n'est pas…

Les mots se meurent sur mes lèvres. J'ai peur que Cathy s'emporte si j'avoue de vive voix que je ne compte pas revenir en Grande-Bretagne. Lachlan opine lentement ; il a sans doute compris.

– Bon voyage, articule-t-il.

Je reste plantée face à lui, dans l'attente de… quoi ? Un dernier adieu ? Mais il ne bouge pas, reste parfaitement silencieux. La distance s'est creusée entre nous.

Rien qu'une nuit. C'est tout…

– Merci pour tout, dis-je, la voix enrouée.

– Tu seras prudente ?

– Oui…

Ne sommes-nous pas deux adultes ? Pourquoi n'arrivé-je plus à le regarder ?

– Au revoir, murmuré-je.

Je n'ai pas à m'émouvoir. J'ai *choisi*.

J'avance d'un pas puis me fige, sentant une caresse sur ma main. Je me tourne vers Lachlan, dont le visage est toujours impassible. Pourtant, je sens son pouce effleurer ma peau. Il est là, l'ultime adieu. Un simple contact, parce qu'il ne peut rien y avoir de plus au milieu de tous ces gens, à la face du monde. Après nos ébats passionnés, c'est tout ce qu'il nous reste. Ma gorge se noue, les larmes me montent aux yeux, mais je refuse qu'elles coulent. Je ne souhaite pas que Lachlan garde cette image de moi. Enfin, nos prunelles s'enchaînent, et j'ai le droit à un sourire. Sincère, cette fois, et plein de tristesse. J'aimerais lui avouer tout ce que j'ai sur le cœur : qu'il réussira à protéger ce monde-là, qu'il est le dernier souvenir heureux de l'Écosse que j'emporte avec moi. Mais rien ne passe ; le filtre est trop épais. Juste un « merci », et un « au revoir ».

Un dernier regard.

Je tourne les talons, plonge mes mains dans mes poches pour sauver les apparences, puis rejoins Joffrey et Catherine. Mon cœur bat à tout rompre, mon hémorragie faite de larmes contenues s'aggravant de seconde en seconde.

Alors que nous sommes près de la zone d'embarquement, je me retourne.

Lachlan a disparu.

CHAPITRE 35

MEGAN

Nous attendons toujours pour embarquer : l'avion a un peu de retard. Si j'avais su, peut-être me serais-je permis de demander à Lachlan de rester plus longtemps avec nous. Catherine n'a pas desserré les dents, Joffrey est lui aussi silencieux. Il ne nous pose aucune question, nous appelle conformément à nos fausses identités si nécessaire et ne s'épanche pas sur lui. J'ignore à quel Clan il appartient, son âge ou même si Joffrey est son vrai prénom.

La tête de Catherine se pose soudain sur mon épaule. J'embrasse ses cheveux par automatisme ; elle ne ronchonne pas.

– Est-ce que ça va ? lui demandé-je, même si je devine déjà la réponse.

– Ça pourrait aller mieux, grommelle-t-elle.

Je ne suis pas dupe : je soupçonne qu'il y a autre chose. Elle m'observe parfois à la dérobée, comme si elle souhaitait me dire quelque chose, avant d'esquiver la confrontation. Plus jeune, elle faisait rarement des bêtises, mais elle avait toujours besoin d'un certain temps de réflexion pour me les avouer. Je reconnais cette attitude aujourd'hui.

– Tu ne veux pas me dire ce qui te tracasse ? la questionné-je.

– Hormis quitter le pays ?

– Cathy…

– Non, y'a rien.

Elle saisit ma main et la serre avec force. L'émotion me gagne. Je me racle la gorge, savourant un tel élan de sa part, puis pose ma joue contre sa tête. De son côté, Joffrey reste debout, les bras croisés. Il observe tout ce qui nous entoure, sans relâche. Je reconnais là la vigilance d'un homme entraîné et averti, mais pas depuis longtemps. Avec sa nervosité, il risque d'attirer l'attention…

Son regard qui se fait soudain incisif m'alerte. Il fixe un point derrière nous, puis bascule doucement vers un autre. Son corps se tend. Je serre la mâchoire et m'oblige à détendre mes doigts pour ne pas inquiéter Catherine.

– Combien ? lancé-je à Joffrey.

Il me jette un bref coup d'œil, un pli au coin de la bouche, puis lâche :

– Trois.

Il pivote légèrement la tête, assez pour surveiller discrètement ce qui se passe derrière lui. Il n'en avait pas besoin. Maintenant sur le qui-vive, je les vois : un homme qui tourne en rond joue avec ses clés, les range et les ressort de sa poche. Un autre, dans le même périmètre, assis sur un siège en plastique, qui feint de lire un magazine. Leurs coups d'œil vers nous les trahissent…

– Cinq, corrigé-je Joffrey.

Il acquiesce. Ses doigts tapotent son biceps.

– De quoi vous parlez ? murmure Catherine.

Elle essaie de se redresser, mais je l'en empêche, soucieuse de ne pas alerter ceux qui nous observent.

– On nous surveille, l'éclaire Joffrey.

– Connais-tu ces gens ? l'interrogé-je.

– Non. Ils ne me disent rien.

– M'man, ça veut dire quoi ? On est suivis ?

– J'en ai l'impression, mais ne t'inquiète pas. On va pouvoir embarquer.

Même les Campbell n'oseraient pas s'en prendre à nous dans un espace public…

Les sourcils de Joffrey se froncent cependant. Non, il n'entend pas monter dans l'avion. Ces hommes connaîtraient notre prochaine destination et pourraient dépêcher des hommes sur place pour continuer leur traque. Ils pourraient nous suivre au havre de paix promis, là où une alliée de Lachlan est censée s'occuper de nous avant notre véritable départ. C'est un risque qui ne peut être pris.

– Maman ?

La voix de Catherine est plus chevrotante. Je me suis crispée, à lui en écraser les doigts. Je m'excuse du bout des lèvres avant d'affirmer :

– On ne peut pas rester ici.

Joffrey hoche la tête, mais il ne se déride pas. A-t-il au moins un véhicule pour que nous puissions fuir rapidement ? Il récupère son téléphone, hésite, puis le pose sur son sac, à côté de Catherine.

– Il doit y avoir un endroit pour louer une voiture, dit-il.

– Vous n'en avez pas prévu une ? l'accusé-je malgré moi.

– Si, mais ces hommes l'ont sans doute repérée quand je suis arrivé. Ils devaient nous guetter.

Il me dévisage un instant et, pour la première fois depuis notre rencontre, prend le temps de me jauger.

– Nous devons partir, répète-t-il.

– Tu as un autre plan ?

– Oui, répond-il à la va-vite. Restez là une minute.

Il s'éclipse. Je demeure posée, la plus détendue possible, mais Catherine gigote, assez pour s'extirper de mon étreinte.

– Il nous laisse toutes seules ? s'insurge-t-elle. Il n'était pas censé veiller sur nous ?

– Reste calme, s'il te plaît.

– On est dans un sale pétrin ?

– Un peu, admets-je, mais tout se passera bien, je te le promets.

– Lachlan ne peut pas venir nous récupérer ?

Je secoue la tête. Ce serait le mettre en porte-à-faux, plus qu'il ne l'est déjà si les hommes qui nous encerclent l'ont aperçu avec nous… Mais je ne peux pas être certaine de leur identité.

Un froissement manque de me faire sursauter. Catherine grommelle un « pardon » avant de replacer notre valise et les affaires de Joffrey qu'elle a fait tomber du siège.

– Tu es trop nerveuse, la préviens-je. Détends-toi.

– C'est facile à dire ! Comment veux-tu que je me relaxe dans une situation pareille ?

J'ouvre de grands yeux menaçants ; elle rentre les épaules, sans perdre son expression révoltée. Je ne peux pas lui accorder davantage d'attention : en l'absence de Joffrey, je m'efforce de surveiller du coin de l'œil les hommes qui nous guettent. Heureusement, notre passeur ne met que quelques minutes à revenir. Je me lève, feins de m'étirer et l'alpague :

– Alors ?

– L'attente pour louer une voiture est trop longue.

– Combien de temps ?

– Au moins une heure.

Je pince les lèvres. Trop long, c'est vrai. Pour l'instant, les hommes qui nous entourent ne font pas mine de s'en prendre à nous, mais plus nous leur laissons de temps pour fomenter un plan, plus le risque augmente.

– Peut-on quand même prendre l'avion et espérer les perdre à l'arrivée ? suggéré-je.

– Non. S'ils savent sur quel vol nous sommes, ils n'auront aucun mal à reprendre leur surveillance une fois à Londres. Où est mon portable ?

Je suis surprise de voir Catherine le lui tendre, après l'avoir récupéré à côté d'elle.

N'était-il pas posé sur son sac ?

Qu'importe ; j'ai plus important à penser. Je reporte mon attention sur Joffrey, qui décide :

– On va les semer dans Édimbourg.

– Et s'ils tirent ? m'inquiété-je. S'ils cherchent à nous arrêter par la force ?

– Ils n'oseront pas.

– Peut-on en être certains ?

Joffrey se dispense de répondre à ma question. C'est lui qui est en charge, donc c'est lui qui décide, et il me le fait savoir en s'emparant de nos valises.

– On fait quoi, là ? s'inquiète Catherine.

– On quitte l'aéroport, dis-je d'un ton plus aigre que je ne le souhaitais.

Ma fille m'interroge en silence, mais je secoue la tête. Nous n'avons pas le temps de débattre.

– Je me suis garé au parking longue durée, il est à l'autre extrémité de l'aéroport, nous indique Joffrey. On peut peut-être semer nos poursuivants à travers la foule.

Je pince les lèvres.

Non, il n'était pas prêt.

Il panique, bien qu'il essaie de ne pas se trahir. Nous ne sommes pas encore partis, et il est déjà pris de court. Je saisis la main de Catherine et la serre sans doute trop fort, mais j'ai besoin de sentir qu'elle est toujours là, près de moi, et que personne ne me l'arrachera.

Nous slalomons entre bagages, animaux en laisse et enfants turbulents. J'ai beau ne pas avoir les cinq hommes en visuel, je sais qu'ils nous suivent. D'instinct, j'accélère le pas.

Ils ne nous lâcheront pas comme ça.

Ma respiration est de plus en plus erratique. Mes muscles s'échauffent, mon cœur bat la chamade. Lorsque nous sortons de l'aéroport, l'air frais de l'extérieur m'agresse les joues. Le parking est à ciel ouvert, des familles passent entre les véhicules, poussant leurs valises. Des enfants crient, courent, se font réprimander. Joffrey ouvre la marche, les clés de sa voiture déjà en main. Il a changé d'avis trop vite ; il n'a pas pleinement analysé la situation. Je doute même qu'il avait réfléchi à un plan en cas d'imprévu.

– La voiture est juste là ! déclare-t-il soudain.

Catherine est à deux doigts de se mettre à courir. Je me prépare à la jeter sur la banquette arrière, et espère que Joffrey sera aussi prompt à grimper pour démarrer. Nous ralentissons cependant lorsque nous voyons un homme posté près du capot. Je décale Catherine sur ma gauche. Un réflexe qui n'aidera pas beaucoup mais qui me permet de reprendre le contrôle sur moi-même.

Joffrey déverrouille la voiture dans un bip. L'homme qui nous bloque se tend, prêt à bondir. Notre guide fonce en avant, vers lui. Je réagis, poussant Catherine vers l'automobile. Elle comprend ce que j'attends d'elle : elle ouvre la portière et saute à l'intérieur. Au même instant, je sens une pression dans mon dos. Je fais volte-face, intercepte le poing qui s'abat au niveau de ma tête et réponds d'une droite en plein estomac. Un cri de surprise me fait tressaillir. Sur ma droite, une femme plaque ses mains sur sa bouche arrondie. Je lui ordonne de partir. Elle hésite mais finit par décamper. Je croise les doigts pour qu'elle n'appelle pas la police.

Et pourquoi pas, après tout ? Pour peu que les flics ne soient pas corrompus, ils changeraient tout… Ils mettraient un terme à…

Mon adversaire essaie de m'emprisonner les poignets. Je lui écrase le pied de mon talon, enchaîne d'un coup de genou dans l'entrejambe, puis le repousse. Je tourne la tête en entendant un bruit métallique ; Joffrey éclate le nez de son opposant sur le capot et l'envoie valser en arrière. Un coup d'œil échangé, et nous sautons dans la voiture à notre tour. J'aperçois dans le rétroviseur les autres hommes en train de se précipiter vers nous. Joffrey démarre ; le moteur rugit, les pneus crissent durant le créneau. Il fonce sur nos poursuivants, qui tentent un barrage. La détermination dans son regard me convainc qu'il ne compte pas s'arrêter. Il a le pied au plancher ; je me raccroche au tableau de bord, anticipant déjà l'impact. Mais les trois hommes s'écartent au dernier moment, tel un essaim dérangé par une gifle. Je reprends ma respiration quand nous sortons du parking et prenons la direction du centre-ville d'Édimbourg.

– Et maintenant ? glapit Catherine.

– Maintenant, tu mets ta ceinture, ordonne Joffrey.

Ma fille me lance un regard apeuré puis obéit, les doigts tremblants. Je me surprends à l'imiter.

Et maintenant, on les sème...

CHAPITRE 36

LACHLAN

– Tout va bien, monsieur ?

J'acquiesce pour répondre à Serah. Le moteur ronronne dans les embouteillages regrettables de la capitale. Les gens retournent au travail après leur pause-déjeuner. Mais pour une fois, je ne perds pas d'énergie à m'en plaindre. Pas après avoir dit adieu à Megan…

Depuis mon départ précipité de l'aéroport, une flèche glacée s'est plantée dans ma poitrine. Impossible de la déloger, d'attendre qu'elle fonde, parce que je sais qu'elle ne le fera pas. Elle est de neige éternelle. Cette dernière nuit avec Megan était sans doute une erreur, en raison des conséquences qui en résultent. La douleur qui accompagne l'absence… Les souvenirs sont heureux lorsqu'on les rappelle à notre mémoire, mais parfois, peut-être vaut-il mieux ne pas les créer. Demain, je chérirai ce moment. Pas aujourd'hui. Parce qu'entre Megan et moi s'est noué hier soir un lien si fort que j'ai été contraint de la tenir à distance ce matin pour me protéger. J'aurais pu passer mille nuits encore à l'étreindre, embrasser sa peau, la regarder dormir, si paisible et détendue.

C'est terminé, à présent.

Je renfile ma cape de Trèfle, abandonnant celle de l'amant torturé. Je dois me concentrer sur les problèmes que je suis le seul à pouvoir régler.

Campbell, les MacKenzie, John Seaton, les Sept...

– Que souhaitez-vous faire ? Nous retournons à l'Unicorn ? me demande Serah.

Je n'ai envie de rien. Juste de rentrer chez moi, m'isoler, ressasser, broyer du noir. M'enfoncer plus loin dans le gouffre de mon amertume en espérant qu'une fois que j'aurai touché le fond, je réussirai à remonter. Peut-être devrais-je prendre des vacances ? L'idée m'arrache un ricanement, assez fort pour que Serah tique.

– Monsieur ? m'interpelle-t-elle de nouveau.

– Oui, allons à l'Unicorn.

Parce que c'est ce qu'il y a de mieux à faire. Je ne peux pas me permettre de faire une pause. La mission que je me suis fixée ne peut être mise en suspens.

Une fois dans mon bureau, je demande à Serah en m'asseyant :

– As-tu continué tes recherches à propos de John Seaton ?

Mon bras droit semblait n'attendre que cette question. Elle se penche vers mon ordinateur portable et y insère une clé USB. Sa petite lumière clignote. Je sors l'appareil de veille et ouvre le premier dossier qui s'affiche.

– Nous avons enquêté sur les proches de Seaton, m'explique Serah. Il a dit la vérité : son entourage est très restreint. Plus de parents, enfant unique. Il a été marié à une Américaine il y a plus de quinze ans. Kelly Seaton, née Miller.

Je revois l'alliance tourner autour de l'annulaire de John. Serah me fait signe de cliquer sur une image. Je m'exécute, et une photo surgit sur l'écran. Celle d'une jeune femme brune au teint hâlé et aux grands yeux chauds. Elle pose sur une plage, en robe fleurie d'un ocre profond. Je passe au cliché suivant et retrouve Kelly dans les bras de John Seaton. Je mets un temps à identifier ce dernier, tant l'homme sur la photo me semble différent de celui qui me mène la vie dure. Il est rayonnant, souriant… Amoureux. La tendresse déborde du regard qu'il pose sur sa femme.

– Elle était photographe et travaillait pour une entreprise de guides touristiques basée à New York, poursuit Serah.

– Seaton est journaliste. Se sont-ils rencontrés dans le cadre de leurs jobs ? supposé-je.

– Oui. Kelly a été envoyée par son employeur en Écosse pour prendre des photos en vue d'une prochaine parution. John et elle se sont croisés au cours de ce voyage. Ils se sont mariés un an et demi plus tard et se sont installés à Édimbourg. Kelly s'est mise à travailler en freelance, elle a eu du mal à rebondir après avoir quitté son poste à New York. Elle a couvert des mariages, des baptêmes… Quelques magazines ont fait appel à elle, mais c'était rare.

Serah récupère un dossier cartonné qu'elle place devant moi et l'ouvre. J'y découvre…

– Des échographies ? murmuré-je.

– Kelly est tombée enceinte. Mais quatre mois plus tard, elle est décédée.

Je lève les yeux, sans pouvoir cacher ma surprise. Malgré moi, je me sens ému, essayant de comprendre ce qu'a ressenti John. Des images d'un homme abattu, désespéré, à l'agonie me traversent l'esprit.

– De quoi est-elle morte ? m'entends-je demander d'un timbre rauque.

Est-ce cette tragédie qui a tant changé le journaliste ? Il n'est plus qu'une ombre dans une enveloppe maigre, dépourvue de la moindre étincelle de vie. Le décès de Kelly l'a vampirisé.

Il n'a plus rien à perdre… Plus rien à protéger. Et cela le rend dangereux.

Serah garde le silence un moment, avant de ranger le dossier médical pour en tirer un second. Cette fois, c'est moi qui l'ouvre. Je prends connaissance de ce qui est inscrit dans une typographie sobre, impersonnelle. Quelques notes manuscrites de la main de Serah apparaissent dans les marges.

Lorsque je termine ma lecture, j'ai un bloc de marbre au fond de mon estomac. Je plonge mon regard dans celui de mon bras droit, les mots remontant dans ma gorge comme un filet d'acide :

– C'est une plaisanterie ?

CHAPITRE 37

MEGAN

Nous avons quitté Édimbourg, empruntant les départementales d'abord, puis les petites routes. Nous n'avons pas réussi à distancer nos poursuivants : trois voitures nous filent depuis l'aéroport. Une quatrième les a rejointes il y a peu. Joffrey garde son sang-froid, concentré sur sa conduite mais jetant de fréquents regards à travers les différents rétroviseurs.

– On va aller jusqu'où comme ça ? s'écrie Catherine, le front humide d'une sueur d'angoisse. Pourquoi on n'appelle pas Lachlan ?

Je déglutis malgré ma gorge sèche. J'ignore ma fille et énonce un fait :

– Ils n'ont toujours pas tiré, alors que nous sommes en terrain dégagé.

Joffrey grimace. Il braque brusquement pour éviter un mouton. Je blêmis, cogne son épaule.

Deux véhicules font une embardée derrière nous. Les autres accélèrent pour remonter à notre hauteur.

– Si on continue comme ça, les flics vont nous repérer, maugrée notre passeur par-dessus le rugissement du moteur.

– Vous aviez dit qu'on les sèmerait en ville ! gronde Cathy.

Mon sang se glace lorsqu'une voiture s'avance sur la voie parallèle à la nôtre. Les vitres sont blindées ; impossible de distinguer ceux qui sont à l'intérieur. J'ordonne aussitôt à Catherine de se pencher en avant, saisie de l'angoisse terrible qu'une fusillade éclate. Les dents de Joffrey mordillent nerveusement sa lèvre, puis il esquisse un signe de tête.

– On peut toujours y arriver, lâche-t-il d'une voix blanche. On s'accroche !

Il tire brusquement sur le frein à main. La brutalité de la décélération est telle que ma nuque craque. Mon estomac me remonte dans la gorge. Trois véhicules continuent sur leur lancée, nous passant à côté. Je n'ai pas l'occasion de reprendre mon souffle ; déjà, Joffrey tourne le volant pour nous entraîner dans un virage effréné. Je ravale un hoquet lorsque notre coffre ripe sur le capot de la dernière voiture qui nous poursuit. Nous faisons un demi-tour à la volée, ballottés dans tous les sens, jusqu'à ce que nous nous stabilisions sur le bitume.

– Cathy, ça va ? m'empressé-je de demander.

– J'ai envie de vomir… me répond ma fille, le teint livide.

Joffrey écrase l'accélérateur. La route s'ouvre devant nous. Derrière nous, nos poursuivants peinent à faire machine arrière, pris de court par l'audace de notre conducteur. Encore dix minutes en ligne droite, et nous repartirons dans les zigzags des petites rues d'Édimbourg. Nous aurons une nouvelle chance de nous y volatiliser.

Mais quand j'aperçois une horde de berlines et de motos nous foncer dessus, mes espoirs s'évaporent.

– Joffrey ? m'exclamé-je. Joffrey, il faut virer à droite ! On va droit sur eux !

Il ne ralentit pas, la mâchoire contractée. La détermination brille dans son regard.

– Mais qu'est-ce que tu fais ? rugis-je, hors de moi.

Son sourire me glace d'effroi.

– Je les connais, grogne-t-il, énigmatique.

Puis il jette un regard vers Catherine, recroquevillée sur la banquette arrière.

La cohorte motorisée s'ouvre devant nous. Je glapis mais ne ferme pas les yeux, malgré l'imminence du choc. Joffrey freine à nouveau et nous arrête en plein milieu de la route.

– Qu'est-ce qu…

La horde se gare dans un crissement de pneus. Les motards immobilisent leurs bécanes autour de nous. Trois voitures s'alignent derrière la nôtre. Plusieurs hommes et femmes en sortent dans la précipitation.

– Couchez-vous, ordonne Joffrey.

Je compte une quinzaine d'inconnus qui font bloc, s'agenouillant derrière les portières ouvertes. Une sueur froide dévale mon dos lorsque je remarque qu'ils sont tous armés.

Et soudain, je repère une silhouette familière parmi eux. Mon cœur s'arrête dès qu'elle se redresse sur ses appuis, les avant-bras posés sur le sommet du capot d'une voiture pour aligner et stabiliser son tir.

– Caleb ! hurle Catherine.

Je me renfonce dans mon siège. Mon frère ne réagit pas à l'appel de ma fille ; j'ignore s'il l'a entendue.

Les voitures en face freinent, puis s'immobilisent. Deux s'alignent, les trois autres restent plus en retrait.

– Sortez ! tonne Caleb.

Mon corps se tend lorsque sa voix effacée de ma mémoire depuis si longtemps me parvient… Elle a changé. Mûri. Ce n'est plus la voix d'un jeune garçon mais celle d'un homme. Un guerrier, un chef.

– Allez ! s'égosille-t-il encore. Donnez-moi une bonne raison de faire feu !

Je me tourne vers Joffrey, estomaquée.

– Mais… comment ? balbutié-je.

Le jeune homme ricane avec sarcasme et pianote sur son téléphone avant de tourner l'écran vers moi. J'y découvre un SMS envoyé il y a environ deux heures, à Dyclan… et signé du prénom de ma fille. Je darde sur elle un regard incrédule. Quand a-t-elle réussi à contacter les MacCoy ? Quand elle a fait mine de ramasser les affaires de Joffrey et sa valise ? D'ailleurs, ce fichu portable n'aurait-il pas dû être verrouillé ?

Mon Dieu, Catherine ne se rend-elle pas compte du pétrin dans lequel elle nous a mis ?

J'observe les gens qui nous portent secours. Ma respiration se coupe à chaque fois que je reconnais un visage.

Dyclan... Roy...

Je suis à deux doigts de fondre en larmes, secouée. Terrifiée de ce qui adviendra dès qu'ils comprendront qui ils ont aidé.

À l'extérieur, personne ne bronche. Tous les regards sont braqués sur les voitures immobiles. Je reste focalisée sur les portières closes, susceptibles de s'ouvrir d'un instant à l'autre. Malgré le silence qui règne, j'entends déjà la pétarade, les cris d'agonie, les hurlements… L'odeur du sang m'agresse les narines avant qu'il n'ait coulé.

Mes ongles se plantent dans mon siège lorsque le clignotant de l'une des voitures s'allume. Puis elle fait marche arrière… et s'en va, bientôt suivie par les autres. Bouche bée, je les regarde s'éloigner : ont-ils compris qu'ils n'avaient plus l'avantage, parce qu'ils ne sont pas assez nombreux ? Que font-ils ?

Plusieurs minutes passent. Les MacCoy ne bougent pas d'un pouce, jusqu'à ce qu'ils soient certains que nos poursuivants ne reviendront pas. Alors, les armes se baissent, certaines motos en déséquilibre sont redressées, les portières se ferment…

Caleb se tourne vers nous. Ses traits sont insondables tandis qu'il s'approche de notre véhicule, son pistolet glissé dans sa ceinture.

Mon Dieu, a-t-il toujours été aussi grand ?

Il se penche à l'arrière et sourit à Catherine. Puis il ouvre ma portière. Je sursaute, malgré ma volonté d'afficher un calme apparent. Il s'appuie contre la voiture, sans glisser la tête dans l'habitacle. Son regard doré rencontre le mien. Un ange passe. Enfin, il me lance :

– Salut, Meg'.

CHAPITRE 38

LACHLAN

La photo de Kelly et John Seaton n'a pas quitté l'écran de mon ordinateur. C'est comme si le portrait s'était imprimé sur mes rétines : il se superpose à tout ce que je vois, à la manière d'un reflet dans une vitre.

– Monsieur ? m'interpelle Serah. Que devons-nous faire ?

– Faire ? répété-je à mi-voix.

– À propos de John Seaton, monsieur.

Je pourrais rouvrir ses plaies, raviver la douleur qu'il a endurée quand il a appris la mort de son épouse enceinte. Lui faire mal, pour qu'il me laisse en paix. Pour préserver les Clans… La haine dévore mes entrailles à cette pensée.

Je suis fatigué.

Ai-je vraiment envie de les protéger encore ? À quoi rime tout ça ? Pourquoi les favoriser, *eux* ? Ne serait-il pas plus simple de les *détruire* une bonne fois pour toutes ? Alexander, Alastair, Cece sont morts. Megan est partie. Le reste n'en fait qu'à sa tête, pris dans la spirale de la violence et de la vengeance.

Fatigué de me battre…

– Monsieur ? insiste la Lionne.

– Tu n'es pas un putain d'automate, Serah ! éclaté-je brusquement. Tu peux respirer sans avoir besoin de mes ordres !

Le regard de mon bras droit se durcit, mais elle quitte sa posture si militaire, déroutée.

– Pourquoi réagir comme ça ? m'accuse-t-elle. Êtes-vous si étonné par ce qui est arrivé à cette Kelly ?

– N'enfonce pas le clou, c'est inutile.

– Je veux juste comprendre pourquoi ça vous affecte autant.

Je me tourne pour la toiser, les poings serrés, contenant ma rage.

– Parce que tout ça ne connaîtra jamais de fin, craché-je.

– Vous évitez des tragédies comme celle-là depuis plus de vingt ans. Imaginez ce qui se serait produit si vous n'aviez pas été là pour contrôler les Clans !

– Quelle blague ! Ils ne sont *pas* contrôlables. Ce sont des gamins capricieux qui piquent une colère dès qu'on leur prend leurs jouets, tous autant qu'ils sont.

Serah me fixe du regard avec gravité, les bras croisés désormais.

– Tu peux partir, lui dis-je, las.

– Partir ? réplique-t-elle. Pour combien de temps ?

Sa question me prend au dépourvu. Elle embraie :

– Je ne vous reconnais plus. Je croyais que c'était à cause de cette femme qui est réapparue dans votre vie, mais c'est plus profond, en réalité. Vous comptez laisser tomber.

Elle secoue la tête, comme si cette idée lui était intolérable.

– Oui, vous allez tout larguer, conclut-elle. Vous y pensez de plus en plus souvent, n'est-ce pas ?

Je la dévisage. Je l'ai rarement vue afficher ses émotions. Son visage, si impassible d'ordinaire, se tord en un masque de déception et de rancœur.

– Tout le monde atteint un jour son point de rupture, soufflé-je.

– C'est ça, le vôtre ? Kelly ?

– En partie. Ces trois dernières années ont été riches en bouleversements. Il a suffi d'une erreur pour que tout s'effondre. Et je ne suis pas prêt à tout reconstruire, Serah. Je n'en ai plus la force.

– Avez-vous pensé à ce que vous ferez si vous baissez les bras ?

– Vendre l'Unicorn, le manoir. Partir.

– Comme vous avez fui l'Irlande ? Vous n'êtes pas un homme qui affronte les difficultés. Vous préférez leur tourner le dos.

– Tu es injuste, tu ne crois pas ? J'ai donné trente ans de ma vie aux Clans, Serah. Trente ans de ma vie pour…

Je balaie l'espace, désignant implicitement l'Écosse tout entière.

– … ça, terminé-je.

– « Ça », ce sont toutes les vies qui ont été sauvées grâce à vos interventions.

– J'en ai pris autant.

Serah passe une main dans ses cheveux fins, avant de poser les poings sur ses hanches.

– Vous me disiez toujours que vous faisiez tout ça parce que personne d'autre n'avait les épaules assez solides pour résister, affirme-t-elle.

– Je ne suis pas Atlas, rétorqué-je avec un triste sourire. À force de supporter le poids du monde pour des ingrats, j'ai fini par ployer. Je n'en peux plus. Au moins ai-je montré la voie…

Je la désigne du doigt et ajoute :

– Tu pourrais reprendre le flambeau.

– Hors de question.

– Serah…

– Non ! Lachlan, vous…

Elle marque une pause, ravalant les larmes que j'aperçois scintiller au coin de ses yeux, puis déclare :

– Lachlan, vous m'avez recueillie alors que je n'avais plus rien. J'étais devenue une loque, complètement paumée, essayant de comprendre comment je pourrais avoir moins mal. Rien, absolument rien ne m'avait préparée à la mort de mon enfant. Mais vous avez vu au-delà de ma douleur et de ma détresse. Vous avez accepté de m'engager.

– Parce que tu voulais survivre.

– J'ai cru en vous, reprend Serah avec ardeur. Vous m'avez sortie de la rue, vous m'avez donné un but, quelque chose à quoi me raccrocher. Tous ces Clans que vous méprisez, et que vous comptez abandonner, ils ont aussi besoin de vous. La plupart sont des connards à qui il faut botter le derrière pour qu'ils évoluent, mais il y en a d'autres… d'autres que vous aidez. Regardez Anna ! Vous l'avez sortie d'une famille toxique, abusive, vous l'en avez protégée en rendant justice… Et Xander ! S'il est sain et sauf, c'est parce que vous avez fait ce qu'il fallait : vous avez commandé l'assaut contre Eilean Donan pour récupérer le petit. Vous avez exfiltré vingt autres femmes et six enfants depuis, avec l'aide de MacLeod et Fraser. Vingt-six vies préservées, en l'espace de quelques mois seulement. En près de trente ans, vous avez fait bien davantage. Arrêtez de vous morfondre sur les morts, chérissez ce que vous avez accompli pour les vivants. Vous ne *pouvez pas* abandonner.

Je baisse les yeux. Les mots de Serah trouvent une résonance en moi. Chaque sourire, chaque visage, chaque voix empreinte de reconnaissance est gravé en moi. Mais ça ne me suffit pas. Parce que je veux tous les sauver. Parce que tout sombre, et que je ne sais pas comment l'empêcher.

– Je vais résoudre le problème Seaton, le plus urgent pour l'heure, décrété-je. Pour le reste, je prendrai mes dispositions. MacLeod et Fraser pourront continuer à faire exister le programme.

– Lachlan, s'il te plaît, tu agis sur un coup de tête.

– Non, loin de là.

Serah me contemple avec tant de peine qu'elle me broie le cœur. Pourtant, je sais que je prends la *meilleure* décision. Je ne peux plus rien faire pour sauver l'Écosse, et mon impuissance me ronge.

La Lionne s'apprête à poursuivre le débat, mais son téléphone sonne. Je me détourne, soulagé que nous en restions là. J'ai déjà bien assez mal comme ça.

– Quoi ? s'énerve Serah. Oui. Pardon ? Vous êtes sûr ? Lui, il a appelé ? Mais… O.K.

Je soupire, pressentant un nouveau problème. Cette fois, je n'en ferai pas ma priorité. Je m'occupe encore de John Seaton, et c'est tout. Après, c'est fini. Je dépose les armes.

– Monsieur… commence mon bras droit.

– Pas maintenant, Serah.

– C'est à propos des MacCoy.

Je clos les paupières, expire longuement. Megan est partie, avec sa fille. Je ne veux plus me mêler de leurs histoires.

– Ils ont Megan et Catherine.

Je rouvre brusquement les yeux, avec la nette impression de m’être pris une balle de chevrotine en pleine poitrine.

CHAPITRE 39

MEGAN

« Salut, Meg'. »

Un sourire.

Et c'est tout.

Catherine et moi avons été embarquées sans un mot de plus ou presque. Joffrey a redémarré la voiture, l'air contrarié, mais ses épaules se sont détendues, ce qui me laisse penser qu'il fait partie du Clan MacCoy.

Mais qu'est-ce qui a bien pu traverser l'esprit de Lachlan en nous confiant à lui ?

Sans grande surprise, nous avons rejoint le port d'Édimbourg pour y prendre le ferry. Caleb est resté à l'écart pendant la traversée. Pour ce qui est de Catherine, elle a gardé le silence tout au long du voyage. Comme si elle était… confiante. Plus encore alors que nous débarquons sur Inchkeith. *Mon île…* Ma poitrine se broie lorsque je hume ses parfums familiers. Elle a pourtant changé depuis mon départ : elle n'a plus cette rudesse que je lui reprochais autrefois. Avec ses maisonnettes et les rires que l'on entend au loin, elle s'apparente désormais à un foyer chaleureux…

Je demeure plantée sur le ponton, la bouche entrouverte, avec l'horrible sensation d'être une intruse. À la fois chez moi et en territoire ennemi. Je me remets en marche quand Roy s'empare de mon bras pour m'intimer à avancer. Le vent caresse mes joues, soulève mes cheveux. Je me surprends à inspirer pour gorger mes poumons d'air.

– *Tu es impossible, Ellie !*

– *Toi, arrête ! J'étais là en premier !*

– *Meg', fais quelque chose ou je l'étrangle !*

– *Vous n'avez pas fini, tous les deux ?*

– *Megan !*

Je me rabroue. Ce n'est pas le moment d'être happée par les souvenirs. Mais alors que nous entrons dans le château, j'ai du mal à les refouler. C'est dur de me retrouver là, après tant d'années, avec l'ombre de mes parents qui plane encore entre ces murs. Je n'ai pas pu leur dire adieu, les serrer une dernière fois dans mes bras, leur présenter Catherine, même s'ils désapprouvaient mes choix.

J'étreins ma fille, la haute silhouette de mon frère plusieurs mètres devant nous. Je crois un instant qu'il va nous conduire à l'étage, jusqu'au bureau de mon pè… son bureau, meurtrir mes tympans d'injures et de reproches. Mais il n'emprunte pas l'escalier. Il s'immobilise, et c'est là que j'entends une cavalcade.

– *Ne cours pas, Ellie, bon sang ! Maman va être furieuse !*

– *Je n'entends rien !*

– *Elisabeth !*

La crinière rousse de ma sœur apparaît au sommet des marches et s'arrête net. Ma respiration se coupe ; je recule d'un pas, sous le choc. Ellie me dévisage de ses grands yeux de miel, essoufflée. Puis des larmes sillonnent ses joues rougies par l'effort. Elle dévale l'escalier, et avant que je n'aie pu inspirer, j'encaisse l'impact de son corps contre le mien lorsqu'elle me saute au cou. Mais ce choc n'est rien comparé à l'émotion qui me saisit tout entière.

Mon Ellie. Ma petite rouquine insolente, espiègle, intenable.

C'est une femme, désormais. Mariée, de surcroît.

Nous avons été séparées pendant quinze ans. Quinze années durant lesquelles je n'ai pas pu veiller sur elle. Elle est dans mes bras, effondrée. Et je m'écroule à mon tour, saisie par la joie autant que par la peine. Un raz-de-marée de soulagement, de bonheur et d'excuses silencieuses brise tous mes remparts. Je sanglote, referme mes bras autour de ma sœur, caresse ses cheveux, ses épaules. J'essaie de m'assurer que ce n'est pas un rêve. Je m'écarte et renifle, puis chasse les mèches du visage mouillé d'Elisabeth. Elle a beau avoir grandi, elle a gardé son minois reconnaissable entre tous, ainsi que son regard mordoré si atypique.

– Tu m'as tellement manqué, couine-t-elle, indifférente à tous ceux qui nous entourent.

– Tu m'as manqué aussi, Ellie, murmuré-je, le cœur débordant.

J'embrasse sa joue, son front, avant de l'attirer à nouveau contre moi, et c'est comme si nous retournions à une autre époque, alors que je la berçais dans son petit lit pour l'endormir. Quand je la réconfortais lorsque Duncan et Caleb la rejetaient pour jouer dans leur coin, ou lorsque père la morigénait pour qu'elle apprenne à se tenir.

Le passé me revient en pleine figure. Mon présent se fracture.

– M'man ?

Catherine...

D'un coup, le sens des réalités me rattrape, et je cherche ma fille du regard. Elle est toujours là, tout près de moi. S'apercevant sans doute de ma détresse, Ellie lève deux mains devant elle, comme si elle était en train de calmer un fauve.

– Non, ne panique pas ! Tout va bien, Meg', m'assure-t-elle. Tu es en sécurité ici.

Je fronce les sourcils, dubitative. C'est le bon cœur d'Elisabeth qui parle. Caleb doit voir les choses différemment. Quels que soient les sentiments de ma famille à mon égard, je reste bannie du système clanique. Une paria. Je n'ai *pas le droit* d'être ici.

Même si mon frère ne souhaite pas m'exécuter, d'autres Clans pourraient l'exiger de lui.

– Caleb, nous n'avons pas voulu revenir ici, lui indiqué-je d'un ton prudent en me tournant vers lui. Catherine a commis une erreur en se rapprochant de vous. Nous avons eu des… problèmes qui nous ont obligées à trouver du secours en Écosse.

– Chez Lachlan O'Connor.

J'acquiesce à contrecœur. Je n'ai pas envie d'attirer des ennuis au Trèfle : il est hors de question qu'il paie pour mes fautes, lui aussi.

– Vous avez été attaquées à Londres, reprend Caleb, imperturbable. Ta fille me l'a raconté, mais elle n'a pas su me dire qui s'en était pris à vous.

– Je ne vous ai jamais avoué qui j'étais : vous l'avez deviné ? intervient Catherine. Enfin, j'ai bien compris que ça devait être le cas quand Duncan m'a donné le roman…

– Un livre ? Lequel ? la coupé-je.

– Une histoire de Conan Doyle. Un cadeau qu'on t'aurait offert il y a longtemps, apparemment. Je ne suis pas Sherlock, mais j'ai saisi le message.

– C'est pour ça que tu les as contactés à l'aéroport, soufflé-je, tout prenant sens à présent.

– Tu ne voulais pas rappeler O'Connor, après tout…

– C'était un pari risqué, lui reproché-je.

– Et il est réussi ! s'enorgueillit Cathy.

– Il fallait être aveugle pour ne pas voir la ressemblance entre ta fille et toi, ajoute Caleb à mon intention.

– Et tu… tu ne l'as pas chassée d'Inchkeith ?

Nos regards s'accrochent. Ses yeux sont… différents. Plus doux, plus… apaisés qu'autrefois. Je ne sais plus sur quel pied danser. Je sens encore une distance entre nous, qui n'existe pas avec Elisabeth, mais je ne retrouve plus le frère tempétueux avec lequel j'ai eu une dispute si violente après l'enterrement de nos parents.

– Vous n'avez rien à craindre ici, m'assure-t-il, comme Ellie un peu plus tôt.

– Mais mon exil, mon…

– Megan, arrête.

Je me tais, sidérée.

– Beaucoup de monde attend de te revoir, d'autres encore de te rencontrer, poursuit Caleb. Elia doit avoir terminé de préparer… ton ancienne chambre. Catherine aura la sienne, elle aussi.

– C'est la nièce du Chef, après tout, s'amuse Elisabeth.

Caleb ignore la remarque de notre sœur et conclut :

– On discutera dans deux heures. Et tu me raconteras tout ce qui t'est arrivé, dans le détail.

Ellie rayonne. Les hommes et femmes qui nous entourent s'approchent pour se présenter ou m'accueillir. Catherine en reconnaît quelques-uns et les salue. Je suis dans un état second, arrimée à mon frère qui hésite un instant puis fuit mon regard, avant de s’éclipser en direction de l’escalier, la nuque raide. Il s’arrête à la hauteur d’une femme aux longs cheveux noirs bouclés, que je n’avais pas remarquée. Elle est appuyée à la rambarde de pierre, le menton dans sa paume, un sourire aux lèvres. Elle tourne les talons après avoir caressé le bras de Caleb à son passage et disparaît avec lui.

– Mary est impatiente de te revoir ! Elle est avec Xander en ce moment, tu pourras le rencontrer aussi ! Oh ! et Duncan était occupé à débourrer un cheval de l’autre côté de l’île, il ne va pas tarder.

Les mots fusent de tous les côtés, à m’en étourdir.

Je suis à la maison. Chez moi.

Est-ce… un rêve ?

CHAPITRE 40

MEGAN

Quinze ans m'ont rattrapée d'un coup et me sautent à la gorge. Je passe d'un visage familier à un autre, dans une spirale de souvenirs qui ne semble pas avoir de fin.

Revoir Duncan m'a fait un choc. Découvrir qu'il a maintenant besoin d'une canne pour l'aider à marcher m'a retournée. Quand j'ai retrouvé Mary, elle s'est précipitée dans mes bras et s'est comportée comme autrefois : j'étais redevenue une enfant contre elle, ses baisers couvrant mes joues. Elisabeth ne m'a pas lâchée d'une semelle depuis ce premier instant où nous nous sommes mises à sangloter l'une contre l'autre, et je ne me fatigue pas de sa présence, au contraire. Son bavardage incessant pour me raconter tout ce que j'ai manqué est une cassette que j'aimerais rembobiner sans fin. On m'a donné du « lady Megan » ou encore du « Madame » ; j'ai corrigé à chaque fois. Je ne fais plus partie du Clan et, sur le papier, je ne suis plus une MacCoy.

J'ai appris que la Famille MacLeod vivait en partie sur Inchkeith. Les langues se sont déliées pour m'éclairer sur les plus récents événements. Phèdre, Dunvegan, les raids des MacKenzie, la mort d'Ewen, la trahison de Logan… Un blondinet pourtant dans les parages, mais qui n'ose pas se présenter à moi. Il aurait bénéficié d'une certaine clémence, après des actes qui lui auraient permis de se racheter il y a quelques mois. Il m'a l'air sur le qui-vive, sans cesse en train d'attendre l'approbation ou une consigne d'autrui. Comme un chiot battu qui essaie de reprendre confiance en l'humain.

Tout cela constitue un flot d'informations qui me donne le vertige. Il y a tant de changements… Le monde a continué de tourner en mon absence, et je ne suis pas ravie de ce que j'apprends, parce que ce n'est plus un univers qui trouve un écho en moi. Je me surprends à éviter les sujets de discussion les plus politiques, à rester en surface pour ne pas me retrouver impliquée plus que je ne le suis déjà. Le regard d'Elisabeth s'assombrit lorsque certains tentent d'insister malgré tout ; je crois qu'elle me comprend.

Quant à Catherine, c'est un vrai poisson dans l'eau. Elle est aussi à l'aise que si elle était chez elle. Elle n'a pourtant pas séjourné longtemps sur l'île… Hel a été surprise de nous retrouver, mais elle a souri pour nous souhaiter la bienvenue. Ma fille s'est glissée dans son sillage, et j'ai fini par la perdre de vue. Je ne m'en inquiète pas. Je peine à croire que nous avons été ramenées ici depuis moins de deux heures ; j'ai l'impression que c'était il y a deux jours. Mes tempes pulsent, mon cœur menace de rompre, et je me sens presque nauséeuse, preuve que mon corps a du mal à supporter le ravage des émotions.

Le Clan prépare un grand dîner pour ce soir, avec quelques restes du mariage. Ils comptent prolonger la fête, mon arrivée en guise de justification. La salle commune est bondée de gens venus me rencontrer. À leurs yeux, j'incarne le secret de la famille, un fantôme qui hantait les lieux mais que personne n'avait jamais vu. La mystérieuse sœur du *laird*. Certains n'ont pas hésité à élucubrer sur les raisons de mon éloignement, à me révéler les rumeurs me concernant. Ils ont inventé des histoires abracadabrantes, alors que la vérité est simple : je suis partie pour élever ma fille loin du système clanique. Pas pour un homme, pas par rébellion ni à cause d'une quelconque trahison ou d'une sordide affaire familiale. Par amour, c'est tout.

Face à toutes ces hypothèses, je me suis contentée de sourire, mal à l'aise.

Non, ce n'est plus mon monde.

Cette ambiance commence à m'oppresser, et je décide de m'éclipser de la pièce. Je m'excuse auprès du petit groupe qui me tenait la jambe et passe dans le couloir. Le brouhaha de la foule s'estompe à présent que je m'en éloigne.

– Tu pars déjà ? s'inquiète Elisabeth.

Sa voix a toutes les inflexions de l'angoisse. Ma poitrine se serre.

– Non, j'ai juste besoin de prendre un peu l'air, la rassuré-je.

– Ça fait… beaucoup, n'est-ce pas ?

Je décide de jouer la carte de l'honnêteté et acquiesce, penaude. Ellie repousse une mèche cuivrée de son front ; son alliance brille à la lumière.

– Je suis désolée… dit-elle. Quand je suis revenue ici, je désirais tout apprendre dans l'urgence, pour rattraper le temps perdu, retrouver ma place. Mais je me rends compte que ce n'est pas ce dont tu as besoin.

– Je suis partie parce que je le souhaitais, confirmé-je. Je ne voulais pas de cette vie pour Catherine ni pour moi. J'ai cru comprendre que toi, tu n'avais pas eu le choix. C'est donc différent.

Ellie opine d'un air songeur, avant d'embrayer :

– Tu devrais rencontrer Ed' avant ce soir.

– Ed' ?

– Phèdre MacLeod, m'éclaire Elisabeth. Notre belle-sœur. Enfin, Caleb et elle ne sont pas mariés, mais c'est tout comme.

– J'entends beaucoup parler d'elle, il va falloir que nous fassions connaissance, plaisanté-je.

– Je suis certaine que vous vous apprécierez.

Je me rappelle la femme aux cheveux bouclés qui se tenait en retrait alors que Caleb et moi discutions, comme respectueuse de ces retrouvailles qui ne lui appartenaient pas.

– C'est la mère de Xander, c'est ça ? demandé-je pour la forme.

– Oui. Tu ne l'as pas vu non plus ?

Je secoue la tête. Elisabeth arbore une petite moue.

– Attends-moi, je vais le cher…

– Ellie… la coupé-je doucement. Plus tard, tu veux bien ? S'ils ne sont pas encore venus, contrairement à toute l'île, ils ont leurs raisons.

– Mais…

Je l'interromps et embrasse sa joue comme j'en avais l'habitude. Cela lui arrache un sourire. Je ne devrais pas me comporter comme si elle était toujours une enfant, mais je ne peux pas m'en empêcher. Il y a des gestes, tels que celui-ci, qui ne changent jamais pour les gens que l'on aime.

– Je reviens, la rassuré-je ensuite.

Elle hoche la tête mais saisit mon poignet quand je tourne les talons. Un réflexe trahissant son angoisse.

– Promis, ajouté-je.

Ses doigts se délient et elle me laisse partir, le regard voilé.

Je quitte le château, suivie par des paires d'yeux curieux que je choisis d'ignorer, et glisse les mains dans le manteau qu'Ellie m'a prêté pour supporter la bise froide d'Inchkeith. Le malaise ne m'abandonne pas tandis que je descends mécaniquement jusqu'à la plage de galets. Mes pieds connaissent le chemin par cœur ; je n'ai pas à réfléchir un seul instant. Cette route, je l'ai tant de fois parcourue, et jamais oubliée… Le sentier est cependant moins cahoteux, plus structuré. Entretenu. Je respire un air tiré du passé. Des parfums rassurants, que je me surprends à ne pas trouver douloureux.

Sur la plage, les galets roulent sous mes semelles. Le vent me porte des réminiscences.

« Continue comme ça, Megan. »

« Je suis fier de toi, ma fille. »

« Je partirai serein. »

Ma gorge se noue. Le timbre de mon père résonne avec tant de vie et de présence… Je m'arrête face à la mer agitée. L'écume effleure le bout de mes chaussures avant de se retirer pour une prochaine vague. J'éprouve la soudaine envie de me déchausser et de me glisser dans les eaux tumultueuses. De sentir le sable gelé sous la plante de mes pieds et la force des rouleaux contre laquelle lutter pour maintenir mon équilibre. Mais je reste immobile. Parce que cette envie provient d'un conditionnement lointain qui remonte à la surface. Je serais folle aujourd'hui de risquer l'hypothermie. Ça n'aurait aucun sens. Je recule lentement, de plusieurs mètres, et m'assois sur l'étendue froide et désagréable des pierres noires. Je replie mes jambes et enserre mes genoux de mes bras, les yeux rivés sur l'horizon dont la ligne se découpe grâce au continent.

Ce n'est pas un rêve.

La réalité me frappe maintenant que je me retrouve seule. Les bribes de discussions s'éteignent. La houle et le vent les remplacent. Comment ai-je réussi à m'adapter à Londres sans avoir le mal du pays ? Inchkeith a ce charme qui n'appartient qu'à elle. Pittoresque, bucolique. Unique.

– *Pourquoi s'épuiser à protéger cette terre, père ?*

– *On croit souvent, à tort, que notre foyer est celui que l'on construit. Mais tu peux bâtir mille maisons dans ta vie, mille châteaux, si ton cœur ne s'y trouve pas, tu n'en feras pas un foyer. C'est ici qu'est mon cœur, ma fille. Et j'espère que le tien s'y trouve aussi.*

J'exhale un nuage de buée, me recroqueville un peu plus, frissonnante. Au même moment, je capte un mouvement sur ma droite. Je laisse venir celui que je devine, sans broncher.

Caleb s'installe à côté de moi. Il a revêtu des vêtements chauds, lui qui a pourtant toujours eu la fâcheuse tendance à se découvrir par temps frais. Nous ne disons rien pour l'instant. Sa proximité s'avère presque anxiogène, parce que je ne m'enlève pas de la tête que mon frère peut se montrer imprévisible.

Finalement, son timbre profond résonne par-dessus le ressac :

– Je préférais attendre que tu sois tranquille pour venir te parler.

– Pourquoi, Caleb ?

– Ton retour ici rend tout le monde curieux.

– Non. Pourquoi nous as-tu épargnées, Catherine et moi ? Pourquoi nous as-tu aidées sur cette route ?

Son visage ne laisse rien filtrer, au point que je doute qu'il m'ait écoutée.

– Comment peux-tu croire que j'aurais été capable de t'exécuter ? lâche-t-il finalement. Que je n'aurais rien tenté pour vous aider, ta fille et toi ?

– Est-ce que tu t'entends ? grondé-je, l'amertume dans ma voix me surprenant moi-même. C'est toi qui m'as reniée, toi qui m'as effacée du registre familial, toi…

– Va-t-on encore se disputer ?

Je pince les lèvres.

– Nous avons tous nos torts, poursuit Caleb. Je t'ai haïe très longtemps. Je t'ai reproché tout ce que tu m'as dit ce jour-là, à l'enterrement, avant que tu ne disparaisses pour de bon. Tu m'as accusé de ne pas avoir pu protéger nos parents, l'île, de m'être allié à cette pourriture de Campbell… Tu as remis en question toutes mes décisions. J'attendais que tu me conseilles, que tu me rassures. Que tu reprennes la place qui te revenait par ta naissance, celle à laquelle tu avais été entraînée, contrairement à moi. Au lieu de ça, toi, toujours meilleure que moi, toujours si parfaite, tu as enfoncé une lame dans chacune de mes plaies. Et ce droit que je prévoyais que tu récupères, je n'ai pas supporté que tu en uses sans l'assumer. Tu nous avais abandonnés.

– Caleb…

– Tu nous avais abandonnés, Megan, répète-t-il plus fort.

Dans son ton, je ressens toute sa peine, sa colère et sa rancœur.

– J'ai fait ce que j'ai pu en endossant un rôle auquel je n'étais pas préparé, ajoute-t-il.

– Si j'étais restée, ça n'aurait rien changé, soufflé-je. Tu le sais, n'est-ce pas ? Je n'aurais rien pu faire de plus.

J'entends mon frère déglutir. Son cou se tend, la ligne de sa mâchoire se contracte. Puis se relâche.

– J'en suis conscient, à présent, reconnaît-il. Comme je ne peux plus te reprocher d'être partie. Tu attendais Catherine, à ce moment-là.

– C'est vrai.

– Je n'ai jamais oublié ce que tu m'as craché au visage peu avant ton départ définitif, que tu ferais tout ce qu'il faut pour ta famille… Je croyais que tu parlais de la nôtre, mais tu faisais référence à ta fille, en réalité. Tes paroles ont pris un sens pour moi quand… Xander est né.

Un sourire fleurit sur les lèvres de Caleb. Je discerne de la tendresse dans ses yeux mi-clos.

– Avec l'arrivée de Phèdre dans ma vie, ainsi que celle de notre fils, je perçois le monde sous des angles différents, qui m'étaient inconnus autrefois, reprend-il. Je n'étais qu'un gosse quand tu as quitté Inchkeith, et j'ignorais ce que tu traversais… Je ne pouvais pas comprendre.

– Et maintenant, c'est le cas ?

– Maintenant, je comprends que ce n'est pas un bout de papier qui change quoi que ce soit aux liens du sang. J'aurais aimé renouer, te retrouver, faire table rase du passé… mais ça nous aurait tous mis en danger. Alors, je m'en suis abstenu.

– Et tu crois qu'il suffit de me servir ce discours pour que tout soit effacé ?

– Non, c'est impossible. On ne peut pas revenir en arrière. Mais lorsque j'ai rencontré Catherine, quand j'ai compris qui elle était et ce qu'elle m'expliquait à propos de ce qui vous est arrivé… j'ai d'abord été retenu par la situation : tu ne faisais plus partie des nôtres. J'ai ensuite reçu son message paniqué… Je n'ai pas réfléchi bien longtemps avant de décoller pour vous venir en aide. Le téléphone de Joffrey est équipé d'un traceur qu'il laisse activé en permanence pour que Dyclan sache toujours où il se trouve quand il n'est pas sur Inchkeith. J'ai réagi comme je l'aurais fait pour Phèdre, Xander ou Elisabeth. Parce que tu es ma sœur, Megan. Et je suis désolé pour…

Il désigne l'air devant lui d'un geste ample du bras alors que sa voix se meurt.

– Quinze ans ne se rattrapent pas comme ça, Cal', lui dis-je.

– Et je ne nous le demande pas. Mais si je peux te venir en aide, te protéger, je le ferai.

Je dissimule mon trouble, à la fois embarrassée et… soulagée. Je joue avec le tricot du manteau qui me recouvre un moment, ressassant le discours de Caleb. Non, tout ce temps ne se rattrapera jamais. Toutes ces années à devoir me débrouiller seule m'ont marquée, et les événements que ma famille et moi avons traversés chacun de notre côté sont autant de souvenirs communs que nous n'avons pas su créer. Mais une part de moi est heureuse. De pouvoir serrer ma sœur dans mes bras, d'être assise tout près de mon petit frère.

Je crois en sa volonté de nous aider. Parce que j'en aurais fait autant si les rôles étaient inversés, malgré les ressentiments et l'amertume.

– C'est Campbell, déclaré-je de but en blanc.

Caleb fronce les sourcils et me dévisage. J'ajoute :

– C'est lui qui a envoyé ces hommes après nous, sans raison apparente.

– Je ne comprends pas pourquoi il ferait ça, réagit mon frère. Il n'a rien à y gagner.

Je hausse les épaules. Je n'ai pas de réponse, moi non plus. Pourtant, ce n'est pas faute d'avoir retourné la question dans tous les sens.

– On éclairera tout ça, décrète Caleb. En attendant, reste ici avec Catherine, ou pars avec elle à Dirleton.

– De nouvelles terres, c'est ça ?

– Elles appartiennent aux MacLeod, mais une partie du Clan s'y est installée aussi. Comme le château est situé près d'une grande ville, il est plus sûr. C'est trop risqué pour nos ennemis de l'assiéger sans attirer l'attention. Vous y serez en sécurité.

Je secoue la tête.

– Je ne veux pas… revenir, Caleb, dis-je.

Il se rembrunit mais m'assure :

– Ce n'est pas ce que je te demande.

– Je ne veux pas de cette vie pour Catherine, insisté-je.

– Je comprends.

Un bref silence s'installe entre nous. Je pose ma main sur la sienne et la presse doucement.

– Merci, lui glissé-je. Tu prends d'énormes risques pour nous.

Rien ne sera plus jamais comme autrefois. Il y a un gouffre entre Caleb et moi, latent, et tous les efforts du monde ne suffiront pas à le combler. Mais l'intervention de mon frère aujourd'hui et sa promesse de me protéger me permettent d'entrevoir un lendemain un peu meilleur.

Nous contemplons encore la mer, sur cette plage où nos souvenirs se mêlent. Puis nous nous redressons. Cinq minutes de silence s'ajoutent aux quinze années qui viennent de s'écouler.

Alors que nous nous apprêtons à regagner le château, nous apercevons une silhouette qui dévale la pente à toute vitesse. Je plisse les yeux pour tenter de la reconnaître, puis les écarquille.

Lachlan approche à grands pas, débraillé, un pan de sa chemise sorti de son pantalon, ses manches retroussées et la veste de son costume flottant derrière lui. Plus il avance, plus j'avise les traits déformés de son visage.

Ceux d'un guerrier prêt à engager le combat.

CHAPITRE 41

LACHLAN

Le soulagement m'envahit quand je reconnais Megan sur la plage de galets. La fureur reprend néanmoins le dessus dès que Caleb se précise, à deux pas d'elle. Charlie, le jeune homme qui gère le port, me suit à la trace et me supplie de me rendre au château pour m'annoncer correctement. Impossible de m'en débarrasser. Tant pis, je le subis.

– Caleb MacCoy ! hélé-je, ma voix déformée par le vent et la colère.

Il se tend. Par réflexe, je détaille Megan pour m'assurer qu'elle n'est pas blessée. Ses cheveux roux volent dans tous les sens au gré de la bise, mais ses grands yeux verts ne me lâchent pas. Je ravale l'élan qui me pousse vers elle, mon envie fulgurante de la serrer dans mes bras.

– Qu'est-ce que tu fais ici, l'Irlandais ? me renvoie Caleb.

– Je prends l'entière responsabilité de la présence de Megan et de sa fille en Écosse, annoncé-je. Je me porte garant pour elles et veillerai à ce qu'elles ne restent pas au pays un jour de plus. Si tu passes outre l'asile que je leur accorde, tu seras coupable de contrevenir aux lois et au Code.

Je m'arrête à vingt centimètres du *laird* MacCoy, nez à nez, prunelles plantées dans les siennes. Caleb a toujours été volcanique quand son orgueil est piqué au vif. Il a beau s'être assagi avec le temps, il ne faut pas grand-chose pour que son naturel revienne au galop. Je me suis préparé à lui faire face aussi longtemps qu'il le faudra, tant que je peux ramener Megan et Catherine sur le continent. Je joue un coup de poker, parce que les individus éjectés du système ne sont pas censés pouvoir bénéficier d'un quelconque asile. Montrer ma détermination suffira peut-être à convaincre MacCoy de laisser partir les filles sans remous. Je suis prêt à encaisser le moindre de ses coups, qu'ils soient politiques ou de ses poings. Je ne lâcherai rien, quitte à m'en briser les dents.

Charlie a déserté à la fin de ma diatribe, les yeux écarquillés et une grimace aux lèvres. Les doigts de Megan se posent sur mon pectoral. Je mets un certain temps à me détourner du regard acéré de Caleb, et à rencontrer celui, si doux, de sa sœur. Elle me sourit.

– Tout va bien, Lachlan, me dit-elle. Nous ne risquons rien.

– Je vais vous ramener, vo…

– Lachlan, nous allons bien.

Elle est si sereine que je me détends. Je reste néanmoins sur la réserve. Megan me pousse légèrement en arrière pour m'éloigner de Caleb. Je résiste un peu mais finis par reculer, obéissant à la pression de sa paume. Puis, me prenant par surprise, elle se glisse contre moi et enroule ses bras autour de mon buste. Son étreinte me libère d'une tension dont je n'avais pas pleinement conscience.

Elle est là, elle va bien.

J'expulse l'air que je contenais avec obstination et pose ma joue sur le sommet de sa tête. Son odeur est le meilleur ancrage que je pouvais espérer. Je referme mes bras autour d'elle, la colle un peu plus, tandis que la peur de la perdre entame à nouveau son chemin dans ma poitrine.

– Je vois que c'est héréditaire.

Je lève les yeux vers Caleb, qui précise :

– Les histoires d'amour impossibles.

– Qui a dit que ça l'était ? grondé-je.

Il m'étonne en se fendant d'un sourire amusé. Megan s'éloigne légèrement ; j'ai le réflexe de la rapprocher. Elle reste lovée contre moi mais se décale pour avoir son frère dans son champ de vision. Ses joues ont rosi.

– Nous n'étions pas censés nous revoir, glisse-t-elle avec pudeur.

– Je vois… réagit Caleb. Eh bien, O'Connor, inutile de monter sur tes grands chevaux. Tu les as lâchées à l'aéroport, je me suis chargé de les protéger.

– Comment ça ?

– Des hommes nous ont pris en chasse, m'indique Megan. Joffrey nous a fait quitter l'aéroport pour tenter de les semer, mais ils étaient coriaces.

Je fronce les sourcils, mortifié de ne pas avoir été tenu au courant. Serah m'a juste informé que Megan et Catherine avaient été traînées jusqu'à Inchkeith, sans me donner plus de détails.

– Qui était-ce ? demandé-je.

– Aucune idée.

– Si c'est Campbell qui est derrière tout ça, il agit de manière idiote, crache le *laird* MacCoy. Pourquoi s'en prendre à Megan alors qu'elle vivait en Angleterre, à l'écart du monde clanique, depuis quinze ans ?

Je n'ai pas de réponse à apporter à cette question. Cette tentative d'assassinat n'a aucun sens logique de la part du duc d'Argyll. Je rappelle cependant :

– Peu importe où Phèdre MacLeod s'exilait, il la retrouvait toujours pour lui envoyer des lettres de menace. C'est l'une des raisons qui l'ont poussée à s'installer en Écosse. Elle espérait brouiller les pistes.

– Mais elle espérait renouer avec l'héritage de son père… Megan avait fait le deuil de son passé.

– Ma mort n'aurait aucune incidence sur le Clan MacCoy, renchérit l'intéressée.

Caleb acquiesce et déclare :

– Si Campbell voulait vraiment nous porter un coup dur, il s'en serait pris à Elisabeth… ou à Xander, même si sa dernière tentative a échoué et a causé la perte de ses plus précieux alliés.

– Il n'empêche que vous prenez un risque énorme en accueillant Megan sur Inchkeith avec sa fille, rappelé-je. Elle est toujours bannie par les Clans.

– Parce que tu vas me dénoncer ? se moque Caleb.

Je fronce les sourcils. Devant mon absence de réponse, le *laird* nous fait signe de le suivre pour remonter vers le château. Nous nous mettons en marche, Megan toujours contre moi, tandis qu'ils m'expliquent ce que j'ai manqué. Je la relâche à contrecœur quand nous approchons du village. Une fois dans le château, je m'éloigne encore, et la distance qui se creuse entre nous m'est insupportable. Je ne résiste pas à quelques effleurements lorsque nous grimpons l'escalier jusqu'au bureau de Caleb. Megan y répond, joueuse, mais reprend vite son sérieux devant la porte close. Elle s'est figée, l'œil rivé à la poignée, comme si elle redoutait qu'un fantôme surgisse de la pièce. Caleb remarque sa réaction à son tour et s'immobilise. Son regard, si sévère d'ordinaire, s'adoucit.

– On peut aller ailleurs, suggère-t-il.

Sa prévenance m'étonne. Un homme peut-il autant changer en trois ans ? Lui, si implacable, autoritaire… a désormais une humanité certaine, comme la Bête se métamorphose au contact de la Belle. Malgré tout, je ne peux m'empêcher de rester méfiant. Il y a peu de temps, il était encore connu sous le surnom de « l'Ogre ». Tous savaient qu'il serait froid, intransigeant, voire cruel, si jamais Megan daignait remettre un pied en Écosse.

Et voilà qu'il se soucie des états d'âme d'une sœur qu'il a exilée.

Est-ce aussi étrange pour Megan ? Ou bien suis-je trop paranoïaque ?

– Non, ça ira, répond-elle à son frère.

Elle ébauche un sourire qui ne convainc personne. Nous entrons dans la pièce, et je l'observe à la dérobée. Elle se focalise sur le bureau, sans prêter attention au reste du cabinet. Elle paraît amusée face au désordre ambiant. Pour ma part, ce bazar me donne de l'urticaire. Comment Caleb fait-il pour s'y retrouver ?

– C'est mon bordel organisé, grogne-t-il en remarquant l'expression de sa sœur. Je vais demander à Phèdre et Elisabeth de nous rejoindre.

Megan fronce les sourcils.

– Pour quoi faire ?

– Pour les informer de ce qui se trame du côté de Campbell.

Je secoue la tête, agacé.

– J'espère que vous ne comptez pas réfléchir à un retour de bâton, grincé-je. Megan et Catherine devraient déjà être en route pour quitter le pays.

– Je n'entends pas me lancer tête baissée dans une vengeance irréfléchie, mais le mouvement de Campbell est trop surprenant pour être ignoré.

– Et si c'était un coup monté ? avance Megan.

Nous la dévisageons. Elle hausse les épaules et développe :

– Il se pourrait que quelqu'un fasse porter le chapeau au duc.

– Encore une fois, quel intérêt ? répliqué-je.

Megan reste silencieuse, les bras croisés. Caleb rebondit :

– Campbell ne fait jamais rien au hasard. S'il s'en prend à toi, c'est qu'il a une bonne raison d'agir ainsi.

– Oui, mais laquelle ?

– Avant ton… départ, avais-tu eu vent d'une information capitale ? Avais-tu *vu* quoi que ce soit ?

– Non, et quand bien même, pourquoi m'attaquer quinze ans plus tard ?

J'ai beau retourner le problème dans tous les sens, je ne vois pas d'angle sous lequel l'attaque qu'a subie Megan ferait sens. Le duc d'Argyll est rusé : c'est son intelligence qui lui a permis de grimper jusqu'au sommet pour s'autoproclamer roi d'Écosse. Ce qu'il cherche, c'est asseoir sa domination face aux Clans qui contestent encore son hégémonie. Il a autre chose en tête que de fomenter le meurtre d'une femme bannie du pays depuis quinze ans.

La porte s'ouvre, et Elisabeth entre dans le bureau, l'air soucieux.

– Il y a une urgence ? lance-t-elle à son frère avant de m'aviser avec étonnement. Lachlan O'Connor ? Que faites-vous ici ?

Son regard oscille entre sa sœur aînée et moi, avec curiosité, et son sourcil s'arque. Elle se décale quand la porte s'ouvre à nouveau pour laisser entrer Phèdre MacLeod. Ses cheveux indociles sont ramenés sur son épaule, et elle n'est pas maquillée. Elle nous balaie des yeux, son expression à mi-chemin entre la lassitude et l'inquiétude.

– Qu'y a-t-il ? demande-t-elle.

Ellie hausse les épaules, lui signifiant qu'elle l'ignore elle aussi. Phèdre se frotte les paupières ; je repère une tache sur son pull, plutôt récente. Je suppose qu'elle avait prévu de passer la soirée avec son fils. Megan et elle se jaugent de longues secondes.

Elles ne se sont donc pas encore adressé la parole... si ?

Phèdre est la première à réagir. Elle tend une main dont Megan s'empare.

– Phèdre, se présente lady MacLeod.

– Megan.

– Je voulais te laisser le temps de souffler avant de venir te trouver. J'espérais que l'on se rencontrerait tranquillement, autour d'un café…

– Vous n'avez pas besoin de vous justifier, je ne l'ai pas mal pris.

Je note la différence de familiarité entre elles. À une époque, pourtant, elles se seraient adressées l'une à l'autre d'égale à égale.

Phèdre s'installe dans un fauteuil, près de Caleb. Elisabeth prend place sur le petit divan collé au mur de droite. Je préfère rester debout, de façon à pouvoir observer tout le monde.

– Alors ? Qu'est-ce qui nous vaut une telle réunion ? s'enquiert la plus jeune des sœurs MacCoy, le menton dans sa paume.

CHAPITRE 42

MEGAN

Je reste aux côtés de Lachlan, déçue de ne pas avoir pu rencontrer Phèdre MacLeod dans d'autres circonstances. Elle est intimidante, bien qu'elle soit plus jeune que moi. Elle a quelque chose dans le regard qui force le respect ; une sagesse que l'on sait acquise après de lourdes épreuves. Caleb s'est chargé de faire un résumé de la situation ; Lachlan reste silencieux. Il n'a pas remis sa veste ni arrangé sa chemise ; il nous examine avec attention. Ellie et Phèdre échangent un coup d'œil. Qu'est-ce que ça signifie ?

– D'accord, j'ai bien saisi la situation, avance ma petite sœur. Alors, que fait-on ? Si on est sûrs que les Campbell sont impliqués, il faut leur remémorer ce qu'il en coûte de s'attaquer aux nôtres.

– Nous n'en sommes pas certains, justement, rappelle doucement lady MacLeod. Même si ce serait son genre de s'en prendre à une cible isolée.

Lachlan acquiesce. Phèdre continue, les bras et les jambes croisés :

– Dans tous les cas, il n'est pas envisageable d'abandonner Megan et Catherine. Si Campbell les a dans le collimateur, partir à l'étranger ne les protégera pas. Ce serait même bien plus dangereux pour elles, parce que nous serions trop loin pour intervenir en cas de problème. Le mieux serait donc de veiller sur elles ici, sur nos terres. En secret.

Elle me lance un regard en biais, s'attendant sans doute à ce que j'émette une objection. Et il est vrai que cette suggestion me contrarie. Résider à nouveau en Écosse me paraît trop dangereux. Inenvisageable. Et comment fera Catherine, avec ses études, son père ? Déménager aux États-Unis ouvrait davantage de possibilités pour elle plutôt que de vivre recluse sur une île, sans contact avec le monde extérieur. Je me tourne naturellement vers Lachlan, comme s'il avait une meilleure proposition à apporter. Son air est plus fermé que tout à l'heure. Presque absent.

– Lachlan ? l'appelé-je.

Toute l'attention se reporte sur lui.

– Je n'ai pas d'avis, lâche-t-il. La décision te revient, Megan.

Et j'en ressens une profonde déception. J'espérais qu'il saurait me conseiller, m'aider à éclaircir mes idées.

– Je ne sais pas, c'est…

Je ne termine pas. Après quinze ans de séparation, en dépit du sang que nous partageons, une gêne s'est installée entre Caleb, Elisabeth et moi.

– Ce ne serait que temporaire, intervient Phèdre. Je comprends que cette idée puisse contrecarrer certains de vos projets, notamment pour Catherine. Mais mieux vaut un peu de temps sacrifié plutôt que vos vies. L'éducation à domicile prodiguée ici est très bonne, vous en êtes la preuve vivante tous les trois.

– Je ne souhaite pas couper ma fille du monde, protesté-je.

– Ce n'est que pour quelques mois, insiste Caleb. Nous ne t'imposons rien ; tu as le choix, mais nous te demandons de bien y réfléchir.

– Je ne veux mettre personne en difficulté. Je culpabilise déjà bien assez d'avoir impliqué Lachlan…

Je n'ose pas regarder l'intéressé. Mon cœur trébuche au souvenir de notre nuit ensemble.

– Meg', s'il te plaît. On ne veut pas te laisser courir de risques, renchérit Ellie.

Je secoue la tête. Une main passe dans mon dos, le caresse. Le contact de Lachlan me détend aussitôt.

– Au fond de toi, tu espérais qu'on t'accueille ainsi, me chuchote-t-il.

Je tressaille, heurtée par la vérité qu'il vient d'énoncer. En un sens, oui, j'espérais pouvoir retrouver, et compter sur ma famille. Mais Cathy n'a pas besoin de tout ça. Pourquoi aurais-je quitté ce monde pour m'y jeter à nouveau, tête la première ?

Les yeux de Phèdre s'étrécissent en nous observant. Elle lève un doigt dans notre direction et lâche :

– Vous deux.

– Pardon ?

– Aviez-vous déjà cette relation avant la naissance de Catherine ?

Sans laisser transparaître la moindre gêne, Lachlan répond :

– Non. La différence d'âge avait plus d'importance à cette époque, et je ne considérais absolument pas Megan sous un tel angle.

Même si je pourrais en être blessée, je ne peux qu'acquiescer, car je ressens la même chose. J'ai toujours admiré Lachlan, pour de nombreuses raisons : sa force, sa maturité, son apparence, ses valeurs… Mais ce n'était pas de l'attirance à proprement parler. Juste du respect, un terreau favorable sur lequel davantage a pu germer lorsque je suis revenue à Édimbourg il y a quelques jours.

Phèdre paraît cependant tenir une idée dont elle ne souhaite pas démordre.

– Et si l'attaque de Campbell n'avait rien à voir avec les MacCoy ou les MacLeod ? avance-t-elle. Et si elle visait à vous toucher, Lachlan ?

Je sens le Trèfle se tendre près de moi.

– Que veux-tu dire ? questionne Caleb.

– C'était évident que Megan irait demander asile auprès de Lachlan O'Connor, n'est-ce pas ? explicite Phèdre. Nombreux sont ceux qui savent qu'il l'a aidée par le passé. Mais aujourd'hui, il n'a plus le droit de le faire, pas plus que nous. Les lois claniques l'interdisent. Son propre Code !

Caleb renifle, Lachlan détourne un instant le regard.

– Campbell pouvait parfaitement supposer que vous referiez un geste pour Megan, O'Connor, insiste lady MacLeod. C'est à *vous* qu'ils ont tendu un piège.

L'hypothèse se tient. Sauf pour Lachlan, qui la réfute d'un mouvement de tête.

– Encore une fois, qu'est-ce que le duc d'Argyll aurait à y gagner ? S'attaquer directement à moi pourrait lui coûter bien plus cher que de s'en prendre à vous. Il a toujours plus ou moins soutenu mes projets, et jusqu'à présent, il n'a jamais fait acte de rébellion.

– Il y a un début à tout, avance Ellie. Le Code l'entrave, il l'a bien vu lorsqu'il a laissé les MacKenzie enlever Xander. Sortir le Trèfle de l'équation lui permettrait d'agir plus librement.

Lachlan soupire, écrasant ses paupières de ses doigts. Je saisis son bras, mais il conserve son air grave.

– Tout ça n'a plus d'importance, souffle-t-il.

– Pourquoi ?

– Parce que je rends mon tablier.

Le silence s'abat sur le bureau telle une chape de plomb. Je tombe des nues et dévisage Lachlan comme les autres.

Lui, partir ? Après tout ce qu'il m'a dit la nuit dernière ?

– Vous êtes sérieux ? couine finalement Elisabeth.

Phèdre se lève de son siège, les joues blêmes.

– Vous comprenez ce que ça signifie ? demande-t-elle, la voix rauque.

– Je ne compte pas tout laisser en plan du jour au lendemain, argue Lachlan. Serah s'y refuse encore, mais elle finira par se résoudre à reprendre le flambeau.

– Quand bien même, vous êtes le visage du Code, son fondateur, réplique Phèdre. Si vous disparaissez, Serah aura beau se démener, des années pourraient se passer avant qu'elle n'obtienne ne serait-ce que le tiers du respect que les Clans ont envers vous.

– Quel respect ? rebondit le Trèfle, cynique. Depuis l'enlèvement de Xander, tout part à vau-l'eau. Le Code se délite, et les Familles le bravent de plus en plus.

– Alors, c'est ça que vous souhaitez laisser à Serah ? Une bombe à retardement ?

Lachlan soupire. Il est à bout... Même si j'ai de l'empathie pour lui, Phèdre n'a pas tort : ce n'est pas son genre d'abandonner toutes ses responsabilités pour les imposer à quelqu'un d'autre. Pourquoi un tel revirement ? Cependant, qui suis-je pour tenter de le raisonner ? N'ai-je pas moi-même tout quitté en dépit des espoirs qui pesaient sur mes épaules ? Malgré la souffrance, et les sacrifices, je ne regrette pas ma décision. Mais j'avais quelqu'un à protéger…

Est-ce ma faute ?

J'ai semé la pagaille dans la vie de Lachlan, en un sens. Si lady MacLeod a vu juste, j'ai été une marionnette entre les doigts de Campbell pour le bouleverser.

Caleb se lève à son tour, une main appuyée sur son bureau.

– Tu ne pourrais pas choisir un pire moment pour te retirer, reproche-t-il.

– Ah bon ? Tu admets mon utilité, maintenant ? le tacle sévèrement Lachlan.

Mon frère réplique sans se démonter :

– Je ne t'apprécie pas, parce que tu as la fâcheuse manie de prendre le Code comme prétexte pour t'impliquer dans des histoires qui ne te concernent pas. Mais je ne renie pas ce pour quoi tu œuvres au quotidien. Nous sommes en guerre contre Campbell, O'Connor. Si tu n'es plus là pour tenir la bride, les Clans plongeront dans le chaos.

– Le naufrage a déjà commencé.

– Et c'est maintenant que tu quittes le navire. Quelle bravoure !

Je toise Caleb, la mâchoire contractée, et gronde :

– Lachlan n'est pas sot. Il ne partira qu'une fois que toutes ses affaires seront en ordre.

Mon frère, sa femme et ma sœur m'étudient avec attention. Les doigts de Caleb pianotent convulsivement sur son bureau tandis qu'Ellie passe ses nerfs sur l'accoudoir du divan. Phèdre est la plus placide. Sa voix grave, teintée d'un léger accent, perturbe le silence qui s'est installé :

– Partons du principe que Campbell a gagné cette manche.

Ce simple constat déclenche des réactions horrifiées.

– Qu'est-ce que tu racontes ? s'agace Ellie.

– Si le duc d'Argyll visait bel et bien la défection de Lachlan, il remporte cette victoire, traduit Phèdre.

Son regard acier détaille le Trèfle, qui baisse le sien. Elle ajoute :

– Caleb a raison sur un point : vous ne pouvez pas partir maintenant. Sur certaines questions, ni Serah ni un quelconque autre successeur ne pourront vous remplacer. Vous devez participer à l'élection du Clan qui remplacera les MacKenzie au conseil des Sept.

CHAPITRE 43

LACHLAN

Les Sept… Depuis le procès des MacKenzie, une place est vacante parmi eux. Et en effet, j'ai le droit de voter pour désigner leurs successeurs. Ma présence donne un vernis de légitimité à ces élections qui ont longtemps été falsifiées avec aisance. Je n'avais pas oublié qu'elles devaient avoir lieu un jour ou l'autre, mais j'espérais les esquiver. Je souhaitais me retirer après avoir neutralisé Seaton… J'ai bien conscience de la manœuvre de Phèdre : elle aimerait que les MacKenzie soient remplacés par un Clan hostile à Campbell. Et sans me le dire clairement, elle a su me faire comprendre qu'elle misait sur moi pour l'appuyer. Elle ne peut pas me demander de trahir ma neutralité, mais elle souhaiterait influencer mon inclination.

Je ne devrais pas prendre parti. Et pourtant, la simple idée de permettre à Campbell de maintenir sa domination m'horripile. Cependant, mettre mon grain de sel reviendrait à jouer de nouveau les hypocrites…

Mais si je compte me retirer, pourquoi ne pas agir une dernière fois ?

La pseudo-réunion a pris fin, et j'ai rejoint l'embarcadère du ferry ; pourtant, j'ai du mal à me résigner à quitter Inchkeith. J'étais convaincu que j'en repartirais avec Megan et Catherine. M'en aller sans elles… c'est un déchirement.

– Lachlan ?

Je me tourne vers Megan. J'ai fait le trajet seul jusqu'ici ; elle a dû se douter que je m'en étais allé, et décider de me rejoindre.

– J'ai eu peur que tu sois déjà parti… sans dire au revoir, ajoute-t-elle.

À distance, hésitante, elle désigne le ponton d'un mouvement de bras. Son air penaud me fait chavirer. Je tends la main vers elle. Dès qu'elle la saisit, je l'attire à moi. Elle hoquette quand je capture ses lèvres dans un baiser empreint d'urgence. Je l'ai retenu avec force à notre réveil au manoir, à l'aéroport…

Je plonge mes doigts dans sa crinière. Les mèches soyeuses s'enroulent autour de mes phalanges. J'ai le réflexe de resserrer mon poing, en une prise possessive. Megan répond à mon étreinte, se lovant contre moi. Je me fiche de qui peut nous surprendre. Ça n'a plus d'importance, maintenant. Du moins, pas ici. Je ne veux plus me contraindre. Surtout quand ça concerne Megan, et ce qu'elle éveille en moi.

Elle tente de se défaire de mon baiser. Je continue de picorer ses lèvres entre deux mots de sa part :

– Qu'est-ce… qui… me vaut… tout ça ?

Je souris, et réponds :

– J'en ai envie. Et ça fait du bien de suivre mes envies…

Megan me considère un instant, puis effleure mes joues.

– J'aimerais savoir ce que tu penses vraiment, murmure-t-elle.

– Je ne te le souhaite pas, même si… ça s'éclaircit de plus en plus, ces derniers temps.

– Je ne te croyais pas prêt à tout abandonner.

Je me rembrunis. Un soupir m'échappe ; j'amorce une retraite, mais Megan saisit mes bras pour me maintenir contre elle. Elle les caresse ensuite. Une attention qui me relaxe comme par magie. Je pose mon front contre le sien et avoue :

– Je suis plus épuisé que je le pensais. Je n'ai plus la force de protéger ceux qui ne le souhaitent pas.

– Ou as-tu finalement envie… de vivre pour toi-même ? suggère Megan.

– Suis-je égoïste ?

– Oui, et ce n'est pas grave. Tu penses à toi, c'est légitime. L'important, c'est que tu conserves un certain équilibre.

– Tu crois que je le romps ?

Megan baisse les yeux. Ses longs cils effleurent le haut de ses pommettes rosies par la bise.

– Je ne suis pas la mieux placée pour le dire, souffle-t-elle.

– J'aimerais entendre ton avis, l'encouragé-je.

– Qu'est-ce que ça changerait ?

– Ce que tu penses compte pour moi.

Je glisse encore mes doigts dans ses cheveux, les repousse en arrière pour dégager son visage. Son regard émeraude moucheté d'or est intense, malgré la nuit tombée.

– Je crois… que tu devrais partir, me dit-elle enfin. Mais pas maintenant.

Mes mains redescendent sur ses épaules. Elle fixe du regard l'une d'entre elles, l'air peiné.

– Toi aussi, tu estimes que je devrais rester jusqu'à la fin de cette guerre idiote, soupiré-je.

Elle secoue la tête et serre mes doigts entre les siens.

– Place un Clan de confiance parmi les Sept, puis pars.

Un bref ricanement m'échappe.

– Tu veux que ce soit les MacCoy, deviné-je avec aigreur. Comme lady MacLeod et ton frère.

– Ce n'est pas ce qu…

– Tu n'as pas besoin de le dire à voix haute pour que je comprenne où tu veux en venir.

Megan m'avise d'un œil trouble. Son absence de réponse me fait plus mal que je l'escomptais. Je me libère d'elle et lui tourne le dos, une rage profonde tapie au fond de mon ventre. J'espérais qu'elle se tiendrait loin des manigances politiques, mais il a suffi de quelques heures sur Inchkeith pour qu'elle y replonge. Alors qu'elle était mon inspiration pour enfin quitter tout ce chaos, ce monde de violence et de sang versé à la moindre contrariété.

– Pour qui me prends-tu ? s'agace-t-elle finalement.

Elle me contourne pour m'affronter droit dans les yeux.

– Comment pourrais-je comploter comme ça après quinze ans sans entendre parler des Clans ? poursuit-elle, des reproches dans la voix. Je n'insinuais pas que tu devais soutenir les MacCoy. Pas vraiment. Je ne connais pas toute l'histoire, mais il est évident que cette guerre ne prendra pas fin avec un accord à l'amiable. Il faut qu'un camp l'emporte sur l'autre. Et mieux vaut éviter que ce soit celui d'un tyran.

– Qu'est-ce qui garantit que les MacLeod seront meilleurs que le duc d'Argyll ?

– Campbell est un despote avéré. Il a commis des actes effroyables. Qu'est-ce qui est mieux ? Le laisser régner ou accorder une chance à une autre de gouverner avec sagesse ?

– Parce que tu penses avoir cerné Phèdre aussi bien en trente minutes ?

– Non. Mais je sais qu'elle incarne un renouveau.

Je ricane encore, et rétorque :

– Donc, tu t'impliques dans les affaires claniques à peine de retour chez toi.

Les traits de Megan se plissent. Ses prunelles flamboient.

– Tu vaux mieux que tout ça, argué-je, mieux que ces sauvages qui se battent pour une couronne qui n'existe même pas.

– Des « sauvages » ? répète Megan, ahurie. Tu parles de ma famille.

– Une famille qui n'a pas hésité à te tourner le dos à ta première bêtise.

– Ma fille n'est pas une « bêtise », Lachlan.

– À leurs yeux, si. Il y a quelques jours, tu déplorais leurs méthodes, aujourd'hui, tu les défends.

– C'est faux. C'est parce que tu es en colère que tu réagis ainsi, et sois bien heureux que j'en aie conscience. La neutralité est un idéal noble, mais vient un moment où elle ne suffit plus. Tu as le *pouvoir* de changer la donne. Ne pas l'utiliser, c'est cautionner la situation actuelle.

– Te rends-tu compte de ce que tu me demandes ?

– Oui, confirme Megan avec aplomb. Un dernier acte pour ce monde, avant de tirer ta révérence.

– Tu exiges de moi que je renie tout ce que j'ai bâti.

Megan acquiesce de nouveau. La déception m'envahit. Ai-je besoin de ça ? De laisser cette empreinte-là ? Que retiendront les Clans, dans ce cas ?

Que le Code que j'ai fondé, je n'ai pas été capable de le respecter moi-même... Que j'ai tourné le dos au combat de ma vie.

J'ai envie de hurler. De plonger dans les eaux froides qui clapotent sous le ponton, en espérant qu'elles suffiront à calmer la tempête qui ravage tout dans ma poitrine.

J'aurais aimé que Megan me soutienne. J'aurais aimé qu'elle soit… comme moi ?

– Lachlan…

Quand sa main effleure mon bras, je me dégage. Elle paraît blessée. Au moins, elle ressent quelque chose. Elle m'accorde un peu d'humanité.

– Pourquoi réagis-tu comme ça ? me demande-t-elle.

Je secoue la tête, détourne mes lèvres quand elle essaie de les capturer. Je souffre, comme elle, mais j'érige une barrière infranchissable entre nous.

Je suis seul.

J'ai toujours été seul, malgré les illusions que j'ai entretenues ces derniers jours. Megan fait partie d'un monde contre lequel je lutte. Elle ne l'a jamais quitté, en réalité.

– Alors, c'est comme ça que ça doit se terminer entre nous ? chuchote-t-elle.

– Ça n'a jamais débuté, n'est-ce pas ? lui murmuré-je en retour.

Elle recule comme si je venais de la gifler et proteste :

– Tu es injuste.

J'ai envie de répondre, de me défendre, mais à quoi cela rimerait-il ? À la place, je lui accorde ce qu'elle attendait depuis le début :

– Je participerai à l'élection du nouveau Clan parmi les Sept.

Et je réglerai les problèmes Campbell et John Seaton. Ce seront mes dernières actions en tant que Trèfle.

Sans un regard en arrière, je grimpe sur le ferry. Debout sur le ponton, Megan resserre ses bras autour d'elle. Je suis furieux, et déjà en proie au manque d'elle.

« Seul », me répété-je.

J'ai toujours été seul.

CHAPITRE 44

MEGAN

J'ai pleuré.

Ça ne m'était plus arrivé depuis longtemps. Depuis mon départ d'Inchkeith, en fait.

J'ai toujours été seule, mais ce sentiment n'a jamais été plus prégnant qu'aujourd'hui.

Ma discussion avec Lachlan tourne en boucle dans ma tête depuis trois jours. Je rumine ce que je n'ai pas été capable d'expliquer comme je le désirais. Ma maladresse m'a coûté. Je voulais lui dire que grâce à lui, la guerre pouvait prendre fin, et qu'ainsi, il atteindrait l'objectif après lequel il court depuis tant d'années. Qu'il goûterait enfin à la paix.

Je n'ai pas su me faire comprendre.

Mes yeux gonflés sont douloureux. J'applique un gant de bain humide sur mes paupières pour les soulager, sans grand succès. Il suffit que je repense à Lachlan pour que les larmes affluent à nouveau. Je sais qu'il n'est pas la seule cause de mes sanglots intarissables : le vase a débordé, il a été la goutte d'eau. Tout ce que j'ai contenu, et non digéré, me revient en pleine figure. Je suis lasse, moi aussi.

Ai-je eu tort de chercher à orienter Lachlan ? De lui suggérer que les MacCoy pourraient rejoindre les Sept ? Je n'ai pas songé une seule seconde à la gloire ou aux avantages qu'une telle position apporterait à ma famille ; j'ai juste vu la possibilité de tout arrêter. Parce que moi aussi, j'aimerais partir sans regret, certaine que les miens ne courent plus aucun risque, que ce soit à Inchkeith ou à Londres. Mettre Campbell hors d'état de nuire nous assurerait, à Alan, Catherine et moi, de ne plus craindre pour nos vies.

Oui, c'est ce que j'aurais dû dire à Lachlan… Je n'ai pas été assez claire, et maintenant, je l'ai perdu.

Notre discussion a été un réel adieu. Notre nuit, puis l'aéroport, n'étaient que des « au revoir » douloureux, je le savais au fond de moi. À présent, la croix est apposée sur notre relation. Par ma faute.

Je prends une grande inspiration et décide qu'un bain me fera peut-être du bien. Je suis en train de me lever quand on frappe à ma porte.

– Entre, Ellie, lancé-je en cachant le gant humide.

J'arrange mes cheveux à la va-vite, écrase mes joues pour les défroisser. C'est cependant Mary qui apparaît dans ma chambre, l'air inquiet.

– Je ne vous ai pas vue de la journée, ma chérie, me dit-elle.

J'ébauche un maigre sourire.

– Une indigestion, mens-je.

Mais comme autrefois, la gouvernante n'est pas dupe. Elle me scrute de son regard inquisiteur, capable de faire avouer les pires bêtises possible. Elle s'approche et, alors que je pensais les avoir déjà démêlés, peigne mes cheveux à l'aide de ses doigts. Elle a toujours eu le don de ne pas tirer sur les mèches ; ça n'a jamais été douloureux de la laisser me coiffer, même quand elle tressait nos boucles rousses, à ma sœur et moi.

– Cette fratrie a tendance à croire qu'elle peut se jouer de moi, commente-t-elle. Vous n'avez pas encore compris que c'est peine perdue.

– Ce n'est rien, Mary.

– Ma chérie…

– A-t-on du nouveau ? Pour les Sept ?

La gouvernante me considère avec gravité puis soupire :

– Oui. Lachlan O'Connor a engagé la procédure. Les Clans qui siègent au conseil se rassembleront dans deux jours. Le vote aura lieu à ce moment-là. Les Familles envisagées pour remplacer les MacKenzie sont invitées.

– Les MacCoy ?

Mary hésite, puis finit par hocher la tête. Je détourne les yeux pour observer le paysage à travers la fenêtre. D'ici, je ne vois pas le hameau, mais je peux distinguer le phare jaune qui domine l'île.

Lachlan agit comme je le lui ai suggéré… et je n'en ressens aucune satisfaction, loin de là.

– Megan… me souffle la gouvernante.

– Tu y crois, Mary ? lui lancé-je d'un ton dur.

– À quoi donc ?

– À une fin heureuse pour tout ça.

Elle baisse les yeux avant de me glisser :

– Vous êtes libre de repartir, avec Catherine. De laisser ces querelles claniques interminables derrière vous. Si vous le pouvez, allez-vous-en… Reprenez votre vie là où vous l'avez laissée.

– C'est ça, le problème. Où que nous allions, quoi que l'on fasse, le passé nous rattrape toujours.

Le regard de Mary s'assombrit.

– Phèdre MacLeod tenait le même discours que vous il y a trois ans, me dit-elle. Je suppose qu'il faut arrêter de croire que le passé est le seul coupable de nos malheurs ; c'est à chacun de lutter chaque jour pour que l'avenir prenne sens.

– Je ne comprends pas ce que je peux apporter ici, si ce n'est des ennuis.

– Votre présence a permis de rassembler la famille. Catherine a enfin pu rencontrer les siens…

– Elle devra bientôt les quitter. Et les morceaux ne pourront jamais être tout à fait recollés entre mon frère, ma sœur et moi. La vérité, Mary, c'est que je n'ai rien apporté. Je n'ai fait que subir, tout comme Cathy.

– Megan…

Je secoue la tête, les larmes pointant à nouveau à l'orée de mes cils.

– N'êtes-vous pas heureuse de les revoir ? plaide la gouvernante. Caleb, Elisabeth, Duncan, Roy, Dyclan…

– Pourquoi m'en réjouir quand demain ils ne seront sans doute plus là ? La mort rôde autour des Clans, ternissant chaque instant de joie que nous pouvons arracher.

– Ma chérie…

Mary s'apprête à insister, mais mon regard noir l'en dissuade. Elle se tait, quitte la chambre, et je me retrouve *seule*. Parce que je l'ai voulu, encore une fois. Je m'assois sur mon lit, à la limite de la rupture, culpabilisant d'avoir chassé ma mère de cœur.

Mais je refuse d'être maternée. Je refuse que l'on me dise ce que j'ai à faire, parce que ça me rappelle que j'ai été incapable de prendre la meilleure décision par moi-même.

CHAPITRE 45

LACHLAN

Je ne pensais pas que John Seaton vivrait dans un immeuble aussi médiocre : son salaire est tout à fait correct. Mes pas résonnent dans le couloir, où s'élèvent les échos de tout ce qui se passe dans le voisinage : des émissions télé, parfois la même d'un appartement à l'autre, des éclats de rire, des éclats de voix. Des enfants qui s'amusent en hurlant, des parents qui vocifèrent. Une fresque sonore qui dépeint des pans de vies auxquels je ne suis pas convié. J'en suis le témoin silencieux, un homme qui observe les existences d'autrui et qui, de temps à autre, joue les marionnettistes.

C'est tout ce que je suis, même aux yeux de Megan. Un Gepetto qui punit les nez trop longs.

Je m'arrête devant la porte 36B. Il est midi passé. Je ne perçois rien derrière le battant, pas un bruit de pas ou de couverts. Serah attend au bout du couloir, deux de mes gardes du corps me dépassent pour se poster de l'autre côté, tout au fond, entre deux appartements. Deux hommes et une femme de ma Brigade surveillent l'entrée de l'immeuble. Deux encore sont campés devant l'ascenseur. Je ne veux plus plaisanter avec ma sécurité, si Phèdre a vu juste et que Campbell en a bien après moi. Je dois rester en vie, au moins le temps de régler le problème de John Seaton, et du conseil des Sept.

Ensuite, je m'éclipserai. Je ne serai plus une menace pour personne, donc plus une cible.

Je frappe à la porte, sous le regard attentif et concentré de Serah. Elle garde sa main sur la crosse de son arme, glissée sous sa ceinture. Duncan est l'un des meilleurs tireurs de tous les Clans réunis, mais Serah tient la corde. Elle n'est peut-être pas aussi précise, mais elle est d'une rapidité hors-norme pour dégainer.

Je patiente, les mains dans les poches, une pochette cartonnée au creux du coude. Le battant s'ouvre, et une forte odeur de cigarette froide me saute au nez. Je réprime une grimace révulsée pour affronter Seaton. Seule une lueur dans ses pupilles trahit sa surprise puis son inquiétude alors qu'il avise mes hommes postés à chaque extrémité du couloir.

– Notre rendez-vous était demain, me lance-t-il en guise de salut.

– Je ne serai pas disponible, répliqué-je avec fermeté.

Il me dévisage, la bouche légèrement tordue, puis il m'invite à entrer d'un geste indolent. Lorsque je passe devant lui, il lâche :

– Je suppose que vos hommes ne voudront pas de thé.

– Non, en effet.

La porte se referme derrière nous. J'observe avec attention l'appartement miteux, qui souffre d'un manque flagrant d'entretien. Je déplore l'état du bureau de Caleb MacCoy, mais que dire de cet endroit ? La semelle de mes chaussures écrase un paquet de chips vide, quand, de mon tibia, je repousse une chaise couverte de vêtements froissés. L'évier de la cuisine croule sous la vaisselle sale. Je porte une main rapide à mes narines, humant ma peau pour adoucir les relents de marc moisi. Le divan est troué, taché. Un reste de repas s'étale sur un guéridon couvert de miettes.

– Que voulez-vous, O'Connor ? m'interroge Seaton.

– À votre avis ?

Le journaliste ne bronche pas, mais son regard dérive sur la chemise à mon bras. Je me déplace à travers le séjour et tombe sur le coin bureau. Je me fige, interloqué par la propreté des deux écrans rutilants et du clavier sans une trace de poussière. Le mur, au-dessus, est couvert d'articles de journaux épinglés ainsi que d'une carte de l'Écosse punaisée à de multiples endroits. Les tracés sont minutieux, précis et détaillés. Plusieurs livres sont soigneusement rangés sur une étagère, par ordre de taille et par couleur. L'un d'eux attire mon attention : *Les Étapes du deuil*. L'ouvrage voisin est plus ésotérique, sur le thème de la réincarnation et du paranormal.

Il n'a pas tourné la page...

– Vous avez des choses à me montrer, selon toute apparence, déclare-t-il.

Il me laisse observer son univers, si paradoxal. Megan aurait été émue en découvrant un tel endroit. Malgré la menace que représente le journaliste, elle l'aurait pris en sympathie.

Je papillonne des cils pour chasser le visage de l'aînée des MacCoy de mon esprit. Par la même occasion, je rejette les réminiscences de son parfum, de la douceur de ses lèvres, du velouté de sa peau.

Elle s'est servie de toi, elle aussi. Ils se servent tous de toi. Ou ils essaient.

Je tourne les talons, suis surpris par le divan qui cogne mon genou. Je repousse du bout de la chemise cartonnée les affaires qui traînent sur l'assise et m'installe au bord. Seaton marque un temps d'arrêt, avant de tirer sa chaise de bureau en face de moi. Je décale encore une fois les restes de son repas, puis jette le dossier entre nous. Il le reluque, l'avidité remplaçant l'appréhension dans ses yeux. Je ne compte pas m'attarder longtemps, aussi ne tergiversé-je pas avant d'ouvrir le dossier. La première photo qui apparaît fait son effet, comme je l'escomptais. Le visage de Seaton perd de ses couleurs, tandis que je décale avec nonchalance le portrait de son épouse, Kelly. Le document suivant est une copie de son acte de décès. Le journaliste tourne machinalement l'alliance autour de son annulaire, les dents serrées à présent.

– Je vois que vous avez fait vos recherches, commente-t-il d'une voix blanche.

– Vous n'en êtes pas étonné.

– Je n'en attendais pas moins de vous.

Il se crispe lorsque je dévoile le dossier médical de Kelly. Un cliché de l'échographie dépasse un peu. C'est cruel, mais volontaire de ma part. John déglutit, se pince d'un geste vif le nez et se penche en avant, les coudes sur les genoux. Il a perdu de son assurance, bien qu'il essaie de sauver les apparences. Son inconscient le trahit.

– Ça me prouve que vous avez de quoi mettre les moyens pour vous renseigner, argue-t-il. Assez pour porter atteinte à la vie privée et vous envoyer droit en taule.

Je reste insensible à ses sous-entendus plutôt clairs et déclare plutôt :

– Je me demandais pourquoi un homme tel que vous s'entêtait à me harceler, ce qui pouvait bien le motiver. Vous dites vous offusquer de la violence dans mon sillage, mais la rixe à laquelle vous avez assisté dernièrement, vous l'avez passée sous silence.

Il cille à peine à l'évocation de l'épisode du port, où plusieurs hommes sont tombés sous les coups de

Megan. Mon cœur se serre à nouveau en pensant à elle.

Arrête. Concentre-toi.

John reste silencieux, les doigts croisés, le regard meurtrier. Je sais cependant qu'il ne m'attaquera pas. Il ne se risquera pas à s'en prendre à sa principale source d'informations. Il court après la vérité depuis tant de temps… Plus il avance, plus il se déshumanise. À moins qu'il ait déjà tout perdu le jour où on lui a pris sa femme et son enfant à naître.

– Kelly… commencé-je.

Je récupère le portrait de la jeune femme et le pose bien en évidence avant de terminer :

– … est morte dans un accident de voiture. Vous n'avez jamais pu identifier votre épouse, mais l'empreinte dentaire a confirmé qu'elle était bien dans son véhicule lorsque ce dernier a pris feu.

– Où voulez-vous en venir ? intervient John, glacial.

– Les rapports de police ont corroboré l'hypothèse émise par les pompiers, celle d'une explosion des deux voitures qui se sont percutées devant celle de votre compagne.

– Les bagnoles ne sautent pas comme ça, gronde le journaliste.

– Un véritable carnage. Le véhicule de Kelly s'est embrasé, lui aussi. Elle s'est retrouvée piégée, mais il n'a pas été possible de déterminer si elle était consciente ou non quand les flammes ont dévoré l'habitacle.

Les pupilles de Seaton se dilatent. Son front devient moite, ses mains s'agitent, et il renifle.

– Je ne comprenais pas pourquoi vous vous obstiniez à croire en mon implication dans un tel drame, poursuis-je, indifférent à son trouble manifeste. Vous êtes passé par le déni…

Je pointe vaguement vers le bureau, en direction du livre sur les étapes du deuil que j'ai repéré plus tôt, avant de continuer :

– Ensuite, vous avez enquêté. Une manière pour vous de combattre la réalité, de l'affronter dans l'espoir d'en soutirer une vérité qui vous conviendrait mieux. Comment continuer à se lever chaque matin lorsque la vie vous a privé de ce que vous aviez de plus précieux ? Comment croire qu'il existe la moindre justice dans ce monde quand, d'un claquement de doigts, on vous arrache la femme que vous aimez ? Il est plus simple d'imaginer qu'une telle mort est causée par un mal que l'on peut punir. Parce que si c'est le *hasard*, une terrible coïncidence, il n'y a plus rien à quoi se raccrocher pour purger la douleur que l'on ressent, n'est-ce pas ?

J'espérais soutirer à Seaton au moins un début de larmes, mais je n'écope que d'un regard sombre, empli d'une colère qui fait écho à la mienne et qui ne s'assouvira sans doute jamais.

– Ça ne me suffisait toujours pas pour comprendre ce que vous attendiez de moi, enchaîné-je. J'ai saisi que vous avez recherché des accidents similaires, année après année… et il en existe. Vous avez fini par remarquer que la plupart des affaires mentionnaient l'une des connaissances avec qui je traite régulièrement, un avocat réputé. Alors, vous avez creusé et vous êtes remonté jusqu'à moi. Mais vous ne parveniez toujours pas à reconstituer le puzzle, à définir mes activités exactes. J'ai relu le dossier de l'accident. Et c'est là que j'ai compris.

Je récupère les documents pour faire mine de les parcourir, avant d'annoncer :

– Votre épouse, Kelly, avait accepté un job pour un magazine de tourisme. Sur l'île de Skye… en 2005.

La mâchoire de Seaton tressaute. Je poursuis :

– Elle avait pour mission de prendre des photos des endroits phares, dont Dunvegan. Vous avez répertorié tous les accidents de cette année-là, étonnamment nombreux sur un intervalle de temps réduit… puis fait le lien entre eux. Vous m'avez suspecté mais, surtout, vous avez envisagé qu'un groupe – équivalent à un gang ou une sorte de mafia – maquillait des meurtres.

Je referme la chemise cartonnée tout en livrant ma conclusion :

– Vous vous êtes accroché à cette théorie comme une moule à son rocher.

Je me tais, pour le moment, le temps que le tout s'imprime dans l'esprit de John. Il finit par se redresser. Adieu l'air austère ou narquois ; je suis face à un homme détruit qui vient de voir toutes ses plaies se rouvrir d'un seul coup de lame.

Je n'ai pas voulu y croire quand j'ai compris que Kelly Seaton était une victime collatérale du massacre de Dunvegan. Il m'a pourtant suffi de quelques coups de fil aux médecins légistes responsables de l'affaire pour découvrir que son corps avait été placé dans la voiture ensuite incendiée ; tout ça pour couvrir le meurtre de la jeune femme, ayant sans doute trouvé la mort dans l'une des maisons du village mis à feu par les MacKenzie. Ainsi, le secret des Clans a été préservé… Le pire, dans tout ça, c'est que j'ai participé à ces diversions, à l'époque. J'ai accepté d'orchestrer des accidents pour protéger des meurtriers.

Je me dégoûte…

– Et donc ? lâche Seaton avec un flegme factice.

– Donc, c'est à vous de décider de votre prochaine carte à jouer, lui réponds-je. Une fois que vous les aurez toutes en main.

Le journaliste hausse un sourcil. Son scepticisme est légitime. Moi-même, j'aurais du mal à croire à ce que je m'apprête à lui révéler, si on me l'exposait de but en blanc.

– C'est vrai, il existe un système caché au sein de ce pays… commencé-je.

Et je lui raconte. Tout, absolument tout. Sans rien omettre. Je lui explique ce qui s'est passé à Dunvegan et ce qui a entraîné la mort de Kelly. Il m'écoute sans m'interrompre une seule fois, bien que je me doute que les questions doivent bouillonner en lui. Je guette ses réactions : son regard qui s'arrondit, ses sourcils qui se froncent, sa bouche qui se plisse, dubitative. Ses muscles se tendent, et une veine saille dans son cou. Il enrage, mais refuse d'exploser maintenant.

Je contreviens à toutes les lois fondamentales que j'ai passé trente ans à défendre.

Je révèle la vérité à un journaliste dont il suffit d'un papier pour tout anéantir.

Je mets en péril l'avenir des Clans.

Et je n'en éprouve aucun remords.

– Vous devez comprendre, Seaton, que ce que je vous dis aujourd'hui aurait l'effet d'une bombe si vous décidiez d'en faire la une de votre journal, déclaré-je pour conclure. Je vous offre un choix.

– Je n'en vois qu'un, actuellement, crache-t-il.

Je lis dans ses prunelles qu'il est prêt à me sauter à la gorge pour me faire payer ce qui est arrivé à Kelly. Oui, je suis responsable de sa mort, en un sens. Comme de centaines d'autres causées par les bêtises des Clans qui ignorent les règles du monde ordinaire.

– L'alternative que je vous propose… dépendra uniquement de vous, reprends-je.

Je tire une feuille pliée en deux de la poche intérieure de ma veste. Ce n'était pas indispensable, mais j'ai appris depuis des années qu'il suffit parfois d'une bonne mise en scène pour faire ployer mes adversaires. Je déplie le papier et l'aplatis entre nous.

– Voyez ça comme une dette que je vous rembourse, annoncé-je. Le nom du véritable responsable de ces drames.

Une grimace mauvaise tord les lèvres de John. Mais il ne peut s'empêcher de baisser rapidement les yeux sur le document.

– Si vous souhaitez la parfaite vengeance, commencez par là, dis-je.

Puis, d'un geste lent, je récupère l'objet que je gardais caché contre mon flanc, sous mon costume. L'arme à feu cogne contre la surface du guéridon lorsque je la pose près de la feuille dépliée. Seaton la fixe un long moment du regard. Rien ne transparaît sur ses traits, mais je sais qu'il bouillonne autant que moi. J'imagine ses doigts frémir d'anticipation, son esprit se mettre en branle et sa conscience s'interroger.

Ça me suffit.

Je me lève du divan, légèrement courbaturé. Je n'ai pas donné l'occasion au journaliste de mener la conversation ; j'ai gardé la main, pour ne pas lui permettre de s'engouffrer dans mes failles. Je lui ai livré juste ce qui était nécessaire pour semer quelques graines dans son esprit. Il peut me croire ou non. À lui de prendre une décision. Les dés sont désormais jetés.

Il ne bouge pas tandis que je me dirige vers la porte. J'ouvre et jette un regard derrière moi. Celui de Seaton est toujours rivé à l'arme que j'ai déposée devant lui.

J'abats ma dernière carte :

– Je vous laisse, je dois encore régler quelques détails pour demain. Vous savez où me trouver, si jamais.

Cette fois, le journaliste redresse la tête vers moi. Nos yeux s'accrochent ; je réussis à étirer un sourire en coin.

Le plus douloureux que j'ai eu à feindre depuis plus de vingt ans.

CHAPITRE 46

MEGAN

– Je suis désolée, maman.

Je cille puis me tourne vers Catherine, près de moi. Nous sommes à l'arrêt, un peu à l'écart du manoir de Lachlan.

– Pour tout ça… poursuit ma fille. Pour la situation avec Caleb, et…

Elle s'interrompt, l'air coupable. Je secoue la tête, à défaut de pouvoir émettre des mots assez réconfortants. Je serre le volant avec anxiété. J'ai usé de mon statut de sœur du Chef pour emprunter au Clan une voiture afin de suivre le cortège des MacCoy et MacLeod. C'est un jour important, l'élection d'un nouveau Clan qui intégrera le conseil des Sept. Un tel événement ne se produit quasiment jamais. Une fois qu'une Famille acquiert une telle place, elle ne la lâche plus, les crocs bien plantés dans la chair de la politique. La position se transmet ensuite de génération en génération. Une défection est de l'ordre de l'exceptionnel.

Comme les autres, j'étais loin d'imaginer que les MacKenzie chuteraient un jour de leur piédestal.

Par souci d'impartialité, les Familles les plus riches et les plus influentes ont été invitées directement chez le Trèfle afin de délibérer.

Je n'ai pas été conviée.

Je ne devrais pas être là.

Mais j'ai encore agi sur un coup de tête, parce que dans le flot des gens qui se réunissent ici, j'espérais pouvoir croiser Lachlan. Une minute, peut-être. Un laps de temps suffisant pour tenter de corriger mon erreur. Je doute d'y parvenir, mais je regretterais toujours de ne pas avoir essayé de m'excuser, d'éclaircir la situation. Je partirai ensuite. Je ne peux pas être un poids pour mon frère, ni impliquer Catherine dans toutes ces histoires. Nous n'intégrerons plus jamais ce monde.

La Brigade nous a laissé entrer dans l'enceinte du domaine, reconnaissant nos visages. Ils n'ont posé aucune question. Je suppose que Lachlan a déjà été prévenu de notre présence. Une part de moi espérait qu'il quitte le manoir à notre recherche.

Maintenant, j'hésite, une main posée sur le frein à main, l'autre toujours crispée autour du volant.

Caleb, Phèdre, Elisabeth, Duncan, Mary, Dyclan, Brahn…

Les visages défilent derrière la vitre. J'ai garé la voiture aussi à l'écart que possible, sous l'ombrage de plusieurs arbres.

– Tu ne veux pas leur dire au revoir ? me demande Catherine.

– Ce n'est pas le moment.

– Alors, pourquoi les avoir suivis jusqu'ici ?

– Je… l'ignore. C'était sans doute une erreur. J'espérais…

– Voir une dernière fois Lachlan ?

J'acquiesce, inquiète que ma fille le prenne de travers. Mais elle me surprend en m'adressant un sourire peiné.

– On ne devrait pas s'en aller sans les prévenir, tu sais, me dit-elle. C'est notre famille, non ?

Je réussis à sourire à mon tour, attendrie malgré moi. Je caresse la joue de Catherine puis l'attire contre moi pour embrasser son front.

– Tu as raison, admets-je, la voix enrouée.

Je guette les fenêtres, cherchant à distinguer la silhouette de Lachlan. Est-il en train de patienter dans son aile privée ? Ou bien se charge-t-il d'accueillir toute la légion de tartans multicolores ?

– Maman ?

Je me racle la gorge. C'était idiot. Idiot de suivre les miens jusqu'ici, comme une adolescente en émoi. Idiot de croire que tout pouvait s'arranger en moins d'une minute, lors d'un jour aussi important. Il vaut mieux que je saisisse l'occasion pour disparaître une nouvelle fois, pendant que l'attention générale est détournée.

Mais pas sans un adieu.

Les miens nous ont protégées, nous nous sommes à peine retrouvés. Je ne leur ferai pas ça ; Catherine a raison de me le reprocher.

Je redémarre la voiture, renifle un peu pour me ressaisir.

– Où on va ? me demande Cathy.

– On va sortir de là, d'abord, et on va les attendre plus loin.

– Mais…

– Remets ta casquette correctement.

Elle m'obéit et abaisse la visière sur ses yeux. Je l'imite, pour lui prouver que je respecte mes propres consignes. Le portail s'ouvre à notre approche ; j'accélère dès que je le traverse. Comme pour m'empêcher de changer d'avis, de faire demi-tour. De bousculer tous ces *lairds* et *ladies* afin de me précipiter dans les bras de Lachlan pour l'obliger à m'écouter jusqu'au bout.

Lorsque je débouche sur la route, je dois me rabattre pour éviter de cogner contre un piéton qui arrive en face de nous. Son trench-coat claque au vent.

– On dirait qu'il est drogué, non ? souffle Cathy. Qu'est-ce qu'il fiche là ?

Je suis son regard, observe celui du promeneur. Il est rougi, cerné. Empli de haine.

Une nausée me remonte dans la gorge ; elle m'asphyxie autant qu'une corde serrée autour de mon cou. L'homme amorce un mouvement ; nos yeux se trouvent. Une seconde.

– Baisse-toi ! ordonné-je dans un cri.

Catherine ne discute pas. Au moins, elle ne verra pas le canon de l'arme à feu se braquer sur elle. Sur moi. Tout ce qu'elle entendra, c'est la détonation.

Le pare-brise qui éclate.

Le crissement des pneus.

CHAPITRE 47

LACHLAN

Les Clans envahissent mon foyer, et je l'ai voulu. Pourtant, j'en ressens une aigreur acide. Tous les tartans se mêlent les uns aux autres, d'abord dans l'imposant corridor de mon manoir, puis dans ce qui servait autrefois de salle de bal. Serah a posté une grande part de ma Brigade à travers mes terrains, et la sécurité est assurée dans tous les recoins du bâtiment. Je fais entrer une meute de loups dans ma bergerie ; j'ai intérêt à surveiller mes arrières. Je jette un coup d'œil à ma montre : déjà deux bonnes heures que les « invités » arrivent au compte-goutte et discutent entre eux. Le laps de temps avant le vote permet aux potentiels candidats de se faire valoir, de gratter des voix… Les membres actuels du conseil subissent leurs mièvreries, leurs discours plus ou moins subtils. L'avenir de l'Écosse et des Sept dépendra des noms qui se retrouveront dans l'urne. Six voix, plus la mienne.

Quelques rafraîchissements sont proposés. Mes employés peinent à servir tout le monde. J'ai pourtant ordonné que les escortes restent restreintes. Aussi, la plupart des *lairds* ne sont entourés que de leurs épouses, de leurs hommes les plus loyaux et aguerris, parfois de leurs fils. Les MacCoy ont respecté ma demande, mais contrairement aux autres, ils se contentent de rester dans leur coin, plutôt silencieux. Un rang de tartans écarlates disciplinés, presque princiers. Phèdre MacLeod sourit et échange avec tous les prétendants au conseil avec beaucoup de patience, à quelques mètres du Clan de son compagnon. On lui accorde désormais un respect qu'elle a peiné à obtenir. Petit à petit, la fille d'Alexander s'impose parmi les patriarches. Sa posture, son regard franc et glacial, ses expressions, jusqu'à la rythmique de ses gestes…

Elle apprend vite. Elle a ça dans le sang.

Elle rayonne dans son tartan turquoise. Elle a soigné sa tenue vestimentaire : un tailleur cintré raffiné, dans les tons pastel, un chemisier blanc au col en dentelle et des escarpins à la semelle rouge. Contrairement aux autres femmes de l'assemblée, elle ne s'est pas alourdie de parures d'or et de pierres précieuses. Elle reste simple, élégante, charismatique. Caleb aussi, si ce n'est qu'il transpire la virilité, la guerre.

C'est un soldat.

Je note quelques regards dans sa direction, les déplacements hésitants autour de lui comme si l'on redoutait d'entrer dans son cercle. L'Ours inspire autant de crainte que l'Ogre autrefois.

« Un couple parfaitement assorti », songé-je, non sans mélancolie. Alastair et Alexander auraient-ils osé imaginer que leurs enfants changeraient l'Écosse un jour, main dans la main ?

Je jette un nouveau coup d'œil à ma montre.

– Il est constamment en retard, me fait remarquer une voix sur ma droite.

Je me tourne vers Katelyn Fraser. Son visage est fermé, ses mains jointes dans son dos. Elle observe l'assistance d'un œil réprobateur, voire condescendant. Des *lairds* essaient de l'approcher, mais son air menaçant suffit à les repousser bien vite. Yeux émeraude, cheveux roux… Megan et Kate se ressemblent. Mais même en colère, la première dégage une certaine douceur que la seconde n'a jamais eue.

Je parcours la foule du regard, cherchant l'Agneau dans cet arc-en-ciel de couleurs. Mon staff m'a prévenu qu'elle s'était présentée au manoir ; c'était idiot de sa part de venir jusqu'ici. J'ai d'autres préoccupations pour le moment. En tout cas, je suis censé les prioriser. Je me *persuade* que Megan n'est pas la plus importante aujourd'hui. Et je n'ai pas non plus le courage de l'affronter à nouveau. Je fuis, encore une fois.

Parce que tu n'es pas capable d'assumer ce que tu as fait... Les conséquences de ta manigance.

– Nous devrions commencer, me glisse Katelyn. Mettons un terme à cette mascarade.

– Vous allez élire le Clan qui siégera désormais à vos côtés, dis-je platement. C'est ainsi que vous qualifiez un tel événement ?

– Je n'ai jamais considéré les Sept comme bien utiles.

– Mais c'est votre place parmi eux qui vous offre une influence incontestée sur l'Écosse, et vous protège de vos ennemis.

Un sourire fleurit au coin de ses lèvres. Sourire qui disparaît lorsque j'ajoute :

– Avec les MacCoy parmi les Sept, je suppose qu'il sera plus simple de contrecarrer le duc d'Argyll.

Katelyn observe Caleb à la dérobée, les joues légèrement rosies, le front plissé.

– Vous présumez trop vite de mon choix, réplique-t-elle.

– Je ne suis pas là pour présumer mais pour m'assurer que le vote se déroule au mieux.

– Votre voix compte, elle aussi. Et ne cherchez pas à me tromper : vous avez à cœur d'anticiper nos décisions… non ?

Plus maintenant. Je me moque bien de l'issue du scrutin. C'est agréable de relâcher la pression, de ne plus avoir l'esprit embrouillé de mille pensées qui ne m'appartiennent pas, pour agir avant tous les autres.

– En effet, dis-je en conservant les yeux rivés droit devant moi.

– Je risque de vous surprendre, avance Katelyn.

Le bruit ambiant n'est pas un véritable brouhaha. Plutôt un bourdonnement ténu, entre murmures et chuchotements. Face à moi se déploie tout un florilège de complots, de secrets, de machinations.

Ce sont des hypocrites, tous autant qu'ils sont. Et je suis le pire d'entre eux.

***

La salle de bal n'est pas remplie ; seuls les *lairds*, leur proche entourage, les Sept et moi-même investissons la pièce préparée pour l'occasion. De grandes tables rectangulaires y ont été disposées en U. Tout au bout sont installés les cinq représentants des Sept – Campbell brillant toujours par son retard habituel. Ils se tiennent devant un coffret en bois lustré, gravé des armoiries de l'Écosse. Je présente l'intérieur, vide, à tous, avant de le reposer devant les Sept réunis : Sutherland, MacDonald, Fraser, MacNab et MacLeod.

Phèdre n'affiche aucune émotion. Elle ne m'a pas regardé depuis son arrivée au domaine. Seul Callum Bain représente son Clan à ses côtés. Les MacCoy sont plus nombreux : Caleb, bien sûr, et Elisabeth, ainsi que Mary, celle qui se rapproche le plus d'une mère pour eux, Duncan, Brahn, Dyclan, Roy et Hel, leur médecin. Je ne suis pas surpris qu'ils aient fait le déplacement en nombre. C'est un événement solennel qui, si leur Famille est élue, aura une incidence sur les générations futures. En revanche, Xander MacLeod est absent. Une sage décision. Caleb et Phèdre protègent leur enfant, l'héritier de leurs deux Clans réunis s'il devait leur arriver quoi que ce soit.

Le silence qui règne est pesant, plein de tension. Tout le monde attend sans doute un discours de ma part, mais je ne suis pas d'humeur à leur parler. Je pourrais craquer, leur balancer le fond de ma pensée.

Je me contente de guetter le moment où explosera ma grenade dégoupillée, et quelles en seront les conséquences.

Nous attendons encore quelques minutes, mais le duc d'Argyll n'apparaît toujours pas. Je ravale comme je peux mon sourire, l'espoir qui palpite dans ma poitrine. Je me perds dans la contemplation des jardins, visibles à travers les grandes fenêtres de la salle de bal.

Finalement, nous décidons de lancer les votes. Les cinq membres du conseil se penchent pour noter le nom du *laird* ayant leurs faveurs. Je l'ai déjà écrit de mon côté. Le papier est plié en deux, dans la poche intérieure de ma veste.

Le silence se fait assommant. Les regards sont braqués sur les bulletins placés dans le coffret tour à tour. Caleb reste droit, bras croisés derrière lui. Ses hommes imitent sa posture. Serah aurait été à sa place, à côté de ces militaires qui s'ignorent.

Serah... le prochain Trèfle. Enfin, la Lionne.

À mon tour, je récupère mon scrutin et le suspens au-dessus de l'urne. Mon geste reste en latence quelques secondes. Une colère vive crispe mes doigts ; j'inspire pour la contenir.

Megan, j'espère que tu sais ce que tu as fait.

Mes phalanges se relâchent, le papier tombe.

À cet instant, la porte de la salle de bal s'ouvre en grand. Je soupire.

Le duc d'Argyll soigne toujours le timing de ses entrées…

Tous les visages se tournent vers le nouvel arrivant, escorté par trois hommes de main. La canne de Campbell claque contre le sol de marbre ; un écho sinistre, amplifié par le silence qui l'accueille. Le vieil homme arbore un sourire sous sa moustache blanche.

– Je vois, je vois… lance-t-il à la cantonade. Vous avez commencé sans moi.

Je glisse un coup d'œil vers Phèdre MacLeod, par réflexe. Elle toise le duc d'un regard meurtrier mais ne bronche pas. J'en reviens à Henry.

– L'heure tournait. Vous avez sans doute dû être retardé, monsieur le duc, glissé-je, aussi affable que possible.

– Retardé ? Oui, quelque peu.

Campbell dévisage l'assistance. Son attention coule sur Caleb MacCoy, Phèdre MacLeod, Katelyn Fraser… puis il déclare :

– En réalité, j'ai hésité à me présenter.

– Pourquoi ? s'enquiert le *laird* Forbes, tout à gauche.

Je n'ai reçu aucun message pour m'avertir de l'arrivée du Sanglier. Je presse mon téléphone, dans la poche de mon pantalon. S'est-il éteint ? Non, il était chargé à bloc, sur vibreur. Je cherche Serah ; son visage est contrarié. Elle observe les hommes de main de Campbell, ce qui me pousse à les étudier mieux. Je constate avec surprise qu'ils sont dans un uniforme qui rappelle celui du S.W.A.T. L'inquiétude croit en moi ; j'adresse un signe furtif à Serah. Elle acquiesce et sort discrètement son téléphone.

– Je me suis demandé quel est l'intérêt de cette… réunion, répond Campbell. Surtout sous l'égide de Lachlan O'Connor.

J'arque un sourcil, sans m'émouvoir plus que ça.

– Le Trèfle n'a plus à prouver quoi que ce soit, plaide Forbes, avec un brin d'incertitude. Nous sommes ici pour élire le prochain Clan à rejoindre les Sept. Pouvons-nous poursuivre ?

– Êtes-vous si pressé de connaître les résultats, *milaird* ? persifle Campbell. Il est pourtant évident que vous n'avez aucune chance d'intégrer l'élite. Quoique… Maintenant, nous accueillons n'importe qui.

Son regard perçant trouve Phèdre à ces mots. La jeune femme a l'intelligence de ne pas répondre à la provocation.

– Votre vote, monsieur le duc, interviens-je.

S'il espère déclencher une chamaillerie, il se met le doigt dans l'œil. Je ne l'autoriserai pas chez moi. Qu'ils se battent hors de mon domaine si ça leur chante. Ça ne me concernera plus une fois tout ceci terminé.

– Mon vote, *Lachlan* ? se moque Henry. Je ne voterai pas.

Un mouvement remue l'assemblée. Les murmures enflent.

– Je refuse de me soumettre à un Code dévoyé, imposé par un escroc, ajoute le duc d'une voix plus forte.

Cette fois, l'agitation éclate pour de bon. Je lève les bras pour exiger le calme. Serah s'est tournée, l'oreille collée à son téléphone.

– J'espère que vous êtes conscient du poids de cette calomnie, grondé-je.

Campbell penche la tête sur le côté, feignant d'y réfléchir.

– Il n'y a pas de diffamation lorsqu'on énonce des faits, dit-il enfin. À vrai dire, je me suis souvent questionné sur votre rôle au sein des Clans, et je suis parvenu à une conclusion qui échappe à tous ces imbéciles : vous n'êtes là que pour vous enrichir sur notre dos, vous gausser d'un semblant de pouvoir afin de flatter votre ego. Vous n'avez pas la moindre goutte de sang écossais dans les veines. Vous êtes un arriviste, qui se plaît à jouer les marionnettistes en se cachant derrière un Code qu'il a créé et servi à des naïfs.

– Vous le suiviez à la lettre jusqu'à récemment, si je ne m'abuse, rétorqué-je.

– Oh ! oui, j'ai été un sot d'apparence. Je vous ai laissé vous amuser comme bon vous semblait, parce que cela me plaisait de vous voir mettre une corde autour du cou de tant de *lairds* transformés en bons toutous attirés par une friandise. Mais nous ne sommes pas des chiens, Lachlan, nous sommes les descendants d'hommes et de femmes qui ont combattu des siècles durant pour leur patrie. Vous, qui êtes-vous ? Un Irlandais qui a fui son propre pays, en espérant faire fortune ailleurs.

– Je n'ai rien imposé à qui que ce soit, rappelé-je. Chaque changement a été étudié, et autorisé à l'unanimité.

– Grâce à l'influence d'Alexander MacLeod et d'Alastair MacCoy, n'est-ce pas ? Déjà à cette époque, votre prétendue neutralité était bancale. Avec les années, elle s'est encore fissurée. Depuis le retour de celle que vous appelez le Chardon, plusieurs détails ont attiré mon attention : vous ne pouviez vous empêcher d'agir dans l'intérêt des enfants de vos vieux amis, n'est-ce pas ? Et s'il y a des sceptiques dans l'assistance, rassurez-vous, je peux prouver ce que j'avance… Petit un !

D'un geste du bras, le duc donne un ordre à plusieurs de ses hommes restés en retrait jusque-là. Ma mâchoire se contracte lorsqu'ils jettent un corps inerte devant toute l'assemblée, souillant les dalles de marbre d'un large sillon ensanglanté.

– Je suis convaincu que le Code n'autorise pas que son Trèfle s'implique dans des tentatives d'assassinat… affirme Campbell. Pas plus qu'il ne soit en droit de divulguer à un *journaliste* la vérité sur le système clanique.

Je baisse les yeux sur le cadavre de John Seaton. Ses paupières sont à moitié closes, par-dessus des pupilles vitreuses. Sa peau est lacérée de multiples coups de lame.

Il a été torturé ? Quand ?

Une rumeur agite les *lairds* réunis. Tous me toisent, comme si le mort en lui-même était une preuve suffisante pour confirmer les accusations.

Vous n'auriez pas dû échouer, Seaton… Vous n'auriez pas dû parler, accorder ça à l'assassin de votre femme…

Je contrôle les muscles de mon visage et desserre les dents.

Du sang-froid. C'est ma meilleure arme.

– Lachlan ? m'appelle Phèdre.

– Ah ! MacLeod ! embraie Henry avec enthousiasme.

La jeune femme se tourne vers lui, glaciale, et corrige d'un ton sec :

– Lady MacLeod.

– Vous faites bien d'intervenir, lâche le duc en l'ignorant. Vous avez profité de la protection de Lachlan O'Connor depuis le départ. Quel heureux hasard de vous retrouver parmi ses employés, à récurer les latrines de son bar. Ce bon vieil

Irlandais avait tout prévu. Peut-on toujours parler de neutralité quand il a comploté pour vous mettre sur le devant de la scène, *par pure coïncidence* ? Et que dire de ces femmes et de ces enfants qui disparaissent mystérieusement ? Messieurs, vous l'avez remarqué, non ? Forbes, il me semble que l'une de vos Pupilles s'est volatilisée récemment, avec deux de vos bâtards.

L'intéressé se renfrogne. D'autres hommes arborent la même expression : des gosses qu'on a privés de leurs jouets.

Pourritures.

– Heureux hasard encore une fois que cela se produise après le petit discours de MacLeod lors du procès des MacKenzie, poursuit Campbell. Un procès que vous avez mené de bout en bout, je crois, O'Connor ? Comme c'est commode… J'ai commencé à vous surveiller de plus près depuis.

Où sont mes hommes ? Comment ont-ils pu laisser entrer le Sanglier avec le corps de John Seaton ? Et les proches des *lairds*, sont-ils toujours dans le corridor ? Je repère l'agitation de Serah, son visage blême. Et je comprends, avec horreur, que le duc a soigné son arrivée pour n'offrir aucune porte de sortie.

Il m'envahit.

– Petit deux ! claironne Henry.

Je me raidis.

– Il est évident que la montée en puissance des MacCoy n'a pu se faire sans aide. Si j'ouvre ce coffret, je sais déjà quel nom je trouverai sur la plupart des bulletins.

– De quoi nous accusez-vous, au juste ? gronde Caleb.

– J'y viens, mon cher Ogre, j'y viens. Je pense que ceci confirmera que la neutralité n'a jamais existé, et qu'O'Connor se moque des Clans depuis plus de vingt ans.

La tension grimpe en flèche. Caleb décroise les bras, tout comme ses hommes, qui renoncent aux apparences pour se préparer à l'offensive. Des cris nous parviennent, derrière les rangs du duc. J'en oublie de conserver mon sang-froid lorsque ses soldats tirent Megan et Catherine en avant. D'un coup dans le creux de leurs genoux, ils les obligent à se prosterner. Toutes deux ont le visage tuméfié ; Megan a davantage de plaies, encore à vif. Son nez est étrangement cabossé. Cassé ? Catherine, des mèches dans les yeux, sanglote.

Mes veines ne sont plus qu'une fusion de haine. Caleb amorce un mouvement, mais Duncan l'arrête d'une poigne ferme et retient Elisabeth de son autre main.

– *Milairds*, je vous présente Megan MacCoy et sa fille, pérore Campbell. Je crois que vous savez tous ce qu'il en coûte pour un banni de remettre les pieds en Écosse. Pourtant, O'Connor a couvert cette traîtresse et l'a placée sous sa protection, avant de la confier aux MacCoy. Ils ont donc tous trahi le Code qu'ils se gargarisent tant de défendre.

Les regards se font réprobateurs, voire meurtriers. Une vague d'animosité me frappe en pleine face. Mais ce n'est pas ça qui me heurte le plus. Non, c'est ce que je comprends au pire moment possible.

Tout ça, Campbell l'avait prévu.

Il a poussé Megan à chercher mon aide en l'attaquant depuis Londres. Il a continué à lui mettre la pression pour qu'elle se raccroche à moi, comme au port, et que je la prenne sous mon aile pour la protéger, jusqu'à ce que les MacCoy finissent par apprendre qu'elle était là, avec sa fille.

Si ses hommes se sont présentés à l'aéroport, c'était en connaissance de cause. Le combat n'a pas été engagé, parce que ce n'était pas le but de la manœuvre : le duc désirait pousser les MacCoy à intervenir afin qu'ils fautent aux yeux de la loi clanique. Tout était prévu pour nous forcer à violer le Code. Campbell ne cherchait pas à vaincre par la force mais par la politique.

Il m'a battu à mon propre jeu afin de détruire les MacCoy et m'écarter de son chemin pour se permettre de gérer ses affaires sans que je m'en mêle. Il ne recule devant rien pour assouvir sa soif de pouvoir. Quitte à manipuler une pauvre femme et son enfant, ou se jouer de l'amour d'une famille.

Tuer, manipuler, anéantir.

Des monstres.

Alastair MacCoy et Alexander MacLeod pressentaient que le Code mettrait des bâtons dans les roues de Campbell, contrecarrant la loi du plus fort qu'il savait de son côté grâce à la puissance de son Clan. Les règles que j'ai lutté pour édicter l'ont empêché de mettre la main sur Édimbourg. En apparence, il s'est rangé à l'avis général et a courbé l'échine, mais en secret, il attendait son heure, semant des graines en prenant son temps, gagnant en pouvoir par-ci par-là, jusqu'à être assez fort pour abattre tous ses adversaires d'un coup.

Campbell ne veut pas que le monde évolue ; s'il change, alors son Clan ne signifiera plus rien. Toute avancée du Code lui vole de son importance, effrite le trône de roi dont il rêve. Et s'il est là aujourd'hui, c'est pour se faire couronner une bonne fois pour toutes.

Megan tente de se redresser, mais on lui porte un coup derrière la nuque. Elle pousse un râle de douleur ; tout en moi gémit.

– Ce n'est qu'une enfant ! s'écrie Mary lorsqu'on tire les cheveux de Catherine pour l'obliger à relever la tête.

L'adolescente sanglote de plus belle et écope d'une gifle. Megan hurle, se débat et finit rouée de coups. Les MacCoy se mettent en mouvement. Mary est la plus prompte à se jeter en avant.

Les murs vibrent au premier coup de feu qui part.

La balle n'a pas le temps de siffler. Sa trajectoire s'arrête dès qu'elle plonge dans la poitrine de la gouvernante. Cette dernière hoquette, titube une seconde, avant de s'effondrer, emportant plusieurs chaises dans sa chute. Des cris d'horreur éclatent ;

les MacCoy tonnent. Hel se délivre de la prise de Brahn pour se précipiter vers Mary.

Un second tir me fait sursauter.

– Helen ! tempête le Serpent.

Roy rattrape le jeune homme avant qu'un troisième coup de feu ne vrombisse. Mais il se débat, enragé, et réussit à esquiver les tirs pour s'étaler près de Hel et l'étreindre.

Plus personne ne bouge. Les teints sont livides, les bouches tremblantes ou entrouvertes. Henry Campbell rayonne d'un sourire satisfait, encadré par ses hommes armés aux canons encore fumants.

– Lachlan O'Connor, Caleb MacCoy, je crois que nous nous passerons d'un procès pour cette fois, clame-t-il.

Le monde se dilate autour de moi.

Il a osé. Osé m'envahir. Osé tuer chez moi. Osé s'en prendre à Megan, et Catherine.

Je me sens entouré d'ennemis, de bêtes assoiffées de sang, prêtes à massacrer.

Les larmes dévalent les joues de Megan. Son regard croise le mien. Je n'y décèle pas une étincelle d'espoir. Elle sait, elle aussi, qu'il ne nous reste plus qu'une question à nous poser.

Qui sera le prochain à mourir ?

À SUIVRE…

SURNOMS EN USAGE PARMI LES CLANS

Les MacCoy

L'Ours – Caleb
La Louve – Elisabeth
L'Agneau – Megan
Le Glaive – Duncan
Le Limier – Dyclan
~~Le Bouclier – Ewen~~
Le Serpent – Brahn
L'Ange – Roy
La Tornade – Mary

Les MacLeod

Le Chardon – Phèdre
Le Taureau – Alexander

Les Campbell

Le Sanglier – Henry
Le Marquis – Darren

Les MacKenzie

Le Cerf – Angus
La Biche – Annabelle
Le Rapace – Logan

Autres

Le Trèfle – Lachlan
La Lionne – Serah

NOTE DE L'AUTRICE

Plusieurs libertés ont été prises afin de rédiger ce roman.

La hiérarchie et les mœurs claniques sont en grande majorité issues de mon imagination. Cette histoire n'a pas pour but de se maintenir complètement dans un contexte réaliste.

Les traductions en gaélique écossais ont été faites d'après mes propres connaissances et recherches. Il en va de même pour l'anglais. Je vous prie donc de pardonner toute erreur qui se serait glissée dans les passages en langues étrangères.

PLAYLIST

Lachlan

Gone by the morning de Munn
Lonely de Benny Blanco et Justin Bieber
For Tonight de Giveon
Óró Sé do Bheatha Bhaile de Seo Linn
Casadh an tSúgáin de The Gloaming
The Night We Met de Lord Huron

Megan

No Stopping de Ghita
Loyal Brave True de Christina Aguilera
Dh'èirich mi moch madainn cheòthar de Julie Fowlis
Dh'èirich mi moch, b' fheàrr nach do dh'èirich de Julie Fowlis
Téir abhaile riu de Celtic Woman

Catherine

Older de Sasha Alex Sloan

Megan et Lachlan

Muddy Waters de LP
Lost on You de LP
Forever for Now de LP
The Saddest Song d'Alec Benjamin
Battle Scars de Daisy Clark
Don't Walk Alone de Callum Beattie
CWJBHN (acoustic) de Jake Scott et Josie Dunne
Cé a chuirfidh tú liom d'Arcanadh

La fratrie MacCoy

Invisible de Linkin Park
If We Have Each Other d'Alec Benjamin
Only Child de Sasha Alex Sloan
A phiuthrag's a phiuthar' (o sister, beloved sister) de Julie Fowlis

Composition et mise en pages
Nord Compo à Villeneuve-d'Ascq